卷二

王斐 主编

元曲名篇鉴赏

吉林出版集团有限责任公司

目 录

贯云石
〔正宫〕塞鸿秋 代人作（二首）
　　……………………………… 241
　战西风几点宾鸿至 ………… 241
　起初儿相见十分忺 ………… 242
〔双调〕蟾宫曲 送春 ………… 243
〔双调〕清江引（三首）……… 244
　弃微名去来心快哉 ………… 244
　竞功名有如车下坡 ………… 245
　避风波走入安乐窝 ………… 246
〔双调〕清江引 咏梅（四首选二）
　　……………………………… 247
　南枝夜来先破蕊 …………… 247
　芳心对人娇欲说 …………… 248
〔双调〕清江引 惜别（八首之四）
　　……………………………… 249
　若还与他相见时 …………… 249
〔双调〕清江引 立春 ………… 250
〔双调〕寿阳曲（五首选二）… 251
　鱼吹浪 ……………………… 251
　新秋至 ……………………… 252
〔双调〕殿前欢（九首选三）… 253
　隔帘听 ……………………… 253
　数归期 ……………………… 254
　夜啼乌 ……………………… 254
〔仙吕〕点绛唇 闺愁 ………… 255

贯石屏
〔仙吕〕村里迓鼓 隐逸 ……… 257

鲜于必仁
〔中吕〕普天乐 潇湘八景（选五）
　　……………………………… 259
　洞庭秋月 …………………… 259

　平沙落雁 …………………… 259
　远浦帆归 …………………… 259
　山市晴岚 …………………… 259
　渔村落照 …………………… 259
〔双调〕折桂令（三首）……… 262
　诸葛武侯 …………………… 262
　韩吏部 ……………………… 262
　苏学士 ……………………… 262
〔双调〕折桂令 燕山八景（之四）
　　……………………………… 264
　芦沟晓月 …………………… 264

邓玉宾子
〔双调〕雁儿落过得胜令
　闲适（三首之二）…………… 265
　乾坤一转丸 ………………… 265
　万里玉门关 ………………… 265

张养浩
〔双调〕沽美酒兼太平令 叹世
　　……………………………… 266
〔双调〕胡十八（七首）……… 267
　正妙年 ……………………… 267
　从退闲 ……………………… 267
　客可人 ……………………… 268
　试算春 ……………………… 268
　人会合 ……………………… 268
　人笑余 ……………………… 268
　自隐居 ……………………… 268
〔双调〕雁儿落兼得胜令 …… 270
　云来山更佳 ………………… 270
〔双调〕水仙子 ……………… 271
　中年才过便休官 …………… 271
〔双调〕水仙子 咏江南 ……… 272

〔双调〕落梅引 …………… 273
野水明于月 …………… 273
〔双调〕得胜令 四月一日喜雨
…………… 274
〔中吕〕喜春来（二首）…… 275
路逢饿殍须亲问 …………… 275
乡村良善全性命 …………… 276
〔中吕〕朱履曲（二首）…… 277
那的是为官荣贵 …………… 277
才上马齐声儿喝道 ………… 278
〔中吕〕普天乐（二首）…… 279
芰荷衣 …………… 279
莫刚直 …………… 280
〔双调〕折桂令 过金山寺 … 281
〔双调〕折桂令 中秋 …… 282
〔双调〕折桂令 咏胡琴 … 283
〔中吕〕朝天曲 …………… 284
柳堤 …………… 284
〔越调〕寨儿令 绰然亭独坐 … 285
〔中吕〕山坡羊 …………… 286
无官何患 …………… 286
〔中吕〕山坡羊 骊山怀古
（二首之一）…………… 287
骊山四顾 …………… 287
〔中吕〕山坡羊 潼关怀古 … 288
〔南吕〕一枝花 咏喜雨 …… 289

白贲
〔正宫〕鹦鹉曲 渔父 ……… 291

赵雍
〔黄钟〕人月圆（二首）…… 292
人生能几浑如梦 …………… 292
相思何日重相见？ ………… 292

李子中
〔仙吕〕赏花时 …………… 293
情泪流香淡脸桃 …………… 293

石子章
〔仙吕〕八声甘州 …………… 294
天涯羁旅 …………… 294

狄君厚
〔双调〕夜行船 扬州忆旧 …… 296

刘唐卿
〔双调〕蟾宫曲 …………… 298
博山铜细袅香风 …………… 298

郑光祖
〔正宫〕塞鸿秋 …………… 299
门前五柳侵江路 …………… 299

郑光祖
〔双调〕蟾宫曲 梦中作
（三首之一）…………… 300
半窗幽梦微茫 …………… 300

范康
〔仙吕〕寄生草 酒 ………… 301

曾瑞
〔南吕〕四块玉 闺情（三首）
…………… 302
鬓乱窝 …………… 302
孤雁悲 …………… 302
簪玉折 …………… 302
〔南吕〕四块玉 警世 ……… 303
〔南吕〕骂玉郎过感皇恩采茶歌
闺情 …………… 304
〔南吕〕骂玉郎过感皇恩采茶歌
闺中闻杜鹃 …………… 305
〔中吕〕喜春来 阅世 ……… 306
〔般涉调〕哨遍 羊诉冤 …… 307
〔商调〕集贤宾 宫词 ……… 310

孔文卿
〔南吕〕一枝花 禄山谋反 … 311

沈和
〔仙吕〕赏花时北 潇湘八景 … 313

施惠
〔南吕〕一枝花 咏剑 ……… 316

李罗御史
〔南吕〕一枝花 辞官 ……… 318

睢景臣
〔般涉调〕哨遍 高祖还乡 …… 320

周文质
〔正宫〕叨叨令 自叹（二首）
……………………………… 324
筑墙的曾入高宗梦 ……… 324
去年今日题诗处 ………… 324

周文质
〔正宫〕叨叨令 悲秋 ……… 325
〔越调〕小桃红（二首）…… 326
当时罗帕写宫商 ………… 326
彩笺滴满泪珠儿 ………… 326
〔越调〕寨儿令 …………… 327
挑短檠 …………………… 327
〔双调〕折桂令 过多景楼 … 328
〔双调〕折桂令 咏蟠梅 …… 329

乔 吉
〔南吕〕玉交枝
溪山一派 ………………… 331
〔中吕〕满庭芳 渔父词
（二十首选一）…………… 332
轻鸥数点 ………………… 332
〔中吕〕山坡羊 寓兴 ……… 333
〔越调〕小桃红 …………… 334
效联珠格 ………………… 334
孙氏壁间画竹 …………… 335
〔越调〕天净沙 即事（四首之四）
…………………………… 336
莺莺燕燕春春 …………… 336
〔越调〕凭阑人 金陵道中 … 337
〔越调〕凭阑人 春思 ……… 338
〔越调〕凭阑人 小姬 ……… 339
〔双调〕沉醉东风 泛湖写景 … 340
〔双调〕折桂令 荆溪即事 … 341
〔双调〕折桂令 风雨登虎丘 … 342
〔双调〕折桂令 重九后一日游
蓬莱山 …………………… 343
〔双调〕折桂令 毗陵晚眺 … 344
〔双调〕清江引 有感 ……… 345
〔双调〕水仙子 吴江垂虹桥 … 346

〔双调〕水仙子 寻梅 ……… 347
〔双调〕水仙子 重观瀑布 … 348
〔双调〕水仙子 咏雪 ……… 349
〔双调〕殿前欢 登凤凰台 … 350
〔双调〕殿前欢 登江山第一楼 … 351
〔双调〕卖花声 悟世 ……… 353
〔双调〕乔牌儿 别情 ……… 354

苏彦文
〔越调〕斗鹌鹑 冬景 ……… 355

刘 致
〔中吕〕朝天子 邸万户席上（二首）
…………………………… 358
柳营 ……………………… 358
虎韬 ……………………… 359
〔中吕〕山坡羊 侍牧庵先生
西湖夜饮 ………………… 360
〔双调〕殿前欢 道情 ……… 361

刘时中
〔正宫〕端正好 上高监司（前套）
…………………………… 362
〔正宫〕端正好 上高监司（后套）
…………………………… 366
〔双调〕新水令 代马诉冤 … 371

阿鲁威
〔双调〕蟾宫曲 旅况（二首）
…………………………… 374
正春风杨柳依依 ………… 374
理征衣鞍马匆匆 ………… 375
〔双调〕蟾宫曲 怀友 ……… 376
〔双调〕蟾宫曲
烂羊头谁羡封侯 ………… 377

王元鼎
〔正宫〕醉太平 寒食（四首）… 378
珠帘外燕飞 ……………… 378
声声啼乳鸦 ……………… 379
辜负了禁烟 ……………… 380
花飞时雨残 ……………… 381
〔越调〕凭阑人 闺怨（二首之一）
…………………………… 382

垂柳依依惹暮烟 …………… 382
虞　集
　　〔双调〕折桂令　席上偶谈蜀汉
　　　事因赋短柱体 ………………… 383
张　雨
　　〔中吕〕喜春来　泰定三年丙寅
　　　岁除夜玉山舟中赋 …………… 384
邓学可
　　〔正宫〕端正好　乐道 ………… 385
萨都剌
　　〔南吕〕一枝花　妓女蹴鞠 …… 387
李　洞
　　〔双调〕夜行船　送友归吴 …… 389
薛昂夫
　　〔正宫〕塞鸿秋 ………………… 390
　　功名万里忙如燕 ………………… 390
　　〔中吕〕朝天曲（三首） ……… 391
　　丙吉 ……………………………… 391
　　董卓 ……………………………… 392
　　则天 ……………………………… 393
　　〔中吕〕山坡羊　咏金叹世 …… 394
　　〔中吕〕山坡羊
　　大江东去 ………………………… 395
　　〔中吕〕山坡羊　西湖杂咏
　　　（七首之六） ………………… 396
　　携壶堪醉 ………………………… 396
　　〔双调〕庆东原　西皋亭适兴
　　　（六首之二） ………………… 397
　　兴为催租败 ……………………… 397
　　〔双调〕庆东原　韩信 ………… 398
　　〔双调〕殿前欢　夏 …………… 399
　　〔双调〕殿前欢　冬（二首之二）
　　　………………………………… 400
　　浪淘淘 …………………………… 400
　　〔双调〕楚天遥过清江引 ……… 401
　　花开人正欢 ……………………… 401
　　〔双调〕楚天遥过清江引（二首）
　　　………………………………… 402

　　屈指数春来 ……………………… 402
　　有意送春归 ……………………… 402
　　〔正宫〕端正好　闺怨 ………… 403
吴弘道
　　〔南吕〕金字经　伤春 ………… 405
　　〔南吕〕金字经　颂升平 ……… 406
吴弘道
　　〔南吕〕金字经　咏渊明 ……… 407
　　〔中吕〕上小楼　钱塘感旧 …… 408
赵善庆
　　〔中吕〕普天乐　江头秋行 …… 409
　　〔中吕〕普天乐　秋江忆别 …… 410
　　〔中吕〕山坡羊　燕子 ………… 411
　　〔中吕〕山坡羊　长安怀古 …… 412
　　〔双调〕沉醉东风　秋日湘阴道中
　　　………………………………… 413
　　〔双调〕沉醉东风　昭君出塞图
　　　………………………………… 414
　　〔双调〕折桂令　湖山堂 ……… 415
　　〔双调〕落梅风　江楼晚眺 …… 416
　　〔双调〕水仙子　仲春湖上 …… 417
　　〔双调〕水仙子　渡瓜州 ……… 418
　　〔双调〕水仙子　客乡秋夜 …… 419
马谦斋
　　〔越调〕柳营曲　楚汉遗事 …… 420
　　〔越调〕柳营曲　叹世 ………… 421
　　〔双调〕沉醉东风　自悟（二首之二）
　　　………………………………… 422
　　取富贵青蝇竞血 ………………… 422
　　〔双调〕水仙子　燕山话别 …… 423
　　〔双调〕水仙子　咏竹 ………… 424
张可久
　　〔黄钟〕人月圆　山中书事 …… 425
　　〔双调〕折桂令　九日 ………… 426
　　〔双调〕折桂令　读史有感
　　　（二首之一） ………………… 427
　　剑空弹月下高歌 ………………… 427
　　〔双调〕折桂令　酸斋学士席上 … 429

〔中吕〕满庭芳　山中杂兴（二首）
　　………………………………… 430
人生可怜 ……………………………… 430
风波几场 ……………………………… 431
〔中吕〕满庭芳　送别（二首之二）
　　………………………………… 432
愁春未醒 ……………………………… 432
〔中吕〕普天乐　西湖即事 …… 433
〔越调〕寨儿令　道士王中山操琴
　　………………………………… 434
〔越调〕寨儿令　西湖秋夜 …… 435
〔双调〕清江引　秋怀 ………… 436
〔中吕〕红绣鞋　天台瀑布寺 … 437
〔越调〕天净沙　江上 ………… 438
〔双调〕落梅风　湖上 ………… 439
〔双调〕落梅风　春情 ………… 440
〔中吕〕迎仙客　秋夜 ………… 441
〔南吕〕金字经　偕王公实寻梅
　　………………………………… 442
〔中吕〕卖花声　怀古（二首）
　　………………………………… 443
阿房舞殿翻罗袖 ……………………… 443
美人自刎乌江岸 ……………………… 443
〔中吕〕卖花声　客况（三首之三）
　　………………………………… 444
登楼北望思王粲 ……………………… 444
〔中吕〕红绣鞋　西湖雨 ……… 445
〔越调〕天净沙　湖上送别 …… 446
〔正宫〕醉太平　感怀 ………… 447
〔双调〕落梅风　春晚（二首之二）
　　………………………………… 448
东风景 ………………………………… 448
〔双调〕折桂令　西陵送别 …… 449
〔越调〕天净沙　春情 ………… 451
〔中吕〕山坡羊　闺思 ………… 452
〔商调〕梧叶儿　早行 ………… 453
〔双调〕沉醉东风　气球 ……… 454
〔双调〕湘妃怨　怀古 ………… 455

〔双调〕湘妃怨　多景楼 ……… 456
〔双调〕燕引雏　别情 ………… 457
〔南吕〕四块玉　客中九日 …… 458
〔越调〕凭阑人　江夜 ………… 459
〔南吕〕一枝花　湖上归 ……… 460
沈　禧
〔南吕〕一枝花　咏雪景 ……… 462
任　昱
〔正宫〕小梁州　闲居 ………… 464
〔南吕〕金字经　秋宵宴坐 …… 465
〔中吕〕上小楼　隐居 ………… 466
〔中吕〕朝天子　村居 ………… 467
〔双调〕沉醉东风　信笔 ……… 468
〔双调〕沉醉东风　会稽怀古 … 469
〔双调〕清江引　题情（二首之二）
　　………………………………… 470
南山豆苗荒数亩 ……………………… 470
〔双调〕清江引　钱塘怀古 …… 471
高　栻
〔双调〕殿前欢　题小山《苏堤渔唱》
　　………………………………… 472
吴　镇
〔南吕〕金字经　梅边 ………… 473
黄公望
〔仙吕〕醉中天　李嵩《髑髅纨扇》
　　………………………………… 474
钱　霖
〔双调〕清江引 ………………… 475
恩情已随纨扇歇 ……………………… 475
〔般涉调〕哨遍　看钱奴 ……… 476
徐再思
〔仙吕〕一半儿　病酒 ………… 479
〔仙吕〕一半儿　落花 ………… 480
〔仙吕〕一半儿　春情 ………… 481
〔中吕〕朝天子　西湖 ………… 482
〔中吕〕红绣鞋　雪 …………… 483
〔中吕〕普天乐　吴江八景
（之八）　山西夕照 …………… 484

〔中吕〕阳春曲　皇亭晚泊 …… 485
〔中吕〕阳春曲　闺怨 …………… 486
〔越调〕天净沙　探梅 …………… 487
〔越调〕凭阑人 …………………… 488
九殿春风鹁鸪楼 ………………… 488
〔双调〕沉醉东风　春情（二首之一）
　………………………………… 489
一自多才间阔 …………………… 489

〔双调〕蟾宫曲　竹夫人 ……… 490
〔双调〕蟾宫曲　姑苏台 ……… 491
〔双调〕蟾宫曲　春情 ………… 492
〔双调〕清江引　相思 ………… 493
〔双调〕水仙子　夜雨 ………… 494
〔双调〕水仙子　惠山泉 ……… 495

〔正宫〕塞鸿秋

代人作① （二首之一）

贯云石

战西风②几点宾鸿③至，感起我南朝千古伤心事④。展花笺⑤欲写几句知心事，空教我停霜毫⑥半晌⑦无才思。往常得兴⑧时，一扫无瑕玼⑨，今日个病厌厌⑩刚写下两个相思字。

【注释】

①代人作：代替别人进行创作。 ②战西风：此即鸿雁顶风飞来之意。 ③宾鸿：大雁春天往北飞，秋天往南飞，如宾客过往，故名。 ④感起我南朝千古伤心事：金吴激有《人月圆》词云："南朝千古伤心事，还唱后庭花。"此处仅取歌后语义，即指伤心事。 ⑤花笺：精致华美的纸张。 ⑥霜毫：白色兽毛，此指用兽毛制作的毛笔。 ⑦半晌：好久，半天。 ⑧得兴：兴致好，情绪高。 ⑨一扫无瑕玼：同"瑕疵"，玉上的斑点，此指缺点，毛病。 ⑩厌厌：应为"恹恹"，有气无力、无精打采的样子。

【赏析】

这首小令，假托他人之口，抒发了作者郁积心底的相思之苦。

曲子上句按照诗曲见景生情、托物寄兴的习惯思路，先勾画出一幅萧瑟凄凉的秋景图，为下文抒写作了情感铺垫。凄厉的西风里几只北雁抖擞着身躯飘飞回江南过冬。这番哀秋野况，多叫人见了寒战。难怪作者要为之感起"伤心事"，欲写"知心事"。领头字"战"，同"颤"，本意为"颤抖"，在此句中，含义更深。它既写出鸿雁在西风里飞翔时颤巍巍、飘乎乎的凄苦景象，又反衬出西风的凛冽、肆虐和无情，同时透出"战"字，我们还似乎可以听到鸿雁吃力搏击西风的哀鸣声。总之，西风也好，鸿雁也好，全由这"战"字的点染，涂上灰冷的色调，赋以情感的分量。

如同许多同类的篇目，本曲写法上也从"悲秋"入手，可它的主题却是"次句"点明："感起我南朝千古伤心事"，是有感于国家兴亡大业。人们一提到南朝，就想起南朝后主的亡国之音，就同"亡国恨"联系起来，写诗作文多借它曲折表达作者对国事的忧虑，寄托哀伤、谴责的心情。这首小令写作背景还欠明，从它题作《代人作》以及联系曲子半露半藏、欲吐又纳的情感来看，作者写作时，似有明确指陈对象，而又有一种难言之苦的样子。

以下各句，都写针对"千古伤心事"、"欲写几句知心事"的情景。"欲写"并不等于能写成，铺展精致华美的纸笺，紧握洁白如霜的毛笔的结果，却是"半晌无才思"。"才"

作"一"讲,"无才思",理不出一点思绪来。为什么会是这样呢?难道是文采不足,胸无点墨?不是。五六句对"往常"与上句"停霜毫半晌无才思"形成鲜明、强烈的对比,暗示眼下"无才思"的真实原因,这原因除上文所说作者似有难言之苦外,还出于极度悲伤时无法诉说的人之常情。作品扣住这一点,巧妙地做到以藏写露、以反写正。用欲写时的"无才思",来渲染实际上的思如潮涌,用今与昔写作情形的反常,来强调内心悲伤至极的实情。

末句收煞,如"豹尾"甩出一样响亮、有力。总算勉强写了,但只有二个字"相思"。从欲写到不能写,再从写了到又不能多写。起伏跌宕,盘弯曲折,作品完成了曲尽衷肠的使命,给读者留下了无尽的回味。

〔正宫〕塞鸿秋

代人作(二首之二)

贯云石

起初儿相见十分忺①,心肝儿般敬重将他占②,数年间来往何曾厌。这些时陡恁的恩情俭③,推道是板障柳青严④,统镘姨夫欠⑤。只被这俏苏卿抛闪煞穷双渐⑥。

【注释】

①忺:表示高兴、适意。 ②占:就是占有,这里表示和她长期相好。 ③这些时陡恁的恩情俭:陡,是顿时、突然的意思。恁的,就是"那样的"。俭,是俭薄、不丰裕,这里指两人间感情不如从前,变得冷了。 ④推道是:表示一种估计、推测。板障:屏风,但常用来比喻阻挠、障碍。柳青:是元代一句歇后语,因为有一支曲牌叫"柳青娘",故用"柳青"代"娘",这里可能指那妓女的母亲,但也很可能是指鸨母。 ⑤统镘:富有钱财的意思。姨夫:是两男共狎一妓之称,"统镘姨夫"在这里指主人公之外占有那妓女的另一有钱嫖客。欠:躬身、欠身的意思,在这里表示恭敬、殷勤。 ⑥只被这俏苏卿抛闪煞穷双渐:作者在这里引用"苏卿与双渐"的故事来比喻自己当时的痛苦处境,同时,隐含着盼"她"回来与"我"重新和好的愿望。苏卿与双渐的故事在元代流传很广,有好几个杂剧都表现这段故事,但均未传下来,只在《宋元戏文辑传》中保存了十支残曲。故事大致上是这样的:庐州妓苏卿与书生双渐交欢,二人感情很好,后双渐出外,苏卿在家等待。但苏母私下里将她卖给了一个茶商,苏卿被迫随茶船而去,非常哀怨。船过金山寺时,苏卿在墙壁上题了一首诗。双渐考取进士后,见到了金山寺墙上的诗,经官府断判,将苏卿归还他重新做了夫妻。抛闪,就是抛弃的意思。煞,是一个表示感情程度的语助词。

【赏析】

这首小令的标题为《代人作》，应当是以己之笔，代他人抒情写心；不过很多时候仍是写自我，抒发了对一位女子的相思之情，表现了作者内心的痛苦与忧愁。

此曲写一男子对一位妓女的相思之情。开头"起初儿相见十分忺，心肝儿般敬重将他占"，回忆过去的美好时光，"心肝儿"是情侣间非常亲密的昵称，作者这个词来修饰"敬重"二字，这就表现了作者对这个妓女既亲昵又尊重的态度。"数年间来往何曾厌"，几年来二人的交往都是如胶似漆、甜甜蜜蜜，进一步表现了他们之间的真情，可以经得起时间的考验。接下来，作者笔锋急转，"这些时陡恁的恩情俭"一句突然写两人感情变淡，大不如前。这一句是作者感情的触发点，作者在曲中抒发的痛苦、烦恼都是从"她"的感情的这种变化引起的。"陡恁的"三个字，强化了感情，将作者心中的怨气、痛苦、不理解和无可奈何统统表现出来。"推道是板障柳青严，统馒姨夫欠"，从作者的推断中揭露了女子的寡情薄幸，因有了有钱的嫖客，另结新欢，却假推是老鸨母对她严加管束，不让她老和我呆在一起。最后作者引用"苏卿与双渐"的故事来宣告了自己被抛弃的痛苦结局。然而，作者虽然在语气上埋怨那女子抛弃了他，而借故事又隐含了期盼她回来与之重归于好的愿望。

这首曲子全部运用了口语，使得失恋的愁苦在诙谐的笔调中有所淡化，显得流畅洒脱。

〔双调〕蟾宫曲

送 春

贯云石

问东君①何处天涯。落日啼鹃，流水桃花；淡淡遥山，萋萋芳草，隐隐残霞。随柳絮吹归那答②，趁游丝③惹在谁家。倦理琵琶，人倚秋千，月照窗纱。

【注释】

①东君：司春之神，此处代指春天。 ②那答：和下面的"谁家"都是泛指。 ③游丝：飘动的蛛丝。

【赏析】

这首小令生动地表现了作者在春尽时惆怅和倦怠的心情。

小令本意为送春，开篇却在"问春"。"问东君何处天涯。"，以春神东君将归于天涯何处总领全篇。春意将退未退时，处处还留有春天的痕迹，这时候引发人们的惜春赏春之情。接下来五句,是对"问东君何处天涯。"的正面作答。"落日啼鹃,流水桃花;淡淡遥山,萋萋芳草,隐隐残霞。",连用七个意象,构思了五幅图景,将较抽象的内心活动,表现为具体可感的形象。这些图景景色俱佳,动静相宜,远近结合,山水相接,组合在一起构成了一派凄清孤寂的意境。仿佛整个宇宙间都透露出一种幽静和清凉,笼罩在诗人的那种淡淡的哀伤之中。

"随柳絮吹归那答,趁游丝惹在谁家。"的追问从侧面照应了"问东君何处天涯",继续写暮春给人们带来的倦意和淡愁。暮春时节,晴朗的天空中处处飘着纷飞的柳絮和游丝,它们总是随着和煦的春风飘到你的身上、脸上,牵牵绊绊,惹人情丝。而此时问道:那柳絮被吹向了哪里,那游丝又飘去了谁家,这种不尽的烦恼和忧愁增添了作品的韵致。

结尾由伤春的景致转向写人,暮春之景容易引发人的伤春之情,"倦理琵琶,人倚秋千",将春归时人的慵懒、困顿绘于纸上。暮春之景使人困乏,于是冷落了琵琶,一副哀愁的样子。"月照窗纱"又转向写月,人月相伴,人内心的寂寞与月凉如水穿透纱窗的宁静景象互相呼应,有一种凄凉之感。在这种氛围之中,明月已经是沾染了人淡淡哀愁的月了。

这首小令通过暮春特有的景象传达春归之意,没有出现一个"送"字,却句句都是在送春归去,没有出现一个"伤"字,整曲都流露出一股哀愁;运用对偶句和鼎足句的句法,再加上富有韵律的语言,更加深了作者的哀愁与叹息。

〔双调〕清江引(三首之一)

贯云石

弃微名去来①心快哉,一笑白云外②。知音③三五人,痛饮何妨碍。醉袍袖舞嫌天地窄。

【注释】

①微名:这里指世间的功名。去来:去吧,回去吧。自陶渊明"归去来兮"化出。来,语助词。 ②一笑白云外:一笑了之,置身于白云之外。白云外,指尘俗之外。 ③知音:知己。

【赏析】

此曲描写作者从功名利禄中解脱出来的悠闲与豪放,表现了作者超凡脱俗的乐观与豁达。

作者将世间的功名称作"微名",并不是说自己的声名不够,而是彻底地否定了声名,说声名不值一提,不值得挂怀,人生还有更重要的东西等待人们去追求,去拥有。作者确实有超凡脱俗的人生境界。贯云石是维吾尔族人,而且生为将门之后,自己也任过不小的官职,但是尖锐的皇族内部争夺皇位的斗争,此起彼伏的政治风波,终于使他弃官而去。所以,作者渴望挣脱尘世名利、官场斗争的束缚,向往和陶醉于安乐的平淡生活。

"弃微名去来心快哉,一笑白云外。",开头如同作者的"沧海一声笑",挣脱险恶的政治环境，摆脱了对尘世名利的追求，如释重负，豁然开朗，内心充满了欢欣和自由感。作者承袭父亲的两淮万户府达鲁花赤官职不久，就把此职让给了他的弟弟，北上从姚燧学。后来在仁宗朝时，拜为翰林侍读学士、中奉大夫、知制诰等职，他上万言书言朝政六事，由于所言容易引起误解，结果招致谗言，于是就上书称病，辞归江南。由于作者豁达的胸襟和对官场的厌恶，自身又无衣食之忧，所以对于"弃微名"一事，确实不存在牢骚，主要是一种解脱之感。

之后，"一笑白云外"写出了一种神仙般的悠然与惬意，自得其乐，可谓痛快淋漓。"痛饮何妨碍"，可以体味出作者在官场上的不自由，表明只有"弃微名"才会有无羁无绊的生活，才会有这种快乐。"醉袍袖舞嫌天地窄"，是一种超俗的惬意的理想，淋漓尽致地再现了作者摆脱束缚后的那种狂放与惬意。

全曲没有一句提到官场的险恶与世俗的烦恼，却处处使人想到官场与尘世，极尽其妙。

〔双调〕清江引（三首之二）

贯云石

竞功名有如车下坡，惊险谁参破①。昨日玉堂②臣，今日遭残祸；争如我避风波走在安乐窝③。

【注释】

①参破：佛家语，意即看得破。　②玉堂：汉代官殿的名称，后来翰林院也称为玉堂。　③争如我避风波走在安乐窝：怎如我避开了官场的风波走在安乐的地方。这句话是说辞去了有风险的官职，回到了安全的地方。

【赏析】

这首小令写于作者辞官隐居杭州之后。同调曲一共三首，这是其二。

曲子开头"竞功名有如车下坡，惊险谁参破"，作者运用比喻的手法，把追求功名、官场角逐比作车下坡。这个比喻很新奇，也很生动。车下坡时难以驾驭，身不由已，危险丛生，这种情形和感觉犹如身在官场，祸福难测，朝不保夕。追逐功名就是这样，它会在危险里越陷越深，若不及早悔悟，则必将不可自拔。第二句以问句来紧接上句，当作者把他在名利场上的人生体验形象地传达给读者、并在读者感到的唏嘘不已的时候，紧接着问上一句"惊险谁参破"。既让人感到追逐功名的凶险，又可以看出作者的成熟老练，是诗人饱经沧桑后的人生慨叹。

"昨日玉堂臣，今日遭残祸"两句可以看出作者辞官的原因。这二句具体写官场的险恶。昨日还是官居高位，今天就遭人迫害，两者的落差足以使人惊心动魄，足以证明前二句慨叹的真实性。当时一个处于高等民族地位的官员，也看到"昨日玉堂臣，今日遭残祸"的危险，可见元朝上层统治集团围绕权力之争，不仅有官员之间的尔虞我诈，也存在民族等级之差和激烈的互相倾轧。

作者由此发出感慨:"争如我避风波走在安乐窝"。与其这样,还不如隐退返乡,过着自由平安的生活。这是在极写官场险恶之后,表现出的一种自我庆幸,一种圈外人看圈里人的超脱。

这首小令豪放而不粗俗,消沉中蕴含着怨愤。在三首〔清江引〕之中是揭露社会黑暗最深刻的,具有深远的历史内涵。

〔双调〕清江引(三首之三)

贯云石

避风波走入安乐窝,就里乾坤①大。醒了醉还醒,卧了重还卧;似这般得清闲的谁似我?

【注释】

①就里:个中,其中的意思。乾坤:指天地。

【赏析】

贯云石的这三首〔清江引〕应该被视为一个整体,它们在感情上一脉相承。第一首表现的是从功名利禄中解脱出来的悠闲与豪放,表现了作者的自得其乐和自鸣得意;第二首从乐转而为叹,揭露了险恶的黑暗现实,是脱身险境之后,对危险的再思;第三首从正面表现挣脱功名利禄以后的怡然自得,透露了作者内心的痛苦。

这首〔清江引〕开头二句"避风波走入安乐窝,就里乾坤大。",承接第二首的最后一句"争如我避风波走在安乐窝"。作者在两首小令间运用了顶针的手法,使其上下连贯,后者顺承了前者的感情。第二首在极言"竞功名"的险恶之后,写自己摆脱束缚走进了"安乐窝",那么走进"安乐窝"之后呢?作者在第三首做了交代,那就是:"就里乾坤大"。虽然这二句表现了安乐窝的自由快活,但总觉得作者意犹未尽。

第三四句写作者在安乐窝里的情形。"醒了醉还醒,卧了重还卧",醒了醉,醉了再醒;睡了又睡,一天到头,除了喝酒就是睡觉,真是够舒服、够惬意、够自在的了,难怪作者自鸣得意地向我们炫耀"似这般得清闲的谁似我"。但是作者整日用酒来麻醉自己,用睡觉来逃避现实,可见在作者的内心深处是悲哀的,这种快活也是表面的假象,一种无可奈何的快活罢了。

据史书记载,贯云石十三岁就学骑马射箭,才分非凡,"诸将咸服其矫捷","稍长,折节读书,目五行下,吐辞为文,不蹈袭故常",可见这样一个奇才不会没有济世的大志。越是这样有才,并且胸怀大志的人,沉沦于"醉"、"卧"之中的痛苦就越深。文中"醒了醉还醒",落脚点在一个"醒"上,表明不管他再怎么沉醉,再怎么逃避,终归还是要清醒的。在这看似轻松和快活之中,实际上隐藏了作者内心的痛苦不堪。所以这第三首〔清江引〕最终表达的是作者内心的痛苦与无奈。

〔双调〕清江引

咏梅（四首之一）

贯云石

南枝夜来先破蕊①，泄漏春消息②。偏宜③雪月交，不惹蜂蝶戏；有时节暗香④来梦里。

【注释】

①南枝：南向的枝条，向阳的枝条，一般开花稍早。破蕊：指花朵微微绽开。　②泄漏春消息：梅花于冬末春初最先开放，标示春天来到，故称。　③偏宜：正宜，正应该，正合适。偏，恰巧，正好。　④时节：时候。暗香：幽香，暗暗的幽香。

【赏析】

咏梅是传统的文学主题，贯云石这首小令，赋予梅花"不惹蜂蝶戏"的操守，通过歌咏梅花的高尚芳洁，不仅表现了作者洁身自好、不染尘世的情趣，也拓展了传统梅花意象的意蕴。

"南枝夜来先破蕊，泄漏春消息。"，开头二句写梅花最先绽开，报告春天到来的特异与不俗。梅花是报春花，梅花开了，春天就该到来了，而朝南的梅花争先开放，使梅花显得非常活泼俏皮，充满生机。下句的"泄漏春消息"就带有几分神秘，表明梅花是悄然绽放的，是在无意中把春的消息告诉了人们。这样，就又凭添了几分梅花的生机，富有情趣。

"偏宜雪月交，不惹蜂蝶戏"，这两句是全曲最引人注目的地方，在意象的塑造上别出心裁，赋予梅花高洁的品格。梅花有意在雪月之夜开放，是为了不沾惹那些沾花惹草的蜂蝶，于是梅花被赋予了一种淑女的操守，这是前所未咏的新意，梅花的意象又多了一层坚贞。而雪花洁白无暇，月光纯净如水，作者将梅花与白雪和月光相联，说明梅花只适宜与纯洁的事物联系在一起，只追求高尚的东西。可见"偏宜雪月交，不惹蜂蝶戏"二句寓意深刻。这里也是作者的自况，表现了作者的高尚情操。最后一句"有时节暗香来梦里"写得很妙，让人感到暗香浮动，沁人心脾。"暗香"也表现了梅之淡泊，不沽名、不张扬。

此曲想象奇特，立意新颖，堪称咏梅的一首佳作。

〔双调〕清江引

咏梅（四首之三）

贯云石

芳心对人娇欲说①，不忍轻轻折。溪桥淡淡烟②，茅舍澄澄月③；包藏几多春意也。

【注释】

①芳心对人娇欲说：这里把梅花比喻为风情无限的美人，含情脉脉，对人欲语。
②淡淡烟：犹如青烟朦胧。 ③澄澄月：指月光皎洁。

【赏析】

贯云石《咏梅》的小令一共四首，这是第三首，但此曲不是单纯地咏梅，而是描写梅花的容姿托物言志。

开头二句咏梅，"芳心对人娇欲说，不忍轻轻折。"，运用拟人的手法，将梅花写成了一个情窦初开的少女，展现了梅花的娇态。她芬芳美丽，冰清玉洁，天真无邪，怀抱着无邪的春情与幻想，仿佛要对作者说些什么。"欲说"二字化静为动，生动地将原本并没有感情的梅花写活了，写得非常动情，要对人说些什么。"不忍轻轻折"，直接写出了人对梅花的怜爱之情。人爱梅花，爱她的高洁，爱她的风骨，自然会产生一种怜爱之意，所以怕惊扰它，只是轻轻地去折。但实际上连轻轻地折都是不忍心的，只要能在花旁对花凝望，就已经是极大的赏心悦目了。

接下来两句"溪桥淡淡烟，茅舍澄澄月"，从特写镜头的梅花移到远景，写初春时节大自然的美好景色，同时也写出了梅花的气质个性。乍有春意的时候，天气依然寒冷，一座小桥独立在清澈的小溪上，水上淡淡的寒气依稀可见，犹如细朦朦的丝丝青烟。远处茅屋顶上，一轮皎洁明月，将光辉洒向大地，充满了大自然的动人魅力。"溪桥"和"茅舍"两个景象，使一派静谧的大自然中出现了人迹，人与自然和谐统一，为这幅图画增添了情趣。

最后一句"包藏几多春意也"，作者面对盎然的春意，内心充满了激动与喜悦。"包藏"一词用得很妙，既表示上面的景致中"包藏"了春意，也表现了作者看到这些景所感到春之将至而"包藏"在内心的喜悦。"包藏"还透露出作者的喜悦是一种发自内心的惬意的欣喜。

这首小令通过精心组织的意象，描绘出了一幅情景交融的早春画卷，余香怡人。

〔双调〕清江引

惜别（八首之四）

贯云石

若还①与他相见时，道个真传示②：不是不修书③，不是无才思④，绕清江买不得天样纸⑤。

【注释】

①若：如果。还：再。 ②真传示：把真实的情况传达，也就是传达真情。 ③修书：写信。 ④才思：才情和文思。 ⑤绕清江买不得天样纸：清江，指清江浦，在江苏清江市的北淮河与运河会合处。江水清澈，古代此地以善于造纸闻名。天样纸，像天那样大的纸。

【赏析】

贯云石比较擅长写伤愁离情的曲子，以〔清江引〕为曲牌的《惜别》曲一共四首，此为第四首，写与恋人分离之后的思念之情。

开头"若还与他相见时"，开门见山，点明主旨，说两个人已经天涯相隔，但接下来没有直接写相思，"道个真传示"，话锋一转，说如果再和他相见的时候，一定向他传达真情。这就引起读者的好奇和疑问：究竟要道出什么真情呢？难道平日里都是虚情假意、曲意奉承吗？这就为下文作了铺垫。

接着，"不是不修书，不是无才思，绕清江买不得天样纸。"，为我们解释了"真传示"的内容，是主人公刚刚想到的相见后要对心上人的话。在古代，向远离的爱人诉说相思之情，唯一的媒介就是书信，而且由于交通不便，书信也很难传到。至于其中原因，诗人否定了不写信不是因自己忘记而不修书，也不是因懒惰而迟于动笔，更不是自己缺少才情和文思。这两个否定句的运用，在此处起一种延宕的作用，为下文作好了铺垫。

究竟是什么原因让主人公不与恋人鸿雁传书呢？这是读者关心的问题，最后一句一语道破天机："绕清江买不得天样纸"。是因为整个清江买不到能装下自己满腹思念的像天一样大的纸。一个"天样纸"，运用了比喻和夸张的手法，把主人公对恋人的无尽情丝绵绵不绝地倾诉出来，要用天大的纸才能写尽自己的相思之情，可见这份感情是多么深沉、真挚、热烈，用语言无法表达出来。此句可谓是全曲的曲眼。

这首小令通过新奇夸张的想象与含蓄隽永的语言，将主人公真挚深沉的感情淋漓尽致地表现了出来。

〔双调〕清江引①

立春②

贯云石

金钗影摇春燕斜③,木杪生春叶④。水塘春始⑤波,火候⑥春初热,土牛儿⑦载将春到也。

【注释】

①清江引:据清人褚人获(稼轩)《坚瓠集》称:"贯酸斋(云石号酸斋)赴所亲宴,时正立春,坐客以〔清江引〕请赋,且限于金木水火土五字冠于每句之首,句各用春字,酸斋即云……"他当即写了这首曲,以致"满座叹服"。 ②立春:二十四节气之一。《群芳谱》:"立,始建也。春气始而建立也。"我国习惯作为春天开始的节气。 ③金钗、春燕:古代妇女立春戴的首饰。古代民间风俗,立春这天,剪裁作人形或燕子形,称春幡或幡胜。《宋史·礼志二十二》:"立春,奉内朝者皆赐幡胜。"有说:金钗,两股合成,其形状如燕。不确。 ④木杪:即树梢。春叶:以杨柳来说,这时便刚刚变色,吐出鹅黄的尖尖幼芽,参差不齐,正是"绿柳才黄半未匀"的时候。 ⑤始:初;最早。 ⑥火候:一般指冶制或烹饪时的火力强弱久暂。段成式《酉阳杂俎·酒食》:"每说物不堪吃,唯在火候善。"也有用来比喻人的道德、学问、技艺修养程度。黄宗羲《钱退山诗文序》:"涵濡蕴蓄,更当俟之以火候。"这里指的是气候温度。 ⑦土牛儿:象征农事的土牛,又称春牛。旧时风俗于立春前一日,有迎春仪式:由人扮"勾芒神"(勾同句。句芒,古代传说中主木之官,又木神名。《礼记·月令》:"其帝大,其神句芒。"郑玄注:"句芒,少皞之子曰重为木官"),鞭土牛,由地方官行香主礼,称打春。

【赏析】

此曲描写立春节气春到人间,万物欣欣向荣,一派生机盎然的景象,以及表现了热闹古朴的民间风俗。

首句写人们春游的盛装。作者以点带面,只举出妇女的头饰,则春服之盛可见一斑。"金钗"、"春燕"皆是古代妇女在立春这天所带的头饰。据《岁时广记》卷八引《荆楚岁时记》载:"立春日悉剪彩为燕以戴之。……王沂公《春帖子》云:'彩燕迎春入鬓飞,清寒未放金缕衣。'又欧阳永叔云:'不惊树里禽初变,共喜钗头燕已来。'"这都是春天的句子。因为立春是春光来临的象征,标志着新的一年开始,故这天都要盛装出游,这一风俗唐宋时即有。用"影摇"和"斜"分别形容钗和燕,则把装饰用物写活了,那金钗珠翠在艳阳下熠熠生辉,妇女们轻盈袅娜的步态摇曳生姿;或临水倒映出随波摇动的倩影;那云鬓上的彩燕斜翼如飞,似乎要与微风中斜飞的真燕媲美……

次句"木杪生春叶"写草木的欣欣向荣。树梢上长出了嫩绿欲滴的叶子。前人已有"春风又绿江南岸"、"春到人间草木知"的名句，足见"绿色乃是青春活力的象征。作者举一反三，容易令人想象出那丰草如茵、花红柳绿、莺歌燕舞的阳春景色。第三句写池塘的碧波荡漾。春风融化了冰雪，吹绿了一池清水，即所谓"春来江水绿如蓝"（白居易《忆江南》）。也许，仕女游客们正在欣赏池塘中的鸳鸯戏水，乳燕斜飞，也许游人们正在沐浴着雨丝风片……第四句写气候开始温暖宜人，立春是廿四节气之首，标志着阳气回升，气候渐暖。这是出现春游、春叶、春波的动因，以上三句分用"生"、"始"、"初"三词，突出"春"之发端、万象更新之意。

末句写土牛鞭春的风俗。古代每逢立春前一日有迎春的仪式，由人扮演"勾芒神"，鞭土牛，由地方官行香主礼，叫做"打春"，以劝农耕。结句回应首句，以写风俗起结，更送了人们除旧迎新的喜悦之情。

此曲用的是嵌字格，每句都嵌同一个字"春"，又要以"金、木、水、火、土"五字之首，则为特殊嵌字格了。而且格律甚严，三四句要对仗，首末句二字要用去上升或者去平声，结句末二字须作去上声。如此严格限制，常人只能望词兴叹，纵然勉强成篇，亦难免成为呆板的文字游戏。而作者居然写得文意充实、意境生动、音韵谐美、语言活泼自然，足见其艺术功力之深厚，令人叹为观止。

〔双调〕寿阳曲（五首之三）

贯云石

鱼吹浪，雁落沙，倚吴山翠屏高挂①。看江潮鼓声千万家，卷朱帘玉人②如画。

【注释】

①吴山：指这一带是古时吴国故址，故山泛称吴山。翠屏高挂：远远望去，沿江两旁罗列的帷幕就像翠屏一样，挂在两边的高山之上。　②玉人：女子的美称。

【赏析】

这首小令描写钱塘江涨潮的盛景和八月中旬杭州百姓观潮的热闹场面。

钱塘江是浙江的下游，经杭州由海门流入大海，以潮水浩大，声势壮观闻名，《钱塘候潮图》曾写涨潮时情形曰："常潮远观数百里，若素练横江；稍近，见潮头高数丈，卷云拥雪，混混沌沌，声如雷鼓。"正因如此，钱塘江成为历代文人墨客争相传咏的对象。

贯云石的这首小曲，无论从风格上还是描写手段上都另辟蹊径，自成一格。全曲只写两个场面，用反衬和对比的手法，含蓄表现了钱塘潮的壮观、雄美。

曲子开头并没有直接写奔涌的江潮，而是为我们展现了潮水到来之前江面上的场景。"鱼吹浪，雁落沙，倚吴山翠屏高挂。"，鱼儿在水中戏浪追逐、快活自在，大雁在沙滩上休憩，一派和谐安详的画面。当你头脑中浮现这一场景，很难想象得到之后涌上的潮水是多么汹涌澎湃。作者巧思独匠,之所以这样安排,是为了和之后涨潮时的汹涌激荡相对比,衬托江潮的排山倒海之势。第三句"倚吴山翠屏高挂",远远望去,沿江两旁罗列的帷幕仿佛翠屏一样,挂在两边的高山之上。据周密《武林旧事·观潮》中载,每年八月观潮之时,钱塘江两岸十余里全都搭上幕帐,以供人观看。这一句承前启后,以写景暗示观潮人之多,为下面潮涨作了铺垫。

"看江潮鼓声千万家,卷朱帘玉人如画。",写潮涨时的场景。潮水奔腾而至,声音宏如万鼓齐鸣,形成排山倒海之势,引得千万百姓争相观望。观潮大军浩浩荡荡,然而作者却将笔力集中在了高卷朱帘观看潮水的玉女,出乎人意料之外。这温婉可人的江南美女,似乎和钱塘江的狂潮极不协调,然而,作者在这匠心独运,用人间的娇柔来反衬潮水的壮观,让人叹为观止。

此曲文笔细腻,文辞激昂豪迈,不愧为豪放曲的代表作之一。

〔双调〕寿阳曲(五首之五)

贯云石

新秋至,人乍①别,顺长江水流残月②,悠悠画船③东去也。这思量起头儿一夜④。

【注释】

①乍:刚刚。 ②残月:指将要消失的月亮,也就是黎明时的月亮。 ③画船:装饰华丽的游船。 ④起头儿一夜:第一夜。

【赏析】

这是一首写离别之情的小令。因为篇幅有限,只用了轻描淡写的方法,描述别后第一夜的情景,给人无限的想象空间,耐人寻味。

开头"新秋至,人乍别"点出时间、事件,秋天是草木枯萎,万物衰败的季节,离别的背景为秋天,而新秋的凄凉恰与离别的凄凉彼此烘托,协调融洽。含泪送走爱人,这以后的漫漫长夜该如何度过?岂不是愁煞人!

"顺长江水流残月,悠悠画船东去也。"从别后第一夜的景色写起,离别给主人公带来的打击是巨大的。望着爱人乘着船儿远去,只留下主人公一人空对着"逝者如斯"的江水,渐行渐远的画船。"顺长江水流残月",撷取了两个意象,一个是"顺长江水流",一个是"残月",顺着长江无穷无尽的流水与别离之人无穷无尽的忧愁相通,残破感与不幸感相映相生,意境凄婉,哀怨动人。而"悠悠画船",一语双关,既写画船的悠闲远去,又写主人公心中的无限惆怅。同时,这一句与最后一句"这思量起头儿一夜。"形成对比,以画船的悠闲与主人公的紧张作对比,突出了那难以承受的思恋,这种思恋没有结束,而是刚刚起头儿的第一夜!最后一句如画龙点睛之笔,突出了主人公深情的思恋,而且重如千钧,字字敲击在读者的心里。

这首小令角度新颖,刻画了分别后第一夜的思念情景,情景交融,在优美哀怨的意境中,表现了一种无尽的思念。

〔双调〕殿前欢(九首之七)

贯云石

隔帘听,几番风送卖花声。夜来微雨天阶①净,小院闲庭,轻寒翠袖生。穿芳径,十二阑干②凭。杏花疏影,杨柳新晴。

【注释】

①天阶:指天阶星,又名"三台",此处代指整个天空明净如洗。 ②十二阑干:语出南朝乐府《西洲曲》"阑干十二曲",是说阑干多曲。在古典文学作品中,高楼凭阑一向是表现思念和郁闷的意象,象柳永《八声甘州》中"争知我,倚阑干处,正恁凝愁";又如李清照《点绛唇》中"倚遍阑干,只是无情绪"。

【赏析】

这首曲子描写一个深闺女子在暮春时节的生活情景,在富贵典雅中透露出一中淡淡的忧愁。曲子全篇都是景物与环境的描写,作者以女主人公晨起的行动为线索,连贯又层次分明地渲染出一种暮春时节闲庭小院特有的环境氛围。

曲子开头两句写女子在室内所闻,"隔帘听,几番风送卖花声。",女子听见了春风吹拂之声,卖花叫卖之声,第三句"夜来微雨天阶净"写户外所见,又补充交代了时间、天气情况。作者创造了一种优美、清新的环境。第四、五句写身之所处同时兼有身心所感,女子处在一个小院闲庭之中,感到庭院幽静,春寒料峭。最后四句"穿芳径,十二阑干凭。杏花疏影,杨柳新晴。",写女子凭栏远眺时心之所感与目之所见,雨后天晴,万物更新,杏花弄影,杨柳摇绿,一派清新。女子的这一连串的活动,连贯地串联在一起,构成一个统一的整体,渲染出一种盎然的春意和清冷的环境。而勃勃的春意与清冷的环境之间造成一种极大的反差,衬托出女主人公寂寞无聊的情怀。

这首曲子传达了一种忧愁,但通篇没有一处写愁,只是通过听、寒、凭阑等动作,把主人公的愁思表现得淋漓尽致,余味深长,耐人寻味。

〔双调〕殿前欢（九首之八）

贯云石

数归期，绿苔墙划损短金篦①，裙刀儿②刻得阑干碎，都为别离。西楼上雁过稀，无消息，空滴尽相思泪。山长水远，何日回归！

【注释】

①金篦：指金饰的篦子。　②裙刀儿：是古代妇女腰间带的一种金属饰物，形状如刀。

【赏析】

这首曲子描写闺中少妇思念远人的情愁。

曲子开门见山，起笔即点明相思怀人，计算丈夫的归期，接着写了思妇的具体行动："绿苔墙划损短金篦，裙刀儿刻得阑干碎"，"划损"、"刻碎"两个细节描写以思妇的痴举强调相思的情深。"都为别离"一句点明以上动作的缘由。

曲子的上半部分刻画了思妇数归期的动作，暗含着无数的惆怅。以下"西楼上雁过稀，无消息，空滴尽相思泪。"三句，将思妇盼夫归期的惆怅进一步加深。一个"稀"字表现女主人公登楼时间之长，痴情之深。思妇一直等到大雁快过完了，只偶尔有失群的孤雁哀鸣着飞过头顶的时候，还是没有任何消息，这一情景展现了思妇深深的失望和相思之苦，所以才有"空滴尽相思泪"。曲子结尾"山长水远，何日回归！"，将全曲的意境纵横延展，寄予了思妇遥遥无期的痴望和等待，意蕴深长，哀怨动人。

此曲叙事写景看似毫不经意，朴质无华，但是句句写思妇的痴举，字字含思妇的深情，使思妇的思恋得到了尽情的表达。语言虽浅淡自然，但情意绵长，意境悠远，蕴含着一种清丽的美。

〔双调〕殿前欢（九首之九）

贯云石

夜啼乌，柳枝和月翠扶疏。绣鞋香染莓苔路，搔首踟蹰①，灯残瘦影孤。花落流年度，春去佳期误。离鸾②有恨，过雁③无书。

【注释】

①搔首踟蹰：形容抓耳挠腮、反复徘徊、焦灼万分的情形。　②鸾：古代相传一种类似凤凰的神鸟，离鸾常指夫妻二人相分离。　③过雁：飞过的大雁。

【赏析】

这首曲子也是描写思妇的别离愁苦。

曲子开头交代了思妇的活动背景，渲染了一种寂静的氛围。"夜啼乌，柳枝和月翠扶疏。"，乌鸦啼叫反衬出夜的寂静，月色朦胧、树影稀疏反衬出环境的幽暗，同时也烘托了思妇的心境。"绣鞋香染莓苔路，搔首踟蹰，灯残瘦影孤。"，这三句是写思妇的活动和一系列细微的感情变化。"香染"二字写出了思妇失望却不愿相信事实的心理，她踏遍了每一条小径，反复"寻找"、"探求"，以至于平时无心问津的小径如今都染上了绣鞋的香味，但即使这样，也改变不了无奈的现实。失望透顶之后，她内心的凄凉和怨恨不自觉表现在外表行动上，于是她"搔首踟蹰"。这一句化用了《诗经·邶风·静女》中"爱而不见，搔首踟蹰"的诗意，表现了思妇深夜不眠，在庭院中徘徊焦灼的情景。然而思妇接下来面对的，是更加残酷的现实："灯残瘦影孤"，女子孑然一身，独自面对着残灯冷夜，顾影自怜。女子无法抑制住心中无限的悲痛，发出了人生无常的感慨："花落流年度，春去佳期误。"，着重表现了内心的寂寞感伤。结尾"离鸾有恨，过雁无书。"用有恨无书相对比的手法，写思妇怨恨之情，鸿雁承载着思妇的希望，可大雁是飞回来了，却没有捎回任何书信，更是恨上加恨，愁肠百转，催人泪下。

此曲着笔于思妇的心理活动和行动描写，用环境加以烘托，情与景相互映衬，达到了情恨绵长的效果。

〔仙吕〕点绛唇

闺　愁

贯云石

花落黄昏，暮云将尽，专盼青鸾①信。宝兽②香焚，又到愁时分。

〔混江龙〕相思慰闷，绣屏斜倚正销魂③。带围宽尽，消减精神④。翠被任薰终不暖，玉杯慵举几番温。鸾钗半亨单蝉鬓⑤，长吁短叹，频啼痕。

〔寄生草〕琼簪折，宝鉴分，今春又惹前春恨。泪珠儿滴尽愁难尽，瘦庞儿不似当时俊。思量几度甚时休，相思满腹何年尽?

〔金盏儿〕风逼透绣罗衾,风刮散楚台⑥云;檐间铁马⑦风敲韵,风摇闲阶翠竹不堪闻。风筛帘影动,风传漏声频。风薰花气爽,风弄月华昏。

〔后庭花〕兽炉中香倦焚,银台上灯渐昏;罗帏里和衣⑧睡,纱窗外曙色分。想情人,起来时分,蹀金莲搓玉笋。

〔赚煞〕捱的到天明,却有谁瞅问?昨夜和衣睡把罗裙皱损,一面残妆空泪痕。日高也深院无人,掩重门,烦恼向谁论,独对菱花整乱云。恰待向瘦庞儿上傅粉,欲梳妆却心困,气长吁呵的镜儿昏。

【注释】

①青鸾:是传说中的神鸟。班固《汉武故事》:七月七日,忽然见青鸟从西飞来,东方朔说西王母将至,果然,不久王母至,"有二青鸟如鸾,夹侍王母旁"。后来就用青鸟比喻使者,李商隐"青鸟殷勤为探看"就是以青鸟为男女间使者。 ②宝兽:指香炉,香炉铸为兽状 ③销魂:是指为情所感,若魂魄离散。 ④带围宽尽,消减精神:由柳永"衣带渐宽终不悔,为伊消得人憔悴"的境界化来。 ⑤鸾钗半享单蝉鬓:鸾钗半垂在草率梳成的蝉状鬓发上,正是一副懒散伤神的样子,长吁短叹表明了内心的痛苦,手不停地擦去泪痕,这里暗示了女主人公泪流不断。 ⑥楚台:典出宋玉《高唐赋》,楚怀王游高唐,急而昼寝,梦见与巫山之女欢会,巫山女离时曰:妾"旦为朝云,暮为行雨,朝朝暮暮,阳台之下。"故"楚台云"应指男女欢会之梦。 ⑦铁马:也叫风铃,是挂在窗檐上的一种响器,相传隋炀帝后因思竹鸣不能入睡,炀帝为她做薄玉龙悬于檐外,风吹响与竹声无异,民间效仿则以竹马代玉龙,后变为铁马。 ⑧和衣:穿着衣服。

【赏析】

这首套数写了女子的离愁别苦。离愁别绪是古典诗词中,也是元散曲中常见的题材,但是,用一整套曲子来反复咏叹,从多角度、多侧面将女主人公的离愁别苦表现得如此淋漓尽致,却又是十分难得的。作者以昨日黄昏到次日天明的时间推移为线索,顺次展开描写。

首曲先描写了昨日黄昏时的情景,开始就表现出女主人公的忧愁哀伤的情绪。开篇两句以朦胧的暮色引发人愁苦的情绪,"专盼青鸾信"一句,点明女主人公的忧愁哀伤是因为丈夫的离去。"宝兽香焚"一句描写环境,与"又到愁时分"相结合,点明思妇的离愁。从整体看来,首曲相当于这篇套数的序曲,它烘托了气氛,交待了事件,奠定了感情基调。

第二曲〔混江龙〕描写女子入睡前相思的情态。此时时间已由黄昏延伸到晚上。作者先表现了思妇形容憔悴、失魂落魄的情状,又描写了她熏被、温酒的行动,用身体的冷衬托内心的凄冷,最后写女子的感叹伤悲,令人为之动容。

第三曲〔寄生草〕是一支插曲,描写了女子思前想后,表明女主人公内心的离愁别恨由来已久,并且将遥遥无期地延续下去。此曲重点表现女子的内心活动,在感情上又加深了一层，在离愁之中凭添了些许烦躁。

第四曲〔金盏儿〕描写了女子深夜难寐的情景。这支曲子一共八句，前两句写风惊了女子的好梦，后六句写因风而动的耳闻目睹之景，重在烘托凄凉冷落的环境氛围，来衬托女子心境的寂寞凄冷。这首曲子除了第三句以外，每句句首都冠以一个"风"字，造成了紧张急促之感，使感情也变得急促，极易引发人的伤心情怀，又将女主人公的愁苦加深。

第五曲〔后庭花〕写女子翌日拂晓时分倦怠的情形。既注重环境气氛的烘托，又着意刻画女子的行动，女子心中那一种难言的隐痛跃然纸上。

最后一曲〔赚煞〕写次日天明时分的情景，既写了女子内心的悲情，也写了女子愁苦的面容，还写了女子慵懒的情态，表现了女主人公最深程度的孤独和哀愁，这里是女主人公所有痛苦感情的集中倾吐。

这篇套数脉络清晰，角度多变，着笔于外部环境气氛的烘托和女子心理活动的刻画，将女子满腔的离愁别恨表现得淋漓尽致，语言运用自然贴切，不拘一格。

〔仙吕〕村里迓鼓

隐逸

贯石屏

我向这水边林下，盖一座竹篱茅舍。闲时节观山玩水，闷来和渔樵闲话。我将这绿柳栽，黄菊种，山林如画。闷来时看翠山，观绿水，指落花。呀！锁住我这心猿意马。

〔元和令〕将柴门掩落霞，明月向杖头挂。我则见青山影里钓鱼槎，慢腾腾间潇洒。闷来独自对天涯，荡村醪饮兴加。

〔上马娇〕鱼旋拿，柴旋打。无事掩荆笆，醉时节卧在葫芦架。咱，睡起时节旋去烹茶。

〔游四门〕药炉经卷作生涯，学种邵平①瓜。渊明②赏菊在东篱下，终日饮流霞。咱，向炉内炼丹砂。

〔胜葫芦〕我则待散诞逍遥闲笑耍，左右种桑麻，闲看园林噪晚鸦。心无牵挂，蹇驴闲跨，游玩野人家。

〔后庭花〕我将这嫩蔓菁带叶煎，细芋糕油内炸。白酒磁杯咽，野花头上插。兴来时笑呷呷。村醪饮罢，绕柴扉水一洼，近山村看落花，是蓬莱天地家。

〔青哥儿〕呀！看一带云山云山如画，端的是景物景物堪夸。剩水残山向那答③。心无牵挂，树林之下，椰瓢④高挂。冷清清无是无非诵《南华》⑤，就里乾坤大。

【注释】

①邵平：也叫召平，秦时广陵人，曾被封为东陵侯，秦亡后他一贫如洗，在长安城东种瓜，瓜甜美，被称为东陵瓜。萧何被拜为相国时，邵平曾劝他不要接受。　②渊明：东晋大文学家，因不愿为五斗米折腰而隐居，诗中有"采菊东篱下，悠然见南山"之句，被人们盛传　③那答：又作那塔，那塔儿，是那里的意思。　④椰瓢：用椰子壳做的瓢。　⑤《南华》：庄子的《南华经》。

【赏析】

这首套数一共七支曲子，描写归隐之乐，反复描写隐居田园山林的放诞逍遥，形象地刻画了一个热衷功名利禄之人在遭受打击后开始隐居到最后和自然融为一体的心路发展历程，表现出一种与世无争的淡泊思想。

首曲〔村里迓鼓〕和〔元和令〕两支曲子写刚开始隐居时的情形。作者用自己的劳动，创造了一个优美恬静的居住环境，并在这种舒心惬意的环境中开始过起了一种"看翠山，观绿水，指落花。"、饮"醪饮"的"观山玩水"的"潇洒"生活。然而，曲中却出现了三次"闷来"，虽然说"锁住我这心猿意马"，可见得此时尚未能完全锁住。

〔上马娇〕和〔游四门〕两曲，写了作者自己真实的隐居生活。作者行为和心理发生了变化，亲自为生计奔波，打柴、捕鱼、烹茶，以及效仿邵平、陶渊明的赏菊种瓜和道士的炼丹，于是成为一名真正的隐士，先前的"闷"已不知不觉消失，而"心猿意马"似乎被真正"锁"住了。

最后〔胜葫芦〕、〔后庭花〕、〔青哥儿〕三曲，种种的行动描写，表现了作者"无是无非"、"散诞逍遥"而最终与大自然和谐交融的心境。曲中作者的语气逐渐转为明快，融入自然的乐趣之中，此时主人公的心境已是"无是无非"，再也不会"心猿意马"了，他真正清醒地认识到人生的乐趣不仅仅在于仕途上的苦苦追求，隐居之中同样有无限的世界，偌大的乾坤。最后，作者已经完全完成了心灵"回归自然"的历程，陶醉在隐居生活中。

全曲的重点着力于行动描写，同时也注重环境的烘托和内心活动的展现，成功地塑造了一个寄情田园山水的隐士的形象。语言通俗自然，笔调活泼潇洒，大气豪放。

〔中吕〕普天乐

潇湘八景①（选五）

鲜于必仁

洞庭秋月

水无痕，秋无际。光涵赑屃②，影浸玻璃③。龙嘶贝阙珠，兔走蟾宫桂④。万顷沧波浮天地，烂银盘寒褪云衣。洞箫谩吹，篷窗静倚，良夜何其。

平沙落雁

稻粱收，菰蒲⑤秀。山光凝暮，江影涵秋。潮平远水宽，天阔孤帆瘦。雁阵惊寒埋云岫⑥，下长空飞满沧洲⑦。西风渡头，斜阳岸口，不尽诗愁。

远浦帆归

水云乡，烟波荡。平洲古岸，远树孤庄。轻帆走蜃风⑧，柔橹闲鲸浪⑨。隐隐牙樯⑩如屏障，了吾生占断⑪渔邦。船头酒香，盘中蟹黄，烂醉何妨。

山市晴岚

似屏围，如图画。依依村市，簇簇人家。小桥流水间，古木疏烟下。雾敛晴峰铜钲⑫挂，闹腥风⑬争买鱼虾。尘飞乱沙，云开断霞，网晒枯槎。

渔村落照

楚云寒，湘天暮。斜阳影里，几个渔夫。柴门红树村，钓艇青山渡。惊起沙鸥飞无数，倒晴光金缕扶疏。鱼穿短蒲，酒盈小壶，饮尽重沽。

【注释】

①潇湘八景：相传为湘江一带的八处名胜。据宋代沈括《梦溪笔谈》所记，"潇湘八

景"原是时人宋迪创作的八幅山水画的画题,它们是:《平沙落雁》、《远浦帆归》、《山市晴岚》、《江天暮雪》、《洞庭秋月》、《潇湘夜雨》、《烟寺晚钟》、《渔村夕照》。后人多有吟咏。 ②赑屃:传说是龙之子,形似龟,背有花纹,在这里借喻粼粼闪光的湖面。 ③玻璃:即琉璃,一种带色的天然水晶石,这里借喻清澈、碧绿、平静的湖水。 ④兔走蟾宫桂:"兔"和"蟾宫桂",传说是月宫里的景物。 ⑤菰蒲:菰,多年水生草本植物。蒲,也是水生植物,可以编席。 ⑥惊寒:化用王勃《滕王阁序》"雁阵惊寒,声断衡阳之浦"。云岫:源出陶渊明《归去来兮辞》"云无心以出岫"句。 ⑦沧洲:湖滨广袤的沙滩。常用指隐士住地。 ⑧蜃风:传说是一种大蛤蜊所吐之气形成的江风。 ⑨鲸浪:据说鲸鱼能兴起江海的波浪。 ⑩牙樯:是饰以象牙的帆樯,这里比喻白帆点点连成一片,形如一道拦截的屏风。 ⑪占断:占有的意思。 ⑫铜钲:即铜锣,这里喻指太阳。 ⑬腥风:这里作嗅觉描写,说明集市鱼虾贸易的兴隆。

【赏析】

第一首《洞庭秋月》。

洞庭湖,位于湖南北部,素以气象宏伟,富饶美丽著称。洞庭湖的景色朝夕各异,四时不同,以金秋夜景尤佳。鲜于必仁这首小令,为我们展现了一幅神奇而美好的洞庭秋月图。

曲子开门见山,写洞庭湖的秋天和月亮。"水无痕,秋无际,光涵赑,影浸玻璃。",洞庭湖上水雾相接,明月皎洁,波光清凌。作者想象奇特,画面颇具色泽感。中间几句将洞庭湖与秋月合为一体,富于浪漫色彩。"龙嘶贝阙珠,兔走蟾宫桂。",写湖底之月和湖上之月,都是虚景。作者巧用典故,将沉浸湖中的月亮想象成龙王喜爱的夜明珠,突出了秋月的珍奇。曲子前几句全是静景,而"龙嘶"、"兔走"使静景充满了活力,我们仿佛能看到,水里之月在姗姗移动,天空之月,在如影相随。作者正在这美景中沉醉时,突然"万顷沧波浮天地,烂银盘寒褪云衣。",洞庭湖上波涛顿起,水天一色,而月如银盘,当空朗照。这两句用了夸张和比拟的手法,描绘出洞庭湖美景连连的精彩。结尾"洞箫谩吹,篷窗静倚,良夜何其。",作者在美景中纵情驰骋,不禁遐想,在美丽的湖光月色中,泛舟遨游,在"如怨如慕、如泣如诉"的箫声里,倚窗静聆,这样的夜晚,该是多么自在美好啊!

第二首《平沙落雁》。

这首小令描绘的是群雁在衡阳沙滩上或盘旋回顾或栖落追逐的场景。衡阳位于湘水之畔,那里有著名的回雁峰。据清同治《衡阳县志》所载:唐时传说,"南雁飞宿,不度衡阳,故山名回雁"。鲜于必仁用疏笔淡墨,描绘了了一幅秋江落雁图,意境淡雅。

开头"稻粱收,菰蒲秀,山光凝暮,江影涵秋。",描绘了一幅意象丰富的深秋图。这时谷物丰收,水草茂盛,湖光山色都蒙上了浓浓的秋意。在这清新宜人的时节里,放眼望去,江上"潮平远水宽,天阔孤帆瘦。",场面恢宏,也带有一丝清淡、安谧的情调。接下来笔力应该都集中写落雁了。"雁阵惊寒埋云岫,下长空飞满沧洲。",动感十足,雁群翻飞,远远近近,上上下下,不时传来雁群惊寒的鸣叫,打破了空间的寂静;只见沙洲片片,鸿雁点点,为暮秋的萧瑟增添了朝气与活力。结尾"西风渡头,斜阳岸口,不尽诗愁。",寓情于景,作者选取了"西风"和"斜阳"这两个最容易勾起人思绪的意象,以及"渡头"和"岸口"代表离别的意象,表达了深秋中的"不尽诗愁",结尾情景交融,将秋景抹上了一股淡淡的哀愁，增强了艺术感染力。

第三首《远浦帆归》。

小令选取了日常中远帆捕鱼归来的场景，描绘了水乡渔民的日常生活。

曲子开头"水云乡，烟波荡，平洲古岸，远树孤庄。"，作者置身于捕鱼的舟中，以船上的角度，描写了沿岸水景和岸景。泛游在烟波荡漾的水面上，不禁感到"轻帆走蜃风，柔橹闲鲸浪。隐隐牙樯如屏障"。帆船顺着江风轻快地行使，渔民们在水波涌起的江中摇船捕鱼，作者站在船头极目远眺，在水天相接之处，看到白帆点点，连成一片，宛如一道拦截的屏风。看到如此壮美的景象，于是作者情不自禁地说道："了吾生占断渔邦"。自己多想做一个自得其乐的渔夫，与日月同乐，与万物齐欢。曲子结尾写"帆归"的情景。"船头酒香，盘中蟹黄，烂醉何妨。"，日暮黄昏，渔民们收橹下帆，顶着漫天的星光，在船上过夜，畅饮美酒，食鲜蟹，其乐融融，令人羡慕不已。这首小令通过作者自身的亲身体验，描述了出帆、捕鱼、归帆、夜饮等场景，真实自然，饶有情趣。

第四首《山市晴岚》。

这首小令主要写昭山风景和当地的居民生活。昭山，是座历史悠久的名山，位于湖南长沙、湘潭、株洲三市的交界处。

开篇六句，是三组对句，对仗工整。"似屏围"对"如图画"，"依依村市"对"簇簇人家"，"小桥流水间"对"古木疏烟下"。作者沿阶而上，欣赏沿途的美景。"雾敛晴峰铜钲挂"，在昭山峰顶，云雾消散，一轮晴日恰如玉盘，高空悬照。山上的集市又是另一番景象，"闹腥风争买鱼虾"，小贩的喧嚣叫卖，主顾的讨价还价，热闹非凡。"尘飞乱沙"从侧面烘托集市的热闹，道路上车水马龙，沙尘飞扬，犹如大都市。尾句"云开断霞，网晒枯槎。"两句，扣紧题目中的"晴"字，描绘了渔民在天放晴时晒网的情景，写出了昭山当地的风情，充满了浓郁的生活气息。

第五首《渔村落照》。

这首小令承接上一首《山市晴岚》，描绘了渔村傍晚的景象。

开头"楚云寒，湘云暮，斜阳影里，几个渔夫。"，用工笔细描，勾勒出一幅渔村晚景图；接着天高云淡，整个湘江笼罩在一片暮景中，在夕阳的斜照下，隐隐走来几个归家的渔夫，神态轻松自在，与这稀薄的暮色相映成趣。接下来，作者顺着渔夫的身影转向岸景描写。"柴门红树村，钓艇青山渡。"，渔家的柴门半掩半闭，隐在茂密的长满红花绿草的树林之中，不远处是渔夫的渔船。这两句紧扣"渔村"之题，静中有动，引出下文"惊起沙鸥飞无数"，使画面充满了生机与朝气。接着，作者的视线又从飞起的沙鸥转向江上的暮色，"倒晴光金缕扶疏"，写阳光渐渐落山，映在水上的万缕金线渐渐稀落，暮色壮丽苍茫，不禁令人喟叹。结尾"鱼穿短蒲，酒盈小壶，饮尽重沽。"，写渔夫手提蒲草串着的活鱼，提着美酒，兴致勃勃地向渔村走去，写出了渔夫安然舒畅的生活，充满浓郁的生活气息。

鲜于必仁的这组小令，清新隽永，韵味悠长，是以"潇湘八景"为题的作品中的佳作。

〔双调〕折桂令（三首）

鲜于必仁

诸葛武侯

草庐当日楼桑①，任虎战中原，龙卧②南阳。八阵图③成，三分国峙④，万古鹰扬⑤。《出师表》谋谟庙堂，《梁甫吟》感叹岩廊。成败难量。五丈秋风，落日苍茫。

韩吏部

羡当年吏部文章，还孔传轲⑥，斥老排庄⑦。秦岭⑧云横，蓝关⑨雪拥，万里潮阳⑩。龙虎榜⑪声名播扬，凤凰池⑫翰墨流芳。此兴难量。巷柳园桃，恼乱春光。

苏学士

叹坡仙⑬奎宿⑭煌煌，俊赏苏杭⑮，谈笑琼黄⑯。月冷乌台⑰，风清赤壁⑱，荣辱俱忘⑲。侍玉皇金莲夜光⑳，醉朝云㉑翠袖春香。半世疏狂㉒。一笔龙蛇，千古文章。

【注释】

①楼桑：在今河北涿县，相传是刘备故里。 ②龙卧：比喻未出山时的诸葛亮。 ③八阵图：《三国志·诸葛亮传》曰："亮性长于巧思，损益连弩，木牛流马，皆出其意；推演兵法，作八阵图，咸得其要云。"八阵图，代表了诸葛亮作为一个军事家的成就。 ④三分国峙：讲的是刘备三顾茅庐，向诸葛亮请教治国霸业之策。诸葛亮分析天下形势，提出了联吴抗魏，形成三国鼎足而立的局面。 ⑤万古鹰扬：意思是诸葛亮大展雄才，立下不朽的功业。 ⑥孔：指孔子。轲：指孟子。 ⑦老：指老子。庄：指庄子。 ⑧秦岭：在陕西省南部。 ⑨蓝关：即蓝田关，在陕西商县。 ⑩潮阳：县名，属广东省，唐时称"潮州府"。 ⑪龙虎榜：指进士名榜。贞元八年（729），韩愈在长安，登进士第，同时登第的有李观、欧阳詹等，皆有才学，时称"龙虎榜"。 ⑫凤凰池：是宫中池名，中书省所在地。元和十一年（816），韩愈在长安，迁中书舍人，掌诏令起草并作皇帝的侍从。 ⑬坡仙：即苏轼。《东坡志林》记其"异仙"的故事，后人称他为"坡仙"。 ⑭奎宿：星名，二十八宿之一。《初学记》有"奎主文章"之说，这里喻指苏轼的文学才气显赫于世，令人赞叹。 ⑮俊赏苏杭：苏轼于熙宁四年（1071）任杭州通判，元祐四年（1089）再任杭州太守，为浙西的老百姓做了不少好事，赈灾抚民，免役减税，深受百姓爱戴。 ⑯谈笑琼黄：苏轼在元丰三年

(1080）贬谪黄州团练副使，晚年又流放到海南儋县，保持开朗、乐观的情绪。　⑰月冷乌台：指乌台诗案。乌台，即御史台。乌台诗案是宋朝第一次震撼朝野的文字狱，苏轼被牵涉在内，下陷在狱，几欲身死。　⑱风清赤壁：苏轼任黄州团练副使时，曾与友人泛舟夜游赤壁，写下了著名的前、后《赤壁赋》和《念奴娇·赤壁怀古》。　⑲荣辱俱忘：这是苏轼当时旷达、超脱的态度和情怀的写照。　⑳金莲夜光：官廷用的蜡烛，灯台如莲花瓣。《宋史·苏轼传》有"召入对便殿，……已而命坐赐茶，撤御前金莲烛送归院"之语。　㉑朝云：是苏轼的侍妾，随苏轼谪居惠州，三十四岁病卒。　㉒疏狂：狂放不羁貌。白居易有诗曰："疏狂属年少，闲散为官卑。"

【赏析】

　　鲜于必仁的这一组〔双调·折桂令〕歌咏历史人物，一共写了七个人物：严子陵、诸葛亮、陶渊明、李白、杜甫、韩愈和苏轼。作者一方面对这几个历史人物十分推崇，另一方面又对他们的坎坷遭遇深表同情。

　　第一首《诸葛武侯》，写三国时的诸葛亮，赞颂了他的千秋功业。

　　小令开头"草庐当日楼桑。任虎战中原，龙卧南阳。"，是写诸葛亮还未出山助刘备打天下，在南阳隐居的生活。"八阵图成，三分国峙，万古鹰扬。"，这里化用了杜甫的诗句："功盖三分国，名成八阵图"，写刘备三顾茅庐，向诸葛亮请教治国霸业之策。诸葛亮分析天下形势，提出了联吴抗魏，形成三国鼎足而立的局面。诸葛亮出山后，辅佐刘备，建立了开国功勋。这里着重表现出了诸葛亮的文韬武略和政治远见，歌颂了诸葛亮辉煌灿烂的文治武功。下面两句《出师表》谋谟庙堂，《梁甫吟》感叹岩廊。"是写诸葛亮辅佐后主刘禅的情况，刘禅昏庸无能，让诸葛亮太过失望。结尾"五丈秋风，落日苍茫。"，有一种"出师未捷身先死"的落寞与无奈。作者以"落日"比喻这位名扬千古的大军事家，流露出无限的伤感与惋惜。

　　第二首《韩吏部》，写唐代文人韩愈，曲中多化用韩愈的诗句，浑然天成。

　　开头"羡当年吏部文章，还孔传轲，斥老排庄。"，用夸张和对比的手法，赞扬了韩愈的文采过人和政治才能。一个"羡"字，表现出作者对韩愈的推崇。接下来"秦岭云横，蓝关雪拥，万里潮阳。"，描述了韩愈的坎坷经历。元和十四年，韩愈向宪宗上《论佛骨表》，触怒宪宗，被贬到潮州当刺史。韩愈因尽忠而贬，情绪低沉，在途经蓝关时，给其侄孙韩湘写诗曰："一封朝奏九重天，夕贬潮州路八千。欲为圣明除弊事，肯将衰朽惜残年！云横秦岭家何在？雪拥蓝关马不前。知汝远来应有意，好收吾骨瘴江边。"作者将韩愈的诗句融于小令中，婉转道出韩愈的经历，并抒发自己的同情与惋惜，可谓浑然天成。

　　"龙虎榜声名播扬，凤凰池翰墨流芳。此兴难量。"此三句描写韩愈得志之时意气风发的样子，"此兴难量"形容韩愈志得意满的情貌，其中也含有一丝善意的嘲讽，暗示了乐极生悲的定律。结尾"巷柳园桃，恼乱春光。"这两句化用韩愈《夕次寿阳驿题吴郎中诗后》诗中的句子："风光欲动别长安，春半边城特地寒。不见园花兼巷柳，马头惟有月团团。"这首诗作于长庆二年（822），韩愈奉使镇州的途中，当时韩愈已经五十五岁，其后不到两年，韩愈得病而终。诗中描写了一幅荒凉凄败的景象和韩愈晚年的落寞情绪。小令用极短的篇幅描写了韩愈一生坎坷的经历，乐极生悲，荣辱相随，刻画出韩愈鲜明的个性和思想。

　　第三首《苏学士》，写宋代的苏轼。

首句"叹坡仙奎宿煌煌",是说苏东坡举止若仙,文采盖世,犹如文曲星下凡,发出万丈光芒。这里极尽作者对苏轼文学才气显赫于世的赞叹。"俊赏苏杭,谈笑琼黄",用苏轼仕途的顺境和逆境作比对,两个极端处境的对照,说明无论处在什么境遇之下,他都能性情不改,写出优美的文章,照应了开头的"奎宿煌煌"。"月冷乌台,风清赤壁,荣辱俱忘。",也是用厄境和美景的对照,表现苏轼"荣辱俱忘"超脱旷达的情怀。"侍玉皇金莲夜光,醉朝云翠袖春香。",以苏轼曾得到的圣恩和理想的生活伴侣,进一步表现苏轼荣辱悲欢的一生。结尾"半世疏狂。一笔龙蛇,千古文章。",用鼎足对概括了苏轼的一生:性格豪放旷达,不受世俗的牵绊;笔走龙蛇,文章流芳百世。作者用寥寥数字,简练、生动地绘出了苏轼的形象,中间掺杂着作者赞扬、感叹和仰慕的感情。

〔双调〕折桂令

燕山八景(之四)

芦沟晓月

鲜于必仁

出都门鞭影摇红①。山色空濛,林景玲珑。桥俯危波,车通远塞,栏倚长空。起宿霭千寻卧龙,掣流云万丈垂虹②。路杳疏钟,似蚁行人,如步蟾宫③。

【注释】

①鞭影摇红:指赶车人手持鞭子,红缨不停地摇动。 ②"起宿霭"两句:化用唐杜牧《阿房宫赋》"长桥卧波,未云何龙?复道行空,不霁何虹。"之句。宿霭,指晨雾。寻,古代长度单位,八尺为一寻。卧龙,此指卢沟桥。掣,拉拽之意。垂虹,此处形容卢沟桥。 ③蟾宫:月宫。相传月中有蟾蜍,故月宫又称蟾宫。

【赏析】

《芦沟晓月》为鲜于必仁《燕山八景》组曲中的一首。芦沟桥,位于北京西南永定河上。桥于金大定、明昌年间(1189年—1192年)初建,明正统九年(1445年)复修。为元代燕山(今北京地区)八景之一。燕山八景指的是:太液秋风、琼岛春阴、居庸叠翠、芦沟晓月、蓟门飞雨、西山晴雪、玉泉垂虹、金台夕照。

这首小令描写了卢沟桥的晨景,视野开阔。开头从"出都门"着笔,描写沿途的景致。赶车的人挥动着马鞭,红缨和朝霞相映成趣。"山色空濛,林景玲珑。",紧扣"晓月"的主题,在淡淡的月光下,薄薄的晨雾中,远处的山色林影显得更加朦胧缥缈。作者抬头望去,由近及远，目光集中到了卢沟桥上。"桥俯危波，车通远塞，栏倚长空。"，卢沟桥屹立在奔流的永定河上，高大的桥栏遥指长空，桥上车水马龙，川流不息，驶向那遥远的边塞。这三句对仗工整，由近及远，层次分明。接下来，作者面对芦沟桥，产生了奇思妙想，"起宿霭千寻卧龙，掣流云万丈垂虹。"，卢沟桥既像一条在晨雾中昂首欲飞的巨龙，又像一道划破长空的万丈彩虹。作者运用了夸张和比拟的手法，极尽卢沟桥的雄美和气势。

结尾作者笔锋一转，集中写路、人和月。"路杳疏钟，似蚁行人，如步蟾宫。"，在破晓的薄雾里，道路隐约朦胧，从远处传来几声古刹的钟声。作者恋恋不舍地回望桥上，行人细密地像一只只小蚂蚁，仿佛是在月宫中行走，感觉飘然欲仙。

这首小令语言典雅，比喻生动，层次分明，极其准确地勾勒出了芦沟晓月的特点，韵味十足，足见作者的赞美与喜爱之情。

〔双调〕雁儿落过得胜令

闲适（三首之二）

邓玉宾子

乾坤一转丸，日月双飞箭。浮生①梦一场，世事云千变②。

万里玉门关③，七里钓鱼滩④。晓日长安近⑤，秋风蜀道难⑥。休干，误杀英雄汉。看看，星星两鬓斑！

【注释】

①浮生：即人生，最早见于《庄子·刻意》："其生若浮，其死若休。"　②世事云千变：出于杜甫《可叹》诗："天上浮云似白衣，斯须改变如苍狗。"　③万里玉门关：借用班超弃官求归的故事。《后汉书·班超传》记载，班超在西域三十一年，官至西域都护，封定远侯。后来他年老思归，求人代为上疏，曰："臣不敢望到酒泉郡，但愿生入玉门关。"玉门关，在今甘肃省敦煌县西北，是通西域的古道。　④七里钓鱼滩：是写东汉严子陵弃官归隐，垂钓于富春江的故事。七里滩，又名七里泷、富春渚，在今浙江桐庐县严陵山西，传说有严子陵钓鱼台的遗址。　⑤晓日长安近：典出于《世说新语·夙惠》，后世就以"长安日"比喻表示君王，以"长安近"表示官运亨通仕途得意。　⑥秋风蜀道难：化用唐代大诗人李白的故事。李白在长安时，因屡逢蹉跌，备受蹭蹬之苦，对李唐王朝大失所望，作《蜀道难》一诗，借蜀道之艰险，状仕途之坎坷，抒胸中之愤懑。这里是作者借李白诗意，抒写文人学士怀才不遇的悲愤。

【赏析】

此曲作者为邓玉宾子，原作三首，这里选的是第二首。这首带过曲由〔雁儿落〕和

〔得胜令〕两支组成。

这首小令直白坦率地道出了古人们所了解的几个基本哲学命题——空间、时间、生命和社会的宏观思考和判断。无限的宇宙空间只如小小的转丸，永恒的时间也如飞箭一般稍纵即逝；浮生若梦虚妄无定，世事如云变幻无常。这种观念，乃是中国历代文人人生和政治体验长期积累所获得的"共感"。"浮生梦一场"引用庄子的思想表达出人生的虚无，而唐代大诗人李白也曾发出过这种典型的人生感叹："夫天地者，万物之逆旅也；光阴者，百代之过客也。而浮生若梦，为欢几何？"正是基于这样的思考和判断，作者在曲中肯定了虚无恬淡、闲适隐居的处世态度。

然而，这种消极的处世态度毕竟产生于元代这个特定的社会历史土壤之中。元代统治者对汉族知识分子猜忌防范，一般文人士子不免都有临深履薄、朝不保夕的心理，于是常常感叹祸福的难测，从而赞赏急流勇退的举动。〔得胜令〕一曲便十分深刻地表现了作者复杂矛盾的心理。文中，"万里玉门关，七里钓鱼滩。"两句，引用东汉名将班超和隐士严光的故事，表现了作者功成身退、功名意懒的思想。在这里，"万里玉门关"表示仕进，"七里钓鱼滩"表示隐退。"晓日长安近"表示官运亨通仕途得意，"秋风蜀道难"表示仕途坎坷。这两个典故并列，一表示顺境，一表示逆境。有趣的是，作者并没有表露任何感情倾向。这是否可以说作者态度不鲜明、曲意太朦胧呢？当然不是，这种将意象客观罗列的写法，恰恰是该曲的高明之处。

将这些意象叠加在一起，它们之间就产生了超越意象的新含义，"万里玉门关"与"七里钓鱼滩"叠加在一起，作者显然是否定了征战事功而肯定了隐居闲适。"晓日长安近"与"秋风蜀道难"的叠加更有意味，进则春风得意，逆则命途多舛，作者视仕进为险途的意图"昭然若揭"。所以，综上所述，这首散曲对闲适的处世态度的肯定，实质上是对元代统治者刻薄寡恩的抨击，是对当时险恶政治的否定。

〔双调〕沽美酒兼太平令

叹 世

张养浩

在官时只说闲，得闲也又思官。直到教人做样看，从前的试观，那一个不遇灾难？

楚大夫行吟泽畔，伍将军血污衣冠，乌江岸消磨①了好汉，咸阳市乾休②了丞相。这几个百般③，要安，不安。怎如俺五柳庄逍遥散诞④。

【注释】

①消磨：消除，消灭。　②乾休：白白地葬送。　③百般：意思是各式各样，指前面

所举的四个历史典型人物：屈原、伍子胥、项羽、李斯，虽朝代、性格与际遇不一，但都是同样的结局。　④怎如俺五柳庄逍遥散诞：此处化用东晋诗人陶渊明的故事。陶渊明不满士族地主把持政权的黑暗现实，去职归隐，在自己的隐居处种了五株柳树，自号五柳先生。在他所写的《五柳先生传》中，有"五柳先生闲静寡言，不慕荣利"之句。

【赏析】

这首小令写于作者辞官回家之时，表达了他以隐居来躲避祸患的想法。

开头"在官时只说闲，得闲也又思官。"两句，写出了作者此刻的矛盾心理：作官时为政务琐事所累，再加上仕途险恶，不但无法实现自己的理想与抱负，更是朝不保夕，整日提心吊胆，于是便想过一种闲云野鹤的闲适生活；而现在隐居回家，过上闲散自由的生活时，又不能完全忘却世情，还想着能成就一番大事业，名留青史。

针对这种世人在所难免的心态，作者接下来展开了激烈的思想活动："直到教人做样看，从前的试观，那一个不遇灾难？"他回顾历史，寻找解决这种矛盾心理的办法：从前当官的，哪一个有好下场？此刻作者的语气已由平铺直叙转向感慨愤激了。紧接着，作者连续摆出了四个历史事实：楚国三闾大夫屈原忠贞爱国，却遭小人谗言，遭到楚王放逐，最后自沉汨罗江；吴国大将军伍子胥，曾协助阖闾成为"春秋五霸"之一，使吴国国富兵强，但终被太宰所谗，被吴王赐以属镂之剑，自刎而死；项羽推翻秦朝的暴政，成为西楚霸王，但最后兵败垓下，自刎于乌江岸；秦朝丞相李斯，为秦加强封建中央集权的统治出谋划策，但最后被赵高诬蔑，终被腰斩于咸阳。这四个当年声名显赫的风云人物，到头来都只落得个凄惨的下场，无数血淋淋的历史现实，真是令人怵目惊心。作者想到这里，入世之心大大削减。

"这几个百般，要安，不安。"，是作者的幡然醒悟，伴君如伴虎，这官当不得，面对这不安的现实，只能走"得闲"这条路了。于是结尾一句"怎如俺五柳庄逍遥散诞。"表达自己已经完全顿悟，不再有投身官场的念头了。最后用陶渊明的故事与前面所引的四个历史典型形成鲜明对比，一个是血淋淋的悲剧，一个是自由自在的"散诞"，作者在这也是要告诫人们，还是过轻松自在的隐居生活为佳。

曲子多用白描，通晓流畅，不加雕琢的语言形成了和谐奔放的艺术风格，将对人生的领悟写得自然朴实，同时又发人深省。

〔双调〕胡十八（七首）

张养浩

正妙年①，不觉的老来到。思往常，似昨朝，好光阴②流水不相饶。都不如醉了，睡着，任金乌搬废兴，我只推不知道。

从退闲，遇生日。不似今，忒稀奇。正值花明柳媚大寒食。

齐歌着寿词,满斟着玉杯。愿合堂诸贵宾,都一般满千岁。

客可人,景如意。檀板敲,玉箫吹。满堂香霭瑞云飞,左壁厢唱的,右壁厢舞的。这其间辞酒杯,大管是不通济③。

试算春,九十日。屈指间,去如飞。三分中却早二分归。便醉的似泥,浑都有几时。把金杯休放闲,须臾间日西坠。

人会合,不容易。但少别,早相离。幸然有酒有相识,对着这般景致,动着这般乐器,主人家又海量宽,劝诸公莫辞醉。

人笑余,类狂夫。我道渠,似囚拘。为些儿名利损了身躯,不是他乐处,好教我叹吁。唤蛾眉酒再斟,把春光且邀住。

自隐居,谢尘俗④。云共烟,也欢虞。万山青绕一茅庐,恰便似画图中间里着老夫,对着这无限景,怎下的又做官去。

【注释】

①妙年:青壮年时光。 ②好光阴:指当年还是满怀抱负的年华。 ③大管:保管、肯定。不通济:行不通,不管用。 ④谢尘俗:谢绝尘世间一切的来往。

【赏析】

这组小令是作者在济南隐居期间某一次生日宴会上的曲作,作者面对嘉宾盛宴,抒发了一种不愿为官及时行乐的思想情趣和人生别易会难的感慨。

第一首感慨自己往常出仕的无聊,与浪费光阴无异,并表明不问世事的态度。开首四句,以夸张的手法表现光阴似流水一去不回的深沉感慨,对自己华年已逝惆怅不已。时间飞逝,当年的满怀抱负年华,都随着时光的流逝而被消磨殆尽,所以说"好光阴流水不相饶",逝者如斯,一切蕴含着作者多少感慨和悲伤。"都不如醉了,睡着",一句道出了往日在官场耗费光阴的无聊与悔恨。最后两句"任金乌搬兴废,我只推不知道",表达了作者壮志难酬而又矛盾的复杂心情,表明不问世事的决心。曲子明白如话,用浅显的语言表现了复杂的人生感慨,在平淡中掩藏着厚重的悲凉。

第二首,作者笔锋一转,开始正面写自己生日宴会上的情形,侧重写寿筵的开始,语调由抑郁转为开朗明净。开头"从退闲,遇生日。不似今,忒稀奇。",交代自己退隐之后过了好几次生日,但是这一次尤为稀奇。接下来作者交代"稀奇"的原因:"花明柳媚大寒食"。作者的生日在寒食节,也就是农历清明前一、二日,一般天气不如人意。而这次却"花明柳媚",连作者也感到"忒稀奇",表现出了在隐居落寞中难得的兴奋和愉快。"齐歌着寿词,满斟着玉杯,愿合堂诸贵宾,都一般满千岁。",遇到难得的好天气,嘉宾盛宴、热闹非凡,作者受这种喜庆气氛的感染,愉悦之情溢于言表,从而一扫上一首灰暗的色调。

第三首描写主客同乐的良辰嘉会,有声有色,其乐融融。开头"客可人,景如意。"两句承接上两首,交代了来宾都是自己的亲朋好友,或者还有志同道合的隐士;"景如意"呼应了上首中的"正值花明柳媚大寒食"。接下来"檀板敲,玉箫吹。满堂香霭瑞云飞,左壁厢唱的,右壁厢舞的。",描写了宴会间热闹的场景,吹拉弹唱,歌舞俱佳,使人的心儿都沉醉了。面对此情此景,要推脱人们的祝寿酒,肯定是说不过去的了,这充分显示了作者大好的心情,真可谓是心儿乐淘淘。

第四首承接上几首,继续写宴会上的情景。面对亲朋们的祝酒,不喝是通不过的。"试算春,九十日。屈指间,去如飞。三分中却早二分归。便醉的似泥,浑都有几时。"是作者的设想,一年中美好的春光也就九十天,到了寒食自己生日这一天,已经过了三分之二,即使喝得烂醉如泥,也不能享受多少春光了。所以还是"今朝有酒今朝醉"吧!因为"把金杯休放闲,须臾间日西坠。",一天很快又要结束,春光又少了一天,还是把酒言欢吧。作者在曲中感叹时光飞逝,人生难得一醉,发出了要及时行乐的感慨。

第五首感慨人生"别时容易见时难",劝来宾痛饮,表现了主客之间深厚真挚的情谊。"人会合,不容易。但少别,早相离。",感慨朋友们聚到一块儿不容易,即使聚到一起,天下也没有不散的宴席。"幸然有酒有相识,对着这般景致,动着这般乐器,主人家又海量宽,劝诸公莫辞醉。",高朋满坐,景致醉人,幸好还有酒,还有歌舞助兴,主人又是海量,就趁着这好时光,来个一醉方休,不醉不归!

第六首承上启下,作者荡开一笔,在人与作者的对话中表达了及时行乐的思想情绪。"人笑余,类狂夫。我道渠,似囚拘。",是说宴会间有人认为作者这种隐居生活,不拘小节,我行我素,"类狂夫",而作者则反驳说,那些奔走于形势之途,留心于经济之间,则象"囚拘","狂夫"和"囚拘"两种人格形象形成鲜明的对比。"为些儿名利损了身躯,不是他乐处,好教我叹吁。",对那些被名利拘囚而断送了性命的人深表感叹,从侧面衬托出官场中争名夺利的危险。最后两句"唤蛾眉酒再斟,把春光且邀住。",照应"狂夫"的形象,描写以酒消遣的行为中流露出及时行乐的思想。

第七首是作者对自己隐居生活的概括和评价,表现归隐田园山林的闲适自得。前四句先写作者辞官隐居,"以云共烟,也欢虞"衬托其"谢尘俗"的轻松愉快。五六两句"万山青绕一茅庐,恰便似画图中间里着老夫。",展现其优美如画的隐居环境。作者置身其中,在青山茅庐中隐现一隐者的形象,高雅的环境氛围映衬出高洁的志趣。"对着这无限景,怎下的又做官去。",收挽前文,表示再也不会出仕的决心,而归隐田园山林的悠闲自得之乐也就尽在不言中了。

整组曲子,看似支离,其实是统一的整体。无论是抒发情怀,还是描写寿筵的热闹,都扣紧归隐的主题。作者将议论、感慨和形象的描写相结合,以自然质朴的语言,抒发了复杂的人生感慨。

〔双调〕雁儿落兼得胜令

张养浩

云来山更佳①，云去山如画；山因云晦明，云共山高下。倚杖立云沙②，回首见山家③：野鹿眠山草，山猿戏野花。云霞，我爱山无价④；看时行踏⑤，云山也爱咱⑥。

【注释】

①云来山更佳：此句化用宋沈辽《初创二山》诗中"雨余山更佳"的句意。 ②倚杖立云沙：云沙，高远之处。杜甫《画鹘行》中有云："缅思云沙际，自有烟雾质。""倚杖立云沙"，是说作者挂杖立于与云齐的山巅。 ③山家：山那边，山那处。 ④山无价：意近欧阳修《沧浪亭》诗"清风明月本无价"之句。 ⑤看时行踏：看时，是衬字。行踏，是自我招呼放慢脚步。此句化用辛弃疾《贺新郎》词"我见青山多妩媚，料青山，见我应如是。"的句意。 ⑥咱：自称。

【赏析】

这是一首带过曲，由同属双调的〔雁儿落〕和〔得胜令〕两首小令联缀而成。两首小令相互衔接，音律动听，更加淋漓尽致地抒发作者繁复的情思，表现了作者隐居后恬淡自适的心情。作者张养浩在元武宗时曾任监察御史，因"疏时政万余言"而为"当国者不能容"，"乃变姓名遁去"，隐于家乡山东济南。年余之后又被起用，先后任礼部尚书、陕西行台治书侍御史。英宗即位后又被任命参议中书省事。次年"帝欲于内庭张灯为鳌山"，养浩上疏切谏。英宗大怒，继而再览奏章，又转怒为喜，认为此"非张希孟（养浩）不敢言"，乃采纳其言，并多赐赏品"以旌其直"。不过，张养浩感到此次直言疏谏，虽然侥幸免于罪谴，但伴君终究如同伴虎，不如归去，乃"以父老，弃官归养"。此后虽屡经征召，"皆不赴"。张养浩归居济南云庄别墅，优游林下长达八年之久。（事详见《元史·张养浩传》）

这首〔双调·雁儿落兼得胜令〕就是作于张养浩归隐云庄时期，共六首，"云来山更佳"，据《云庄休居自适小乐府》为六首之二。本曲主要写作者远望云山变幻之景的跃动之情和闲适心境。作者居于云庄别墅，纵情诗酒，寄情山水，过着闲适自由的生活，如同山的静穆自守，如同野鹿山猿的自由自在，如同浮云的自来自去。曲中句句不离"云"和"山"，但叙述视角变化巧妙，便不觉重复繁冗。结尾几句"云霞，我爱山无价；看时行踏，云山也爱咱。"，写出了作者已经完全超脱于世俗，一心过着隐居的生活。此时，只有"山"和"云"陪伴着作者，成为作者的忘机好友。

本曲语言清新，写景动静相宜，写情纯朴天真，情景交融，达到了物我合一的境界。

〔双调〕水仙子

张养浩

中年才过便休官，合共①神仙一样看，出门来山水相留恋。倒大来②耳根清眼界宽，细寻思这的是③真欢。黄金带④缠着忧患，紫罗襕⑤着祸端。怎如俺藜杖藤冠⑥。

【注释】

①合共：同。　②倒大来：程度副词，十分，非常，多么。　③的是：确实是。　④黄金带：达官的佩带，有金玉做装饰，故称。　⑤紫罗襕：显宦的官服。　⑥藜杖藤冠：藜茎做的手杖，藤葛编的帽子。此指隐者的装束。

【赏析】

由曲意推断，这首曲应该是作者中年辞官归隐后的作品。张养浩在仕途上曾有过追求，也曾有过卓著政绩。据《元史》记载，他为官廉洁，政清如镜。陕西行台中丞任内，倾囊以赈饥民，为民生疾苦抚膺痛哭。但在经过人世沉浮、宦海风波之后，他开始怀疑和厌倦官场生活了。这首小令，就是作者由在仕途上有所追求到厌倦归隐的真实写照。

曲中通过官场与隐居生活的对比，批判了官场的险恶，抒发了对隐居生活的热爱。

作者在至治元年（1321年）辞官，年五十一岁，所以作者说"中年才过便休官"。然而，这样一个有理想、有追求的文人，有什么原因令他中年辞官呢？作者所处的时代，元统治者实行残暴的等级制度，他们废除了科举，断绝了汉族知识分子踏入仕途的机会。为了拢络人心，又曾一度恢复科举。但是"八娼九儒十丐"，竟然把知识分子与"娼"、"丐"并称，可见知识分子地位的低贱。再加上异常凶险的官场争斗，令广大官员朝不保夕，终日提心吊胆于是，一些知识分子脱离尘世，归隐山林，以挣脱樊笼。作者结合自己隐居后的生活，将其与官场做了对比：归隐后，寄情于"神仙"、"山水"，悠闲自在，"耳根清眼界宽"，怡然自得；归隐前，虽然紫袍官带加身，但是祸福莫测，如履薄冰。"黄金带缠着忧患，紫罗襕着祸端。"两句可谓是全曲的"曲眼"，这才是作者"中年才过便休官"的真正原因。与其在异常凶险的官场中整日战战兢兢，还不如全身而退，摆脱"黄金带"和"紫罗襕"的羁绊，远离"忧患"和"祸端"，寄情山水，逍遥自在。

全曲语言通俗质朴，读起来让人倍感亲切。作者结合自身的经历，对比了两种生活，真情可感。

〔双调〕水仙子

咏江南

张养浩

一江烟水照晴岚①,两岸人家接画檐②,芰荷丛③一段秋光淡。看沙鸥舞再三,卷香风十里珠帘④。画船儿天边至,酒旗儿风外飐⑤。爱杀江南。

【注释】

①照晴岚:照,此作倒映解。晴岚,晴日里山林中的雾气。岚,山林中的雾气。 ②接画檐:华美的房檐彼此相连。画檐,施以彩绘的屋檐,即华美的屋檐。 ③芰荷丛:菱荷丛生。芰,菱角的一种。 ④卷香风十里珠帘:正常的语序应该是"香风十里卷珠帘"。香风吹拂着十里长的街道,家家户户,珠帘卷起,此是写城市的繁华景象。香风,散发着芬芳的微风。 ⑤风外飐:顺风儿飘动。飐,风吹物动的样子。

【赏析】

这首曲子描写江南水乡的秋色。景物迭出,各具情态,诗情画意,美不胜收。风格清逸,情调欢快,音律和谐。

"一江烟水照晴岚,两岸人家接画檐"相对,正合乎水仙子的曲牌作法。首句画出一幅天然美景,江面经晴日照射,氤氲荡漾,更显出烟水迷茫之致。次句"两岸人家接画檐"已经透露了几许消息:描画精雕的房舍密接不断,这自然不是普通人家了,应是酒家一类地带。

接着作者又把注意力放到自然景物,"芰荷丛一段秋光淡"的"淡"用得好,把温柔乡的浓郁春光冲淡了,彷佛有抿去器扰的意味,更增添了几许诗意盎然的摇曳之姿。"看沙鸥舞再三"写的是作者张养浩本人闲洒自适的怡然之味。"卷香风十里珠帘"暗示了其所在的温柔乡之香艳、富丽,和前面的画檐人家相呼应。"画船儿天边至,酒旗儿风外飐。"相对,也是水仙子的惯例。而这两句不仅是字面相对,所描述的情景也恰成对应,一方频频召唤,一方倦旅来投。最后一句由客观观察转回主观感受,"爱煞江南"总结心得。这首小令在艺术的处理上,能够把远近的景物交错来写,富有变化,江南各种富有特色的景观足以激发起令人心驰神往的印象。

在写景的层次上,作者由荷塘做中心,再写荷塘堤上起舞的沙鸥,然后又由荷香延伸到周围,进而延伸到天边,由中间到四周层层展开,一点到面连及整个江南,美极、妙极!前五句写景由远而近,从大到小,写家人、荷塘、水禽,第六句写远方的画船,第七句又近写村落酒店酒旗,极富条理性和层次感,表达了欢快的格调。

〔双调〕落梅引

张养浩

野水明于月①,沙鸥闲似云,喜村深地偏人静,带烟霞②半山斜照③影,都变做满川诗兴。

【注释】

①明于月:形容比月光还亮。 ②烟霞:指暮霭和霞光。 ③照:倒映。

【赏析】

这首曲子写于作者归隐之后,描绘了一幅恬静清幽的山村风景画,表达了作者对清新、明丽的大自然景色的由衷喜爱。

曲子开头"野水明于月,沙鸥闲似云",点明了时间、地点,交待了隐居的环境。傍晚时分,夕阳已经西沉,明月刚刚升起,清澈见底的山溪中倒映着天空中的明月。明月如玉盘,而溪水似乎比明月还要洁净闪亮,突出了作者居住环境的清幽。暮色渐浓,而沙鸥却不着急返巢,仍在悠闲地飞翔,表现了山林生活的清闲自在。这二句表面写景,实际却写出了作者不受拘束、喜好的自然的性格,为下一句作铺垫。"喜村深地偏人静"紧承上两句景致,一个"喜"字,直抒胸臆,表明自己的态度,村深、地偏、人静,突出了隐居环境的深幽,也反映出作者"喜"的心情。第四句"带烟霞半山斜照影",傍晚朦胧的暮霭和霞光,以及落至半山的斜阳的余晖都倒映在清澈的溪水中。曲子至此,完成了对自己居住环境的描绘。波光粼粼的溪水,悠闲自在的沙鸥,寂静清幽的村庄,朦胧如带的烟霞,以及夕阳斜照下的山峦,都给人一种闲淡舒适之感。作者被这些景致深深吸引住了,不禁陶醉其中,从而"都变作满川诗兴"。一个"都"字,囊括了自己居所周围所有的景致,激发作者浓浓的诗兴,作者对居住环境的满意与喜爱蕴含其中。

这首曲子,开头用了比和赋的手法来写景抒情,语言通俗自然,格调高雅,清新自然。

〔双调〕得胜令

四月一日喜雨

张养浩

　　万象欲焦枯,一雨足沾濡①。天地回生意,风云起壮图。农夫,舞破蓑衣绿;和余②,欢喜的无是处。

【注释】

①濡:湿。　②和余:即"余和",我也和他们一样。余,我。

【赏析】

　　天历二年(1329年),元朝出现了全国性的大旱灾,关中地区尤甚,史载有饥民相食,甚至有杀子以奉其母者。正是在这种情况下,张养浩被任命为陕西行台中丞。他隐居期间曾几次拒绝朝廷的任命,但这次临危受命,张养浩义不容辞,一改隐居消闲的宿愿,登车就道,救民于水火之中。后来因夙夜操劳,终累死于任所。

　　据《元史·张养浩传》所载,张养浩"道经华山,祷雨于岳祠,泣拜不能起,天忽阴翳,一雨二日。"。于是旱情得以缓解,张养浩也和广大群众一样欢欣异常,先后写下了小令〔双调·得胜令〕和散套〔南吕·一枝花〕,表现其无比喜悦的情怀。

　　在〔双调·得胜令〕一曲中,首句"万象欲焦枯",叙述实情,描写未下雨前旱情的严重,与下文的"喜雨"形成对比。第二句"一雨足沾濡"随即转入"喜雨",前两句对比强烈,充分表现了作者由悲到喜的心理骤变。三四两句"天地回生意,风云起壮图。"紧接而下,对雨后广阔的宇宙空间的变化进行大笔勾勒,作为后面写人物活动的背景。风云的变幻,天地之间充满生机,人们对未来又满怀着强烈的希望。"农夫,舞破蓑衣绿"两句,先写广大农民久旱逢甘霖的欣喜若狂,情不自禁地披着蓑衣起舞,一个"绿"字,浸染了作者的喜悦,之前欲焦枯的"万象",仿佛都因雨恢复了勃勃的生机。

　　全曲紧紧围绕着"喜雨"二字,以壮景写豪情,充分表现了作者真挚的忧民爱民、与民同乐之心。语句通俗无华,笔调酣畅淋漓,鲜明地突出了此曲的意味,使人难以忘怀。

〔中吕〕喜春来

张养浩

路逢饿莩①须亲问,道遇流民②必细询,满城都道好官人。还自哂③,只落的白发满头新。

【注释】

①饿莩:语出《孟子·梁惠王》:"民有饥色,野有饿莩。"莩,指饿死的人。 ②流民:指因天灾人祸而流离失所的人。 ③哂:微笑,讥笑。

【赏析】

据《元史·张养浩传》记载,张养浩幼而好学,且有义行,步入仕途后,非常关心民生疾苦,深受百姓爱戴。从官场退下来后,过了近十年的隐居生活,这期间朝廷起码有四次以上下诏起用他,由于厌倦官场生活,张养浩都"力辞不就"。但是,元文宗天历二年(1329年),"关中大旱,饥民相食,特拜(张养浩)为陕西行台中丞",负责赈济灾民工作。这次他却毫不迟疑地领命上任,"既闻命,散其家之所有与乡里贫乏者,登车就道。遇饥者则赈救之,死者则葬埋之。";"到官四月,未尝家居,止宿公署,夜则祷于天,昼夜出赈饥民,终日无少息。每一念至,即抚膺痛哭。"终因积劳成疾,死于任所,"关中之民,哀之如失父母"。

这首曲子写于作者在陕西赈灾济民期间,叙述了作者赈灾时的情形,"路逢饿莩须亲问,道遇流民必细询"乃是直书其事,并非自饰之辞。"满城都道好官人"也是事实。他的确是一个爱民如子、为百姓鞠躬尽瘁死而后已的好官。

面对着百姓的称赞,应该说他感到欣慰。但又为什么"还自哂"呢?首先,这是一种严于律己的态度,他并未居功而是对百姓的颂扬自觉受之无愧;其次,朝廷所拨赈灾的粮资,虽解一时之急,然而也是杯水车薪,并不能解决根本问题。面对着饥民的困厄,他并未因博得了"好官人"的称呼而满足,而是为不能真正救民于水火之中日夜焦虑着。其套曲〔一枝花〕《咏秋雨》云:"眼觑着灾伤叫我没是处,只落得雪满头颅。"这正是他"还自哂"的原因。下文"白发满头新"的涵义即在此。同时,其"还自哂"还包含着更深的自责,不能救百姓于水火之中,百姓却称他为"好官人",这让他感到不安。

此曲短小却精悍,对仗工整,语言通俗,情真意切。

〔中吕〕喜春来

张养浩

乡村良善全性命，廛市①凶顽破胆心，满城都道好官人。还自哂②，未戮乱朝臣。

【注释】

①廛市：这里指的是趁火打劫的奸商、富豪。 ②哂：微笑，讥笑。

【赏析】

这首曲子写于作者在陕西赈灾济民期间，一方面表现了赈灾工作的艰难，一方面表达了作者的政治抱负，言语间透露着深深的遗憾。

前两句"乡村良善全性命，廛市凶顽破胆心"，交待了作者救灾一方面是救济善良的灾民，一方面严惩趁火打劫者、鱼肉百姓的奸商、富豪等。在封建时代，一旦有灾情发生，就会有一些丧尽天良的贪官和奸商趁机巧取豪夺、欺压百姓。上一首所引的《元史·张养浩传》中就有"豪滑党蔽"以致"民大困"的记载。此外，《元史·食货志》也有："赈粜粮多为豪强嗜利之徒用计巧取，弗能周及贫民。"所以，能使"廛市凶顽"生出"破胆心"，就生动地体现了作者赈灾的魄力和才能。对付上有靠山，下有地方基础的"廛市凶顽"并不是件容易的事，能够取得这样的成效，皆因作者有一颗爱民之心。"满城都道好官人"就是对作者努力的最好回报。

最后一句感叹，"还自哂，未戮乱朝臣。"，充分显示了作者宏伟的政治抱负。听到满城百姓的赞许，作者只是微微一"哂"，这一"哂"之中蕴含着丰富的言外之意。既是谦虚的笑，又是无法改变如此黑暗现实、无可奈何的苦笑，也就是感叹壮志难酬的笑。这句感叹看似与目前的赈灾无关，但就现实而言，乱臣贼子对国家百姓造成的危害远远超过天灾，而那些"廛市凶顽"与这些乱臣贼子有着千丝万缕的关系。这正是作者的眼光敏锐独到之处。

在张养浩的身上可以看到，他不仅有着范仲淹"先天下之忧而忧，后天下之乐而乐。"的胸襟，而且还像诸葛亮一样鞠躬尽瘁，甚至把生命都献给了灾民。无论是出仕还是归隐，兼济天下和独善其身的高尚品质都在张养浩身上得到了充分体现。

〔中吕〕朱履曲

张养浩

那的是为官荣贵？止不过多吃些筵席，更不呵安插些旧相知，家庭中添些盖作①，囊箧②里攒③些东西。教好人每④看做甚的！

【注释】

①盖作：指铺盖，用具。　②囊箧：包裹，箱子。箧，小箱子。　③攒：积攒。④每：同"们"。

【赏析】

这支曲子以辛辣尖刻的笔调，指出了"为官荣贵"的实质，无情揭露了官场中蝇营狗苟之辈的丑恶嘴脸。

曲子以一个设问开头："那的是为官荣贵？"，引发读者思考，从而引起议论。"为官荣贵"冠冕堂皇，只不过是封建统治者为笼络知识分子为其服务的诱饵和说辞，也成了当时社会的共识。一个问号使这四个字大打折扣。作者随即又用"止不过"三个字加以否定，表达了作者的轻蔑，在"止不过"后面所做的解释，竟然是无实际意义的"多吃些筵席"，语气极其鄙夷。然而作者的鄙夷与不屑到此还没结束，于是以"更不呵"加以补充，"安插些旧相知，家庭中添些盖作，囊箧里攒些东西。"，连续列举了那些为官的腐败、可耻、可笑的肮脏行为。结党营私，沽名钓誉；贪污受贿、敲诈剥削，无恶不作。这四句逼真生动地将为官者昏庸腐败、中饱私囊的丑恶嘴脸刻画了出来。值得一提的是，作者身为名堂高官，在解释"为官荣贵"时，用上了"止不过"、"更不呵"、"安插些"、"添些"、"攒些"等泼辣通俗的口语，把"为官"的看得比乡下的土财主还不屑，表明了作者对官场本事的精辟见解与嗤之以鼻，作者不愿多费唇舌去警告或怒斥，只冷冷地说了一句"教好人每看做甚的！"。在作者心中，这些人不值得"好人"多费唇舌，他们为"好人"所不耻，已经是对他们最大的惩戒了。这句既照应了开头，又是对中间部分的评述，但作者那种极度鄙夷、强烈愤激的态度喷薄而出。

由于作者洞悉官场的情况，加之他本人为官刚直不阿，所以对这些败类的描写一针见血，直中要害。口语俗语的运用，使曲子冷峻老辣，令人印象深刻。

〔中吕〕朱履曲

张养浩

才上马齐声儿喝道①,只这的便是送了人的根苗,直引到深坑里恰②心焦。祸来也何处躲?天怒也怎生饶?把旧来时③威风不见了。

【注释】

①喝道:旧时官员出行,仪仗士卒前引传呼,使行人避道。　②恰:才真正。　③旧来时:旧时、当初。

【赏析】

这首曲子揭露了那些为官者平日里作威作福,不可一世,到最后终究落得天怒人怨,大祸临头,字里行间充满作者的嘲讽,也透露出了作者蔑视功名、厌恶官场的思想。

曲子开头"才上马齐声儿喝道",便形象地刻画出了为官者声势显赫、不可一世的气势。身骑高头大马,衙役前呼后拥,"齐声儿喝道",好一派耀武扬威、得意忘形的架势!第二句作者笔峰陡然一转,斩钉截铁地为之下了一句断言:"只这的便是送了人的根苗"。这种忘乎所以、得意忘形的做派,便是葬送人的祸根啊!作者在此只是冷眼旁观,作者在官场中历经风雨,这种事屡见不鲜,早就视为平常了。紧接着,"直引到深坑里恰心焦"照应了开头一句,骑着高头大马,不可一世,得意得飘飘然,一旦弥足深陷,才会开始"心焦"。"深坑"在这里很显然是指在充满凶险的官场中大祸忽然临头的情形,只有深深体会到官场险恶的人,才会知道为官需要谨慎,断不可志得意满,忘乎所以。

"祸来也何处躲?天怒也怎生饶?",这两句作者用更加直率的笔法,形象地刻画了当初何等作威作福的为官者,在大祸临头时的狼狈相,与首句所写的神气形成了鲜明对比。都说福祸相依,一般显赫声势的背后往往隐伏着危机,在官场尤为突出,一方面要承受伴君如伴虎的压力,整日战战兢兢;一方面身不由己地卷入到官场的宗派斗争和内部倾轧之中,身心俱疲。如果为官贪赃枉法、恶贯满盈,最后还要接受天怒人怨的报应,总之,一入官场,便会万劫不复。结尾"把旧来时威风不见了。",是对前两句所描写丑态的概括和评价,照应了开头,也让人们对现实有了清醒的认识。在这首曲子里,张养浩以一个过来人的身份,冷眼旁观,揭露了封建官场的黑暗和险恶。

作者为官三十年,后来从礼部尚书、中书省参议的高位上隐退,可谓在宦海虎口脱险,因此他能够抓住现象的本质,揭示官场沽名钓誉之徒的下场,一针见血,正中要害。卢前在《论曲绝句》中评论此曲:"足为当头棒喝"。全曲风格冷峻峭拔,明白如话,而且其中蕴味深长,耐人寻味。

〔中吕〕普天乐

张养浩

芰荷衣①，松筠盖②，风流尽胜，画戟门排③。看时节采药苗，挑芹菜，捕得金鳞船头卖。怎肯直抢入千丈尘埃④。片帆烟雨，一竿风月，其乐无涯！

【注释】

①芰荷衣：用荷叶裁制成的衣裳。芰荷，一般人误释为菱角与荷花，实是挺出于水面的荷。屈原《离骚》中有"制芰荷以为衣兮，集芙蓉以为裳。"的句子。 ②松筠盖：用松竹制成的车子。此以松与竹之品格来喻己。《礼记·礼器》："其在人也，如竹箭之有筠也，如松柏之有心也。"筠，原意为坚韧的竹皮，引申为竹之别称。盖，是车盖，此代指车子。 ③画戟门排：即指在官场为官作臣。画戟，加有彩饰之戟，古时宗庙、官府及显贵之家门前常设之，以为仪仗。 ④尘埃：这里指污浊不堪的官场。陶渊明《归园田居》其一："误落尘网中，一去三十年"，"尘埃"、"尘网"当同一所指。

【赏析】

这首曲歌咏退隐江湖的闲情逸趣，表达了作者淡泊名利的高洁情操。

曲子开头四句，概括描写了以芰荷为衣、松筠为盖的山中隐士，其气派风韵，完全超过画戟门排的达官显贵。语气强烈肯定，作者对隐居生活的喜爱之情、对官宦生涯的厌恶之感溢于言表，从而表现了作者品格的高节以及气度的风雅。

接下来"看时节"三句，进一步刻画隐居生活的"风流"，具体描绘了隐士上山采药，挖芹菜，捕鱼的日常生活，平凡中透露着闲适的心态。"怎肯直抢入千丈尘埃"一句，直抒胸臆，表露了作者的一种心愿，也就是宁可走自食其力的道路，也不愿混迹于黑暗的官场之中。这是作者的美好想象，表现了作者立志超尘出世的决心。

最后"片帆烟雨，一竿风月"两句，为流水对，描述了垂钓江湖的放浪行为，对自己的渔农生活作美好总结，在恬静中寓意着潇洒。末句"其乐无涯"，是抒情性的总结，加上前面对隐居生活的生动描写，水到渠成。

整首曲子既有对隐居生活的具体描摹，又有深邃意境的刻画，融叙述、描写、抒情为一体。语言自然清丽，句式参差错落，感情闲放潇洒，别具一格。

〔中吕〕普天乐

张养浩

莫刚直,休豪迈。于身无益,惹祸招灾。放的这眼界高、胸襟大,问甚几度江南①浮云坏,且对青山适意忘怀②。子真谷口③,元龙楼上④,其乐无涯。

【注释】

①江南:繁华之地,自魏晋以来,东晋、南朝的宋、齐、梁、陈,五代的南唐以及南宋等均在此建立过政权,但都象浮云般幻灭了。所以"几度"句,可理解为朝代兴废。 ②适意:顺心。晋代张翰在洛阳为官,时政事混乱,翰为避祸,托辞见秋风起,思故乡莼菜、鲈鱼脍,说"人生贵得适意耳,何能羁宦数千里,以要名爵。"遂命驾南归。忘怀,不介意。陶渊明《五柳先生传》:"尝著文章自娱,颇示己意,忘怀得失,以此自终。"作者在此暗用张翰、陶渊明的典故,表明自己要归隐的心迹。 ③子真谷口:汉代郑谷字子真,隐居于云阳谷口,成帝时大将军王凤礼聘之,不应,世号谷口子真。汉扬雄《法言·问神》:"谷口郑子真,不屈其志而耕乎岩石之下。"这里作者表示要象郑谷一样不屈其志,隐居躬耕。 ④元龙楼上:元龙为东汉陈登的字。据《三国志》载,时许汜往见陈登,陈登"无客主之意,久不相与语,自上大床卧,使客卧下床。"刘备知此事后对许汜说:"君有国士之名,今天下大乱,帝主失所,望君忧国忘家,有救世之意,而君求田问舍,言无可采,是元龙所讳也;何缘当与君语?如小人,欲卧百尺楼上,卧君于地,何但上下床之间邪?"这里作者活用典故,表示自己要像陈登一样高卧楼上,不问世事。

【赏析】

这首小令应当作于作者归隐之时,从不同角度将仕宦和隐逸进行对比,多方面描写了归隐田园山林的快乐和悠闲。作者通过对自己仕宦生活的回顾,揭露了官场的黑暗与险恶,从中可以看出,作者的归隐完全是出于被迫的。开头"莫刚直,休豪迈。"二句,来得突兀,直言做人不可刚直、不要豪爽。紧接三、四句道出原因:"于身无益,惹祸招灾。"。原来性格刚直、性情豪迈会招来祸患和灾难。这四句连贯而下,一气呵成,足见作者愤激的情绪。接着语锋一转,提出自己正面主张:"放的这眼界高、胸襟大,问甚几度江南浮云坏,且对青山适意忘怀。"既然官场容不下刚直、豪迈之气,而自己又不愿意和他们同流合污,于是不得不从消极的一面来总结人生经验,不得不走上归隐的道路。也就是抛弃那高远的志向、博大的胸襟,对于如"浮云"聚散一样的王朝兴替,便只好放大眼界和心胸而懒得去过问了。最后"子真谷口,元龙楼上"两句,紧承上面几句,对上文所提正面观点作一概括,活用典故,表明自己的心迹。作者表明要像汉代郑谷那样归隐,像陈登一样高卧楼上,隐居于青山绿水之间,不问世事。

整支曲子语多愤激,泼辣直率,在直抒胸臆中穿插暗用、活用典故,表面上闲适旷达,实则内心苍凉悲壮,颇有厚实的韵味。

〔双调〕折桂令

过金山寺①

张养浩

长江浩浩西来,水面云山,山上楼台。山水相连,楼台相对,天与安排。诗句成风烟动色,酒杯倾天地忘怀。醉眼睁开,遥望蓬莱②,一半儿云遮,一半儿烟霾。

【注释】

①金山寺:在江苏镇江市西北的金山上。金山,原在大江之中,后因泥沙淤积,渐与南岸毗连,每江中风起,山势如在水中浮动。山上之寺为东晋时所建,原名泽心寺,自唐起通称为金山寺。 ②蓬莱:本是传说中的神山之一,后来泛指想象中的仙境。

【赏析】

延祐三年(1316年),张养浩曾以礼部侍郎征舶泉南,这首小令应当作于其途经镇江之时。全篇围绕江山楼台,描绘了金山寺的雄伟壮观,表现了作者吟诗饮酒、醉心于江山胜景的情态。

小令开篇"长江浩浩西来",以长江起笔,浩浩荡荡的江水由西奔涌而来,豪迈奔放,统领全篇。接下来"水面云山,山上楼台",视线由水面而云山,由云山而楼台,视线逐步高仰,表现了山、楼高耸入云的雄姿。"山水相连,楼台相对"两句,不仅写楼台的繁复,而且将长江、云山、楼台等勾连起来,用"天与安排"四个字作了赞美。宽阔的水面上浮载着云雾缭绕的高山,山上罗列着金碧辉煌的殿宇楼台,一派波澜壮阔、雄奇瑰丽的气势。

"诗句成风烟动色,酒杯倾天地忘怀。"两句,以对句的形式,写置身于壮美的山水之中饮酒赋诗的豪情逸致。直到诗句构成时,才感觉眼前随风飘动的云烟在变幻着色彩;当那酒杯倾尽时,便感到进入一种忘我的境界,壮景豪情,相得益彰。"醉眼睁开,遥望蓬莱,一半儿云遮,一半儿烟霾。"这四句,是写醉眼朦胧中的金山。当舟行一过,然后强睁开朦胧的醉眼,回望这犹如蓬莱仙境般的金山,带有朦胧飘逸之美。

这首小令塑造了一幅有山水楼台,云雾变幻,还有个吟诗饮酒的诗人的图画,让人赏心悦目。作者从大处着笔,着力去写那山、水、楼台、云烟,并多处让这些字眼直接出现,意境壮阔,情感豪迈。

〔双调〕折桂令

中　秋

张养浩

一轮飞镜谁磨①？照彻乾坤，印透山河。玉露泠泠②，洗秋空银汉无波，比常夜清光更多，尽无碍桂影婆娑③。老子高歌，为问嫦娥，良夜恹恹④，不醉如何。

【注释】

①一轮飞镜谁磨：化用南宋词人辛弃疾写的〔太常引〕《建康中秋夜为吕叔潜赋》的词意："一轮秋影转金波，飞镜又重磨。"　②泠泠：晶莹明净貌。　③婆娑：斑驳。　④恹恹：安静貌。

【赏析】

中秋咏月，是文学作品中的恒久题材。此曲歌咏明月朗照的中秋夜景，表现了作者无限喜悦的豪情。

首句"一轮飞镜谁磨？"的问句从南宋词人辛弃疾写的〔太常引〕《建康中秋夜为吕叔潜赋》"一轮秋影转金波，飞镜又重磨。"一句化来，从秋月之"圆"与"亮"两方面进行神奇的联想，而下文则侧重中秋之月的亮度，从不同的角度进行铺写。"照彻乾坤，印透山河。"二句，一个"彻"字，一个"透"字，使月光的亮度更加清澈与亮透，并且借月光照耀的无边无际，使意境更加开阔。"玉露泠泠，洗秋空银汉无波"，通过秋露的晶莹和银汉的明净如洗，从侧面烘托出秋月的皎洁，意境不仅开阔，而且显得空灵。"比常夜清光更多，尽无碍桂影婆娑"，以神话传说着笔，回到明月本身的描写，不仅以桂影"无碍"反衬出月光的亮度，而且增添了神奇飘渺的浪漫主义色彩。根据传说，"旧言月中有桂，有蟾蜍。故异书言月桂高五百丈，下有一人常斫之人，树创随合。人姓吴名刚，西河人，学仙有过，谪令伐树。"（段成式《酉阳杂俎》）。月中桂树，是随砍随合，所以总是树影婆娑。最后四句"老子高歌，为问嫦娥，良夜恹恹，不醉如何。"，作者仰首望月，引吭高歌，不禁慨然向月里的嫦娥发问，极言作者面对良辰美景的无限喜悦之情。

此曲以咏月为中心，将自己置于其中，然后又将神话缀于其中，情景交融，意境澄澈空灵，清幽静谧，令人神往。

〔双调〕折桂令

咏胡琴①

张养浩

八音②中最妙惟弦。塞上新声，字字清圆③。锦树啼莺④，朝阳鸣凤⑤，空谷流泉⑥。引玉杖轻笼慢捻⑦，赛歌喉倾倒宾筵。常记当年，香案之前，一曲春生，四海名传。

【注释】

①胡琴：琵琶的别名。　②八音：古代乐器的统称，即金（钟、铃），石（磬），土（埙），革（鼓），丝（琴、瑟），木（柷），匏（笙、竽），竹（管）。琴、瑟与琵琶都是弦乐器。　③"塞上"两句：据《释名·释器》云："琵琶本胡中马上所鼓。"《隋书·音乐志》曰："今曲项琵琶、竖头箜篌之徒，并出西域，非华夏旧器。"由于琵琶来自塞北，如今配上新制的歌词和曲调，所以说是塞上新声，琵琶女又弹的当行出色，唱得腔圆字正，音色甜润，正可以说是"累累如贯珠"了。　④锦树啼莺：形容乐声犹如绿树中黄莺的啼声。　⑤朝阳鸣凤：出自《诗经·大雅·卷阿》："凤皇鸣矣，于彼高冈。梧桐生矣，于彼朝阳。"凤凰栖于梧桐，鸣于高冈之上，彼朝阳初起之时，声音不同于凡鸟。如韩愈诗所云："喧啾百鸟群，忽见孤凤凰。"苏词亦说："众禽里，真彩凤，独不鸣。"可见凤鸣之难得而有异于喧啾之音，此处喻为琵琶声。　⑥空谷流泉：写曲调又变，如谷中清泉，流走自然，柳宗元曾以玉环相击之音来形容水声："隔篁竹，闻水声，如鸣环，心乐之。"（《至小丘西小石潭记》）。　⑦"引玉杖"两句：写琵琶女的技艺和歌喉。笼，亦作拢，是以手叩掠。捻，是以手指揉弦。轻笼慢捻，是专写其左手指法很有工夫。

【赏析】

这首小令歌咏一位弹奏琵琶的女子的高超技艺，将琵琶的曲调用形象的语言加以描绘，令人印象深刻。

曲子开门见山，作者在开头就指出在乐器中最喜爱的是弦乐器，然后从音响效果着笔，通过多个方面的想象和联想，极力赞颂了琵琶声的悦耳动听，给读者在多方面进行审美的联想。作者运用了比喻的手法，以黄莺婉转的啼声和凤凰难得而又美妙的鸣叫声比喻琵琶声，说明声音的绝妙；将曲调的变化比喻为谷中清泉，顺畅自然，则令听者神清气爽。"引玉杖"两句，一是写琵琶女弹奏姿态的柔美，二是写琴声赛过歌喉，令人倾倒，都是从侧面烘托琴声的佳妙。这以上都是正面描写和侧面烘托，互相映衬，充分表现了琴声的美妙，而琵琶女技艺之高超更是不言而喻了。

临近末篇，指出上面的叙述都是记忆中的事，如今回想起来，那次盛宴之上，她那琵琵声和歌声至今犹缭绕不绝于耳际,她的名声,也就此传遍海内,备受赞扬。作者构思奇妙,"常记"二字足见印象之深刻,经久不忘,进一步烘托出琴音之美。最后总结性的赞美挽合全曲,作进一步的强调。

这首曲子采用倒叙的手法,构思奇特,章法严谨,而且比喻贴切,行文如流水顺畅,风格清新流利。

〔中吕〕朝天曲

张养浩

柳堤,竹溪,日影筛金翠。杖藜徐步近钓矶①,看鸥鹭闲游戏②。农父渔翁,贪营活计,不知他在图画里。对着这般景致,坐的,便无酒也令人醉。

【注释】

①杖藜徐步近钓矶:这里暗用两个典故。杖藜,《庄子·让王》载孔子弟子子贡当了大官后,乘高马大车去拜访原宪,原宪亦为孔子弟子,隐居于陋巷之中。子贡来时,他以杖藜应门,并向子贡表明自己的心志:"夫希世而行,比周而友,学以为人,教以为己,仁义之慝,舆马之饰,宪不忍为也"。钓矶,为钓鱼之石滩。东汉严子陵隐居于富春山,垂钓于富春江。 ②鸥鹭闲游戏:中国古典诗歌有将鸥鹭自由飞翔喻悠闲自在的隐者生活的传统,故有"鸥鹭忘机"的说法,以指隐者自乐,不以世俗为怀。宋·陆游《乌夜啼》:"镜湖西畔秋千顷,鸥鹭共忘机。""闲游戏"之"闲",正表现作者的闲适心情。

【赏析】

这首小令歌咏作者辞官归隐后悠游田园山水的闲情逸趣,表露了作者喜悦的心情。

开头三句"柳堤,竹溪,日影筛金翠。",描绘出一个绿柳萦堤、竹影婆娑、溪水潺潺的清幽世界,以此作为人物出场和活动的背景。作者一开始就用轻灵的画笔定下了绿色的基调,给人以安详、宁静之感,但一个"筛"字,使作者描绘的宁静画面顿时鲜活起来,一阵微风吹过,使得透过茂密的绿叶缝隙射在地面上的斑驳日影微微晃动。"杖藜徐步近钓矶"一句暗用典故,描写作者的活动,表现其悠闲,接下来"看鸥鹭闲游戏"衬托了作者闲适的心情。作者将自己的这种心情加在正在嬉戏的鸥鹭身上,达到物我合一的和谐境界。

清幽的环境与闲适的心境互相映衬,顿时逸趣横生,而农父渔翁在"贪营活计",又为前面描绘的画面增添了生机。曲子前面所描绘的碧溪、翠竹、垂柳、日影、钓矶、鸥鹭,构成了一幅秀美的画卷,而渔翁、农父,仿佛点缀在画卷之中。然而,虽然农父渔翁在"贪营活计",忙于耕捕劳作,没有闲暇的心境,所以在画中也并不自知。这里以人之忙,反衬作者的闲,照应了前文的"徐步"一句。最后数句,作者面对此情此景,也被这"山水"所陶醉了,发出了由衷的赞叹。

这首小令,全用白描手法,动静相宜,描绘了一幅闲适悠游的归隐图。全曲语言通俗自然,不饰雕琢,用典贴切而不露痕迹,偶一个"筛"字,也足见锤炼的功夫。

〔越调〕寨儿令

绰然亭①独坐

张养浩

白日迟,锦鸠啼,看儿童汲泉浇菜畦。杨柳风微,苗稼云齐,桑柘翠烟迷。映青山茅舍疏篱,绕孤村流水花堤。看蜂蝶高下舞,任鸥鹭往来飞。笑嘻嘻,不觉日平西。

【注释】

①绰然亭,是作者家乡园林中的一座亭子,亭后有堂,名"遂"。

【赏析】

这首小令描绘了乡村春日的景象,展现了一幅和平宁静的田园生活图画,表现了作者归隐生活的闲适。

开头三句"白日迟,锦鸠啼,看儿童汲泉浇菜畦。",描绘的是田园近景。春日迟迟,正值午后时分,闲暇时看汲泉浇菜的儿童,倾听悦耳的斑鸠声,内心涌起一阵喜悦。"杨柳风微,苗稼云齐,桑柘翠烟迷。"三句,将目光移向远处,柳枝被微风轻轻拂动,显得袅娜多姿,还有那一片桑园地,浮现于淡翠的烟霭之中,显得朦胧缥缈。"映青山茅舍疏篱,绕孤村流水花堤。看蜂蝶高下舞,任鸥鹭往来飞。"四句所描绘的景致格外生动,引人入胜。景物有远有近,远者如青山、花堤,近者如茅舍、疏篱;有动有静,动者如流水绕孤村、蜂蝶高下舞、鸥鹭往来飞,静者如青山、茅舍、疏篱、孤村。如此远近相称,动静相宜,流露的意趣使人沉醉。所以作者在曲末说道:"笑嘻嘻,不觉日平西。""笑嘻嘻"三个字将主人公的动作和情态展现在读者面前,这种恬淡闲适的气氛,正是作者心情的写照。

此曲清丽自然,如行云流水,令人陶醉其中。

〔中吕〕山坡羊

张养浩

无官何患,无钱何惮①,休教无德人轻慢②。你便列朝班③,铸铜山④,止不过只为衣和饭,腹内不饥身上暖。官,君莫想;钱,君莫想。

【注释】

①惮:忌惮,害怕。 ②轻慢:轻视,看不起。 ③列朝班:谓排列班行,进行朝拜,此指做高官。 ④铸铜山:这里指富豪。《史记·佞幸列传》载,汉文帝时有宠臣邓通,文帝赐其钱十数万,官至上大夫,"上使善相者相通,曰:'当贫饿死'。文帝曰:'能富通者在我也,何谓贫乎?'于是赐邓通蜀严道铜山,得自铸钱,邓氏钱布天下,其富如此"。景帝时,人告邓通盗出徼外铸钱者,终藉没其家,"竟不得名一钱,寄死人家"。

【赏析】

张养浩的〔中吕·山坡羊〕一共十首,这是第四首,劝人不要醉心名利,应该知足,表达了作者复杂的人生感慨。

开头三句"无官何患,无钱何惮,休教无德人轻慢。",将"官"、"钱"、"德"三字排放在一起,抓住当时官场和社会上人们竞逐钻营的目标——"官"、"钱"劈头问来,很有针对性,两个"何"字,表露了作者对官与钱不屑一顾的态度。第三句"休教无德人轻慢",语气一转,提出自己的观点,说无官、无钱并不可怕,可怕的是"无德"而被人轻视。这三句一气呵成,正反相衬,阐明了本曲的主题思想。

接下来"你便列朝班,铸铜山"两句,照应前文的"官"和"钱",针对当时人们对官、钱的趋之若鹜,极言官高钱多,揭露了官场和社会的黑暗。但紧接着"止不过只为衣和饭,腹内不饥身上暖"两句,指出再怎么投机钻营、勾心斗角,其实质不过是为了填饱肚子,穿暖衣裳而已,表露了作者对那些名利之徒极大的鄙视。

最后数句,作者以肯定、决绝的口气提出自己正面的观点:"官,君莫想;钱,君莫想。"语句简短、重复,劝人知足,不要妄想名利,态度恳切。这两句也照应了开头两句,其以问句发端,以肯定口吻作结,劝人保持道德、品质的纯洁,也显露了作者对于官场险恶、名利害人的复杂感慨。

这首小令,开门见山,语气直爽,情感毕露,用浅俗的语言写对人生的感慨,明白自然中富有哲学意味。

〔中吕〕山坡羊

骊山怀古（二首之一）

张养浩

骊山①四顾，阿房一炬②，当时奢侈今何处？只见草萧疏，水萦纡，至今遗恨迷烟树。列国周齐秦汉楚，赢，都变做了土；输，都变做了土。

【注释】

①骊山，在今陕西省临潼县东南。 ②阿房一炬：指阿房宫被项羽烧毁。阿房宫，故址在今西安市阿房村一带。据《史记·秦始皇本纪》记载，始皇三十五年开始筑阿房宫，"乃营作朝宫渭南上林苑中。先作前殿阿房。""自殿下直抵南山。表南山之颠以为阙。为复道，自阿房渡渭，属之咸阳。""作宫阿房，故天下谓之阿房宫"，"乃分作阿房宫，或作丽山"。

【赏析】

天历二年（1329年），张养浩被任为陕西行台中丞，去陕西赈灾，经过骊山，写下《骊山怀古》两首，这里选的是第一首。本曲着笔描写秦始皇耗费大量财力，营造阿房宫，落得个身死国亡，阿房宫也被付之一炬，象征列国纷争、王朝兴废的徒劳无益、胜败成空。

曲子开头以"骊山四顾"为写景的观照基点，作者登上骊山，纵目闲眺，只看到荒烟蔓草，而昔日宏伟瑰丽的阿房宫，早已被项羽烧毁。"楚人一炬"引用杜牧《阿房宫赋》"楚人一炬，可怜焦土。"的句意，写其被焚毁的史实。"当时奢侈今何处"一句反问，构成今昔对比饱含无限的凄凉。"只见草萧疏，水萦纡，至今遗恨迷烟树。"三句，上承"今何处"，但见衰草残败，冷水萦绕，到处长着荆棘和杂树。作者用满目萧条凄凉的景象，映衬王朝兴废、遗恨无穷的悲凉结局。"遗恨"两字，承上启下，在写景的同时抒发作者的感慨。由阿房宫他想起列国的兴衰。"列国、周、齐、秦、汉、楚"，这里的列国，仅列出一些国家及朝代的名称，省略了干戈争斗的历史场面，显得凝练概括；而这种国家及朝代名称的排列，大大延伸了历史的纵向。最后，作者以"赢"和"输"来概括列国诸侯的兴亡，归根到底，"都变做了土"，这两句重复，照应"阿房一炬"，揭示了历朝统治者可悲的下场，令人惊悚。这种大彻大悟式的结尾弥漫着一种历史虚无主义的色彩，也不乏批判和醒世的作用。

全曲背景辽阔，画面纵横，感慨深沉，有悲凉沉郁之风。

〔中吕〕山坡羊

潼关怀古①

张养浩

峰峦如聚②,波涛如怒,山河表里潼关路③。望西都,意踟蹰④。伤心秦汉经行处,宫阙万间都做了土⑤。兴,百姓苦;亡,百姓苦。

【注释】

①潼关:古代著名关塞,位于陕西潼关县北,地当陕西、山西、河南三省交界处,关城雄踞山腰,东北据黄河天堑,西南依华山险阻,历来是东西交通要道,军事攻守重地。怀古:意思是凭吊古代遗迹,追怀古人古事,抒发作者的情怀。 ②峰峦如聚:是说众多的山峰好像是有意奔向这儿聚集。峰峦,指潼关西南华山诸峰。 ③山河表里潼关路:合写潼关的山河形胜。这句用了一个典故。《左传·僖公二十八年》记载,晋楚决战之前,子犯劝晋文公与楚决战,说即使打败了也不要紧,因为晋国"表里山河",本土不致受到危害。"表"是外面,"里"是里面,"表里"等于说内外。这是说晋国内有山、外有河,可以固守。潼关古时不属晋地,这里只是借用"表里山河",形容潼关外有黄河,内据华山,形势非常险要。 ④望西都,意踟蹰:西安古名长安,汉、唐帝国曾建都于此,秦都咸阳也在附近。这里的"西都",是泛指秦汉以来在西安一带所建的古代帝都。踟蹰,本意是犹豫不决,徘徊不前,这里是惆怅、郁闷的意思。 ⑤宫阙万间都做了土:据史书记载,秦国从战国末年就在咸阳的骊山间营建宫室,秦始皇更是大兴土木扩建阿房宫;后来项羽攻占咸阳,纵火焚烧秦朝宫室,大火竟三月不灭,用人民血汗和白骨建成的辉煌宫殿,统统付之一炬。此后西汉和唐代建都长安,统治者也是大兴土木,营建庞大的宫殿苑囿,同样也在战乱中被破坏殆尽。

【赏析】

这首小令是作者经过潼关时所写,当时的背景为"关中大旱,饥民相食",他写下了这首[山坡羊],尽管题为"怀古",实际上重在"伤今",其揭露、批判的锋芒直指当时的元朝统治者。

作者从潼关形胜写起。第一句写山,潼关处于军事要地,地势险要,作者只是用"峰峦如聚"作形象的描绘,一个"聚"字,不仅写出"峰峦"的众多,而且赋予众多的峰峦以生命和意志,从而表现出他们向潼关聚集的动势。第二句写河,潼关所俯视的洪流,就是黄河,黄河从龙门直泻而来,汹涌澎湃,奔赴关下,作者用"波涛如怒"作了形象的描绘,一个"怒"字,不仅概括了黄河波翻浪涌、奔腾咆哮的气势,同时也赋予了它们生命力。

第一句写山,第二句写河,都未点明这是什么地方,第三句"山河表里潼关路"便点出了该曲的地点"潼关"。着一"路"字,表明作者正行进在"潼关路"上,在看清了眼前的潼关形胜之后,自然要遥望"西都","潼关路"三字,既收束上文,又为"望西都"做好了铺垫。"意踌躇"一顿,下面所写就是"意踌躇"的原因和内容。"伤心秦汉经行处"一句,上承"望西都",下启"宫阙万间都做了土"。所谓"处"指的正是"西都"。作者在"潼关路"上遥望"西都",想到秦人在那里"经行",看见的是"宫阙万间"。可现在呢?"宫阙万间都做了土"啊!此所以望之"伤心"也。

在张养浩所经过的"西都",历来是王朝都城所在之地,王朝有兴有亡,宫阙有成有毁。在张养浩的时代,"西都"的"宫阙万间"早已"都做了土",而元朝的京城大都,又修起了"宫阙万间"。"宫阙万间"修了又毁,毁了又修,剥夺了大量民脂民膏,给百姓带来了无穷无尽的"苦"。作者从"望西都"所激起的情感波涛中理出了这样的思路,并循着这样的思路,倾吐出惊心动魄的诗句:"兴,百姓苦!亡,百姓苦!"无数个王朝兴替,你方唱罢我登场,而百姓之苦依然如故,甚至有增无减。那么,怎样才能挖掉百姓的苦根呢?作者还没有找出答案,却已经一针见血地指出了封建统治阶级与劳动人民的根本对立,敢于为百姓的苦难大声疾呼,这是难能可贵的。

这首小令遣词精辟,形象鲜明,于浓烈的抒情色彩中迸发出先进思想的光辉,在元曲中,乃至整个古典诗歌中,都是难得的优秀作品。

〔南吕〕一枝花

咏喜雨①

张养浩

用尽我为民为国心,祈②下些值玉值金雨③。数年空盼望,一旦遂沾濡④,唤省焦枯⑤。喜万象春如故,恨流民⑥尚在途。留不住都弃业抛家,当不的⑦也离乡背土⑧。

〔梁州〕恨不的把野草翻腾做菽粟,澄河沙⑨都变化做金珠。直使千门万户家豪富,我也不枉了受天禄⑩。眼觑着灾伤教我没是处⑪,只落的雪满头颅⑫。

〔尾声〕青天多谢相扶助,赤子⑬从今罢叹吁⑭。只愿的三日霖霪⑮不停住,便下当街上⑯似五湖⑰,都淹了九衢⑱,犹自洗不尽从前受过的苦。

【注释】

①喜雨:令人高兴的雨。 ②祈:祈求,祈祷。此指祈雨,是一种祈求天神或龙王降

雨的迷信活动。　③值玉值金雨：意谓久旱时雨水宝贵，价如金玉。　④沾濡：浸润，浇湿。　⑤唤省焦枯：指使干旱焦枯的庄稼恢复了生气。省，同"醒"。　⑥流民：此指流浪中的灾民。　⑦当不的：当不得，受不了。　⑧离乡背土：即背井离乡。　⑨澄河沙：干枯了的河床中的沙子。澄，本指把液体倒出，这里是说干旱，河水像被澄出一样，只剩下沙子。　⑩天禄：即官禄，朝廷官员的俸禄。　⑪没是处：没有办法。　⑫雪满头颅：指愁白了头发。雪，指白发。　⑬赤子：此指百姓。　⑭叹吁：叹气声。　⑮霢霂：久雨。　⑯当街上：马路上，街路上。　⑰五湖：此指到处是水。　⑱九衢：四通八达的大路。

【赏析】

　　这首套数是张养浩在陕西救灾时所作，当与〔双调·得胜令〕《四月一日喜雨》作于同时。天历二年（1329年），关中大旱，朝廷特拜张养浩为陕西行台中丞，前往救灾。张养浩其时已归隐多年，朝廷虽多次征召，均未出山，但此次关系到百姓危亡，所以一受命即起，到任四个月即劳卒于任上。〔南吕·一枝花〕由〔一枝花〕、〔梁州〕和〔尾声〕三支曲子组成，抒发了救灾时天降甘霖的喜悦之情，表达了他关心百姓疾苦，与灾民同甘共苦的心情。

　　〔一枝花〕首曲直接破题："用尽我为民为国心，祈下些值玉值金雨。数年空盼望，一旦遂沾濡。""用尽"、"祈下"，表明了是作者一片为民为国的忠忱，才感动上苍，祈求得珍贵的雨水。"雨"之所以"值玉值金"，是因为无数灾民盼望了它多年，来之不易，所以分外珍贵。面对这场及时雨，作者与灾民一样，喜悦之情溢于言表，接着作者写了自己在雨中的所见和所感。干涸的大地和焦枯的庄稼仿佛一下子被这场大雨唤醒，露出无尽的春色。但是在欣喜之外，作者更想到了抗旱救灾工作的艰难，也想到了其中最关键的因素，那就是人民。"当不的"和"留不住"，两两相对表明灾民之所以"离乡背土"、"弃业抛家"，皆因为灾情的严重，实属确非得已。作者不禁忧从喜来，为百姓痛心。由此，一个与百姓休戚与共的好官员形象展现在了我们面前。

　　〔梁州〕一曲，以"恨"字承接上句，并将恨的内容具体化。在如此大灾面前，百姓最缺的就是粮食和财物，因此恨不得将野草翻为菽粟、河沙变作珍珠，但这是不可能的事。但却加"恨不的"三字作领，正表明作者企图救民于水火的强烈愿望。作者不禁产生了一个狂妄的心愿："直使千门万户家豪富"，其勤政爱民的人道精神和诚挚深厚的忧乐情怀，令人感动。而现实终究是残酷的，正直的官员也无计可施，愁白了头发，进一步赞叹了作者对黎民百姓的深厚感情。

　　〔尾声〕一曲，作者压抑着满腹的悲叹，对救灾的前景仍然寄予了厚望。久旱逢甘霖，终究可喜，百姓从此可以不必再为灾情长叹短吁了，所以作者向老天拜谢。紧接的四句，作者继续祈祷希望"霢霂"不要就此停住，来冲走数年灾旱带给人们的痛苦。但是"犹自洗不尽"短短数字，欲言又止，意犹未尽，表明作者深感前路漫长，要想扫尽苦难，需要竭尽所能，鞠躬尽瘁，与开头"用尽我为民为国心"遥相呼应。

　　张养浩的散曲具有高度思想性和强烈批判性，可以清楚地看到他对民生疾苦的关怀，这种关怀来源于儒家的济世思想，在元代散曲中极为难得。

〔正宫〕鹦鹉曲

渔父

白贲

侬家①鹦鹉洲②边住,是个不识字渔父。浪花中一叶扁舟③,睡煞④江南烟雨。

〔么〕觉来⑤时满眼青山,抖擞⑥绿蓑归去。算⑦从前错怨天公,甚也有⑧安排我处。

【注释】

①侬家:我家。侬,我。 ②鹦鹉洲:在湖北汉阳西南江中,此非实指其地。 ③扁舟:小船。 ④睡煞:睡得足足的。煞,表示极度之辞,很,极。 ⑤觉来:醒来。 ⑥抖擞:此作"抖动"、"整理"解。 ⑦算:看来。 ⑧甚也有:竟然也有。甚,此有"竟"意,表示出乎意料之外。

【赏析】

鹦鹉曲这支曲牌是由白贲的这首曲子演化而来,白贲作鹦鹉曲,后人陆续模仿写作,如今可查的也有四十多首,由于白贲辞首中有"鹦鹉洲"三字,这支曲牌也就获得了〔鹦鹉曲〕的新名称。

白贲的这首〔鹦鹉曲〕的确是一首脍炙人口的作品,从内容来看,这一作品通过对一个陶渊明式隐逸人物的描写,隐晦的表达出了作者对现实的不满。语言简单明了,但意思含蓄,充满味道,声调和谐,但却难以唱和。

白贲在该曲中故作旷达,骨子里却是在讽刺贤愚颠倒,乍看该曲是礼赞隐逸生活,实则是抒发怀才不遇的愤懑。说自己是个不识字渔夫,实为对社会的愤激之语。以下所描绘的自由自在的渔父生活,也可作如是观。"算从前错怨天公"的"算"字,是习用的勉强承认的词。"错怨天公"何事作者没有明讲,我们可推知其所怨乃是天公没有给他安排一个能够发挥才能的地位。句中的"煞"、"抖擞"等活泼的字眼,让人觉得渔父的睡觉,其实是一种生命力的潜藏,渔父一旦觉醒,那就是生命力的焕发。最后一句说"甚也有安排我处",并非从心里表示满意。此处"甚"字,也是带有勉强承认的语气,实质是对天公的安排,极大不满,暗含着怀才不遇的怨愤。既可以理解为自我讽刺,也可以理解自我解嘲,豁达中显示着不平之气。"甚也有安排我处"这种情绪,在元代一般汉族文人中普遍存在。当时,在民族歧视政策下,汉族文士多不能为国所用,白贲自然亦然,只是作些地方小官,且为时短暂。这支曲道出了当时一般文士共有的心声。

作者运用散曲这一文学体裁,塑造了一个富有个性的渔父形象,既继承传统而又有所创新,这就是该曲的成功之处。这首曲子景色与人物相映相衬,意境优美,构思新颖。

〔黄钟〕人月圆（二首）

赵雍

人生能几浑如梦,梦里奈愁何。别时犹记,眸盈秋水①,泪湿春罗②。

绿杨台榭,梨花院宇,重想经过。水遥山远,鱼沉雁渺③,分外情多。

相思何日重相见?山远水偏长。凤弦虽断,鸾胶④难接,愁满离肠。

最伤情处,鲛绡⑤遗恨,翠屧留香。故人何在?浓阴深院,斜月幽窗。

【注释】

①秋水:常用来形容女子的眼波,白居易《筝》诗有"双眸剪秋水"之句,即是。②春罗:是一种丝织品,这里借代女子的衣衫。③鱼沉雁渺:鱼雁,是书信的代称,由于距离的遥远,连一封传情的书信都不能寄赠。④鸾胶:据东方朔《海内十洲记》载,鸾胶是传说中的一种粘合力极强的胶,出产于西海中央的凤麟洲,"此胶能续弓弩已断之弦",因而在古人诗词中,鸾胶常常比喻男女之间感情的绸缪。⑤鲛绡:一种质地轻薄的优质丝织品,据任昉《述异记》载,它是由像鱼一样居住水中的鲛人流泪成珠织成的。此后,鲛绡就与泪水结成了不解之缘,如陆游《钗头凤》"泪痕红鲛绡透"之吟咏,就是对离情别绪的一种渲染。

【赏析】

赵雍的散曲传世的仅有此二首小令,同用〔人月圆〕曲牌。两首小令虽然篇幅短小,押韵不同,但同样是吟咏一男子对一女子的相思情怀,其相思之苦、离别之恨都是浓墨重彩,尽情渲染。

第一首小令开头"人生能几浑如梦,梦里奈愁何。"二句,抒发了男主人公愁情太多难以消解的沉重感叹。接下来"别时犹记,眸盈秋水,泪湿春罗。"三句交代"愁"的缘由。作者将记忆中刻骨铭心的一幕用"眸盈秋水,泪湿春罗。"八字勾勒出,倍觉伤感。紧接着,作者概括地写出了记忆中最美好的景物,流露出无限的向往和不舍。虽然山遥水远,书信难传,但是"分外情多"四个字还是表现出了作者的缠绵与执着。这首小令从思念的对方着笔，运用回忆之法，描绘了离别时对方的痛苦。

第二首小令借助想象，进一步写离别的伤情。小令开头作者自问自答，作者相思情苦，不禁问道：何日才能与心上人相会，了却这一腔情思；"山远水偏长"是对现实状况否定的回答。接下来作者抒发了愁情难消的沉重叹息：山高水远的恋人想要相见是何其的艰难！"凤弦虽断，鸾胶难接"八个字具体表现了作者的巨大遗恨，将难以相见的相思苦痛逐渐推向高潮，然而最令人肝肠寸断的还是睹物思人的悲伤。最后三句"故人何在？浓阴深院，斜月幽窗。"，作者驰骋想象，在哀怨愁苦中融进了自己的悲伤与惆怅，造成了多情男子和多情女子形象的重合，加强了作品的感染力。

这两首小令充满了离别的叹惋，以及相思的苦痛，塑造了极其鲜明的艺术形象。

〔仙吕〕赏花时

李子中

情泪流香淡脸桃①，高髻松云軃凤翘②，鸳被③冷鲛绡④。收拾烦恼，准备下捱今宵。

〔煞尾〕篆烟消，银釭照，和个瘦影儿无言对着。一自阳台云路杳⑤，玉簪折难觅鸾胶⑥。最难熬，更漏迢迢。线帖儿⑦翻腾耳谩⑧搔，愁的是断肠人病倒。盼煞那负心贼⑨不到，将封寄来书乘恨一时烧！

【注释】

①脸桃：用桃花比喻女子的容颜，《诗经·桃夭》已见其端。曲中"脸桃"之语也是将人面比作桃花，但由于她整日情泪满面，将脂粉淌下，故而像雨后桃花的淡雅，间接写出了女子的美丽。　②軃：即下垂貌。凤翘是旧时女子插在头上的饰物，肖凤之形，故名。　③鸳被：即鸳鸯被，在元曲中常表示男女定情之物。如杂剧《玉清庵错送鸳鸯被》即以此为线索，演出了一本好事终成的爱情故事。　④鲛绡：相传为海中鲛人之泪织出，本曲似指枕套一类的丝织品，如杨果套数〔仙吕·赏花时〕有"搭伏定鲛绡枕头儿盹"之句。　⑤阳台：传说中的地方，见宋玉《高唐赋》，是男女欢会处的代称。"阳台云路杳"就是说明相会遥遥无期。　⑥玉簪：见白居易诗《井底引银瓶》："石上磨玉簪，玉簪欲成中央折。"后人遂用"簪折"喻离异或分别。鸾胶，传说中一种粘合力极强的胶。　⑦线帖儿：妇女置放缝绣用品的纸夹，唐·孟郊《古意》"启帖理针线"即谓此。⑧谩：通"漫"，是随意、任由之意。　⑨负心贼：情人爱之弥深时的反语。把心目中的恋人称作"狂童"，在《诗经·褰裳》中已见，元曲中类似的戏谑称谓更是不胜枚举，如"俏冤家"、"可憎才"等，是口语入曲的体现。

【赏析】

在元代的散曲中，描写闺情的不胜枚举，而李子中这首〔赏花时〕套数，以一女子口吻抒写离愁别恨，描写细致生动。

〔赏花时〕描写闺中女子临睡时分的痛苦与烦恼，从客观的角度描摹了闺中女子愁绪万千、以泪洗面、衣衫不整、百无聊赖的情态，统领全篇。女子整日情泪满面，冲落了脂粉，然而却像雨后桃花般淡雅，间接写出了女子的美丽。由于心上人不在身边，以致往常梳得高高的发髻已如乱云蓬松，往常高挑的凤翘也斜垂发下，相思的痛苦使她无心顾及重整颜容了。作者一下笔就着力表现女子的痛苦，紧接着，"收拾烦恼，准备下捱今宵。"二句写那女子强压心中的烦恼忧愁，准备捱过长夜的内在心态。"捱"字表现了女子在夜幕降临后的相思，极其生动地表现了女子强忍但又无济于事的烦恼。

〔煞尾〕在上一支曲的基础上，描写女主人公独守空帷"捱今宵"的具体情状。夜已深，香炉飘忽的烟雾已断，银灯投射出女子憔悴的身影，与难眠的女子默默相对，有一种形影相吊的凄然。从女子眼中看到自己影瘦，构思新颖，侧面表现了相思者的人瘦，为"愁的是断肠人病倒"一句作好铺垫。接下来"一自"二句笔锋一转，描写女子的心理活动。相会遥遥无期，女子的心逐渐绝望，这里大胆直率，勇敢泼辣地将女子内心的剖白和盘托出。曲中最为传神的当属最后的"盼煞"一句，作者通过女子对心上人的责骂以及将书信付之一炬的行为，表现了其由相思而生恨的心理特征，将全曲所抒发的情感推向高潮，增强了作品的生动性和形象性，极富表现力。

〔仙吕〕八声甘州

石子章

天涯羁旅，记断肠南陌①，回首西楼②。许多时节，冷落了酒令诗筹。腰围似沈③不耐春，鬓发如潘④那更秋。无语细沉吟，心绪悠悠。

〔混江龙〕十年往事，也曾一梦到扬州⑤。黄金买笑，红锦缠头，跨凤吹箫⑥三岛客，抱琴携剑五陵⑦游，风流。罗帏画烛，彩扇银钩。

〔六么遍〕为他迤逗⑧，咱扣就⑨，更两情厮爱，同病相忧。前时唧嘴⑩，今番抹⑪，急料子⑫心肠天生透。追求，没诚实谁道不自由！

〔元和令〕外头花木瓜⑬，里面铁豌豆⑭。横琴弹彻凤凰声⑮，两厌难上手。当初说尽海山盟，一星星不应口。

〔赚尾〕洛阳花，宜城酒，那说与狂朋怪友？水远山长憔悴也，满青衫⑯两泪交流。唱道事到如今，收了字籯罢了斗，那些儿自羞？二年三岁，不承望空溜溜了会眼儿休。

【注释】

①南陌：喻男主人公离去的路途。　②西楼：指其所恋者的居所。　③腰围似沈：用梁朝沈约的故事，后人常以"沈腰"比喻身体瘦损。　④鬓发如潘：典出晋潘岳《秋兴赋》，诗文中常用"潘鬓"喻未老先衰。　⑤十年往事，也曾一梦到扬州：化用杜牧《遣怀》"十年一觉扬州梦，赢得青楼薄倖名"的名句，暗示出所恋女子的身份是风尘中人。　⑥跨凤吹箫：用《列仙传》中所记春秋时萧史与秦穆公女弄玉吹箫引凤成仙的故事。　⑦五陵：比喻豪门贵族的聚居地。　⑧迤逗：勾引、惹引之意，这里用来形容女子。　⑨扢就：迁就、温存之意。　⑩唧嗾：伶俐、精细之意，暗指女子嘴甜心巧。　⑪抹：原意是装扮，这里引申为女子的装模作样。　⑫急料子：变幻莫测之意，是从男主人公口中责备那女子天生的水性杨花性格的语言。　⑬花木瓜：比喻中看不中吃，暗示那女子外表与内心不统一。　⑭铁豌豆：在元曲中一般作"铜豌豆"，喻风月场中的老手，多指嫖客，这里用来喻那女子的老练油滑。　⑮凤凰声：暗用司马相如与卓文君的故事。　⑯满青衫：用白居易《琵琶行》"江州司马青衫湿"句意，形容泪水之多。

【赏析】

这篇套数是写一位痴情男子因情场失意在羁旅途中的愁苦情怀。全套分为三个层次：

首曲〔八声甘州〕为第一层，描写了主人公的现实状况。旧情难忘，男子的深情并没有随着时间的流逝和距离的增加而削减，反而更加追怀此事，尤其是每逢团圆或美好的时节。男子漂泊各地，饱受情思之苦，身体日益瘦损，未老先衰。男主人公虽然浪迹天涯但是情系往事，他体瘦鬓白的体貌和百无聊赖的心境充分展示了他的痴情，也印证着往事不堪回首。

第二、三、四支曲为全套的第三层，具体描写往日的种种情景。〔混江龙〕回忆主人公昔日的风流艳遇，并引以为豪。首二句化用前人的诗句，并引用"神话传说，概括了昔日风月场中的豪华生活，刻画出一位出入青楼妓院、黄金买笑的风流才子的形象。〔六幺遍〕叙写女子的情变。先写女子的主动引诱和两人的温存，再写女子装模作样，态度变幻莫测，从两人"两情厮爱"到女子变心的过程中，谴责了女子的水性杨花和善变。〔元和令〕表现了男主人公被抛弃之后的失望与愤怒。"外头花木瓜，里面铁豌豆。"两句，通过对比，揭露了女子的油滑老练、表里不一，实为风月场里的老手。"横琴"两句暗用司马相如与卓文君的故事，描写了男子为使女子回心转意曾经做出的努力彻底失败，当初的海誓山盟已被她轻易抛弃，最后他再次谴责了女子的负心。

〔赚尾〕为全套的第三层，是男主人公的内心独白。男子由追忆往事回到现实，倾诉着内心的愁苦，表现了无可奈何只好作罢的痛苦选择。

这篇套数描写了男主人公的痴情与怨恨，生动逼真地表现了男子复杂的心理。曲中大量使用方言俗语，表现了元散曲的特色。

〔双调〕夜行船

扬州忆旧

狄君厚

忆昔扬州廿四桥,玉人何处也吹箫①。绛烛烧春,金船吞月②,良夜几番欢笑。

〔风入松〕东风杨柳舞长条③,犹似学纤腰。牙樯锦缆无消耗④,繁华去也难招。古渡渔歌隐隐,行宫烟草萧萧。

〔乔牌儿〕悲时空懊恼,抚景慢行乐。江山风物宜年少,散千金常醉倒。

〔新水令〕别来双鬓已刁骚⑤,绮罗丛梦中频到。思前日,值今宵,络纬芭蕉⑥,偏恁感怀抱。

〔甜水令〕世态浮沉,年光迅速,人情颠倒,无计觅黄鹤。有一日旧迹重寻,兰舟再买,吴姬还约,安排着十万缠腰⑦。

〔离亭宴煞〕珠帘十里春光早,梁尘满座歌声绕⑧。形胜地须教玩饱,斜日汴堤行⑨,暖风花市饮,细雨芜城⑩眺。不拘束越锦袍,无言责乌纱帽。到处里疏狂落魄,知时务有谁如?揽风情似咱少。

【注释】

①"忆昔扬州"两句:化用杜牧《寄扬州韩绰判官》中的"二十四桥明月夜,玉人何处教吹箫"诗句,仅变化数字,写尽扬州的繁华景象。扬州从隋代以后就成为文人游赏歌吟之地,唐代徐凝《忆扬州》有"天下三分明月夜,二分无赖是扬州"之语,张祜在《纵游淮南》中甚至说:"人生只合扬州死,禅智山光好墓田。" ②烧春:酒名,李肇《国史补》:"酒则有……剑南之烧春。"金船:大的酒器,见叶廷《海录碎事》。 ③东风杨柳舞长条:从隋炀帝以后,扬州城河边多植杨柳,这是扬州的一大特色,清人王士《浣

溪纱》词就有"绿杨城郭是扬州"的美誉。 ④"犹似学纤腰"两句：据《开河记》载，隋炀帝游幸江都（扬州），曾造大船泛江淮而下，用民间女子年十五六者五百人，与羊相间牵锦缆，每船用锦缆十条，牵缆女谓之"殿脚"。"犹似"、"牙樯"二句即暗用此事。"学纤腰"是说看见河边杨柳长条的漫舞就仿佛见到昔日殿脚女牵缆时腰身的摆动。隋炀帝在扬州建有多处行宫，著名的迷楼即是其中之一，他被杀后就埋在扬州。 ⑤刁骚：头发稀落之意，点明自己年华的逝去，只有梦中频游旧迹了。 ⑥络纬芭蕉：络纬，是蟋蟀一类的秋虫，叫声带有凄凉意味，李贺《秋来》诗："衰灯络纬啼寒素。"芭蕉叶的响声更扰人清梦，杜牧《雨》诗："一夜不眠孤客耳，主人窗外有芭蕉。"古人常用雨打芭蕉声来表明自己的离愁别绪。 ⑦十万缠腰：化用唐人《商芸小说》故事，所谓"腰缠十万贯，骑鹤上扬州"，反映了人们希图既富贵又似神仙长生的欲望。这里仅沿用字面义，即准备大量金钱去扬州挥霍，在歌舞场中了却残生。 ⑧珠帘十里春光早：化用杜牧《赠别》"春风十里扬州路，卷上珠帘总不如"诗意，极言扬州之乐。梁尘：引用《拾遗总类》中"善歌者吴人虞公发声动梁上尘"的故事，比喻繁华城中歌女嗓音的宛转嘹亮。 ⑨汴堤：即隋堤，为隋炀帝开运河沿途所筑。 ⑩芜城：自鲍照的《芜城赋》后，遂成扬州的别称。

【赏析】

这首〔夜行船〕套数题为《扬州忆旧》，表明好像是追恋往日的风月繁华，但实际在怀念故国，借玩世疏狂来反抗现实。

首曲〔夜行船〕开头就极写扬州的繁华景象，并赞扬州的游乐之美。美酒、玉器，良辰美景，开怀畅饮，此情此景，何等的自在逍遥！

第二曲〔风入松〕笔锋一转，开始回顾扬州的历史。隋炀帝时数游扬州，盛极一时，引无数文人骚客竞折腰。然而时过境迁，如今只剩渔歌隐隐和衰草连天了。曲中多处引用隋炀帝的典故，看似悼隋，实际上是借隋亡来抒发对故国宋朝的"黍离"之悲。

第三曲〔乔牌儿〕又调转笔锋，想从这种悲痛中解脱出来，于是追忆少年的诗酒生涯，试图用千金买笑、醉酒扬州的欢乐来冲淡心中的悲伤。然而凄凉残酷的现实又把作者从昔日追怀中拉回，在下一曲〔新水令〕中，再一次抚今追昔，不胜感慨，又使得作者"偏惹感怀抱"了。作者巧用络纬凄鸣、雨打芭蕉的意象，抒发了自己心中无尽愁绪与感慨，深情凝重。

〔甜水令〕一曲紧承上曲，继续抒写作者的感怀。人世间的变迁正如一去不复返的黄鹤，难以寻觅，虽然作者表面上说准备大量金钱去扬州挥霍，在歌舞场中了却残生，然而这只是作者寻找的一种无可奈何的解脱。

尾曲〔离亭宴煞〕通过对今后生活的设想，表现了作者笑傲江湖的志向。首句又是化用前人诗句，极言扬州之乐。接下来四句写对今后放浪形骸生活的憧憬。"不拘束越锦袍，无言责乌纱帽。"二句反映了作者淡泊名利、远离官场的决心。最后三句概括全曲主旨，认为浪迹天涯、享受风花雪月才是聪明人的选择，但是字里行间透露着悲愤不平的情绪。

这首套数结构安排精当，层次分明，巧用典故，从扬州繁华入手，通过悼古伤今、自悲身世，进而达到了抒怀言志的目的，耐人咀嚼。

〔双调〕蟾宫曲

刘唐卿

博山铜细袅香风①,两行纱笼,烛影摇红②。翠袖殷勤捧金钟③,半露春葱④。唱好是⑤会受用文章巨公,绮罗丛醉眼朦胧⑥。夜宴将终,十二帘栊⑦,月转梧桐。

【注释】

①博山铜细袅香风:从博山炉中散发出袅袅香烟。博山铜,即博山炉,表面雕刻有重叠的山形装饰,《西京杂记》曾有长安巧工丁缓制作九层博山香炉的记载,可知是一种昂贵的器物。 ②两行纱笼,烛影摇红:意思是香烟缭绕弥漫堂中,透过精致的纱笼隐约见两行摇曳的红烛光影。烛光用两行纱笼罩护,排场也非同一般。 ③翠袖殷勤捧金钟:脱化于宋人晏几道《鹧鸪天》词"彩袖殷勤捧玉钟"的句子。"彩袖"用"翠袖"替代,意象更加明确,借代劝酒的女子。 ④春葱:形容这位女子纤细的手指。 ⑤唱好是:元曲中习见语,又作"畅好是",是"真是"、"正是"之意。 ⑥绮罗丛醉眼朦胧:是"会受用"的注脚:在醉眼朦胧中,享受着珠围翠绕的旖旎风光,觥筹交错之景宛然目前。 ⑦十二帘栊:表示窗户极多,暗示出宴饮场所的空间之大。

【赏析】

这首小令描写一次官府夜宴,在当时极富盛名,作者运用简洁的笔法层次分明地描绘了宴会的全部过程。

开头三句描写夜宴的环境。"博山铜细袅香风,两行纱笼,烛影摇红。",博山炉中散发出的香烟,袅袅缭绕,弥漫在堂中,透过精致的纱笼隐约可以看见两行摇曳的红烛光影。这般用具和排场,烘托出了宴会的奢华和规模。"翠袖殷勤捧金钟,半露春葱。"二句,袭用宋人晏几道《鹧鸪天》词"彩袖殷勤捧玉钟"的句子,形容歌女们拼命劝酒的情景,写出了酒宴的开始与进行,使相对静态的场景增添了动感。接下来,"唱好是"二句写到了宴会的主人,表现了主人的适意与醉态,"文章巨公"则表明主人知识渊博和文辞高雅。"绮罗丛醉眼朦胧"是"会受用"的注脚,在朦胧的醉眼中,享受着珠围翠绕的旖旎风光,觥筹交错的胜景使人飘飘欲仙。最后三句自然转入对宴会结束的描写。"十二帘栊,月转梧桐"八个字巧妙地暗示出宴饮场所的规模之大和持续的时间之久。作者的观察从室内转向室外,"十二帘栊"表示窗户极多,而此时月影已从梧桐巨大的树冠一边慢慢转移到另一边,足见宴饮的时间之长。然而此时也仅是"夜宴将终",并未完全结束,其热闹繁华的景象可见一斑。

这首小令用韵颇具特色,不仅句句押韵,而且"博山铜""绮罗丛"等句一句两韵,颇具功力。

〔正宫〕塞鸿秋

郑光祖

门前五柳①侵江路,庄儿紧靠着白渡②。除③彭泽县令④无心做,渊明老子达时务。频将浊酒沽,识破兴亡数⑤。醉时节笑捻着黄花去⑥。

【注释】

①五柳:陶渊明曾著《五柳先生传》以自况,后以"门前五柳"喻隐逸之士的住所。②渡:渡头,渡口。 ③除:任命。 ④彭泽县令:陶渊明不愿为五斗米折腰,毅然辞去彭泽县令,隐居"五柳"山庄。 ⑤识破兴亡数:看透了兴亡的命数。数,命运,内在规律。 ⑥醉时节笑捻着黄花去:陶渊明嗜酒,又爱菊。据萧统《陶渊明传》载:"尝九月九日出宅边菊丛中坐,久之,满手把菊,忽值(江州刺史)王弘送酒至,即便就酌,醉而归。"黄花,菊花。

【赏析】

在我国的古典文学中,关于"崇陶"的作品数不胜数,其中大多数是称颂其不为五斗米而折腰的精神和"采菊东篱下,悠然见南山。"的隐逸情怀。这首曲子匠心独运,没有拘泥于前人和历史,作者根据自己的人生态度和对社会的认识,极力塑造了一个自己心目中的陶渊明,表达了对陶渊明清高旷达的品格的仰慕和对隐居生活的强烈向往之情。

开头两句"门前五柳侵江路,庄儿紧靠着白渡。",描述陶渊明隐居环境的清幽宁静,清静的农舍紧挨着白渡头,门前五株柳树直通沿江的大道。这一幅空明淡雅的水乡农家图,给人一种恬淡闲适,与世无争的感受,同时也奠定了全曲舒适旷达的基调。

"渊明老子达时务,识破兴亡数。",两句写陶渊明辞官归隐,是适时所为,接下来写陶渊明识时务的具体内容:"除彭泽县令无心做,频将浊酒沽。醉时节笑捻着黄花去。"在作者眼中,陶渊明只知饮酒赏菊,笑傲红尘,是一种遁世逃避现实的做法。这不是真实的陶渊明。其实陶渊明辞官是因为对现实社会的不满,归隐也是出于"性本爱丘山"。作者这样安排,曲折地反映了元代社会的黑暗。

作者生活的元朝,在蒙古贵族的高压统治下,等级制度森严,将人分为十等,所谓"八娼九儒十丐",知识分子竟排在妓女之后,可见知识分子的地位的卑贱和处境的艰难。若要改变这种处境,即使整日劳苦奔波,曲迎奉承,尔虞我诈,也有可能万劫不复,更何况作者"为人方直",更不愿卖身求荣,要解脱现实社会给予的痛苦,只有逃避现实——隐居这一条路,所以作者借陶渊明的典故抒发对隐居的向往之情,实则是对当时黑暗现实的不满与控诉。

〔双调〕蟾宫曲

梦中作（三首之一）

郑光祖

半窗幽梦微茫。歌罢钱塘①，赋罢高唐②。风入罗帏，爽入疏棂③，月照纱窗。缥缈见梨花淡妆，依稀闻兰麝余香。唤起思量，待④不思量，怎不思量。

【注释】

①钱塘：指南齐钱塘名妓苏小小，她一直为后来的文士所称道，如白居易诗："钱塘苏小小，人道最夭斜。"后世即以"钱塘"或"苏小"代妓女。　②高唐：宋玉作《高唐赋》，写楚襄王游高唐，梦中遇见巫山神女来相会，后世即以"高唐"或"阳台"喻男女欢会之事，并且多指与妓女欢会。作者用"高唐"这一典故，又含有自比宋玉的才貌双全之意。　③疏棂：疏朗的窗格。　④待：打算。

【赏析】

这首曲子描写作者在梦中与所爱之人欢会，醒来后难以忘怀的心情。

"半窗幽梦微茫。"，开篇切题，点明是在做梦。"幽梦"、"微茫"，先声夺人，绘出了朦胧、悱恻的氛围。正所谓日有所思，夜有所梦，这一句勾起读者的好奇与兴趣。作者做的什么梦呢？作者紧接着描述："歌罢钱塘，赋罢高唐。"，它仿佛是苏小小在向情郎献歌，又仿佛像巫山神女迎接襄王。两个"罢"字，表明梦影残存，中间包含着无限怅惘之情。

前面三句都是表现了似梦非梦，半醒不醒，接下来"风入罗帏，爽入疏棂，月照纱窗。"三句，则开始过渡到觉醒，迎接作者的是一片现实世界的凄清。微风潜入，吹动着罗帏，窗棂中透进了深夜的阵阵清凉，皓月当空，银色的清光洒向了纱窗。"罗帏"、"疏棂"、"纱窗"，同风、爽、月这样清晰的意象搭配在一起，反衬梦的"幽"，暗含了作者独处、独眠的孤独与寂寞。

"缥缈见梨花淡妆，依稀闻兰麝余香。"，缥缈的梦境中出现了她的幻象，有着梨花般素净的淡雅仪容，散发着兰香麝香般的缕缕芬芳。"梨花淡妆"、"兰麝余香"，竭力形容梦中所会的女人之美，补出了"半窗幽梦"的内容，足见作者对幽梦的眷恋与多情。"缥缈"、"依稀"表现了醒后的追忆与梦境的感受存在着偏差，更不用说凄凉的现实了作者不露声色的平静叙述，言外却隐藏着无限的怅惘。

最后"唤起思量"不言而喻，"待不思量"是因为思量太重太苦，作者故作强硬，

"怎不思量"言这份爱恋的深重。这三处"思量",经历了一个"有—无—有"的曲折过程,把一个人的欲罢不能的矛盾感情,刻画得淋漓尽致,妙笔入神,表现了作者的一往情深和愁绵恨长。

此曲标题是"梦中作",实则是作者出梦后的回忆。由于一往情深,相思过度,留梦心切,眼前出现了幻影,所谓"直道相思了无益",作者把这种幻觉归之于梦。曲子清新婉丽,借幽梦写情愫,处处压抑内心的痛苦,深情感人。

〔仙吕〕寄生草

酒

范 康

常醉后方何碍①,不醉时有甚思?糟②腌两个功名字,醅浄③千古兴亡事,曲④埋万丈虹霓志⑤。不达时⑥皆笑屈原非,但知音尽说陶潜是⑦。

【注释】

①方何碍:即"何妨碍",毫无关系。 ②糟,指酒渣,代酒。 ③醅:没过滤的酒。浄:同"淹",浸没。 ④曲:酿酒用的酒母。 ⑤虹霓志,比喻凌云壮志。 ⑥不达时:不识时务,或不通情理。 ⑦但知音尽说陶潜是:陶渊明性喜酒,酒人引为知音。

【赏析】

范康用〔寄生草〕曲牌,写了《酒》、《色》、《财》、《气》四首小令,这是其中一首。此曲以劝饮为题,文笔豪放,多用反语,嬉笑怒骂,看似对人生已经厌倦,主张隐逸遁世,但实际上反映了对社会现实的不满。

这首小令出语新奇,开头"常醉后方何碍,不醉时有甚思?",以设问的形式,说饮醉以后,把一切思绪全都忘了,肯定了但愿长醉不醒的处世态度,表现了劝饮的主题。"方何碍",表面上什么都不管不顾,然而作者的真实目的是借醉酒来忘却世事,逃避现实,表现了作者对现实的不满。接下来"糟腌两个功名字,醅浄千古兴亡事,曲埋万丈虹霓志。"三句,紧承一、二两句,具体说明世俗"思"的内容,连用三个与酒有关的词:"糟腌"、"醅浄"、"曲埋",表明酒的特殊功能,把"功名"、"兴亡"、"虹霓志"全部予以否定。这三句仍然紧紧扣住劝饮的主题,劝说人们忘却世间的一切,在醉酒中尽情地品味生活。

最后两句"不达时皆笑屈原非,但知音尽说陶潜是。",不识时务、不通情理的人,都嘲笑屈原的忠君爱国的行为,而知音全说陶潜辞官归田,以诗酒自娱的做法是正确的。

作者对那些嘲笑屈原忠心耿耿，认为屈原不值得效仿的人是嗤之以鼻的，而他采取了陶渊明的处世态度，辞官归隐，以酒自娱。这说明作者有着屈原那样的抱负和强烈的爱国主义精神，但是处在这样混乱黑暗的时代，只能借酒消愁。作者借用古代两位伟大的诗人加以对照，表达了内心复杂的思想感情。

这首曲子以轻松的格调描写作者选择归隐和无可奈何的心理，在旷达洒脱的外表下蕴含着对社会现实强烈的不满与愤慨。

〔南吕〕四块玉

闺情（三首）

曾 瑞

鬓乱窝，钗横堕，膳减愁添怎存活？抽签摆卦为工课。花貌衰，鬼病①磨，何日可？

孤雁悲，寒蛩②泣，恰待团圆梦惊回。凄凉物感愁心碎。翠黛③颦，珠泪滴，衫袖湿。

簪玉折，菱花缺，旧恨新愁乱山叠④。思君凝望临台榭。鱼雁⑤无，音信绝，何处也？

【注释】

①鬼病：元曲中常把相思病称作鬼病。 ②蛩：蟋蟀。 ③翠黛：眉毛。 ④乱山叠：形容眉毛皱起来像乱山一样。 ⑤鱼雁：代指书信。

【赏析】

这三首内容大致相同，都是抒发女主人公的离情别恨。

第一首描写女主人公难忍相思之苦而煎熬成病。作者首先着笔于女主人公的头部：发髻蓬松，金钗快要掉下来，是因为心爱的人儿不在身边，无心去梳妆打扮；食欲日减是由于愁情日增，无处排遣；花容衰老是因为遭受病魔的折磨，作者由表及里，一一描述女主人公的日常生活，展现了女子痛苦的内心世界。"抽签摆卦为工课。"一句写她整天地抽签、摆卦，以占卜爱人的归期，并把这种事作为一种功课，而没有去做女工，说明她对心上人的担心与惦念，这也是她茶饭不思、坐卧不安的根本原因。"膳减愁添怎存活"与"何日可"两句，一前一后，相互呼应，渲染出了空闺生活的无趣和不堪忍受。女子绝望的呼唤和无可奈何的哀叹，震撼人心。

第二首描写女主人公团圆梦惊回后凄凉痛楚的心情。"孤雁悲，寒蛩泣"两句，采用移情于景的手法，描绘了一幅凄冷悲凉的深秋，"孤雁"的意象含有强烈的寓意，暗示了闺中人的孤独。接下来"恰待团圆梦惊回"一句转向写人，是说女主人公正在做好梦，梦中快要和心上人团圆的当儿，却被雁、蛩之声惊醒了，好梦成空，一种莫大的遗憾溢于言表。"凄凉物感愁心碎"以下四句直接抒写女主人公梦醒后的悲凉。由充满喜悦的梦境跌回孤独难熬的现实，怎能不愁上加愁？"翠黛颦，珠泪滴，衫袖湿。"，鼎足三句，具体描绘了"愁"的意境。听着孤雁的悲鸣、蟋蟀的哀泣，女主人公感物伤怀，不禁肠断心碎，泪水浸湿了衫袖。这首小令借景抒情、情景交融，感染力强。

第三首表达的内容和使用的手法与第一首大致相似。"簪玉折，菱花缺"，描写女子无心梳妆。其中"菱花镜缺"以圆镜的不完整暗喻夫妻的离散。以物寄情，更见女子的相思之苦。第三句"旧恨新愁乱山叠"，沿用温庭筠《菩萨蛮》中的"小山重叠"，将女主人公内心深处不断的愁与恨形象地表现出来。第四句"思君凝望临台榭"，刻画出一个倚楼远眺的思妇形象，揭示了女子恨与愁的原因。最后三句"鱼雁无，音信绝，何处也？"，写思妇的心理活动书信没有，口信也断绝，思妇的心飞向了远方，情系游子。"何处也"三个字，表现了女子既担心又不安的焦虑心境。小令从思妇内心的痛苦着笔，以对游子的牵挂结束，中间贯穿着真挚而又强烈的爱。

这三首小令用词典丽，语句工整，有元曲通俗活泼之特色，有着诗词的风格与意境。

〔南吕〕四块玉

警 世

曾 瑞

狗探汤①，鱼着网，急走沿身痛着伤。柳腰花貌斜魔旺，柳弄娇，花艳妆，君莫赏②。

【注释】

①汤：滚开水，沸水。 ②赏：欣赏、赏识，在这里作"上当"解释为妥。

【赏析】

这首小令的主题是劝戒世人不要贪恋女色，这女色又非一般的女色，乃是花枝招展的风尘女子，所以作者阐明的嫖妓的危害，"警"告世人，向世间那些爱嫖妓的人敲响警钟。

开头两句"狗探汤，鱼着网"，运用比喻的手法，阐明嫖客与妓院之间的关系。作者把嫖客比作狗和鱼，妓院比作沸水和鱼网，嫖客去妓院，就像狗爪伸进开水里试探，鱼儿闯进了鱼网里。狗儿探开水，即使不死也会烫掉一身毛；鱼儿进网，有去无回，除非鱼死网破。小说中常有"惶惶若丧家之犬，急急若漏网之鱼"，这两则比喻正是运用了人们熟知的视觉印象，将其负痛疾走、心有余悸的情态展现在读者面前。"急走沿身痛着伤"，既显示了所遭遇的危险以及可怕的后果，又是沉痛的教训和警告，作者警告那些爱嫖妓的人们，叫他们赶快走开吧，如果执迷不悟，等待着你的不仅是小小的痛苦，更会招致巨大的不幸。这里含有一丝"吃一堑长一智"的意味，从而为引出下文的劝诫敲响了警钟。

第四句"柳腰花貌斜魔旺"，具体揭晓了"探汤"和"着网"的所指，原来指的是花街柳巷嫖妓寻乐的危险之事。那些有着像杨柳条一般苗条的身材，鲜花一般艳丽的容貌的妓女，都是表面好看的不正经的害人妖魔。因为寻花问柳而大吃苦头固然是咎由自取，然而妓女设圈套、行"斜魔"的手段也绝非一般！一个"旺"字，坐实了开头前面"急"、"痛"的缘起。"柳弄娇，花艳妆"，描述妓女们卖弄着风骚，打扮得妖娆，表明这些都是表面的假象，呼应了前文的"斜魔"。最后一句"君莫赏"再次发出严重警告，犹如当头棒喝，警告世人千万别受引诱上当。

小令始终以生动的形象来代替枯燥的说教，语重心长。篇幅短小精悍，朗朗上口，令人印象深刻。

〔南吕〕骂玉郎过感皇恩采茶歌

闺　情

曾　瑞

才郎远送秋江岸，斟别酒、唱阳关①，临岐②无语空长叹。酒已阑，曲未残，人初③散。

月缺花残，枕剩衾寒。脸消香，眉蹙黛，鬓松鬟。心长怀去后，信不寄平安，拆鸾凤，分莺燕，杳鱼雁。

对遥山，倚阑干。当时无计锁雕鞍，去后思量悔应晚，别时容易见时难。

【注释】

①阳关：指《阳关三叠》，其歌辞为王维写的《送元二使安西》。　②临岐：分手。王勃有"无为在岐路，儿女共沾巾。"的诗句。　③初：这里宜作"突然、猛然"解释。

【赏析】

这首带过曲由〔骂玉郎〕、〔感皇恩〕、〔采茶歌〕三首小令组成，分三层写了"别时容易见时难"的离愁别恨。

从"才郎"至"人初散"，为〔骂玉郎〕，写离别的场面。"才郎远送秋江岸"，交代了离别的时间和地点。"斟别酒唱阳关",描述了饯别的情景。送别时,女主人公为才郎唱着阳关曲,斟上离别之酒。"临岐无语空长叹。酒已阑,曲未残,人初散。",酒喝得差不多了,离歌还没有唱完,可是马上就要分离,彼此难过得不知道说什么,只有无可奈何地长长地唉声叹气,表现了离人的无奈与愁苦。最后"曲未残,人初散"两句是这一段的尾声,尤其提出了"别时容易"的心理感受。

从"月缺"至"杳鱼雁",为〔感皇恩〕。此曲紧承上曲,写离别后闺中女子的凄凉与思念。"月缺花残,枕剩衾寒。",由上曲"人初散"推断出来,一脉相承。这里运用了移情的手法,女主人公与情郎离别后,情绪上受到了很大的打击,感到周围的一切都没有了光泽。尽管月缺还会再圆,花残还会再开,可在女主人公心里充满了失望。所以女子无心梳妆打扮,脸上也不再擦香粉了,眉儿紧蹙着,头发蓬松,以此强调了女主人公对夫妻分离的忧虑程度,生动贴切。由于她的心一直在挂念着情郎,而对方却连一封平安家信也没有,"拆鸾凤,分莺燕,杳鱼雁。"是女主人公内心痛苦的哀叹。

从"对遥山"至结尾,是〔采茶歌〕曲,进行进一步的描写,女主人公在忧虑之中登楼遥望而起的后悔之意。"对遥山,倚阑干。",是上曲"杳鱼雁"感情的延伸,女主人公没有爱人的音信,极其挂念,眺望着远山,感到孤单、寂寞、空虚,从而开始后悔。"当时无计锁雕鞍,去后思量悔应晚",形象地表现了女主人公的后悔之意,是全曲的点睛之笔。"悔应晚"三个字吐露了女主人公无穷的离愁别恨。

这三曲循序渐进,由别而思,由思而悔,把女主人公的感情逐级推向高潮,表现了同一个主题,充分展现了作者善于谋篇的艺术技巧。

〔南吕〕骂玉郎过感皇恩采茶歌

闺中闻杜鹃

曾 瑞

无情杜宇①闲淘气,头直②上耳根底,声声聒得人心碎。你怎知,我就里③,愁无际?

帘幕低垂,重门深闭。曲阑边,雕檐外,画楼西。把春醒④唤起,将晓梦惊回。无明夜⑤,闲聒噪⑥,厮禁持⑦。

我几曾离、这绣罗帏?没来由劝我道"不如归"!狂客江南正着迷,这声儿好去对俺那人啼。

【注释】

①杜宇:传说中古代蜀国国王。周代末年,在蜀称帝,号曰望帝。后归隐。蜀人怀其德,传其魂化为杜鹃,因亦称杜鹃为杜宇,鸣声悲切,似说"不如归去"。 ②头直:头

顶。 ③就里：内里，指心中。 ④酲：指酒后困倦，恍惚而若病的样子。《诗·小雅·节南山》："忧心如酲"。毛传："病酒曰酲"。 ⑤无明夜：无日无夜。 ⑥聒噪：吵闹、乱嚷嚷的意思。 ⑦厮：相。如欧阳修《渔家傲》词："莲子与人长厮类，无好意，年年苦在中心里。"（"厮类"，相类也）。禁持，摆布，折磨。

【赏析】

这首带过曲由〔骂玉郎〕、〔感皇恩〕、〔采茶歌〕三支曲子组成，以闺中女子自述心声的形式，表现了思妇的情怨。

首曲〔骂玉郎〕写现时"闻杜鹃"的情形。开头就直接对杜鹃进行了娇憨的怒斥，"无情"、"闲淘气"、"头直"、"聒"等口语的连用，描摹女子的口吻，将女子极度不满的情绪描摹地淋漓尽致，率直天真而又多愁善感。杜鹃鸟的啼声像极了"不如归去"，因此女子心中倍增惆怅。但是女子因何而感怀作品先没有说明，设置了一个悬念，引发读者的兴趣。

第二支曲子〔感皇恩〕回忆以前"闻杜鹃"的情形，点明女子的生活环境，照应了题目中的"闺中"。"帘幕低垂，重门深闭。"，这两句写居室内外的静谧。庭院里一株一株杨柳，早晨凝聚着烟雾，烟笼雾罩，就像有"无重数"的"帘幕"似的，故有不知"深几许"之感。接着逐一描写这里的环境，"曲阑"、"雕檐"、"画楼"，铺排详尽，暗示了女子应是一个条件优越的大家闺秀，然而封建女子足不出户，至多在"曲阑"、"雕檐"、"画楼"之间散心，这自然是"愁无计"之下的消遣。接下来介绍了女子寂寞闺居的日常生活，昨晚因春愁而饮了酒，酒后而入睡，杜宇的叫声惊醒了"晓梦"。女子对杜鹃没日没夜的啼叫烦恼至极，她对杜宇的怨层层加深，表现了她越来越难耐的烦躁心情。

第三支曲子〔采茶歌〕是对"闻杜鹃"的反应和感想。女子由怨而怒，一腔愤慨似仍发泄在杜鹃身上，至此，我们才明白女子"愁无际"的原因，原来是与杜鹃"不如归去"的啼声有关。作者将笔锋投向了远在江南的"狂客"，此时女子将对杜鹃的责备顿时转为对薄情夫婿的怨尤和盼望，令人顿悟又怅然所动。

此曲借怨责禽鸟而述女子情思，将爱人远游不归的懊恼与失落迁怒于啼叫不止的杜鹃，风格细腻曲折，轻松有趣而又天真贴切，颇有生活情致。

〔中吕〕喜春来

闲世

曾 瑞

佳章软语①酲时和，白雪阳春②醉后歌，簪花③饮酒且婆娑④。开闷锁⑤，闲看恶风波。

【注释】

①佳章软语：指吟诗唱和。　②白雪、阳春：古时楚地名曲，这里泛指讴歌。　③簪花：古代佳节、宴会上男女的通习。　④婆娑：即舞蹈。　⑤闷锁：这里以锁喻闷。

【赏析】

这首曲子抒写作者阅尽世事后的超然自得之情。

开头两句"佳章软语醒时和，白雪阳春醉后歌"，以对仗的形式肯定了醒时吟诗、醉后唱和的生活，豪放自得的心情溢于言表。放浪歌酒，是古时文人学士对抗现实的一种特殊方式。魏晋时阮籍耽酒，《晋书》本传称："籍本有济世态，属魏晋之际，天下多故，名士少有全者，籍由是不与世事，遂酣饮为常。"隋末王绩"眼看人尽醉，何忍独为醒。"(《过酒家》)；金末元好问"凭君拨置人间事，不负浮生只此杯。"(《十月》)，或为避祸全身，或以愤世疾邪，醉翁之意俱不在酒。曾瑞所生活的元代前期，政治上的强压统治与军事上的强盛令人瞠目结舌，汉族知识分子与其他老百姓一样备受歧视与残害。所以作者以这种方式作消极的抵抗，表达心中的不满。

曲子接下来"簪花饮酒且婆娑。开闷锁"，具体描写诗酒生活的闲散狂放，突出了纵情诗酒的解闷作用。"婆娑"即舞蹈，表现了酒后舞蹈的醉态。"开闷锁"一句以锁喻闷，变抽象为具体，变难以捉摸为可触可见，新颖贴切，言简意丰。最后一句"闲看恶风波"正面切题，以警策之语，说明以诗酒自娱的目的在于避开世道的险恶风波。由此收挽全篇，融阅世、愤世与遁世为一，意犹未尽，作者的愤慨、哀叹与无可奈何喷薄而出。

〔般涉调〕哨遍

羊诉冤

曾 瑞

十二宫分了巳未①，禀乾坤二气成形质。颜色异种多般，本性善群兽难及。向塞北，李陵台畔，苏武坡前，嚼卧夕阳外。趁满目无穷草地，散一川平野，走四塞荒陂。驭车善致晋侯②欢，拂石能逃左慈危。舍命于家，就死成仁，杀身报国。

〔幺〕告朔何疑③，代衅钟偏称宣王意④。享天地济民饥，据云山水陆无敌。尽之矣。驼蹄熊掌，鹿脯獐犯，比我都无滋味。折莫⑤烹炮煮煎蒸炙，便盐淹将卮⑥，醋拌糟⑦焙。肉糜肌鲊可为珍？莼菜鲈鱼有何奇？于四时中无不相宜。

〔耍孩儿〕从黑河⑧边赶我到东吴⑨内，我也则望前程万里⑩。想道是物离乡贵有些峥嵘,撞着个主人翁少东没西。无料喂把肠胃都抛做粪,无水饮将脂膏尽化做尿。便似养虎豹牢监系,从朝至暮,坐守行随⑪。

〔幺〕见一日八十番觑我膘脂,除我柯杖⑫外别有甚的?许下浙江等处恶神祇⑬,又请过在城新旧相知⑭。待赁与老火者残岁里呈高戏,要雇与小子弟新年中扮社直。穷养的无巴避⑮。待准折⑯舞裙歌扇,要打摸⑰暖帽春衣。

〔一煞〕把我蹄指甲要舒做晃窗,头上角要锯做解锥,瞅着领下须紧要绖挞笔⑱。待生拽我毛裔铺毡袜,待活剥我监儿踏碾皮⑲。眼见的难回避。多应早晚,不保朝夕。

〔二〕火里赤⑳磨了快刀,忙古歹㉑烧下热水。若客都来抵九千鸿门会。先许下神鬼彤㉒了前膊,再请下相知揣了后腿,围我在垓心内。便休想一刀两段,必然是万剐凌迟。

〔尾〕我如今刺搭着两个蔫耳朵,滴溜着一条粗硬腿。我便似蝙蝠臀内精精地,要祭赛的穷神下的呵吃。

【注释】

①十二宫分了巳未:十二宫,古人将想象中太阳周年运行的轨迹黄道分为十二段,段各有名,统称十二宫。诸宫与十二地支逐一相配,再附会上十二生肖。鹑首宫配未,未属羊,所以说"十二宫分了巳未"。巳未,偏义在"未"。 ②晋侯:这里代指晋武帝,他在宫中常乘羊车,因羊性温驯。 ③告朔何疑:按《周礼》,诸侯每至月初,须以一羊祭祖庙而受朔政,称告朔。鲁自文公后不再告朔,而主管部门依旧供羊。子贡曾提出停供这虚应故事的羊,孔子则"爱其礼"而反对去羊。曲中"告朔何疑"即指孔子师徒的这一场讨论,说明羊关系到国家礼仪之大体。 ④代衅钟偏称宣王意:指古代新铸钟成即杀牲取血涂钟孔隙以作祭祀,齐宣王曾用羊代牛衅钟。羊"就死成仁",成就了宣王见牛觳觫而不忍其死的仁义之名。 ⑤折莫:意为不论、任凭。 ⑥将㚄:"酱渍"的音转。⑦糟:代指酒。 ⑧黑河:古有二处,一为今内蒙古金河,一为今甘肃省甘州河,此泛指北地。 ⑨东吴:泛指江南。 ⑩前程万里:一语双关,明写征途之迢遥,暗喻理想之远大。 ⑪坐守行随:逃亡是争取自由的主要方式,因而主人对其防范甚严。 ⑫柯杖:这里喻指羊瘦骨嶙峋如干柴棍。 ⑬恶神祇:指斥羊主所谄事的诸上司俱为一丘之貉。⑭新旧相知:乃主人结伙吃羊之同党。其羊之所以即刻未杀,是因为主人要留待岁尾年头租赁给扮戏的走高橇,抬社火,最后从羊身上捞一把。 ⑮无巴避:元人习语,意为没来由,无缘无故。 ⑯准折:抵算、折合的意思。 ⑰打摸:准备的意思。 ⑱挞笔即抓笔,今毛笔之大者仍沿用抓笔的称谓。 ⑲监儿:指肉皮。碾皮:制好压光的皮张。⑳火里赤:指厨师。 ㉑忙古歹:指小番,和上面的"火里赤"都是蒙古语。 ㉒彤:斩。

【赏析】

这首套数由七支令曲组成,采用第一人称以羊诉冤的拟人手法,诉说羊的冤情,实际上是对元蒙统治者的血泪控诉。前面几支曲子主要介绍羊的德行，后面主要讲述了羊的悲惨遭遇。

第一支曲〔哨遍〕，概括了羊的优良禀性。"十二宫分了巳未，禀乾坤二气成形质。"两句，说羊承阴阳二气而生，在神圣的十二宫中占有一位，来历不凡。"向塞北，李陵台畔，苏武坡前，嚼卧夕阳外。"四句为后面"黑河边"句埋下伏笔，也指出羊的出身籍贯。接下来"趁满目"三句与"据云山"一句相呼应，写出了羊数之多。"驭车"一句又呼应了前面的"本性善"。曲子又借历史上羊的典故，赞赏了羊能急人之难，救人于困的高风亮节。最后"舍命"三句再次给羊高度的评价，既照应了"苏武坡前"，推崇其品质，又总领全篇，和后面的羊之冤形成鲜明的对比。

第二支曲〔么〕称道羊的美德和为国为民的无私奉献精神，表明了羊是关系到国家礼仪之大体的。从古至今，羊历尽艰辛，为国家百姓作出了极大的贡献，是国计民生所不可缺的，它只顾奉献，不求索取。

第三支曲〔耍孩儿〕发生了转折，开始叙述羊的不幸命运。历史上屡建功勋的羊从北方被赶到南方后，倍受饥渴和监禁之苦。"从黑河边赶我到东吴内"，最初羊离开故土的时候，还希望能大显身手，继续有所作为，从此改变自己的命运。没料到，"撞着个主人翁少东没西"，希望化为泡影。富有的主人翁吝啬凶狠，不给饮食。羊没有吃的，肠胃都是空的，瘦骨嶙峋，苟延残喘。都已经如此悲惨，主人还要"坐守行随"，牢牢监守着，生怕它们逃走。

第四支曲〔么〕，写羊受尽主人翁的算计剥削。自己已经形容枯槁了，主人还是频频"觑我膘脂"，暗藏杀机。可是，既无料喂又无水喝，羊已经瘦骨嶙峋如干柴棍。"许下"二句示宰羊日期已定。但羊之所以还没有马上被杀掉，是因为主人要留待岁末年头租赁给扮戏的，最后再从羊身上捞一把。

第五支曲〔一煞〕，写羊的性命危在旦夕，随时都可能被宰割。主人阴狠刻薄，不仅打算生扯羊毛，活剥羊皮，锯角作锥，还要取下羊蹄展平做窗棂的装饰，羊颔下须刚柔适度，制为大号抓笔。这比剥皮抽筋、敲骨吸髓更惨无人道。这里也从侧面透露出羊的一身全是宝，对人类的贡献是巨大的。

第六支曲〔二〕，叙述了羊被宰杀肢解的惨状。"若客都来抵九千鸿门会"，一语双关，不仅写来吃羊的人数之多，也借"鸿门宴"的典故表现了主人的险恶用心。"围我在垓心内"，以项羽被围垓下的典故进一步描绘刽子手人数之多和自己的孤立无助，气势逼人。结尾二句更为悲惨，"万剐凌迟"表现对侩子手残暴的强烈愤慨，更加突出了羊的悲惨命运。

第七支曲〔尾〕是羊在惨死时无处伸冤的悲鸣。由于长期受到虐待折磨，忍饥渴，羊早已是两耳下垂，僵腿残肢，肉尽皮干了！结尾具有强烈的艺术震撼力，突出了主题。

本套曲采取第一人称拟人化的手法，借物喻人，将感情寓于叙事之中。作者紧紧抓住羊的特性，将羊塑造成一个可敬可爱、可怜可叹的丰满艺术形象，取得了强烈的艺术效果。

〔商调〕集贤宾

宫词①

曾 瑞

闷登楼倚阑干看暮景,天阔水云平。浸池面楼台倒影,书云笺②雁字斜横。衰柳拂月户云窗,残荷临水阁凉亭。景凄凉助人愁越逞③,下妆楼④步月空庭。鸟惊环珮响,鹤吹铎铃鸣。

〔逍遥乐〕对景如青鸾舞镜,天隔羊车⑤,人囚凤城⑥。好姻缘辜负了今生,痛伤悲雨泪如倾,心如醉满怀何日醒?西风传玉漏丁宁⑦。恰过半夜,胜似三秋,才交四更。

〔金菊香〕秋虫夜语不堪听,啼树宫鸦不住声。入孤帏强眠寻梦境,被相思鬼绊了魂灵,纵有梦也难成。

〔醋葫芦〕睡不着,坐不宁,又不疼不痛病萦萦⑧。待不思量雯儿心未肯⑨,没乱⑩到更阑人静。

〔高平煞〕照愁人残蜡碧荧荧,沉水香消金兽鼎⑪。败叶走庭除,修竹扫苍楹⑫。唱道是人和闷可难争⑬,则我瘦身躯怎敢共愁肠竞⑭?伤心情脉脉,病体困腾腾。画屋⑮风轻,翠被寒增,也温不过早来袜儿冷。

〔尾〕睡魔盼不来,丫环叫不应,香消烛灭冷清清。唯嫦娥与人无世情,可怜咱孤另⑯。透疏帘斜照月偏明。

【注释】

①宫词:本诗题名、以帝王宫中琐事为题材或写宫女的抑郁愁怨,后者也称宫怨。唐诗中宫词宫怨很多,宋词元曲中则很少。本曲填补了散曲这类题材的空缺,思想和艺术方面也都很有特色。 ②书云笺:以云天作为书笺。 ③越逞:更加厉害。 ④妆楼:此处指女子的住处。 ⑤羊车:羊拉的车。《晋书·胡贵嫔传》记载,晋武帝"常乘羊车,恣其所之,至便宴寝"。因此此处指皇帝坐的车。 ⑥凤城:此处指京城。 ⑦玉漏:饰有玉器的计时器。丁宁:水珠滴答的声音。 ⑧病萦萦:被病缠绕。 ⑨待不思量雯儿心未肯:想要不去思量,却一会儿也办不到。 ⑩没乱:心情烦乱。 ⑪沉水香消金兽鼎:沉香将在兽形铜鼎内燃尽。沉水香,又名沉木香,是一种香木,放入水中则沉,故名。金兽鼎,兽形的铜鼎。 ⑫修竹:长竹,此处指竹制的扫帚。苍楹:深绿色的堂屋前部的柱子,此处指堂前院落。 ⑬唱道是人和闷可难争:真正是人和愁难以抗争。唱道是,真正

是。　⑭则我瘦身躯怎敢共愁肠竞：我这样瘦弱的身躯怎么能与愁肠相竞争。　⑮画屋：绘有彩饰的屋。　⑯孤另：即孤伶，孤苦伶仃。

【赏析】

　　这是一篇描写宫怨的套数，刻画了一个被冷落的妃嫔的精神痛苦，真实反映了封建时代宫中妇女的不幸命运，从而揭露了封建制度戕害人的本质。

　　第一支曲描写了女主人公日暮登楼，结果触景伤情。开篇一个"闷"字，点明了登楼的原由，也为全曲奠定了感情基调。登楼所见，无论是天阔云展，雁行横空的凄清远景，还是衰柳拂窗、残荷临阁的凋零近景，都不能派遣女主人公心中的愁闷，反而触景伤怀，撩起新愁。本曲初步概括了女主人公内心愁闷的沉重与难以排解，景物描写形象鲜明，情景交融，委婉含蓄地表现了情感的变化。

　　第二曲〔逍遥乐〕以下三曲，描写女主人公百感交集、彻夜难眠的情景。面对暮景，女主人公感怀现实：自己就像鸾鸟失去伴侣和自由后对镜悲鸣一样，与皇帝如隔天渊；如今已失宠了，但仍困深宫，无异于在囚笼；追忆过去，也曾有过倾心相许的情郎，但是残酷的现实改变了她的命运，只留下"好姻缘辜负了今生"的深长悲叹与怨怒，血泪交迸。相思之情刻骨铭心，因此深感长夜漫漫，度日如年。〔金菊香〕一曲以景托情，心灵已不堪重负，耳际又传来虫鸣与鸦啼，使之更感受到环境的凄清寂寞，相思之情也越来越浓烈，折磨得她心绪不宁，难以入梦。〔醋葫芦〕一曲具体描述她坐卧不宁，心绪烦乱的情景。

　　最后两支曲子描写曙色降临时女主人公的无可奈何、强遣愁肠。〔高平煞〕一曲以景衬情：蜡烛将残、沉香焚尽，而庭院里落叶满地、竹枝扫楼，秋风的萧飒使她的愁情不绝如缕。但是人实在难与愁闷抗衡，更何况自己本来瘦弱，结果弄得身心交瘁，弱不禁风，只能自己排解。最后一曲〔尾〕，写她孤独对着西斜的残月，仿佛是嫦娥仙子同情她的寂寞孤零，特意将月光投向她。这种求自我安慰的心理更加强烈地反衬出她现实中的寂寞，预示着残月消失以后，她又将陷入更为深重的失望和痛苦之中。

　　本曲运用情景交融的手法，选取了一个令人无比伤悲的暮秋之夜，以此强化了宫女命运的悲苦，达到了良好的烘托效果。曲子时间线索清晰，脉络分明，尤其是对人物内心世界的描写，更是细致入微，令人叹服。

〔南吕〕一枝花

禄山谋反

孔文卿

　　苍烟拥剑门，老树屯云栈。西风吹渭水，落叶满长安①。近帝都景物凋残，伤感起人愁叹。只合在边塞间，则见那白茫茫莎草连天，甚的是娇滴滴莺花过眼。

〔梁州〕不幸遣东归蓟北，更胜如西出阳关。看几时捱彻②相思限？怕的是孤灯荧暗，残月弓弯，戍楼人静，梅帐更阑。思量玉砌雕阑③，消磨尽绿鬓朱颜④。再几时、染浓香翡翠衾温，迷醉魂芙蓉帐暖，解余酲⑤荔枝浆⑥寒。这近间，敢病番，旧时的衣裆频频攒⑦。瘦证候何经惯？那的是从来最稀罕，单出落着废寝忘餐。

〔三煞〕动无喘息行无汗，坐也昏沉睡不安。两行泪道渍成斑。每日家做伴的胡友胡儿，胡舞胡歌，胡吹胡弹。知他是甚风范？偏恁一曲霓裳宠玉环，羯鼓声乾⑧。

〔二煞〕拚了教匆匆行色催征雁，止不过拍拍离愁满战鞍。驱兵早晚到骊山。若夺了娘娘，教唐天子登时两分散，休想再能够看一看。四件事分明紧调犯，势到也怎撼拦？

〔尾声〕把六宫心事分明的慢，将半纸音书党闭的悭，教千里途程阻隔的难。我因此上一点春心酝酿的反。

【注释】

①西风吹渭水，落叶满长安：出自唐贾岛《忆江上吴处士》诗，上一句原作"秋风生渭水"，作者之所以把"秋"、"生"改为"西"、"吹"，是把时间往后移，贾岛写的是秋天之景与情，而安禄山面对的是冬日之景与情。 ②捱彻：受够了。 ③玉砌雕阑：白玉石的台阶，浮雕的护阑，指代皇宫内苑。 ④绿鬓朱颜：乌黑的头发，红润的脸庞，表示青春的活力。这两句是从李煜《虞美人》"雕阑玉砌应犹在，只是朱颜改。"句中化出来的。 ⑤酲：过度的酒醉而至生病。"解余酲"，消除隔夜的酒醉。 ⑥荔枝浆：杨贵妃喜欢吃荔枝，唐明皇曾动用驿马运送新鲜荔枝，杜牧《过华清宫》诗有"一骑红尘妃子笑，无人知是荔枝来。"之句，此处暗切此典故。 ⑦衣裆：衣服腋下的缝。攒：聚拢，即把衣缝收小，使衣服改瘦。 ⑧羯鼓声乾：说法不一，主要是在"乾"字的理解上。如"乾"解作枯竭，引申为停止，那么此句是羯鼓的声响停歇了。如"乾"解作无缘无故，引申为自然，则应为羯鼓声是那么自然、柔和。

【赏析】

这首套数，以安禄山的口吻表白造反的主导思想——"一点春心酝酿的反"作为主题，借历史题材曲折委婉地表现了对异族入侵的嘲讽。

首曲〔一枝花〕从安禄山造反、兵逼长安之时写起。开头"苍烟"两句描写四川的景色，暗示唐明皇已携带杨贵妃出逃。接着"西风"以下数句描绘长安一带荒凉破败的景象，再现了安史之乱给昔日繁华的京城带来的巨大的灾难。"西风吹渭水，落叶满长安。"两句袭用贾岛《忆江上吴处士》的诗句，点明安禄山谋反的时节。

〔梁州〕一曲采用层层铺排的手法，依次描写安禄山对外放当节度使的不满、深夜相思失眠、昔日与杨贵妃的欢会、近日相思成疾、日近消瘦，充分表现了他对杨贵妃深切的怀念之情。〔三煞〕一曲紧承上文，继续描写安禄山得相思病的症状。而在相思病的折磨下，安禄山竟对自己民族的朋友和艺术都产生了厌倦心理，反衬出他对杨贵妃的痴迷程度。〔二煞〕一曲写安禄山起兵造反，着重展现了他欲夺杨贵妃的内心打算，刻画出一幅不可一世、志得意满的骄傲神态。〔尾声〕主要剖析安禄山造反的主导思想，也就是安禄山无法将思念杨贵妃的心理传递过去，思念之情在胸中剧烈地沸腾而无法遏制，揭示了"冲冠一怒为红颜"的战争根源。

这首散套，多用通俗之语为安禄山开脱立言，塑造了一个缠绵多情又蛮横霸道的胡儿形象，充分鲜明地表现了主题。作者构思别致，有意避开了历史事实，采用了艺术虚构的手法，渲染出安禄山的主观心理，将战争的根源归结为胡儿对汉女的思念与追索，委婉曲折地表达了对异族统治者的不满。

〔仙吕〕赏花时北

潇湘八景

沈 和

休说功名，皆是浪语。得失荣枯总是虚，便做道三公①位待何如。如今得时务，尽荆棘是迷途。便是握雾拿云②志已疏，咏月嘲风心愿足。我则待离尘世访江湖，寻几个知音伴侣，我则待林泉下共樵夫。

〔排歌南〕远害全身，清风万古，堪美范蠡归湖。不求玉带挂金鱼③，甘分向烟波做钓徒。绝尘世，远世俗，扁舟独驾水云居。嗟尘世，人斗取，蜗名蝇利④待何如。

〔那吒令北〕弃朝中俸禄，避风波仕途。身边引着小仆，玩云山景物。杖头挑酒壶，访烟霞伴侣。近着红蓼滩，靠着白渡。潜身向草舍，得这茅庐。

〔排歌南〕我则将这小舟撑，兰棹举，蓑笠⑤为活计。一任他紫朝服⑥，我不愿画堂⑦居。往来交游，逍遥散诞，几年无事傍江湖。旋新酒钓篸⑧鲜鱼，终日酶酶乐有余。杯中浅，瓶内无，邻家有酒也宜沽。吟魂醉，饮兴足，满身花影倩人扶。

〔鹊踏枝北〕见芳草映萍芜，听松风响寒芦。我则见落照渔村，水接天隅。见一簇帆归远浦，他每都是些不识字的慵懒⑨渔夫。

〔桂枝香 南〕扁舟湾住在垂杨深处，齁齁似鼻息如雷，睡足了江南烟雨。听山寺晚钟，声声凄楚。西沉玉兔梦回初，本待要扶头去，清闲倒大福。

〔寄生草 北〕春景看山色晴岚翠，夏天听潇湘夜雨疏；九秋玩洞庭明月生南浦，见平沙落雁迷芳渚；三冬赏江天暮雪飘飞絮，一任教乱纷纷柳絮舞空中，争如俺侬⑩家鹦鹉洲边住。

〔乐安神 南〕闲来思虑，自从那日赋归欤，山河日月几盈虚，风光渐觉催寒暑。欲求生富贵，须下死工夫，且常教两眉舒。

〔六么序 北〕园塘外三丘地，篷窗下几卷书，他每傲人间驷马高车⑪。每日家相伴陶朱⑫，吊问三闾⑬，我将这《离骚》和这《楚辞》，来便收续。觉来时满眼青山暮，抖擞着绿蓑归去。看花开花落流年度，一任教春风桃李，更和这暮景桑榆⑭。

〔尾声 南〕悟乾坤清幽趣。但将无事老村夫，写入在潇湘八景图。

【注释】

①三公：周代为太师、太傅、太保，西汉为大司徒、大司马、大司空，这种官阶，相当于现代的总理。后世以三公泛指高官。②握雾拿云：指作者想干出一番大事业来。③玉带挂金鱼：化用韩愈"玉带悬金鱼"现成诗句，金鱼，金鱼符，或绣有金鱼图案的佩袋，以示职位之高。④蜗名蝇利：苏轼《满庭芳》"蜗角虚名，蝇头微利，算来著甚乾忙。"形容名微利薄。⑤蓑笠：本为渔人的装束，柳宗元《江雪》："孤舟蓑笠翁，独钓寒江雪。"此"蓑笠"已借代作捕鱼工作。⑥紫朝服：封建时代紫色与朱红色都是达官贵人衣服的专用颜色。唐代制度，官五品以上衣服用朱色与紫色，六七品用绿色。《神童诗》"满朝朱紫贵"，紫朝服，即做大官。⑦画堂：原指汉代宫中彩绘的殿堂。《三辅黄图》："未央宫有画堂、甲观，非常室。"此处借指官室官邸。⑧筥：滤酒。⑨慵懒"，不能作"懒洋洋"或"懒惰"解释；应为是闲散、不受拘管之意。⑩俺侬：此两字都为"我"字意思，叠用或为强调"我"，或为元代口语中有叠用的习惯，在现代赣方言口语中，仍有第一人称作"我侬"。⑪驷马高车：显贵的待遇。《汉书·于定国传》："始定国父于公，其闾门坏，父老方共治之。于公谓曰：'少高大闾门，令容驷马高盖车'。"⑫陶朱，即战国时的范蠡，他帮助越王勾践灭掉吴国，成立霸业以后，觉得勾践其人只可患难，不可共安乐。就离开勾践，传说他泛舟五湖，至齐国经商致富，自号陶朱公。⑬三闾：即屈原，他曾当过楚怀王的三闾大夫，后以忧国而投汨罗江自杀。《离骚》是屈原因谗被疏而作，以寄忧愁幽思。《楚辞》为汉刘向所编辑，收集屈原、宋玉、景差及汉代贾谊、刘安、东方朔等人的文章，合为一册，《离骚》亦收在《楚辞》中。⑭暮景桑榆：古人以为太阳下山在桑榆之间，《后汉书·冯异传》："可谓失之东隅，收之桑榆。"引申为晚暮。景，太阳。

【赏析】

　　这首套数，描写了湖南潇湘地区的景物风光，表达了作者的心志。在曲律上，用了南北宫曲子的合套，一曲北宫，一曲南宫，间隔演唱，很有规则。在《全元散曲》中，只有这首散套，采用这种手法。小传中说沈和"天性风流，兼明音律，相传以南北调合腔自和甫始，如《潇湘八景》、《欢喜冤家》等曲，极为工巧。"

　　首曲〔赏花时〕先阐明自己的人生观与价值观，并为全曲设定了避世归隐的基调。在现在这种黑暗的世道，处处是凶险，"如今得时务，尽荆棘是迷途。"两句为全篇的支柱，写出了作者看破仕途之心。与其在官场劳神奔波，还不如归隐避世，与志同道合的朋友们吟诗作曲，享受悠然的生活。

　　第二曲〔排歌〕写作者觉得在这险象环生的时代环境中，要以战国时的范蠡为榜样，远远地躲开危险，保全自己才是最明智的。作者渴望像他一样与尘世决裂，独自驾一条小船，隐居于水乡深处，做一个与世无争的渔翁。而隐居的目的其实是"远害全身"。作者感慨道：争那些蜗角虚名、蝇头微利，又有什么用呢？

　　第三曲〔那吒令〕接着叙写作者计划的隐居生活：他弃官还乡，明哲保身。带着一个小僮儿，到处游山玩水，访友饮酒，在优美的沙滩上筑间茅庐，过着神仙般的生活。

　　第四曲〔排歌〕到〔寄生草〕四曲，作者详细描写隐居的快乐生活以及自得其乐的生活情趣。〔排歌南〕写作者划着小船，以打鱼为生，自由地交友，悠然自得，生活安定愉快。〔鹊踏枝〕描写渔村的景致。此曲写到"潇湘八景"中的两景：渔村夕照，远浦帆归。夕阳西下，作者在渔村头闲望，岸边的青草与水中的浮萍互相映衬，山上的松风也在芦苇荡中回荡。在远处地平线上，水与天交接处，有一片船帆在归航。在这景致如画的世界里，渔民虽然没有文化但是无拘无束。〔桂枝香〕曲主要写了"潇湘八景"中的"烟寺晚钟"，是"一簇帆归远浦"的延续。渔船停泊在垂杨深处，渔夫们悠然地躺在船中。一觉醒来，江南水村，笼罩在濛濛的烟雨之中，带来了一缕轻愁，远处山中寺院内隐约传来黄昏钟声，让人感到凄凉与伤感。在江南烟雨，山寺钟声带来的伤感之中，作者思想几经反复，还去寻找那放弃了的蜗名蝇利吗？最后，作者终于想通，还是悠哉地享受这份清闲吧！

　　〔寄生草〕接着写了"潇湘八景"之中的五景：山市晴岚、潇湘夜雨、洞庭秋月、平沙落雁、江天暮雪，是"清闲倒大福"的解释。春天里看那丽日下青翠的峰峦；夏天里听那潇湘夜间的丝丝雨声；秋天里欣赏洞庭湖上皎洁的明月，纷落平沙的大雁；寒冬里欣赏寥廓江天上的飞雪，大雪弥漫，作者的悠闲快乐的心情也随之舒展开来。

　　〔乐安神〕具体写作者的反思。归隐之后，作者经过较长时间的反思，得出了"欲求生富贵，须下死功夫。"的结论。一个人活在世界上要想追求理想中的富贵，就得冒险，甚至豁出性命去干。但如果是搭上了命仍然求不到富贵，岂非得不偿失，所以作者最终选择了"且常教两眉舒"，不必为了富贵而去操心忧虑，还是无忧无虑，心情舒畅的好。

　　〔六幺序〕写作者彻底抛弃了功名富贵的思想之后的生活。在园塘外面有三丘土地可以耕种，小船篷窗下有几册书可以阅读，功名显贵有什么好羡慕的呢？每天可以像陶朱公那样泛舟游湖，又可以几支曲来寄托自己满腔的幽愤。"看花开花落流年度，一任教春风桃李，更和这暮景桑榆。"大有参透人生的寓意。

　　〔尾声〕可以看作这首套数的结束语。作者领略到了世上悠闲情景的真正情趣，在美丽如画的潇湘八景之中,境界也豁然开朗。

本篇散套风格清丽明朗,从不同的角度描写了"潇湘八景"的美丽,抒发了作者不羡富贵,甘于平淡的恬淡心境。

〔南吕〕一枝花

咏　剑

施　惠

离匣牛斗①寒,到手风云助。插腰奸胆破,出袖鬼神伏。正直规模②,香檀把虎口双吞玉。沙鱼鞘龙鳞密砌珠。挂三尺壁上飞泉,响半夜床头骤雨。

〔梁州〕金错落盘花扣挂,碧玲珑镂玉妆束。美名儿今古人争慕。弹鱼空馆③,断蟒长途④。逢贤把赠⑤,遇寇即除⑥。比莫邪端的全殊,纵干将未必能如⑦。曾遭遇诤朝谏烈士朱云⑧,能回避叹苍穹雄夫项羽⑨。怕追陪报私仇侠客专诸⑩。价孤⑪,世无,数十年是俺家藏物。吓人魂,射人目,相伴着万卷图书酒一壶。遍历江湖。

〔尾声〕笑提常向尊前舞,醉解多从醒后赎。则为俺未遂封侯把他久担误⑫。有一日修文用武,驱蛮静虏⑬,好与清时⑭定边土。

【注释】

①牛斗:星宿名,据《晋书·张华传》:张华见斗牛之间有紫气,闻豫章人雷焕妙达纬象,乃召问之,焕曰:"宝剑之精,上彻于天耳"。王勃《滕王阁序》:"物华天宝,龙光射牛斗之墟。"后人常以射斗牛赞美宝剑之神。　②正直规模:剑身又端正又笔直,象征着人世间的公正无私。　③弹鱼空馆:借用冯弹铗的故事。战国时齐人冯,为孟尝君门客,初不被重用,他不甘在客舍受冷遇。曾三次弹铗而歌,其词曰:"长铗归来乎,食无鱼!""长铗归来乎,出无舆!""长铗归来乎,无以为家。"(见《史记·孟尝君传》)作者用此典故,透露了自己怀才不遇的遭际。此典本应作"弹铗",据曲律要求改作"弹鱼"。　④断蟒长途:指刘邦斩白蛇之事。《史记·高祖本纪》:"高祖醉酒,夜径泽中,令一人行前。行前者还报曰:'前有大蛇当径,愿还。'高祖醉,曰:'壮士行,何畏?'乃前,拔剑击斩蛇,蛇遂分为两,径开。"后人即以"斩蛇"喻指有帝王之运的征兆。　⑤逢贤把赠:碰到有学问有品德的人就送给他。此处可能借用吕虔赠刀的故事。《晋书·

王览传》:"吕虔有佩刀,工相之,以为必登三公,可服此刀。虔谓王祥曰:'苟非其人,刀或为害。卿有公辅之量,故以相与。'祥固辞,强之乃受。祥临薨,以刀授览,曰:'汝后必兴,足称此刀。'"典故内容情节切合。 ⑥遇寇即除:碰到强暴,立即扫除。出典不详。以上四句,构成两联,也说明了宝剑在历史上所起的作用。 ⑦莫邪、干将:古代著名的冶金铸剑专家。《吴越春秋》:"干将,吴人。莫邪,干将之妻也。干将作剑,莫邪断发剪爪,投于炉中,金铁乃濡,遂以成剑,阳曰干将,阴曰莫邪。" ⑧曾遭遇诤朝谗烈士朱云:曾经碰到过和奸臣作坚决斗争的硬汉子朱云。这是用"朱云折槛"的典故,见《汉书·朱云传》。朱云为人耿直,敢于和权贵作斗争。成帝时,为槐里令,上书请借尚方剑斩佞臣张禹。成帝大怒,要杀他,命御史拉他下去,朱云攀折殿槛(栏干)。 ⑨能回避叹苍穹雄夫项羽:能够避开对天悲叹的英雄项羽。用的是楚霸王乌江自刎的事。据《史记·项羽本纪》载,项羽兵败乌江时,曾对从者说:"天亡我,非战之罪也"。 ⑩怕追陪报私仇侠客专诸:不愿奉陪侠客专诸去报私仇。用的是专诸刺王僚故事。《史记·刺客列传》载:吴国公子光欲杀王僚,乃具酒请僚至,使专诸置匕首于炙鱼腹中,乘进鱼之机,即以匕首刺死王僚。 ⑪价孤:无价。 ⑫担误:担,同"耽",指因拖延或错过时机而误事。 ⑬驱蛮静虏:驱,即驱逐。静,即平定。蛮、虏,我国古代对南方民族称蛮,对北方外族称虏,二者都是贬称。 ⑭清时:政治清明的时代。

【赏析】

这首套数的主题是咏剑,作者不仅用绮丽的语言将宝剑的锋芒和气势描绘出来,而且还表现出渴望建功立业的凌云壮志,义薄云天。

首曲〔一枝花〕从剑气、剑貌、剑声三个方面对宝剑的神韵和气势作了概括性的描述。开头四句极尽夸张之能事,渲染了宝剑出鞘、气贯长虹的凌厉气势:宝剑出匣,气冲牛斗,握在手中,舞动之时,仿佛有风云相助。佩挂在腰间,未出剑已吓破奸臣贼肝胆,剑一刺出连鬼怪神灵也可慑伏。"正直规模,香檀杷虎口双吞玉,沙鱼鞘龙鳞密缀珠。"三句,描绘宝剑的精致外表和华美装饰。香檀木的剑柄,镶嵌着美玉的剑首,沙鱼皮的剑鞘,用珍珠密密地缀成龙鳞花纹,极其名贵。"挂三尺壁上飞泉,响半夜床头骤雨。",写哪怕宝剑静静挂在墙上,也能如泉如雨般冷冷作响,更凸显出宝剑吸取天地精华,灵气逼人。

〔梁州〕承袭首曲,进一步铺陈宝剑的华贵、锋利和威力无穷。"弹鱼空馆"至"怕追陪报私仇侠客专诸"九句,语气紧促,借历史上的枭雄名士来赞美宝剑在历史上的作用,其中有褒有贬,从侧面烘托出宝剑只跟从君子的高洁品质,表达了作者强烈鲜明的爱憎感情。"价孤,世无,数十年是俺家藏物。"道出了这把无与伦比的宝剑为作者珍藏,字里行间充满了自豪感。"吓人魂,射人目,相伴着万卷图书酒一壶,遍历江湖",体现了一种以诗酒为生,笑傲江湖的侠客情怀,欢畅快意。

〔尾声〕并没有继续讲述快意江湖潇洒的游侠生活,而是将笔锋一转,抒发自己的感慨。作者未能发挥宝剑的作用而觉得耽误了它,于是在最后"有一日修文用武,驱蛮静虏,好与清时定边土。",道出了作者内心的抱负,表达了作者想要携宝剑创立一番事业的凌云壮志。

这首套数,作者极尽所能写宝剑的贵重、锋利、高洁,实际上是为了衬托自己的高尚情怀和雄伟抱负。曲中典故俯仰皆是,纵横捭阖,不露痕迹。语言行云流水,自由随意却韵味无穷。

〔南吕〕一枝花

辞官

宇罗御史

懒簪獬豸冠，不入麒麟画①。旋栽陶令菊，学种邵平瓜②。觑不的闹穰穰蚁阵蜂衙③。卖了青骢马，换耕牛度岁华④。利名场再不行踏，风波海其实怕他⑤。

〔梁州〕尽燕雀喧檐聒耳，任豺狼当道磨牙⑥。无官守无言责相牵挂⑦。春风桃李，夏月桑麻，秋天禾黍，冬月梅茶。四时景物清佳，一门和气欢洽。叹子牙渭水垂钓⑧，胜潘岳河阳种花⑨，笑张骞河汉乘槎⑩。这家，那家，黄鸡白酒安排下，撒会顽，放会耍。拚着老瓦盆⑪边醉后扶，一任他风落了乌纱⑫。

〔牧羊关〕王大户相邀请，赵乡司扶下马⑬。则听得扑冬冬社鼓频挝，有几个不求仕的官员，东庄措大。他每都拍手歌丰稔，俺再不想巡案⑭去奸猾。御史台开除我，尧民图⑮添上咱。

〔贺新郎〕奴耕婢织足生涯。随分村疃人情，赛强如宪台风化。趁一溪流水浮鸥鸭，小桥掩映蒹葭。芦花千顷雪，红树一川霞，长江落日牛羊下。山中闲宰相⑯，林外野人家⑰。

〔隔尾〕诵诗书稚子无闲暇⑱，奉甘旨⑲萱堂⑳到白发。伴辘轳村翁说一会挺脖子话㉑。闲时节笑咱，醉时节睡咱，今日里无是无非快活煞。

【注释】

①懒簪獬豸冠，不入麒麟画：不愿去戴獬豸冠，不想把自己的肖像画进麒麟阁里去。獬豸冠，古代御史（执法官）专用的官帽。《后汉书·舆服志》："法冠，执法者服之……或谓之獬豸冠。獬豸，神羊，能别曲直。楚王尝获之，故以为冠。"麒麟，指汉代的麒麟阁。《三辅黄图·汉宫殿疏》："麒麟阁，萧何造，以藏秘书，处贤才也。"汉宣帝时，画霍光等十一位功臣的肖像于阁上。簪，动词，插、戴之意。②旋栽陶令菊，学种邵平瓜：栽了陶潜的菊花，又学着种邵平的瓜。陶令，晋代陶潜，曾做过彭泽县令。平生爱菊，有"采菊东篱下"；"三径就荒，松菊犹存"等名句。邵平，《龙文鞭影》："秦邵平，广陵人，封东陵侯。秦亡，为布衣，种瓜长安城东。瓜有五色，甚美，世称之东陵瓜。"

③觑不的闹穰穰蚁阵蜂衙：看不惯乱糟糟闹嚷嚷的官府衙门。蚁阵蜂衙，陆游《睡起至园中》诗："更欲世间同省事，勾回蚁放蜂衙。"形容人世间你争我夺，好像蚂蚁摆阵相斗，官府的衙参乱哄哄，好像群蜂簇拥蜂王。　④卖了青骢马，换耕牛度岁华：意思是说自己不愿再骑着高头大马当官耍威风，宁可去种地当农民。　⑤利名场再不行踏，风波海其实怕他：意思是从今以后再也不去追名逐利了。名利场所是险涛恶浪的海洋，尔虞我诈，实在令人惧怕。　⑥尽燕雀喧檐聒耳，任豺狼当道磨牙：让小人们在下面吵吵嚷嚷，互相指责，使人心里烦躁去吧；听凭那些占据了重要职位的达官贵人们去吃人肉喝人血吧。燕雀，暗指小人，如吏胥衙役之流，豺狼，影射那些比作者的官位高而又狠毒的官僚们。　⑦无官守无言责相牵挂：没有当官办公的拖累，也不需要向皇帝进谏和对官吏们监察。言责，指臣子对君王提意见，进谏的责任。《汉书·谷永传》："臣闻事君之义，有言责备尽其忠。"后世常以"言责"为御史的事。　⑧叹子牙渭水垂钓：当年姜子牙为了等待文王隐居于渭水钓鱼。　⑨胜潘岳河阳种花：晋代的潘岳，在当河阳县令时，曾下令全县遍种桃花，"河阳一县花"，千古传为美谈。　⑩笑张骞河汉乘槎：出使西域的张骞曾乘舟到过天河之边。张骞乘槎，《荆楚岁时记》："汉武帝令张骞使大夏，寻河源，乘槎（木筏）经月而至一处，见城郭如州府，室内有一女织，又见一丈夫牵牛渚次饮之。牵牛人乃惊问曰：'何由至此？'此人（即指张骞），见说来意，并问此是何处？答曰：'君还至蜀郡，访严君平则知之。'竟不上岸，因还如期。后至蜀，问君平，曰：'某年月日，有客星犯牵牛宿。'计年月，正是此人到天河时也。"　⑪老瓦盆：农家粗制的饮酒器皿，以示朴质。　⑫一任他风落了乌纱：随便他大风刮掉了乌纱帽。此句用"孟嘉落帽"的典故，《晋书·孟嘉传》："九月九日，温（桓温）燕龙山，僚佐毕集。时佐吏并著戎服，有风至，吹嘉帽堕落，嘉不之觉。温使左右勿言，欲观其举止。嘉良久如厕，温令取还之，命孙盛作文嘲嘉，著嘉坐处。嘉还见，即答，其文甚美，四座嗟叹。"　⑬王大户、赵乡司：王、赵二姓，在元曲中常用，相当于张三李四，俱是泛指。　⑭巡案：和明代的官职不同，这儿是动词，监督、视察之意。　⑮尧民图：相传上古唐尧时天下太平，有老人拍着地唱歌："日出而作，日入而息；凿井而饮，耕田而食，帝力于我何有哉！"（即《击壤歌》）后人根据这一记载，绘成图画，以表示隐居垄亩的思想。　⑯山中宰相：本指南朝梁的陶弘景。《南史·陶弘景传》："陶弘景隐居句曲山，礼聘不出，武帝时，国家每有大事，辄就谘询，时称山中宰相。"　⑰林外野人家：有三指，一是说林子外面——山外是农户人家，以衬托"闲宰相"之家，表示能接近农民。一是说作者在山中是"闲宰相"，到了山外就是庄户人家，闲宰相即农民，表示自己并不特殊。一是说山中的闲宰相，和平原上的庄户人家是一样的，也表示不特殊。此句和上句构成一副工整的五言对，但语法结构稍有不同，上联"闲"字是修饰"宰相"的，而"野"只修饰"人"，其意义停顿为：山中——闲——宰相，林外——野人——家。"野"，古人常以之代"农"，如王维《渭川田家》"野老念牧童，倚杖候荆扉。"，"野老"即农家老人。　⑱无闲暇：不让孩子们有空闲，也可以是作者自己因督促孩子读书，忙得没有空闲。　⑲甘旨：美味。《韩诗外传》："鼻欲嗅芬香，口欲嗜甘旨。"后来常代指子女奉养父母之物。　⑳萱堂：母亲，此句化用叶梦得"白发萱堂上，孩儿更共谁？"的诗意。　㉑挺脖子话，说话的内容不拘，说话的态度随便。"挺脖子"，吴语叫"伸懒腰"，两臂高举，腰部挺直，以舒筋骨，这种动作，在严肃的场合是不合礼貌的。　㉒咱：语尾助词。

【赏析】

　　这首套数讲的是作者辞官之后的自在生活,表达了他离开官场之后轻松愉悦的心情。

　　首曲〔一枝花〕中,开头"懒簪獬豸冠,不入麒麟画。",就表明了作者不愿当官。接下来效仿陶潜种菊,学习邵平种瓜,表示自己要以他们为榜样。"觑不的闹穰穰蚁阵蜂衙"五句简单阐述作者辞官的原因,从侧面揭露了当时官场中的腐朽与黑暗。作者用"蚁阵蜂衙"、"利名场"、"风波海"来代指官场,表明他对黑暗的现实有一定的认识,进一步补述了他辞官的原因。

　　第二曲〔梁州〕将辞官之后的感受娓娓道来,流露出无官一身轻的思想。作者在远离了谄媚小人和奸佞之臣之后,不用整日担惊受怕,抛却了为官的责任和羁绊,可以享受四时的景物,内心平和愉悦。"叹子牙渭水垂钓,胜潘岳河阳种花,笑张骞河汉乘槎。"三句,引用三个历史典故来证明自己不愿久为人臣的心志。作者认为一切建功立业总是空虚,不如田园生活来得幽静,闲散。"一任他风落了乌纱",笔力爽辣,表现出作者视官职如尘土的超脱心态。

　　第三曲〔牧羊关〕写作者辞官后在乡村的交游,与上文官场中的险恶形成强烈的对比。作者在乡间乐于与当地人交好,侧面表现出作者性格随和,处事大方。入乡随俗、适时而居才能享受乡村生活的乐趣。曲中,作者对于辞官不仅没有一丝后悔之意,反而有着一种解脱、庆幸的心理。

　　第四曲〔贺新郎〕写作者归隐后的农村闲散生活。作者在乡村过着丰衣足食的生活,时不时跟着村人到别家送上一份人情贺礼。他觉得乡民勤劳、民风淳朴,比起御史衙门官场风气要好得多。后半曲描绘了一幅赏心悦目、色彩绚烂、格调宁静的乡村晚景图,作者生活在这样一幅美景之中,极尽赞美和讴歌,甘心做一个"山中闲宰相"了。

　　末曲〔隔尾〕描写隐居中的家庭闲适生活,为辞官的日常生活作了一个小结。督促小孩子读书,尽心侍奉孝顺老母亲。上一句对小辈,下一句对长辈,教子事亲,都能尽到责任。有时也在辘轳边和老农闲聊一阵子。舒心的时候想笑就笑,醉酒的时候倒头便睡,自在无比。"今日里无是无非快活煞"可以看作全曲的主旨,抒发作者远离官场是非之后无比舒坦和潇洒的情怀。全曲尽显作者内心的满足与欢畅,洋溢着浓郁的生活气息。

〔般涉调〕哨遍

高祖还乡①

睢景臣

　　社长排门告示②:但有的差使无推故③。这差使不寻俗④。一壁厢纳草也根⑤,一边又要差夫⑥,索应付。又言是车驾,都说是銮舆⑦,今日还乡故。王乡老执定瓦台盘⑧,赵忙郎⑨抱着酒葫芦。新刷⑩来的头巾，恰糨⑪来的绸衫，畅好是妆么大户⑫。

［耍孩儿］瞎王留引定火乔男女⑬，胡踢蹬吹笛擂鼓⑭。见一彪人⑮马到庄门。匹头里几面旗舒⑯，一面旗白胡阑套住个迎霜兔⑰；一面旗红曲连打着个毕月乌⑱；一面旗鸡学舞⑲；一面旗狗生双翅⑳；一面旗蛇缠葫芦㉑。

［五煞］红漆了叉㉒，银铮了斧㉓。甜瓜苦瓜黄金镀㉔。明晃晃马蹬枪尖上挑㉕，白雪雪鹅毛扇上铺㉖。这几个乔人物㉗，拿着些不曾见的器仗，穿着些大作怪㉘的衣服。

［四］辕条㉙上都是马，套顶㉚上不见驴。黄罗伞㉛柄天生曲，车前八个天曹判㉜，车后若干递送夫㉝。更几个多娇女㉞，一般穿着，一样妆梳。

［三］那大汉下的车，众人施礼数㉟。那大汉觑㊱得人如无物。众乡老展脚舒腰拜，那大汉挪身着手扶㊲。猛可里㊳抬头觑，觑多时认得，险㊴气破我胸脯。

［二］你须身姓刘，您妻须姓吕㊵。把你两家儿根脚从头数㊶。你本身做亭长㊷，耽㊸几盏酒。你丈人教村学，读几卷书。曾在俺庄东住，也曾与我喂牛切草，拽坝扶锄㊹。

［一］春采㊺了桑，冬借了俺粟，零支㊻了米麦无重数㊼。换田契强秤了麻三秤㊽，还酒债偷量了豆几斛㊾。有甚胡突㊿处？明标着册历(51)，现放着文书(52)。

［尾］少(53)我的钱，差发内旋(54)拨还；欠我的粟，税粮中私准除(55)。只道刘三(56)，谁肯把你揪捽(57)住？白甚么(58)改了姓、更了名，唤做汉高祖(59)！

【注释】

①高祖还乡：高祖刘邦是历史上由平民而做皇帝的第一人，也是夺取农民起义果实的第一人。他本是丰邑（江苏丰县）人，当过秦朝的一名小小亭长。秦汉时，十里有一亭，亭有一长，长有两名卒，一管开闭扫除，一管逐捕盗贼。他的家庭成分，大约是中农，或者是富农。他的父亲和两个哥哥都是自己耕田。他却好酒贪色，不爱劳动，考得了亭长的职位。当陈胜、吴广这般谪戍的劳动人民被迫起义的时候，他也占据了沛县，响应义军。后来他的势力渐次强大起来，打破了秦帝的京城，战胜了西楚霸王，统一了全国。做了汉朝第一任的皇帝。历史上称为太祖高皇帝。司马迁《史记·高祖本纪》上有记载他还归沛县的一段文字，说他把故人父老子弟都唤来饮酒作乐，召集了一百二十名儿童，让他们唱歌，他自己击筑（古代有弦索的乐器），唱他自己作的大风歌，高兴得手舞足蹈。他在沛县逗留了十多日，临走时，父老还想挽留他，他说："我的人多，父兄供给不起。"于是沛中的人都来送他。他又留下，乐了三日，这才走了。这段记载写得非常热闹，好像沛

县父老子弟对这位皇帝十分敬爱的样子。但是睢景臣的《高祖还乡》套曲却大大的不同，他是从沛县乡民的立场和皇帝并不神圣的观点来描画的。②社长排门告示：社长挨家挨户地通告。汉代无社，有相当于社的亭，社是元代农村基层的行政单位。③但有的差使无推故：凡是一切差使都不能借故推脱。但有的，所有的。④不寻俗：不寻常，非同一般。⑤一壁厢：一边。纳草也根：交纳草谷还要去掉草根。纳草是供马食用。⑥差夫：承担事务的人力，与今日农村出工类似。⑦车驾、銮舆：都是指皇帝乘坐的车子，也是用来代称皇帝的。⑧乡老：村中年长有地位的人。瓦台盘：陶制托盘。⑨赵忙郎：泛指村中那些瞎忙活、遇事瞎起劲的人。⑩刷：刷洗。⑪恰：刚刚。糨：衣服洗净后刷上米汁熨平整。⑫畅好是：真正是。妆么：装模作样。大户：大户人家，指财主一类的人家。⑬瞎王留：瞎窜乱闯的王留。王留，虚构的名字。引定：领着。火：伙。乔男女：乌七八糟的男男女女。⑭胡踢蹬：虚构的历史人物，胡踢乱蹬之意。胡，姓氏。⑮一彪人：一帮，一伙，一队。⑯匹头：即劈头，迎头。舒：招展。⑰白胡阑套住个迎霜兔：白色的圆环中画一只白兔。胡阑，即"环"字，取"环"字的反切音而成。迎霜兔，谓旗中兔子毛厚体肥。⑱红曲连打着个毕月乌：红色的圈子里有只被打中的乌鸦。曲连，即"圈"字，取"圈"字的反切音而成。⑲鸡学舞：指舞凤旗。⑳狗生双翅：指飞虎旗。㉑蛇缠葫芦：指蟠龙戏珠旗。㉒红漆了叉：涂上红色的叉。叉也是皇帝出行的仪仗。㉓银铮了斧：像银子一样亮铮铮的斧头。斧也是皇帝出行的仪仗。㉔甜瓜苦瓜黄金镀：甜瓜苦瓜都镀上了黄金。指金瓜锤。㉕马镫枪尖上挑：指仪仗中的朝天镫。㉖鹅毛扇上铺：指仪仗中的"雉扇"。㉗乔人物：弄怪作假的人物。乔，古怪，装假。㉘大作怪：极其古怪。㉙辕条：车前驾牲口的直木。㉚套顶：辕条外套绳的顶端。㉛黄罗伞：皇帝乘舆所用的车盖。㉜天曹判：天廷中的判官，指皇帝身边的扈从人员。㉝递送夫：指奔前跑后伺候皇帝生活的侍从。㉞更几个：还有几个。多娇女：多有娇色的美女，指宫女。㉟施：行。礼数：礼节，按次序行礼。㊱那大汉：即刘邦。此是说乡民不知来人是皇帝。觑得人如无物：看人时就像没看着东西一样，谓目中无人。觑，看。㊲挪身：挪动身体。着手扶：用手扶。㊳猛可里：猛然间。㊴险：险些，差一点儿。㊵您妻须姓吕：刘邦妻姓吕名雉。㊶根脚：根底，底细。从头数：从头儿说出来。㊷你本身做亭长：刘邦曾为泗水亭长。㊸耽：沉溺，贪恋。㊹拽坝扶锄：指干农活儿。拽，拉。坝，通"耙"，碎土的农具。锄，除草松土的农具。㊺采：此谓刘邦偷采或强采。㊻零支：零星借支。㊼无重数：没法再逐一说出，无法再查点其数目。㊽换田契：旧时民间买卖田宅所写的契约叫白契，称私契。向政府纳税以后，换成红色的官契才算得到官方的认可。强秤了麻三秤：强行称走了三斤麻。秤，动词，指量轻重。㊾斛：容量动词，古以十斗或五斗为一斛。㊿胡突：同"糊涂"。㈤册历：账本。㈥文书：契约，借据。㈦少：欠。㈧差发：即"差费"，差务费用。旋：立即，随即。㈨私准除：准许私下里扣除。㈩刘三：刘邦字季，排行老三。㈦揪摔：此指揪住不放。摔，揪。㈧白甚：平白无故（改姓）做什么。㈨汉高祖：此是刘邦死后庙号，生前不会出现此称，此是作者的戏笔。

【赏析】

在元代，高祖还乡题材十分热门，许多作家都曾以之为题做过杂剧、套数等，其中以睢景臣的《高祖还乡》套曲最为著名。曲中，作者用颠覆的手法和哈哈镜式的角度，借一个曾与刘邦为邻的村夫之口,讲述高祖还乡时的所见所闻,描绘了在乡野村夫眼中那个号称"九五之尊"的皇帝的本来面目,滑稽可笑。

这篇套数是用〔般涉调〕中八支曲子组成的。第一支为〔哨遍〕,第二支为〔耍孩儿〕,第三至第七支为"煞曲",其中五煞四煞等是同曲子的连续用,第八支是〔尾声〕。

首曲讲述了因高祖还乡在乡间惊起的波澜。高祖还乡的闹剧在村民得到消息时的忙忙碌碌、骚挠不堪中开场。先是社长传布消息,说差役有不寻常的差事不能推辞,安排王乡老和赵忙郎执行迎接典礼、恭献酒食。社长布置下的差使,既要清除道路,又要征发夫役,不能推托,也不能当作寻常的差使看待。听说差役们这般忙碌是由于高祖要还乡的缘故,于是人们议论纷纷,有人说皇帝是乘车驾而来,有人说是乘銮舆。更好笑的是,王乡老和赵忙郎戴着新刷净的头巾,穿着刚糨好的绸衫,装扮成土财主招摇过市。这些都是高祖还乡的前奏,接下来作者用诙谐生动的语言描写村民眼中高祖还乡时的场景。

从〔耍孩儿〕到〔四〕描写的是高祖还乡的隆重仪仗。〔耍孩儿〕一曲描写的是皇帝的先头队伍——乐队和旗队。在村民的眼中,乐队的领头成了瞎王留,乐们成了一群装模作样的男男女女,在那胡乱吹打。更有意思的是,乡下人不明白仪仗队里各类旗帜所代表的意义,只认得上面的动物,于是就有了不同寻常的滑稽解释。这些有着特殊意义的旗帜在看不懂的人眼里尽是些飞禽走兽,作者多少带有戏谑的意味。〔五煞〕一曲描写仪仗队。仪仗队所执的红叉、银斧、金瓜朝天革登、雉扇等被乡民看作被漆成红色的叉子、被镀了银的斧子、被镀了金的甜瓜苦瓜,枪尖上挑着的马蹬、铺了鹅毛的扇子,这在天真的乡民们看来,显得十分怪异。更让人忍俊不禁的是,拿着这些东西的人们都穿着花花绿绿的制服,这些"大作怪的衣服"和这些"乔人物"让乡民十分疑惑。〔四〕是描写天子的车驾,作者同样运用了化威严为平俗的写法,豪华气派的马车让用惯了驴车的庄稼人很惊异,车上的曲盖、车前的导驾官、车后随行的官员、宫娥,这一切都让乡民们不解。乡民们对这些仪仗的理解让人感到滑稽,表现了对天子的地位还有对礼法的嘲讽。

从〔三〕到〔尾〕四支曲子借村夫之口将刘邦的底细一一道出。这位村夫在"那大汉"下车之后"猛可里抬头觑",发现这个威风八面的大汉天子原来是位相识,而且认清了以后,险些儿连胸脯也气破了。这一处制造了悬念,为后面细数刘三的无赖行径埋下了伏笔。这村夫对于汉高祖的姓名、出身都一清二楚,曾经与他一起放牛耕种,甚至还知道这皇帝"采桑"、"借粟"、"强秤了麻"、"偷量了豆",尽干些无赖行径,有凭有据。尾曲写村夫的心理活动,村夫向皇帝讨债,已经够滑稽了,还说"差发内旋拨还","税粮中私准除"都可以,并且说出"谁肯把你揪住",你又何必"改了姓,更了名,唤做汉高祖"。全曲在村夫的质问声中戛然而止,造成了充足的戏谑效果,给读者留下了广阔的想象空间村夫对刘邦的指证解开了封建统治者的神圣面具,刻画了其丑恶嘴脸,揭露了其丑陋的本质。

这首套数借助了村民的视角,将高祖还乡这一庄严的重大事件描绘得滑稽可笑。作者运用了讽刺的手法,将皇帝返乡的神圣威风与装模作样之态展现无余。曲中大量口语的运用,照应了村夫的身份,同时也增添了戏谑的效果。

〔正宫〕叨叨令

自叹（二首）

周文质

筑墙的曾入高宗梦①，钓鱼的也应飞熊梦②。受贫的是个凄凉梦，做官的是个荣华梦。笑煞人也末哥，笑煞人也末哥③，梦中又说人间梦。

去年今日题诗处，佳人才子相逢处。世间多少伤心处，人面④不知归何处。望不见也末哥，望不见也末哥，绿窗空对花深处。

【注释】

①筑墙的曾入高宗梦：商代的傅说曾在傅岩隐居，代当地版筑（筑土墙）者为劳，以供给他们饮食。后高宗梦见圣人名说，访求得之，举以为相，使得国家大治。 ②钓鱼的也应飞熊梦：吕尚（姜太公）晚年曾垂钓于渭水之滨，"西伯（周文王）将出猎，卜之曰：'所获非龙非螭，非虎非罴；所获霸王之辅'。于是周西伯猎，果遇太公于渭之阳。"（《史记·齐太公世家》）。这段记载，经后人讹传，"非虎"变成"非熊"，"非熊"又变成"飞熊"，遂有"飞熊入梦"之说。 ③也末哥：语尾助词，无义。 ④人面：多用来形容女性，如"桃花人面"，故此处当指"佳人"无疑。准此，则怀念"佳人"者当然是"才子"，也就是作者自己。

【赏析】

周文质的这两首小令，皆名《自叹》，但"叹"的内容并不相同。前者着眼于广阔的现实社会，揭露了现实的黑暗和混浊；后者则着眼于一己的感情生活，细腻地反映了作者的心理活动。

第一首开头两句巧妙地运用了傅说和吕尚因梦得福的典故，说明他们的发达，都是依赖贤君的赏识和提拔。"高宗梦"、"飞熊梦"的两个"梦"字，既表现出际遇的偶然性，又暗示了提拔后建功立业的无谓。三、四两句从历史回到现实，"受贫的是个凄凉梦"，首先说明贫士一生凄凉的事实。贫士之所以凄凉，不是因为缺乏治国之才，而是因为得不到像殷高宗、周文王那样求贤若渴的圣明君主。结合作者生活的时代状况来看，元代不仅有种族贵贱之别，而且有职业尊卑之分，所谓"一官二吏"、"八娼九儒十丐"，做为汉人，本来就低人一等，而做为汉人中的知识分子，就更被歧视了。所以汉族的知识分子要想凭文章进入仕途,简直是太艰难了。面对如此残酷的现实,回想历史上的明君贤相,作者心中如何能平静?"做官的是个荣华梦",为什么作者要把为官也看作梦呢?那是因为他们没有像傅说和吕尚那样的才能,自然不必说取得像他们那样的丰功伟绩,也就只是为官一场,享受一阵富贵荣华罢了。然而官场随时起波澜,这个"荣华梦"能维持多久,也难以保证。前文一连列举了四种梦,最后收在"梦中又说人间梦"中,能不令人"笑煞"吗?这是超然的笑,嘲讽的笑,也是哀凉的笑,这沉痛地表现出作者内心深处对社会失望。

　　第二首开头"去年今日题诗处,佳人才子相逢处。"二句,从回忆写起,交待了时间、地点、人物和事件,明白直接。"去年今日",显示出作者的念念不忘,同时表现出这一回忆令人伤情的悲剧意味。三、四两句"世间多少伤心处,人面不知归何处。",紧承上句作答,将作者从回忆拉回现实,然而在感情上却更进一步。"伤心",印证了上面隐而未露的悲伤情感;"多少伤心处",表明令人伤心的地方不止一处两处,而是多处。"佳人才子"的分离,已经令人伤心了,何况恰恰是在去年的"今日"!倘若知道对方的音讯,心中还能稍作安慰,然而现实却是"人面不知归何处",这就又添了一层悲凉。五六两句"望不见也末哥"的重复,更加渲染了作者一往情深和愁肠百结的心境。最后一句"绿窗空对花深处"是"望"的目标,明丽的景致更增添作者的忧愁,令人惆怅不已。

　　这两首小令各韵句都押一个字,第一首押一"梦"字,第二首押一"处"字,韵脚上的重叠产生了一种荡气回肠的韵味,更加表现出作者的"自叹",酣畅淋漓。

〔正宫〕叨叨令

悲 秋

周文质

　　叮叮当当铁马①儿乞留玎琅②闹,啾啾唧唧促织③儿依柔依然④叫,滴滴点点细雨儿渐零渐留哨⑤,潇潇洒洒⑥梧叶儿失流疏剌⑦落。睡不着也末哥,睡不着也末哥,孤孤另另单枕上迷彪模登⑧靠。

【注释】

①铁马:檐下悬挂的铁瓦或风铃。　②乞留玎琅:叮当作响状。　③促织:蟋蟀。 ④依柔依然:婉弱尖细状。　⑤渐零渐留:浙浙沥沥状。哨:即潲,斜飘。　⑥潇潇洒洒:冷冷清清。　⑦失流疏剌:沙沙作响状。　⑧迷彪模登:昏昏沉沉,迷迷濛濛。

【赏析】

这首小令写的是作者在秋夜中孤枕难眠的愁苦之情。

曲中"悲秋"的主题主要通过渲染秋天一系列大自然的声响来表现。开头两句先写铁马和促织的声音,每一句中都有一组象声词,第一句的"叮叮当当",是铁马在一般情形下发出的声响,是自然的声音,而"乞留玎琅"是铁马在响动频繁时的听觉效果,兼有急切密乱、摇响不住的意味,夹杂了作者的感受。同样,"啾啾唧唧"为蟋蟀鸣叫的声音,而"依柔依然"带有细嫩婉转、如泣如诉的感情色彩,通过纯象声词与兼意象声词的运用,使人在对声音的体会中多了一丝愁情。

三四两句写细雨与落叶的声响,与前两句略有不同,每句只有一个象声词,另一个叠词为带有感觉性质的修饰语。前两句中的"闹"、"叫"本身带有声音的效果,而这两句的"哨"、"落"则仅表示动态,要靠人的感觉来捕捉声音的特点。

铁马声、促织声、细雨声、落叶声,本来就容易引发人的愁绪,此处基于一体,就更令人难以释怀了,于是自然造成了"睡不着"的效果。作者在前四句将声音描摹地如此细腻,就是为不眠人的愁肠作铺垫。人的愁绪既与秋声的触发紧相关联,又反转回来融入萧瑟的秋声之中,情景交融。最后一句写法奇妙,"睡不着也末哥,睡不着也末哥,孤孤另另单枕上迷模登靠。",两个"睡不着"的迭用,越发凸显了作者内心的愁闷。然而,"睡不着"还"迷模登"地向"单枕"上靠,作者强行使自己抵御秋声、忘却悲秋,却又迷茫无奈、心力交瘁的情景淋漓尽致地浮现在读者的眼前。

本曲在形式上最大的特色就是象声词的运用,一是运用叠词组成的四字词组象声状物,二是使用口语性质的四字象声词,增添了生动的情趣,将抽象的听觉感受变得形象,余味悠长。

〔越调〕小桃红(二首)

周文质

当时罗帕写宫商①,曾寄风流况。今日樽前且休唱,断人肠。有花有酒应难忘,香消夜凉,月明枕上,不信不思量。

彩笺②滴满泪珠儿,心坎如刀刺。明月清风两独自,暗嗟咨③。愁怀写出龙蛇字④,吴姬⑤见时,知咱心事,不信不相思。

【注释】

①宫商:原指乐调,这里代指曲词。古代青年男女相恋,多将心事借词曲的形式写于罗帕之上,以寄托爱慕之情,所谓"偷传袖里情,暗表心间事。"(元·刘时中〔一枝花〕《罗帕传情》)者是也。 ②彩笺:彩色的信笺。 ③嗟咨:表示感叹的语助词。 ④龙

蛇字:原形容草书蜿蜒曲折有如龙蛇形体之笔势,这里取其意而喻"愁怀"。 ⑤吴姬:指心爱的人,当是吴地女子。

【赏析】

这两首无题小令的主题都是表现一位男子的相思之情,描写的内容紧密相联,层层递进,可以看作一个整体。

第一首小令先从回忆往事着笔:"当时罗帕写宫商,曾寄风流况。"当初相恋时,将心事都写在罗帕之上。可是,随着时光的流逝,人生的聚散,一切都已成为往事。如今在酒杯前,已是物是人非,留下主人公独自追怀,是何等的凄凉!面对此情此景,怎能不发出"且休唱,断人肠。"的沉重哀叹呢?"有花有酒应难忘",一个"应"字,从自己对往事的回忆和现实的愁闷转到设想对方的心境,使曲意更加深与往日的风流快活的强烈对比中,突出了对往日两情欢悦的难忘。最后"不信不思量"五个字,用双重否定,表现了主人公相思的刻骨铭心、难以排解。

第二首小令继续写相思的难忘。小令开门见山,直抒胸臆。作者一边写信,一边流泪,彩笺上滴满了泪珠,这一场景烘托出凄凉的气氛。三、四两句"明月清风两独自,暗嗟咨。",写景兼写情,情景交融,进一步点明时间已经进入到夜晚,暗示着人物内心情感的深化。愁情的层层堆积,使主人公不禁暗自叹伤。"愁怀写出龙蛇字",承上启下,转换极妙。由于心中愁闷深重,字体一定潦草零乱,而字体的杂乱无章反过来又反映了作者心情的沉重、思绪的繁杂和情感的痛苦。作者借助想象的力量,写出了男女双方的相思之情,既描写了自己的寂寞感伤,也想象对方的孤独悲哀,展现了双方心心相印的情感世界。最后"不信不相思"五个字,再一次运用双重否定,以极其强烈的语气格外有力地肯定了对方动情后的必然结果,也肯定了自己真情感人的伟大力量。

这两首小令直接抒怀,又委婉含情,借助想象,虚实结合,巧妙地展现了相思的主题,充满艺术性。

〔越调〕寨儿令

周文质

挑短檠①,倚云屏②,伤心伴人清瘦影。薄酒初醒,好梦难成,斜月为谁明?闷恹恹③听彻残更,意迟迟盼杀多情。西风穿户冷,檐马④隔帘鸣。叮,疑是珮环⑤声。

【注释】

①短檠:矮灯架,代指灯。 ②云屏:绘有云彩的屏风。 ③恹恹:精神不振的样子。 ④檐马:又称铁马,檐下悬挂的铁瓦或风铃。 ⑤珮环:身上佩带的玉环等饰物,以绦带系垂,每套几个,走路时碰击出声。

【赏析】

这首小令描写一个女子因思念心上人夜不能寐的情景，表现了女子的寂寞和深情。

开头三句直接写女主人公在等待心上人，却久不见人影，孤寂伤心的情态。"挑短檠，倚云屏，伤心伴人清瘦影。"，灯焰渐渐暗了下来，女子上前把灯重新挑亮，然后又倚在屏风上。屋中凄凉萧瑟，与她相伴的，只有灯光映出的清瘦憔悴的身影，这种形影相吊的凄楚情境，让她又是一阵阵地伤心。灯烛挑而复明，可见今晚她已经等待了很久，而且也许不是第一次了。尽管倚屏久盼，腰腿已经有些麻木，人也有些困乏了，但她仍不肯睡去，抱着一丝希望，艰难地等下去。这三句可以看作全曲的第一层，短短三句将女子痴心深情的情状展现在读者面前。

接下来"薄酒初醒，好梦难成，斜月为谁明？"，是全曲的第二层，描写女子愁肠百转、却无处排遣。相思成苦，女子想借酒浇愁，然而借酒消愁愁更愁。无可奈何之下，女子想入睡或许能与情人在梦中相会。可是心中满是相思，辗转难眠，连梦也做不成，女子望着窗外的月光，不禁问月：你究竟为谁家而明？女子心中的失望不禁让人的心微微一颤。

"闷恹恹听彻残更，意迟迟盼杀多情。"两句，为第三层，继续描写女子的愁闷。睡眼朦胧，意兴阑珊，女子仍在等待着，然而耳中传来的，只是远处的报更鼓声，一声声，一遍遍，为寂静的长夜增添了一点单调的声响，然而却声声都敲击在女子的心头，女子倍感落寞与伤心。

最后"西风穿户冷，檐马隔帘鸣。叮，疑是珮环声。"为全曲的第四层。窗外的铁马在风中叮当作响，被女子误认为是心上人佩带的玉环声，以为心上人来了。这一细节描写，余味无穷，将女子的痴情推向了高潮，揭示了女子对心上人的盼望已经到了如醉如痴、入迷入幻的程度。

本曲以简练、细腻的笔触塑造了一个痴情女子的形象，极其鲜明生动。生动的细节描写与意象相结合，渲染了一种凄清的环境氛围，衬托人物孤寂的心境。再加上细致入微的心理描写，充分利用视觉和听觉形象，达到了非常好的艺术效果。

〔双调〕折桂令

过多景楼①

周文质

滔滔春水东流，天阔云闲，树渺禽幽。山远横眉②，波平消雪③，月缺沉钩④。桃蕊红妆渡口，梨花白点⑤江头。何处离愁？人别层楼，我宿孤舟。

【注释】

①多景楼：在江苏镇江北固山的甘露寺内。宋郡守陈天麟所建，为唐临江亭故址。此楼雄踞长江南岸，与江北瓜洲渡遥遥相对；登楼远望，金、焦二山尽收眼底，气势极为壮观。　②横眉：比喻远山的形状、容色。古人曾有"眉如春山"的说法，如西汉卓文君即被谓为"眉色如望远山"（《西京杂记》）。　③消雪：比喻水波的平静、澄明。　④钩：形容月缺的形状。　⑤梨花白点：比喻遥远的江头。

【赏析】

这首小令是一支述别之作。

作者先以八句之多的主要篇幅，多层次、多方位地描写了登临多景楼时的所见之景。首句"滔滔春水东流"，写景的同时兼点时令。多景楼下临长江，春来江水自然是视野中主要的画面。绿水滔滔东流，"滔滔"二字，写出了江水奔流的气势，为明丽秀美的江水增添几分动感。长江奔流的态势引起作者举首远眺，"天阔云闲，树渺禽幽。"，天空浩瀚无际，白云悠闲自在，树影缥缈，鸟儿无踪，"阔"、"闲"、"渺"、"幽"四个字，形容简练贴切，写出了放目极眺的混茫感受。这三句从近到远，从大到小，层次分明，境界逐渐扩大。

下面三句"山远横眉，波平消雪，月缺沉钩。"为鼎足对，依次描写远山、平波、新月。而且三句均采用了倒装句式，使"远"、"平"、"缺"这三个形容词带有了动感的意味。三句的描写极为细腻，而且构思奇特，以"横眉"比喻远山的形状、容色，以"消雪"比喻水波的平静、澄明，以"沉钩"形容月缺的形状，描绘细致生动。由山而水，视野由远及近，由波到月，也显示了时间的推移。"桃蕊红妆渡口，梨花白点江头。"两句构成一组对仗，"渡口"近而"江头"远，"桃蕊"之红对应"梨花"之白，表现了色彩的映衬之美。这众多的景致，暗映了"多景楼"之名。

最后三句笔锋陡转，揭示了全曲的主旨。"何处离愁"故作一问，引出了下面的缘由："人别层楼，我宿孤舟。"原来多景楼是作者与友人话别之处，此处一别，作者将继续登上孤舟，乘夜出航。一个"离愁"，将曲意引向作者的内心活动，离别已是凄凉不已，加上此番景象的烘托，岂不更教人"黯然销魂"！

〔双调〕折桂令

咏蟠梅①

周文质

梨云②旋绕东风，谁屈冰梢③，怪压苍松。绿萼含香，枯根层结，春信④重封。清味远嫌蝶妒蜂⑤，老枝寒舞凤蟠龙⑥。夜月朦胧,疏蕊纵横,瘦影交加,碎玉玲珑。

【注释】

①蟠梅:一种根干盘曲的梅树。 ②梨云:白似梨花的云。 ③冰梢:冰棱。 ④春信:春天的信息,信号。 ⑤嫌蝶妒蜂:这里是突出蟠梅甘于寂寞、清高孤傲的品格。蜂、蝶,人称"蜂媒蝶使",与花有着不解之缘。如宋人周邦彦就曾借"但蜂媒蝶使,时叩窗。"(《六丑·蔷薇谢后作》)的诗句来表现惜花之情。 ⑥舞凤蟠龙:比喻老树枯枝那纵横交错、曲折槎牙的形状。

【赏析】

这首小令通过表现蟠梅耐寒的个性以及独特的造型,歌颂了它孤傲高雅的品格,使本曲成为蟠梅的礼赞。

小令开头渲染出蟠梅生长的险恶的环境氛围:白似梨花的云在强劲东风的裹挟下在空中盘旋飞舞,各种形状的冰凌或曲或直、或上或下地堆积,沉重地挂压在苍松之上。"东风"一词暗示了前三句所描绘的是初春时节大雪之后的寒冷景色,一个"谁"字,明知故问,为曲子增添了别样的情趣,而一个"怪"字,通过作者的主观感受表现出苍松所遭受到的沉重压力,为下文正面描写蟠梅作了铺垫。

接下来,"绿萼含香,枯根层结,春信重封。"三句,描绘了蟠梅层层盘结的枯根上所滋生的"绿萼含香"的奇特景观,绿色的花萼衬着含香绽放的梅花,赫然开放在冰封雪锁、春意盎然的大地上,塑造了"一枝透露春消息"的美妙意境,形象生动地展现了蟠梅不惧严寒、独占春头的特性。"清味远嫌蝶妒蜂,老枝寒舞凤蟠龙。"两句,紧承上文上的"含香"与"枯根"而来,并进一步展现蟠梅的品格,并描绘其形状。"嫌蝶妒蜂",突出蟠梅甘于寂寞、清高孤傲的品格;"舞凤蟠龙"来比喻老树枯枝那纵横交错、曲折槎牙的形状,既证实了前文中的"枯",又呼应了"寒",更加有力地突出了题目中的"蟠",使无限蓬勃的生机溢于纸面。作者化静为动,将无情变为有情,将蟠梅的神态描绘得相当传神。

最后四句转写月夜下蟠梅的优美身姿。"夜月朦胧"一句将人引入更为奇妙的世界:树上点缀着朵朵疏落淡雅的花,地上投射着枝枝瘦削伶俜的影,花与影相叠加,投映到作者的心中,唤起了"碎玉玲珑"的意象。"瘦"字与上文的"枯枝"、"老枝"相映衬,再次体现出蟠梅的特质,"碎玉"点明本曲咏的是白梅,使蟠梅的形象增添了几分高雅的情趣。

这首小令以冰雪为背景,以苍松为陪衬,突出了蟠梅顽强不屈的性格和孤傲高洁的品格,描写中饱含强烈的赞美之情,蟠梅的品格也可以看作是作者理想人格的投影。

〔南吕〕玉交枝

乔 吉

溪山一派，接松径寒云绿苔。萧萧五柳疏篱寨，撒金钱菊正开。先生拂袖归去来①，将军②战马今何在？急跳出风波大海③，作个烟霞逸客。翠竹斋，薜荔阶，强似五侯④宅。这一条青穗绦，傲杀你黄金带。再不著父母忧，再不还儿孙债。险也啊拜将台⑤！

【注释】

①"萧萧五柳"三句：化用东晋诗人陶渊明（五柳先生）的故事，喻去官归隐之志。②将军：此处为泛指。 ③风波大海：借喻争斗的官场、险恶的仕途，令人惊心动魄。④五侯：西汉成帝元后家五人，后汉单超及其亲属五人，都曾同日封侯，后汉梁冀及其子、叔五人也都封侯；世谓之五侯。后乃泛称权贵显要之家为五侯之家。 ⑤险也啊拜将台：暗用的韩信之典。楚汉相争之际，他登台拜为大将，辅佐刘邦，翦灭了项羽，为汉朝开国元勋，封王封侯。但他不识功高震主，位极致灾之患，沉溺富贵，不思急流勇退，后来终被杀于长乐官钟室，并夷灭三族，落得个悲剧结局。

【赏析】

这首小令通过歌咏隐逸生活，表现了作者的人生理想和价值取向。

全曲一共十六句，分为四层。第一层，起首四句，描绘了幽雅秀美的隐居环境，远处溪间苍松入云，山环水绕，近处如陶潜居处，五柳傍宅，霜菊缤纷。短短几句描绘出一派山青水秀的自然风光，令人赏心悦目。世外桃源般的居住环境，让人顿生依恋之情。

第五至八句为第二层，描述因为感慨官场险恶，而顿生急流勇退之心，决心归隐山林。作者将归隐和仕宦置于历史的长河中加以关照，拂袖辞官如陶渊明般名垂青史，"拂袖"二字，将弃官毅然决绝的神态，归隐的飘然潇洒，刻画得生动传神。"将军战马今何在"，以反诘的句式，极其有力地托出作者理想的生活选择，发人深省。"急跳出"反衬出宦海的险恶而"烟霞"一词，既表现了山林朝夕的朦胧之美，又与"风波"之险恶形成了鲜明的对照。

第三层为第九至十二句，从现实的角度对隐居生活和仕宦生活进行比较，言明遁迹隐居安做平民，远胜过荣华富贵，表现出作者恬淡的情怀和傲然的心胸。"强似"、"傲杀"既表现出作者的价值取向，又表现出作者蔑视权贵的高洁品格。作者虽然用笔婉曲，但用意十分明显。

第十四至十六句为第四层，一语道破上一层的寓意。"再不著父母忧，再不还儿孙债。"，二句写隐居生活的轻松安逸。末句"险也啊拜将台！"，收挽全曲，再次强调仕途之险恶,道出归隐的必要和急切。此句在慨叹仕途险恶时,把矛头直指最高统治者,正所谓"伴君如伴虎",对那些沉迷于仕途、醉心功名的人来说,无疑是当头棒喝,曲意至此表露无余,余音萦绕。

本曲成功地运用了对比的手法,使归隐和仕宦形成强烈鲜明的反差,从而突出主旨,警醒世人,给人留下深刻印象。

〔中吕〕满庭芳

渔父词(二十首选一)

乔 吉

轻鸥数点①,寒蒲猎猎②,秋水厌厌③。五湖烟景④由人占,有甚妨嫌⑤。是非海⑥天惊地险。水云乡⑦浪静风恬。村醪酽⑧,歌声冉冉,明月在山尖。

【注释】

①点:喻其少也。 ②猎猎:形容寒风吹拂的声响。鲍照诗有"鳞鳞夕云起,猎猎晚风遒。" ③厌厌:同恹恹,安静貌,《诗·小雅·湛露》:"厌厌夜饮。" ④五湖:指太湖。《国语·越语下》:"战于五湖。"丰昭注曰:"五湖,今太湖也。"烟景,烟水茫茫的景色。《宋史》称李宥"善摹写山水,……酒酣落笔,烟景万状。" ⑤甚:一点儿,程度小。妨嫌:阻碍。 ⑥是非海:谓宦海风波。 ⑦水云乡:比喻隐者居住之地。⑧醪:本指汁滓混合的酒,引申为浊酒。杜甫《清明二首》诗:"钟鼎山林各天性,浊醪粗饭任吾年。"酽:指液汁加浓。

【赏析】

乔吉的〔满庭芳〕《渔父词》有二十首,这首写在太湖两侧的东西洞庭山钓罢归来时的秋夜景色。通过讴歌理想化的渔夫生活表现出世归隐的思想情绪。

曲子开头"轻鸥数点,寒蒲猎猎,秋水厌厌。"三句,描绘了一幅清朗疏远有声有色的太湖秋景图。鸥鸟轻飞,蒲草丛丛,寒风猎猎,秋水微波,动静相衬,在淡雅清丽的格调中融汇着一种恬淡闲适之情。这优美的景致衬托了下句的抒情:"五湖烟景有人占,有甚妨嫌。"江湖中烟霞易得,万状烟景,本应任人欣赏和遨游,不会有一点阻碍的,作者作这样的感慨反衬出了人世的难处。"是非海天惊地险,水云乡浪静风恬。"两句,采用对偶句式,对比强烈,对照鲜明。世事纷扰,官场险恶,是非难辨,令人感到"天惊地险",命运难卜;而大自然安宁舒适,轻松自在,令人觉得"浪静风恬"。这两句写出了对于人世和自然两种不同环境的不同感受,其厌恶与赞美之情,尽在不言中。曲中充分流露出作者的高洁和自傲的心情。

最后三句继续抒写这种恬然自适的情怀："村醪酽,歌声冉冉,明月在山尖。"饮着乡村独有的色深味醇的陈年老酒,慢悠悠地哼起那闲散自在的渔家小调,一轮明月静悄悄地爬上了山尖。作者将渔夫生活的醇朴闲适和自然风光的恬淡优美交织融合在一起,一气呵成,充分展现了其理想的境界,其厌世情绪也得到升华。

这首曲子借景抒怀,景中融情,情随景现,意境清丽淡雅,蕴含丰富,韵致悠长。

〔中吕〕山坡羊

寓 兴

乔 吉

鹏抟九万①,腰缠万贯,扬州鹤背骑来惯②。事间关③,景阑珊④,黄金不富英雄汉,一片世情天地间。白,也是眼;青,也是眼⑤。

【注释】

①鹏抟九万:语出《庄子·逍遥游》:"鹏之徙于南冥也,水击三千里,抟扶摇而上者九万里。"庄子在文章中借此形象,旨在说明人应当脱弃一切物累,以获得最大的自由。②腰缠万贯,扬州鹤背骑来惯:语出《商芸小说》:"有客相从,多言所志,或愿为扬州刺史,或愿多赀财,或愿骑鹤上升。其一人曰:腰缠十万贯,骑鹤上扬州,欲兼三者。"③间关:世道犹崎岖的意思。 ④阑珊:零落的意思。 ⑤白眼、青眼:两者是相对的,意思是说或许你受到宠爱,或遭受鄙薄。

【赏析】

这首曲子标题为《寓兴》,但满纸却是作者对世情的嘲讽与感慨。全曲以深沉的笔调,深刻地揭露了当时世俗的丑恶与黑暗。

开头三句"鹏抟九万,腰缠万贯,扬州鹤背骑来惯。",连用两个典故。"鹏抟九万"引用《庄子·逍遥游》中大鹏的形象,作者在这并非是说明人应当脱弃一切物累,以获得最大的自由,而是反其意而用之,揭示庄子式的"自由",是违反常理的,是完全脱离了实际的妄想。下面两句是作者利用"商客言志"的故事,以诙谐的笔调,辛辣地讽刺了那种争名夺利,还妄想当神仙的贪得无厌者的丑恶嘴脸,并为后面抒发个人身世埋下了伏笔。

接下来,作者笔锋一转,将读者拉回到现实之中。"事间关,景阑珊"两句,即景抒情,直抒胸臆。作者面对凄零的景致,回想自己一生饱经风霜,穷困潦倒,空怀壮志而一事无成,这种悲凉寂寥的心绪与零落的残景相衬托,不禁大发感慨。紧接着"黄金不富英雄汉,一片世情天地间。",笔调又是一转,由悲凄转向豪放。真正的英雄好汉,是不会为金钱、名利而摧眉折腰的,其间表现出作者傲岸不屈的品格。

曲末,作者发出深沉的感叹:"白,也是眼;青,也是眼。"这是作者浪迹江湖数十年,饱尝了人间沧桑后,悟出的人生哲理。人生,重要的不是白眼或者青眼,而是傲然不屈的铮铮铁骨和峋峋直立的青云之志。这也代表了当时有清醒头脑的知识分子的心声,发人深省。

这首曲子用典别出心裁,耐人寻味,取得了完美的艺术效果。

〔越调〕小桃红

效联珠格①

乔 吉

落花飞絮隔朱帘,帘静重门掩。掩镜羞看脸儿媻②,媻眉尖,尖尖指屈将归期念。念他抛闪,闪咱少欠,欠你病恹恹。

【注释】

①联珠格:即顶真的艺术手法,其特征就是上句的句末和下句的句首用相同的字,而且要鱼贯至尾。 ②媻:形容容貌娇美的样子。

【赏析】

乔吉的这首小令,使用顶真的手法来抒写闺情,利用连珠处字的重叠将所要表现的内容步步推进,层层展开,揭示了女主人公相思成疾的症状,相思的苦涩和爱情的甜蜜相互交织,构成了她复杂而细腻的内心世界。小令主要着笔写思妇的心理变化来表现她的思夫之情。

小令开头"落花飞絮隔朱帘"一句,描绘出落英缤纷,飞絮漫天的暮春的景象,渲染出了伤春的环境气氛。暮春时节,正是令人触景伤情的季节。正值青春妙龄的少男少女们,看到"春归"的景象时,很容易联系到自己的境况,而如果与心上人天各一方,不能共度美好的时光,就更容易触发青春易逝的感慨,生出万般思念的伤感。接下来"帘静重门掩"一句,没有正面描写女主人公,却暗示着她的活动。在这花残柳败的季节里,女主人公不忍见这伤春的景致,掩上重重院门,垂下道道朱帘,排除一切触动她心绪的纷扰,独守空闺。然而愈是这样,对丈夫的思念也就愈加浓烈。

接下来两句转向对女主人公形象的正面描摹。由于极度思念丈夫,她终日愁眉不展,便想自己的容貌可能也变得憔悴不堪了,于是就打开镜子一瞧究竟。然而即便是相思成病,也自有一番风韵。自己依然是月貌花容,特别是那微微蹙起的眉峰更显得风韵绰约,仪态万方,于是心中窃喜。然而丈夫不在身边,自己纵使万般美好,也无人欣赏,于是有自感伤怀。作者细致入微地刻画了女主人公微妙的心理变化，揭示了她痛苦复杂的内心世界。

下面一句："尖尖指屈将归期念"，紧承上两句，仍然是描写思妇的行为动作来刻画其心理变化。在经历了由高兴到沮丧这种落差较大的心理变化之后，女子内心的失落感和孤独感大大加重了，于是她掰起手指来计算丈夫的归期。但由于思念过重，她心烦意乱，算来算去也算不出个结果来。于是她产生了些许疑虑，会不会是有了新欢将自己抛弃了？想到这，不由得生出一腔气恼来。结尾三句"念他抛闪，闪咱少欠，欠你病恹恹。"是女子无可奈何的气话，一想到他会抛弃我，就令我抓狂不已，我就给你大病一场，气气你。女子这般无理取闹，其实是思念到极至的一种焦躁和恼怒，足见用情和思念之深。

这首小令语言质朴通俗，雅俗相谐，相得益彰。连珠格的运用，使音节和谐响亮，极具重叠之美，读起来朗朗上口，自然流畅。

〔越调〕小桃红

孙氏壁间画竹

乔 吉

月分云影过邻东①，半壁秋声动。露粟②枝柔怯栖凤。玉玲珑，不堪岁暮关情重。空谷乍寒，美人无梦，翠袖倚西风③。

【注释】

①月分云：即"云破月来"。影：指竹影。邻东：即"东邻"，是为押韵而故意颠倒的。典出宋玉《登徒子好色赋》，宋玉在赋中塑造了一位"东家之子"，极力夸张、渲染了其美貌，称其"嫣然一笑，惑阳城，迷下蔡。" ②粟：指因寒冷而起的鸡皮疙瘩。 ③"空谷"三句：融化杜诗而成，杜甫《佳人》诗曰："绝代有佳人，幽居在空谷。"，"天寒翠袖薄，日暮倚修竹。"。

【赏析】

这首小令是一首题画之作。题为"画竹"，但通篇无一"竹"字。

小令从秋声着笔，由咏物入手，又杂以作者的主观想象，写景抒情，极富特色。作者观察细致，"月分云影"捕捉到了"云破月来"的一刹那间竹影出现的景象。"过邻东"三个字，化静为动，既暗扣题面"壁"字，又用"东邻"的典故，为后文写"美人"埋下了伏笔。"半壁"，点明是题画而非写实，用夸张的手法极言画的逼真，说明画之大，竹之多。"秋声动"点明画中为秋景，用通感的手法，变风势为风声，写出了秋风阵阵、竹涛滚滚的壮观景象，表现了作者敏锐的感受力和高超的艺术表现力。

接下来，露粟枝柔怯栖凤玉玲珑，不堪岁暮关情重"三句，仍然是咏竹，不过作者寓情于景,抒发岁暮的感伤情怀。"露粟"一句紧承"秋声",写栖凤在秋声凄切之夜,不安于柔枝,凤栖竹枝是作者对画中竹的赞美,与下面的"玉玲珑"三字相呼应,分别从侧面和正面写了画中竹之美。同样为下文写"美人"埋下了伏笔。

最后三句"空谷乍寒,美人无梦,翠袖倚西风。",时间由秋天延伸至岁暮,描写对象转向竹下美人。"无梦"与首句之"月"遥相呼应,"西风"与次句"西风"一脉相承,而美人夜里无梦,久立在西风之中,当是因为"不堪岁暮关情重",全曲构思布局十分缜密,一股哀怨、悲切之气充溢在字里行间。作者以咏画之美人收束全篇,可见美人与竹密不可分。竹是人的自然背景,人显露出竹的内在品格,美人的卓尔不群与竹的高雅不俗相映成趣,共同构成了空谷传香带寒的深幽意境,韵味无穷。

〔越调〕天净沙

即事（四首之四）

乔 吉

莺莺燕燕春春,花花柳柳真真①,事事风风韵韵,娇娇嫩嫩,停停当当人人②。

【注释】

①真真:指实实在在、千真万确。 ②停停当当人人:也就是宋玉所写的"增之一分则太长,减之一分则太短。著粉则太白,施朱则太赤。"。

【赏析】

乔吉〔天净沙〕《即事》的四首小令,仿组诗形式,分别写了春日离别,别后相思,再度重逢,本篇为第四首,描绘了春天的动人景象,表现了作者与女主人公重逢时的喜悦之情。

开头"莺莺燕燕春春,花花柳柳真真"两句,从写景入手,描绘出一幅莺歌燕舞、柳绿花红的景象,呈现出一派勃勃的生机。第一句的最后两个字点明春天,看似重复,实则表示强调,内心充满了喜悦的感情色彩。而第二句的最后两个字,言自己与心上人的重逢并非是梦,而是真真切切的,巧妙地刻画了作者此刻的心理。第三句"事事风风韵韵",为过渡句,承上总括了春日景象的风情和韵致,启下写游春的美女。最后"娇娇嫩嫩,停停当当人人"两句,正面集中笔墨刻画女主人公。作者分别从心理感觉和视觉出发,写了女主人公行为举止的风度和魅力,外貌神情的娇柔可爱。最后一句总写女主人公的美丽,绾合全曲。女主人公年轻娇美,一切都恰到好处,宛如天工造化。

本曲在内容上并无多大新意,但是在艺术表现形式方面,别开生面,独树一帜。其中最大的一个特点就是叠字的使用。全曲二十八个字,全由叠字组成,一气如注,可以说是李清照七字叠字以后的又一发展。乔吉的叠字独具特色，不仅音韵谐美，而且名词的叠加，使画面增添了动感。一个个鲜活的形象，诉诸于读者的想象，构成了一幅动态的阳春风景图——莺燕争飞、花柳竞媚，美女娇娃款款穿行其中，可谓风情万种！不仅充满艺术感染力，而且给读者留下了广阔的想象空间。

〔越调〕凭阑人

金陵道中

乔 吉

瘦马驮诗天一涯①，倦鸟②呼愁村数家。扑头飞柳花，与人添鬓华。

【注释】

①瘦马驮诗天一涯：暗用唐代诗人李贺骑驴觅诗的典故。 ②倦鸟：比喻欲归不得的倦客。

【赏析】

这首小令写于作者在金陵旅途中，抒发了羁旅的愁苦和思乡的情愫。

小令第一句，"瘦马驮诗天一涯"，暗用唐代诗人李贺骑驴觅诗的典故，勾勒出了作者满腹诗学而浪迹天涯的形象。曲文看似平淡，然而作者抓住眼前景物的特点，与情感巧妙地揉合，并结合典故，其中蕴含了无限感伤。第二句"倦鸟呼愁村数家"与第一句形成"合璧对"，寓情于景，借景抒情，将第一句的意境作了进一步扩展和深化。"倦鸟呼愁"的情景，一方面，以鸟倦知返的自然规律反衬自己有家难回的悲哀；另一方面，用移情于物之法，借鸟鸣之声发泄自己满腹的愁情。"村数家"显示了旅途的荒凉冷落，为全曲再添几分凄凉的色彩以上两句构成一幅凄清、悲切、充满离愁的画面。

最后两句"扑头飞柳花，与人添鬓华。"，写法巧妙，颇具匠心，既以柳花扑头之景暗示出晚春时节，又借柳花之色表现游子的衰老容颜，言简意赅，意蕴丰富。日复一日的漂泊生涯、年复一年的思乡情怀，催白了作者的鬓发，而作者却归咎于柳花，用强烈的主观情感将外物同化，达到了物我和谐统一之境，取得了良好的艺术效果。

本曲在通俗中透着清新，平淡中含有奇警，景物信手拈来，意味萦回曲折，渲染出浓重的羁旅漂泊之情，余韵悠长。

〔越调〕凭阑人

春 思

乔 吉

淡月梨花曲槛①傍,清露苍苔罗②袜凉。恨他愁断肠,为他烧夜香。

【注释】

①槛:阑干。 ②罗:一种丝织品。

【赏析】

这首小令题名为《春思》,已经揭示了主题,描写的是一女子思念远方情人。

小令开头一句"淡月梨花曲槛傍",描写春夜的景色。"淡月",点明时间是在春天的夜晚,淡月照梨花,好一派宁静而清雅的境界!"曲槛傍",则交代了具体地点是在曲槛环绕的庭院内,一个"傍"字,极富启发性和联想性。第二句"清露苍苔罗袜凉",紧承"傍"字,在继续描写当天夜晚的环境和气氛中推出主人公的形象和具体感受。早春时节,清莹的露珠和绿色的苔藓打湿了主人公的罗袜,使她感到阵阵凉意,说明这是一个春寒料峭、寂寥清冷的夜晚,而这样的环境、氛围又恰好衬托出主人公此时此刻凄迷、孤独的冷落心境。然而,为何主人公在这样充满凉意的夜晚还要久立户外呢?

曲子的最后二句给出了答案。"恨他愁断肠,为他烧夜香。",描写主人公烧香祝祷时的矛盾心情。独守空闺的女子,因为游子久而不归而愁肠寸断,怨恨无法排遣,使她夜不能寐。然而,虽然口头上说"恨他愁断肠",在行动上却是另一种表现。因为对游子的无限牵挂难以释怀,痴情的女子在夜晚对月烧香为他祈祷。其实,无论是"恨他愁断肠",还是"为他烧夜香",都是因为爱的深沉。

这首小令虽只有短短四句,但细致生动地勾勒出女子复杂统一的情感世界,意境清幽淡雅,韵味十足。

〔越调〕凭阑人

小　姬

乔　吉

手捻红牙①花满头,爱唱春词②不解愁。一声出画楼,晓莺无奈羞。

【注释】

①红牙:就是红牙板,伴唱的一种器具。　②春词:在这里指反映男女之间爱情的情歌。

【赏析】

这首小令题为"小姬",描写的是一位小歌女天真可爱的形象。

小令开头"手捻红牙花满头",点明了小姬的身份,并用白描的手法,对这位小歌女的亮相和装扮作了简练传神的描绘。这位小歌女手里捻动清脆悦耳的红牙板,头上插满了展颜怒放的鲜花,一副楚楚动人的神态。"花满头"三个字表现了小歌女爱美却还不懂得美、喜欢装扮但又不会装扮的情态,与小歌女的年龄相符,展现了童心和稚趣,显得十分可爱。接下来一句"爱唱春词不解愁",描写小歌女的性格。"不解愁"三个字蕴含丰富,一方面是指怀春的少女心中往往躁动着不安,生发出惆怅,而年龄尚幼的小歌女不解风情,爱唱春词却不懂,从而没有悲愁之意。另一方面是指在封建旧社会里,歌姬属于供人玩乐、被人侮辱的对象,卖唱的生涯充满着血泪和辛酸,而这位涉世未深的小歌女,并没有真正理解自己的处境与生活,无忧无虑地唱着春词。

结尾两句"一声出画楼,晓莺无奈羞。",着重描写小歌女的歌声,以晓唱黄莺的无奈与羞愧反衬出小歌女歌声的嘹亮与婉转,突出了小歌女的会唱,对上文的"爱唱"进行补充,进一步突出小歌女的可爱之处。

这首小令在艺术上的一个显著特色就是含而不露,以少总多,言此意彼。紧扣小歌女的身份和性格进行刻画,感染力强。

〔双调〕沉醉东风

泛湖写景

乔 吉

干办①出苍松翠竹，界画②成宝殿珠楼。明玉船，描金柳。碧玲珑凤凰山③后。一片晴云雪色秋，白罗衬丹青扇头。

【注释】

①干办：精干地办到。办，办到。 ②界画：画家作宫室楼台时，用界尺作直线，故名"界画"。 ③凤凰山：在杭州东南，北近西湖，南接钱塘江，以形如飞凤，故名凤凰山。五代吴越时设为国治，南宋建都临安时，建为皇城。方圆九里之内，有四殿堂，七楼，六台，十九亭，还有人工仿造的"小西湖"，有"六桥"、"飞来峰"等建筑。南宋亡后，宫殿改作寺院，后因火灾，成为废墟。现在还有招国寺、胜果寺、凤凰池等残迹。

【赏析】

这是一首题画小令，从题目看来，是作者乘船泛舟湖上，以西湖周围景色入画。作者在此基础上进行艺术再创造，变造型艺术为语言艺术，在曲文中再现画中之景，将诗情画意融为一体。

全曲一共七句，前六句均为写景。开头两句"干办出苍松翠竹，界画成宝殿珠楼。"写在船上看湖上的远景，描绘西湖的山色楼台。"明玉船，描金柳。"，描写秋天湖心泛舟的近景。"碧玲珑凤凰山后。一片晴云雪色秋，白罗衬丹青扇头。"三句，进一步点明秋景，抒发了他笑傲湖山的胸襟。作者写景，先从显处着笔，由近及远，将画中的松、竹、殿、楼、船、柳、山、云多种景物层次分明地展现了出来，一个"后"字，增强了整个画面的立体感。景致色彩搭配，浓淡相宜，和谐自然。松竹的苍翠颜色与楼殿的珠光宝气，对仗非常工整，一个清新，一个艳丽，形成强烈的对比；"明玉船"与"描金柳"，以金玉相对，黄白二色交相辉映；而空明的晴空、如雪的秋云，则以其特有的淡雅，衬托出其他景物，使整个画面的色彩十分协调。而且音节铿锵有力，表现了语言美和音乐美。

这首曲子语言的典雅工丽，言辞考究，声律谐协，表现了作者消闲寻乐的思想。

〔双调〕折桂令

荆溪即事

乔 吉

问荆溪溪上①人家：为甚人家，不种梅花？老树支门，荒蒲绕岸，苦竹圈笆。寺无僧狐狸样瓦②，官无事乌鼠当衙③。白水黄沙，倚遍阑干，数尽啼鸦。

【注释】

①荆溪：在今江苏省，是流经宜兴通往太湖的一条小河。溪上：是荆溪岸上的一个地名，在今宜兴。　②寺无僧狐狸样瓦：意思是，这里的寺庙连个和尚也没有了，荒凉得狐狸在房顶戏弄。　③官无事乌鼠当衙：意思是，农民流亡了，官府里也是清闲无事，衙门也是门可罗雀，乌鼠当道。

【赏析】

这首曲子是作者来到荆溪时有感而发之作，描绘了荆溪一带穷困破败的乡村景象。

曲子的开头，"问荆溪溪上人家：为甚人家，不种梅花？"作者提出了一个问题：为什么荆溪一带的农民不种梅花？接下来，作者用农村的贫穷衰败的景象回答了这个问题："老树支门，荒蒲绕岸，苦竹圈笆。"这里的农民贫困得连个正经的门也没有，只用一棵老树在支撑着。荆溪沿岸是一片荒凉的蒲草，居民用矮小的苦竹当作墙垣。"寺无僧狐狸样瓦，官无事乌鼠当衙。"两句，作者进一步揭露了现实，表露了作者辛辣的讽刺。作者深刻地点明官不理政、吏役横行是造成农村衰败现象的原因，具有一定的社会意义，抒发了作者对现实的不满情绪。最后三句"白水黄沙，倚遍阑干，数尽啼鸦。"，用荒凉景色的描写，说他当时只有阑干独倚，细数凄切的啼鸦，来抒发自己内心的愁苦。

本曲风格清丽质朴，巧妙地将写景与议论融贯为一，写景为议论提供了基础，议论使景致得到了升华，二者珠联璧合，相得益彰，可以雅俗共赏。

〔双调〕折桂令

风雨登虎丘①

乔 吉

半天风雨如秋,怪石于菟②。老树钩娄③,苔绣禅阶④。尘粘诗壁,云湿经楼。琴调冷声闲虎丘,剑光寒影动龙湫。醉眼悠悠,千古恩仇,浪卷胥魂⑤,山锁吴愁⑥。

【注释】

①虎丘:在今江苏省苏州市西北,一名海涌山。相传吴王阖闾葬此,三天后有老虎雄踞墓上,故名虎丘。 ②于菟:读如"乌徒",老虎的异名。 ③老树钩娄:形容古树经历了历史的长河,树干弯曲得像驼背的老人。钩娄,弯曲。 ④苔绣禅阶:指虎丘山寺中的台阶,长满了如同绣花一样的青苔。 ⑤千古恩仇,浪卷胥魂:说的是伍子胥复仇的故事。据《史记·伍子胥传》,子胥的父亲伍奢,哥哥伍尚,都被楚平王所杀。伍子胥佐吴王阖闾伐楚,掘平王墓,以报父兄之仇。这四句的意思是:历史的往事,只能付诸一醉而已,伍子胥报了父兄之仇,如今伍子胥呢?也消失在历史的波涛中了。吴王夫差不听子胥的劝谏,吴败后与越媾和,迫使子胥自杀,结果吴又被越所灭。 ⑥山锁吴愁:是指吴国灭亡的历史悲剧。

【赏析】

这首小令抒发登临的感慨。

开头一句"半天风雨如秋",揭示题旨,点明登临虎丘时的节令和气候特征,风雨交加。"怪石于菟。老树钩娄",描写山中的自然景观,怪石峥嵘,形状如虎;古树苍劲,枝虬节曲。寥寥八字便概括出了山崎景幽的特点。"苔绣禅阶。尘粘诗壁,云湿经楼。"三句,由自然景观转而描写人文景观。"苔绣禅阶",是说虎丘山寺中的台阶,长满了如同绣花一样的青苔,点明游人稀少。"尘粘诗壁,云湿经楼。",描写了虎丘山寺的外貌。作者以鼎足对的形式,由远及近,渲染了山中古寺的破败荒凉。

接下来,"琴调冷声闲虎丘,剑光寒影动龙湫。"两句承上启下,引起了作者对历史往事的追思。这两句对偶工整,上句写伫立在闲静的虎丘,偶尔能听到传来的琴声,更加觉得音调的清冷;下句写注目脚下荡漾的池水,不由得联想到吴王阖闾曾伐楚,越王勾践又灭吴,这里曾是一片刀光剑影。这刀光剑影,甚至惊动了寒冷的水底鱼龙。作者思绪承接千载、沟通古今,拓展了作品的艺术空间。

最后四句"醉眼悠悠,千古恩仇,浪卷胥魂,山锁吴愁。",紧承"剑光寒影"的联想，转向历史的反思，抒发登临的慨叹。纵观历史，无论是伍子胥忠而被谤、横剑赐死的悲叹，还是吴王夫差刚愎自用、身死国亡的哀愁，随着时间的推移，都被卷入历史的洪流之中，仅仅尘封在人们的记忆中了。曲子字里行间表现出作者深深的惆怅与感伤。

这首曲子结构紧凑、语言凝练，对仗工整，风格典雅工丽，意境幽深，取得了很好的艺术效果。

〔双调〕折桂令

重九后一日游蓬莱山①

乔吉

重阳雨冷风清，阻却王宏②，淡了渊明③。昨日寒英，今朝香味，未必多争。蜂与蝶从他世情，酒和花快我平生。纵步蓬瀛，会此同盟，醉眼青青。

【注释】

①蓬莱山：在今山东胶东半岛北部渤海湾口，这是一个富于神话色彩的地方，古代相传是神仙居住的地方。《山海经》："蓬莱山在海中。"《史记·封禅书》："自威、宣、燕昭使人入海求蓬莱、方丈、瀛州。此三神山者，其传在渤海中。" ②王宏：魏侍中王粲的从孙，字正宗，泰始初官，汲郡太守。他是一个勤于农桑园艺的人，曾受到晋武帝的表扬。据《晋书·列传六十·良吏》云：他"耕桑树艺，屋宇阡陌，莫不躬自教示。"
③渊明：东晋诗人陶渊明雅爱赏菊。

【赏析】

从曲子的内容看，乔吉在某年重阳节的第二天，与友人在此登高，即兴感怀而赋此曲。

重阳登高是古时的习俗，作者却未能如愿，为了揭示其中缘由，作者以别具一格的形式开篇，"重阳雨冷风清"，从重阳的前一天着笔，特意描写重阳节的天气，点明他来到蓬莱是一个寒风带雨的天气。"阻却王宏，淡了渊明。"，意思是说，重阳节由于寒风冷雨，连勤于农事的王宏也被风雨所阻了，热爱菊花的陶渊明，在这样的天气赏菊的心情也很淡泊了。作者反用其事，言明重阳日被风雨阻碍是自己未能登高游山的原因，解开了题目中留下的悬念。

"昨日寒英，今朝香味，未必多争。"三句，紧承上文，描写游山时所见的景色。经过风吹雨打，山中的菊花绿肥黄瘦，芬芳之气也减弱了。"未必多争"四个字，既显示了昨日风雨的威力，也表现了秋菊淡泊的傲然品格，作者在写景中寄寓了自己的审美理想。"蜂与蝶从他世情，酒和花快我平生。"两句在，在前文寓情于景的基础上，进一步即景抒情。蜂和蝶是喜爱追逐花香的，而现在天凉雨冷，难见蜂蝶的景象，于是蜂蝶成为趋炎附势的世俗小人的象征。赏花饮酒、快慰平生表现了作者追求高雅脱俗的生活情趣，体现出与世俗之情的尖锐对立。

"纵步蓬瀛"，点明游蓬莱的主题，紧扣题面。"会此同盟，醉眼青青。"两句，暗用阮籍以青眼对待同志好友的典故，表明作者参加蓬莱的集会，是以青眼看待被人遗忘的事物的。"同盟"二字，表现出作者对这次游山与友人会盟的重视。

本曲以白话入曲，语言清丽质朴，自然精巧，雅俗共赏。写景呈淡雅清冷之色，抒情显高洁孤寂之调，写景抒情环环紧扣，层层深入，情景交融，艺术境界浑然天成。

〔双调〕折桂令

毗陵①晚眺

乔 吉

江南倦客登临②。多少豪雄，几许③消沉。今日何堪④，买田阳羡⑤，挂剑长林⑥。霞缕烂谁家昼锦⑦？月钩横故国丹心⑧。窗影灯深，磷火青青⑨，山鬼喑喑⑩。

【注释】

①毗陵：县名，即今江苏省常州市之武进县。 ②江南倦客：是作者的自称，因为他本是太原人，长期流寓杭州，故云。登临：即登山临水，游览名胜，这儿特指到了毗陵。 ③几许：犹言"几何"，在此有"无多时"的意思。 ④何堪：怎能忍受，实指不能忍受。 ⑤买田阳羡：即归田隐居之意，且以追慕前贤（苏东坡）自诩。阳羡，旧县名，故城在今江苏宜兴县南，与毗陵相邻。 ⑥挂剑长林：出于《史记·吴太伯世家》："季札之初使，北过徐君。徐君好季札剑，口弗敢言。季札心知之，为使上国，未献。还至徐，徐君已死，于是乃解其宝剑，系之徐君冢树而去。"后用挂剑长林比喻心许亡友、生死不变的意思。 ⑦霞缕：谓霞丝云片。烂：鲜明。昼锦：取义于项羽"富贵不归，如衣锦夜行"之语，谓衣锦还乡。宋代宰相韩琦就曾以"昼锦"名其荣归故里所建之堂。 ⑧故国：故乡。丹心：忠心。 ⑨磷火：俗谓鬼火，乃尸骨中磷质经氧化而发出的微弱淡绿的光，于夜间旷野常见之。青青：青色，重言之以见其盛。 ⑩山鬼喑喑：此指鬼语如儿泣。

【赏析】

这首小令为乔吉客游毗陵时所写，抒发了他在毗陵晚眺时吊古伤今、壮志难酬的感慨。

开篇一句,一生漂泊江湖的作者以"江南倦客"自谓,总写自己来游毗陵,流露出一种凄怆悲凉的情调。紧接着"多少豪雄,几许消沉。"两句,思接千载,将目光投向悠远的历史,揭示了历代文人共同的心路历程。作者在此似乎是在总结封建时代的一般历史教训,为那些不得志的杰出人物抱不平,其实他只是在宏阔的历史视野中,抒发自己的感慨,作者才是自视甚高而壮志难酬所以一生潦倒。接下来"今日何堪,买田阳羡,挂剑长林。"三句,思路由历史的观照转向现实的选择。羡慕苏东坡归田隐居,效仿徐君挂剑长林,巧妙地回应了首句"倦客"的感慨。历代多少豪杰都是在有所成就之后而归隐田园的,自己则在一生潦倒、一事无成的情况下心许旧友、归隐阳羡,古代英杰的遭遇已自令人扼腕,自己与古人相比又望尘莫及,想到这儿,情绪不能自已。

从结构上看,曲子前半部分写的是登临毗陵抒发悲凉的人生感慨,下半部分写的是毗陵晚眺的情景,转向对历史和人生的理性思考。"霞缕烂谁家昼锦?月钩横故国丹心。"两句,揭示了日月更替、世事沧桑的客观规律。这两句对偶精工,借景抒情,吐露了人生走向悲剧性的归宿的必然性。最后三句"窗影灯深,磷火青青,山鬼喑喑。",以严峻的笔调,凸现了人生的永恒结局,生命的灯火转瞬即化为坟间的磷火、地府的游魂。作者所描绘的渐幽景色,渲染出一种凄清阴森的境界。至此,前文"倦客"的感慨已不拘泥于自己的患得患失,而隐含着对生命底蕴的终极体验。

本曲笔调低沉,感情颓丧,而造语清丽,意境幽深。其中最大的艺术特色表现为时空交错、虚实结合、情理交融。

〔双调〕清江引

有感

乔 吉

相思瘦因人间阻①,只隔墙儿住。笔尖和②露珠,花瓣题诗句,倩衔泥燕儿将过去③。

【注释】

①人间阻:人为的阻挠,实指封建礼教的阻挠。 ②和:这里指蘸着。 ③倩衔泥燕儿将过去:即请衔春泥的燕子作为爱情的使者去传递情诗。倩,即请。

【赏析】

这首小令描写男女间相思之情。主人公因阻挠不能与心上人欢会,咫尺天涯,无奈只能望墙生叹。于是妙想天开,他将自己的情诗题写在花瓣上,请衔泥的燕子作为爱情的使者,为他传到恋人手中,以表达自己的爱恋。作者想象奇异,富有诗情画意。

曲子开头第一句"相思瘦因人间阻",含义丰富,先以一"瘦"字表明相思的程度,再以一"人间阻"揭示"瘦"的原因。一个因相思而日渐消瘦的"痴情种"形象跃然纸上。第二句"只隔墙儿住",言轻意重,道出一个既出人意料又震撼人心的事实——原来主人公所相思的人儿与他仅仅只有一墙之隔,只因为人为的阻挠才造成咫尺天涯的悲剧。这里其实是指封建礼教的阻挠,作者在客观的叙述中暗藏着批判封建礼教的锋芒。这种只有一墙之隔,却不能与心上人相会的相思令人格外痛苦,因此主人公也格外引人同情。

因此从第三句起,作者充满了对争取爱情幸福的主人公的同情,以清丽之笔描写了主人公传达情思的奇妙方式。"笔尖和露珠,花瓣题诗句,倩衔泥燕儿将过去。",主人公看到恋人屋中的梁上燕子飞过墙头来衔泥垒巢,于是想出了好办法:用笔尖蘸着露珠儿,将情诗题写在花瓣上,而且让成双成对的春燕作为爱情的使者去传递,真是妙极!在这里,爱情得以升华,相思得以淡化,作者借艺术想象的巨大魅力超越了现实的枷锁,小令的结尾充满了圆满的喜悦,令人回味。

小令仅有五句,却言简意赅,构思新巧,富有情致。

〔双调〕水仙子

吴江垂虹桥①

乔 吉

飞来千丈玉蜈蚣,横驾三天白螮蝀②,凿开万窍黄云洞。看星低落镜中,月华明秋影玲珑。赑屃金环③重,狻猊④石柱雄,铁锁囚龙⑤。

【注释】

①垂虹桥:江苏吴江县的一座名桥,此桥共有七十二洞,俗称长桥。 ②三天:"天空"的别称。螮蝀:即虹的代名。 ③赑屃金环:指石碑下面龟形的石座,上有铜环,作为装饰物。 ④狻猊石柱:指雕有狮子的石栏杆。狻猊,像狮子那样的猛兽。 ⑤铁锁囚龙:指垂虹桥横跨吴江,就像是把条凶猛的龙给锁住了。

【赏析】

这首小令描写垂虹桥的桥貌与水景,诗人笔力雄健,想象奇特,创造出一连串精彩的比喻。

曲子前三句开门见山,以奇特的想象,从不同的角度描写吴江垂虹桥的外形,赞颂了垂虹桥浩瀚的气势。第一句"飞来千丈玉蜈蚣",就先声夺人,以动写静,把地上的长桥比作从天外飞来的"玉蜈蚣",画面便立即活跃腾动起来。这一句不仅形象地写出了桥横卧水上的姿态,还写出了桥给人突兀而来的感觉以及"玉"字带来的质感。第二句气势更进一步,将桥赞作横驾于长天的白虹,也有了白虹降落人间的仙气。"白"与"玉"相照应,不仅突出其质地色泽的洁白如玉,而且都强调其动态美的特征。第三句是继第一、二句刻画桥身的气势雄伟之后极写其桥洞的波澜壮阔,甚至把桥带入仙雾飘飘的境界,气势恢宏。"黄云"二字用的极妙,形容从桥洞中喷出的波澜飞溅升腾,有如澄黄的水雾烟云。"凿"字如神来之笔,七十二桥洞仿佛刚刚被喷吐着黄云的波澜凿开,气象宏大,巧夺天工。

前三句全面了写出了桥的"长"和"高"以及多孔,让人对桥有了一个整体的印象,接下来两句则将视角推近,描写在桥上看到的景物。"看星低落镜中"写星星在桥下江水中明明灭灭的闪烁,江水波平如镜,星星映入如镜的波中;"月华明秋影玲珑"写秋空的明月在流波摇漾中辉映的景色。吴江垂虹桥不仅有气势雄伟阳刚的一面,也有娇媚温柔的一面。视角远近的不同,作者的观感也不一样。最后三句描写垂虹桥上最令人注目的装饰,桥身的装饰多以狰狞的猛兽为主,耸立在桥上又增加了桥本身的威严气势。

全曲都押一个"冬"字韵,显得句式整齐、厚重,读起来铿锵有力,极具气势。

〔双调〕水仙子

寻　梅

乔　吉

冬前冬后几村庄,溪北溪南两履霜。树头树底孤山①上。冷风来何处香?忽相逢缟袂绡裳②。酒醒寒惊梦,笛凄春断肠③。淡月昏黄④。

【注释】

①孤山:在杭州西湖,为北宋林逋的隐居处。林逋爱梅,植梅。　②缟袂:白绢做成的衣袖,代指白色的上衣。绡裳:薄绸做成的裙子。　③笛凄春断肠:笛曲中有《梅花落》,声音凄婉。　④淡月昏黄:暗用林逋《梅花》"暗香浮动月黄昏"的诗句。

【赏析】

这首小令描写"寻梅"的情景,抒发了失意的心绪。

曲子前三句"冬前冬后几村庄,溪北溪南两履霜。树头树底孤山上。",构成鼎足对写"寻",虽然没有一个"寻"的动词,只罗列出三种景象,却暗暗以"寻"字为线索,极其巧妙地将三个画面由大到小、由远到近地紧密钩连起来,变成一个个动景。"冬前冬后几村庄"言明寻梅的时间已经很久,很早就注意梅的开放,"几村庄"写出寻的范围之广,寻梅心切。"溪北溪南两履霜",仍写苦苦搜寻梅的痕迹,早梅最先开放,又称野梅,多生长在水边,所以去溪边去寻。"两履霜"三个字,说明作者不顾霜凉,也不怕湿透鞋子,沿着两岸寻找,表现了其爱梅心切。"树头树底孤山上"说明村庄、溪边都没有找到,想到西湖孤山林逋种植的梅海中去探寻。在作者不辞辛苦,四处寻找梅花的过程中,透露出彷徨苦闷、孤独迷茫的内心情感。

曲子后五句写寻到梅的心情。第四句"冷风来何处香","冷风"承接前面的"冬后"和"霜",将作者冒着风霜着意寻梅的神貌再加点染,而且与上句的"孤山上"紧密呼应,写出了山势孤高、寒风自来的境态,渲染了梅抗击风寒的品格。"何处"二字,把香气袭人、并未见花的情景一笔道尽,从而循着香味再去"寻"梅。第五句"忽相逢缟袂绡裳","忽相逢"表现了寻着梅时的惊喜神态;"缟袂绡裳"四字,将梅花比作淡雅飘曳的白衣仙女,使作者如入仙境。作者在寻到梅之后,"酒醒寒惊梦,笛凄春断肠。"描写了自己赏梅的感受。这两句构成"合璧对",写作者面对迎风斗霜、飘飘欲仙的梅花,从乍喜的醉态中清醒过来,只觉寒意沁人,这时不知从何处传来笛声,是那么凄婉欲绝,在初春的孤山之上回荡,竟使自己忧伤至极、不能自禁。此处极其传神地表现出来作者的爱梅之深,唯恐失去。最后一句"淡月昏黄",借林逋的诗意尽咏梅之意,更把自己的失意心绪与梅花的凄清动人融为一体,情韵俱佳,意境悠远。

这首曲子语言精炼整饬,抒情含蓄委婉,情致淡雅,有着强烈的艺术感染力。

〔双调〕水仙子

重观瀑布

乔 吉

天机织罢月梭闲①,石壁高垂雪练寒,冰丝带雨②悬霄汉。几千年晒未干,露华③凉人怯衣单。似白虹饮涧,玉龙下山,晴雪飞滩④。

【注释】

①天机:以天做成的织布机。月梭:以月亮做天上织布的梭子。 ②冰丝带雨:传说南朝梁沈约在书房里,见一女子,携带织具。忽然风吹雨丝,女子把雨丝织成布,送给沈约,告诉他这叫冰丝,然后就不见踪影了。 ③露华:露水。这里指瀑布溅起的水珠。 ④晴雪飞滩:晴天江中险滩激起的浪花似雪。

【赏析】

这是一首描写瀑布景观的著名小令,想象奇特,秾丽奇俊,描绘出了瀑布飞泻雄伟瑰丽的景象。

全曲通过独特的想象和新颖的比喻,创造出了雄伟阔大的境界,令人拍案叫绝。前四句就是在广阔的时空背景下描绘瀑布的形状。"天机织罢月梭闲,石壁高垂雪练寒,冰丝带雨悬霄汉。"三句,落笔如划破长空,由瀑布的色彩联想到雪白的长练,由瀑布高垂石壁的位置联想到它应当是天上的织女用天机织成,那白练的缕缕经纬线,湿漉漉的,带着的水气、丝丝的细雨直从空中飘下,十分形象地描绘了瀑布垂挂悬崖的姿态。这样既突出了瀑布的壮观胜景,又拓展了读者的想象空间。接下来"几千年晒未干"一句,沟通历史和现实,赋予瀑布悠长的时间跨度,仿佛它是从遥远的原古飞来。"露华凉人怯衣单"一句,作者由远观到近看,已经靠近瀑布飞流的石壁,感到飞沫飘落在身上,如天降甘露,感到寒气逼人而觉得衣服太单薄。作者身临其境,由视觉到感觉,曲中融入了作者的感情。

以上是描写瀑布之"形",下面则是表现出了瀑布之"神"。最后三句"似白虹饮涧,玉龙下山,晴雪飞滩。",连用了三个比喻,构成排比,进一步描绘瀑布变幻的姿态。瀑布自石壁飞驰而下,一头栽入涧底,似乎要吞饮涧水。而在瀑布泻下时,随着山势的变化,蜿蜒曲折,生龙活虎。瀑布一落而下,撞击嶙峋的山石,溅起朵朵飞沫,飞洒在滩头。短短三句,作者勾勒出了一幅壮丽奇谲的图画,可谓流走飞动,精彩毕现。

本曲想象瑰奇,妙喻迭出,明朝李开先称乔吉为"曲中李白"。

〔双调〕水仙子

咏雪

乔 吉

冷无香柳絮扑将①来,冻成片梨花拂不开,大灰泥漫了三千界②。银棱③了东大海,探梅的心噤④难捱。面瓮儿里袁安⑤舍,盐堆儿里党尉⑥宅,粉缸儿里舞榭歌台⑦。

【注释】

①将:助词,用在动词和表示趋向的补语之间,起调节音节的作用。 ②大灰泥漫了三千界:形容雪之大。三千界,乃佛家语"三千大千世界"的略称。据云:一世界之中央,有须弥山,七山八海交互绕之,海中有四大洲,七山八海之外,更包以大铁围山,是曰一小世界;合小世界一千,曰小千世界,合小千世界一千,曰中千世界,合中千世界一千,曰大千世界;而大千世界更冠以三千者,示此大千世界,由小千、中千、大千之三种千而成(说见《智度论》及《俱舍论》)。 ③棱:用的是俗语,相当于"打"。 ④噤:冷得发抖的样子。 ⑤袁安:袁安乃东汉汝阳人,未达时,洛阳大雪,人多出乞食,安独僵卧不起,洛阳令按行至安门,除雪入户,问其何以不出,安曰:"大雪人皆饿,不宜干

人。"令以为贤,举为孝廉。事见《后汉书·袁安传》李贤注引晋周斐《汝南先贤传》。⑥党尉:指宋代豪贵党进,他的一个家姬后为陶妾,一日,雪下,命妾取雪水煎茶,问曰:"党家有此景否?"妾曰:"彼粗人,安识此景,但能于销金帐下,浅斟低唱,饮羊羔美酒耳。"说见《辟寒》。 ⑦舞榭歌台:借用辛弃疾《永遇乐·京口北固亭怀古》:"舞榭歌台,风流总被雨打风吹去。"一句。

【赏析】

乔吉这首咏雪小令,虽然无所寄托,但是体物入微、巧言切状,别有一番情趣。

开头三句"冷无香柳絮扑将来,冻成片梨花拂不开,大灰泥漫了三千界",连用三个带衬字的排比句,形成"鼎足对",竭力地描绘出一个纷纷扬扬、密密麻麻、铺天盖地、大雪飘飞的迷濛景象。这两句营造了大雪纷纷的气势,"柳絮"和"梨花"均比喻雪花,想象奇特,形象瑰丽、气象宏大。而在"柳絮"前冠以"冷无香"、"梨花"前冠以"冻成片",在描绘形状的时候更加传神,收到了别开生面的艺术效果。而用"大灰泥漫了三千界"来描写雪后的景象。白雪皑皑,像大片的白灰泥,迷漫了大千世界。作者突发奇想,接二连三地以"扑"写雪之急,以"拂"写雪之密,以"漫"写雪之大,咏叹之情无可比拟。

写景至此,作者仍意犹未尽,紧跟着又追补一句"银了东大海",将雪之白茫茫景象写尽写绝,甚至连大海也仿佛披上了银装。这一句不仅呼应了上文的"拂不开",而且自出机杼,令人耳目一新。在这极力描绘、气势磅礴的境界中,作者用"探梅的心嚓难捱"一笔煞住,真是力有千钧。这一句承上启下,转入对雪中不同情状的各种人物的描写。踏雪寻梅的人虽然雅兴正佳,毕竟不胜其寒。"面瓮儿里袁安舍,盐堆儿里党尉宅,粉缸儿里舞榭歌台。"三句,意思是说,大雪时,袁安认为"大雪人皆饿,不宜干人。"于是高卧家中。而富贵如党进者,虽被大雪封住门户,却不妨碍他们饮酒作乐,安排宴席歌舞。这两者形成鲜明的对比,于是对前者的赞美,对后者的鄙视,尽在不言中。舞榭歌台,这几种人物的排列,在不经意中勾勒出社会的情态,流露出好恶之感,曲子的主旨不言而喻。

这首小令设喻精当,造语新奇,形象贴切,又不失散曲的俚趣,描摹出了雪景的万千情态。

〔双调〕殿前欢

登凤凰台

乔 吉

凤凰台①,金龙玉虎帝王宅②,猿鹤只欠山人债,千古兴怀。梧桐枯凤不来,风雷死龙何在,林泉老猿休怪。锁魂楚甸,洗恨秦淮。

【注释】

①凤凰台：在金陵（今南京）的凤凰山上。相传南朝宋元嘉十四年（437）正月，有两只凤凰飞临此山，当时以为是祥瑞，就筑台纪念，并且把山和台都以凤凰命名。 ②金龙玉虎帝王宅：金陵是三国吴以后的六朝古都，那时的汉族政权尽管偏安于江南，但长江天堑隔断了战争烽火，半壁江山相对稳定，金陵作为帝王虎踞龙盘之地，也是政治、经济与文化的中心。

【赏析】

凤凰台作为历史古都的象征常常成为文人墨客登临吟咏的对象。乔吉登上凤凰台，悠悠的思绪自然由现实向历史延伸，凭吊古今，抒发了历史兴亡的感慨。

全曲可分为三个层次，前四句为第一层。首句"凤凰台"三字，直截了当，点出题目。"金龙玉虎帝王宅"描述了金陵昔日的繁华兴盛，埋下对比的伏笔。接下来，作者笔锋一转，"猿鹤只欠山人债，千古兴怀。"二句，意在说明金陵的变化。昔日金陵的帝业、六朝的繁华，已随着岁月的推移而消逝。从金龙玉虎到猿鹤山人，这两句构成了此曲中第一个层次的对比，简明地概括了朝代更迭、社会变迁的历史，自然引出了作者的兴亡之感。

"梧桐枯凤不来，风雷死龙何在，林泉老猿休怪。"三句为第二层，也是整曲的重点。作者用铺排之法、鼎足之势渲染出脚下凤凰台荒凉死寂的景象。写凤凰台从历史的兴盛、繁华到现实的衰败、冷落，构成了此曲中第二个层次的对比，烘托了一种历史兴衰的凄凉气氛，流露出作者悲怆、惆怅的情思。

曲的最后两句为第三层，"锁魂楚甸，洗恨秦淮。"，直接抒发了作者的感慨。一个"恨"字，有千钧之力，延续和升华了前面感史伤时的心情，强化了情绪的色彩和力度。然而，"恨"的内容是什么呢？如果联想到屈原在流放的途中作赋表达恋楚的心情；唐代杜牧夜泊秦淮，吟诗感叹商女不知亡国之恨，就能明白作者忧愁遗恨的内容，就会感受到作者心中强烈而又深沉的民族感情。至此，曲子的格调得到了升华。

〔双调〕殿前欢

登江山第一楼①

乔 吉

拍阑干，雾花吹鬓海风寒。浩歌惊得浮云散。细数②青山，指蓬莱一望间③。纱巾岸④，鹤背骑来惯⑤。举头长啸，直上天坛⑥。

【注释】

①江山第一楼：指今山东省蓬莱县城北丹崖山上之蓬莱阁。　②细数：表现出心之专，海之大，岛之多。　③一望间：极言情之切，天之清，山之近。　④岸：显露之意。　⑤骑鹤：指求仙得道。惯：即积久成性。纱巾：本用以遮覆额头，陶渊明曾拿它漉（过滤）酒，如今作者却任它露额。　⑥天坛：山名，在河南济源县西，王屋山之绝顶，乃轩辕黄帝祈天所。《明一统志》称："山峰突兀，其东曰日精，西曰月华，绝顶有石坛，即唐司马承贞得道之所。"

【赏析】

这首曲子写乔吉登临蓬莱阁所见的秋景，抒发了摆脱尘世而出世云游的安逸兴致和豪放情怀。

曲子开头一句"拍阑干"，语出惊人，直接描写登上江山第一楼之后情不自禁的动作，从而引发读者的疑。紧接着"雾花吹鬓海风寒"一句，道出"拍阑干"的缘由，刚登上楼，只觉海风袭人，雾气四涌沾湿了鬓角，使人仿佛登入仙境。一个"拍"字，把乍见此景拍案叫绝的神态精致地描摹了出来。而把"雾"称为"花"，既增添了画面的美感，又渲染出雾气迷濛、模糊微茫的特色，映衬出作者登临的形象。"海风寒"，写作者登楼之初的感受，渲染出楼高风急、海涛汹涌的景象。"浩歌惊得浮云散"，作者大声歌唱，是紧承"拍阑干"的赞叹而来，这句通过动作效果的夸张描写，充分展示出一位豪士的形象，那种豪放不羁、奇崛自傲的情态跃然纸上。

"细数青山，指蓬莱一望间。"两句，由初登的惊叹转向精心的观赏，一脉相承。作者登楼望远，只见一碧无际的沧海之中浮着一群青色的海岛，蓬莱仙岛应该在其间了。比起前面的纵横豪气，这两句显得旷远缥缈，悠闲洒脱，与豪壮之情相得益彰。曲意至此，已将登楼之后的所见、所为写尽，接下来，作者笔锋一转，"纱巾岸，鹤背骑来惯。"写登楼之后的所思、所愿。作者在此说他既不求名，也不求利，只想骑鹤仙去，点明出世的情怀，用一"惯"字，暗示出先前曾有过一番或仕或隐的矛盾斗争。最后作者忽发奇想："举头长啸，直上天坛。"作者融入到蓬莱的仙境中，仰天发出悠长的啸鸣，恍若骑鹤飞升、飘飘欲仙了。作者用极其夸张的描写，将狂放的情推向极致。

此曲以行动描写为主，形象地展现了蓬莱的胜景，笔风遒劲，气势豪壮，具有潇洒的韵致。

〔双调〕卖花声

悟 世

乔 吉

肝肠百炼炉间铁①,富贵三更枕上蝶②,功名两字酒中蛇③。尖风薄雪,残杯冷炙④,掩清灯⑤竹篱茅舍。

【注释】

①肝肠百炼炉间铁:形容意志如洪炉百炼之纯铁那样坚强,不为任何诱惑所动摇。②枕上蝶:用庄周梦蝶的典故,《庄子·齐物论》:"昔者庄周梦为蝴蝶,栩栩然蝴蝶也,自喻适志与,不知周也;俄然觉,则蘧蘧然周也。不知周之梦为蝴蝶与?蝴蝶之梦为周与?" ③酒中蛇:用杯弓蛇影的典故,《晋书·乐广传》:"尝有亲客,久阔不复来,广问其故,答曰:'前在坐,蒙赐酒,方欲饮,见杯中有蛇,意甚恶之,既饮而疾。'于时河南听事壁上有角,漆画作蛇,广意杯中蛇即角影也。复置酒于前处,谓客曰:'酒中复有所见不?'答曰:'所见如初。'广乃告其所以,客豁然意解,沉疴顿愈。" ④残杯冷炙:残酒冷菜。 ⑤清灯:清冷的油灯,谓生活凄凉。

【赏析】

这首小令题为《悟世》。悟世,往往是对历史与现实、社会与人生的反思,这首曲子表现的是作者反思之后的人生态度。

曲子前三句"肝肠百炼炉间铁,富贵三更枕上蝶,功名两字酒中蛇。",对仗工整,构成一鼎足对,表达了作者与世俗毫不妥协的强硬态度。作者直截了当地表明自己的意志如洪炉百炼之纯铁那样坚强,不为任何诱惑所动摇,然后用庄周梦蝶和杯弓蛇影的典故,点明人们孜孜以求的富贵和功名不过是一场梦幻,对一般人士热衷追求的功名富贵给予彻底的否定。而这否定的内在动力来源于作者对现实人生"悟"后的彻底绝望,在这否定的态度中饱含着深刻的批判意义。

最后三句"尖风薄雪,残杯冷炙,掩清灯竹篱茅舍。",作者以瘦硬的笔调描绘出贫寒之士的生活景况。前两句语义双关,不仅描绘出贫寒之士生活的凄凉,而且极为形象地画出了世道人情的尖刻和冷漠,紧扣题目对世情之"悟"。风之"尖",雪之"薄",在形式上与杯之"残",炙之"冷"构成工巧的对仗,极为形象地表现出了世情的尖刻浅薄,艺术感染力强。最后"竹篱茅舍",稳稳地托出了一个"清"字,与前面的富贵梦、功名蛇、残杯冷炙的世道人情,形成鲜明的对照,突出了作者决然的傲骨。曲子字里行间虽不乏辛酸愤激之情,但毫无妥协退缩之意,作者对现实清醒而冷峻的态度跃然纸上。

〔双调〕乔牌儿

别　情

乔　吉

凤求凰①琴慢弹，莺求友曲休呾②。楚阳台③更隔着连云栈，桃源洞④在蜀道难。

〔搅筝琶〕无边岸，黑海也似那煎烦⑤。愁万结柔肠，泪双垂业眼⑥。泪眼与愁肠，直熬得烛灭香残。更阑，望情人必然来梦间，争奈⑦这枕冷衾寒。

〔落梅风〕粘金雁⑧，翠鬟斜，想不曾做心儿⑨打扮。近新来⑩为咱情绪懒，不梳妆也自然好看。

〔沉醉东风〕风铃响猛猜作珮环，烟柳颦只疑是眉攒；想犀梳似新月牙，忆宫额⑪似芙蓉瓣，见桃花呵似见他容颜。觑得⑫越女吴姬匹似闲⑬，厌听那银筝象板。

〔本调煞〕相思成病何时慢⑭？更拼得不茶不饭。直熬个海枯石烂！

【注释】

①凤求凰：本是乐府《琴曲》歌名，歌中有"凤兮凤兮归故乡，遨游四海求其凰。"之句，《乐府诗集》认为是司马相如求卓文君之歌，因传为佳话。"莺求友"，意同。　②呾：即唱，为当时口语。　③楚阳台：见宋玉《高唐赋序》："昔者先王（楚怀王）尝游高唐，怠而昼寝。梦见一妇人曰：'妾，巫山之女也，为高唐之客。闻君游高唐，愿荐枕席。'王因幸之。去而辞曰：'妾在巫山之阳，高丘之阻。旦为朝云，暮为行雨，朝朝暮暮，阳台之下。'"后因以"楚阳台"暗示男女情爱。　④桃源洞：即陶潜《桃花源记》所写之世外桃源，这里指理想的情人幽会之所。　⑤黑海：见沈明远诗："极目风烟迷黑海，惊心花鸟惜青春。"煎烦：言其烦如煎。　⑥业眼：曲文中常见，如《梧桐雨》第四折："俺这里披衣闷把帷屏靠，业眼难交。"这里的"业"用如"孽"字，含自怨之意，"业眼"犹云造孽的双眼。　⑦争奈：怎奈。　⑧金雁：是面部饰物，"粘金雁"犹如《木兰诗》中的"贴花黄"。　⑨做心儿：用心。　⑩近新来：近来。　⑪宫额：前额。　⑫觑得：看得。　⑬匹似闲：似等闲。　⑭何时慢：即"何时缓"。

【赏析】

这篇套数共有五支小令组成，分三层抒写了一位男子与情人分别之后的万端愁情。

〔乔牌儿〕就是那美丽的"凤头";〔本调煞〕即为响亮的"豹尾";中间〔搅筝琶〕、〔落梅风〕、〔沉醉东风〕三曲,便是浩荡的"猪肚"。试看:

首曲〔乔牌儿〕为全套的第一层,述说有情人为天险阻隔、天各一方的现实。首句开门见山,"凤求凰琴慢弹",点明是恋人之间的相思;而"琴慢弹"又诱使读者探寻其原因——由于爱人之间隔着蜀道的天险,所以是徒然相思,无法欢会。作者言简意赅交代了现实,并且用"凤求凰"、"莺求友"、"梦阳台"、"桃源洞",这些美丽得无以复加的形象,暗用其典故,表现了难以相见的长别离,奠定了全曲的感情基调。

中间〔搅筝琶〕、〔落梅风〕、〔沉醉东风〕三曲为第二层,具体描写别情。〔搅筝琶〕一曲描写日间相思的情状。作者饱受相思的煎熬,仿佛处于无边无际的黑海,看不到一丝光明。"望情人必然来梦间",写男主人公的心愿;而"必然",又通过男方的自信写出了他所相思的女方的心愿。如此绵绵不断的相思,真可谓铭心刻骨的了,可作者还要再加上一句——"争奈这枕冷衾寒",怕梦中的爱人受衾枕寒冷之苦。男子的深情,让人动容。〔落梅风〕一曲,从对方的角度,写梦中的爱人形象,显示了男主人公想象中爱人的近况,及表现了对方的离别愁情,也突出了自己的牵挂与思念。〔沉醉东风〕描写男主人公睹物思人的心理联想,他梦醒后所悬想和追记的爱人形象是环声如"风铃响",眉攒如"柳烟颦","新月牙"如她头上的犀梳,"芙蓉瓣"如俏丽的前额,容颜就像桃花初开一样鲜美。这五处联想渲染出男主人公的相思无时不在、无处不在。男子的以情化景将全曲对"别情"的抒发推向了高潮。

最后一曲〔本调煞〕为全套的第三层,揭示了男主人公相思的程度,表达了他矢志不渝的决心。以"直熬个海枯石烂"收束全篇,也真"响亮"到极点。这并非是情人枕边的山盟海誓,而是在饱尝相思折磨之后的自愿选择,将主人公的形象塑造地更加丰满,突出了曲子的主题思想。

〔越调〕斗鹌鹑

冬 景

苏彦文

地冷天寒,阴风乱刮①。岁久冬深,严霜遍撒。夜永更长,寒浸卧榻。梦不成,愁转加。杳杳冥冥,潇潇洒洒。

〔紫花儿序〕早是我衣服破碎,铺盖单薄,冻的我手脚酸麻。冷弯做一块,听鼓打三挝。天那,几时捱②的鸡儿叫更儿尽点儿煞,晓钟打罢。巴到天明③,划地波查④。

〔秃厮儿〕这天晴不得一时半霎,寒凛冽走石飞沙,阴云黯淡闭日华。布四野,满长空,天涯。

〔圣药王〕脚又滑，手又麻，乱纷纷瑞雪舞梨花。情绪杂，囊箧乏。若老天全不可怜咱，冻钦钦⑤怎行踏。

〔紫花儿序〕这雪袁安难卧⑥，蒙正回窑⑦，买臣还家⑧。退之不爱⑨，浩然休夸⑩。真佳，江上渔翁罢了钓槎⑪，便休题晚来堪画⑫。休强呵映雪读书⑬，且免了这扫雪烹茶⑭。

〔尾声〕最怕的是檐前头倒把冰锥挂，喜端午愁逢腊八。巧手匠雪狮儿一千般成⑮，我盼的是泥牛儿四九里打⑯。

【注释】

①阴风：指阴天之北风。乱刮：形容阴风横冲直撞，到处肆虐，东、西、南、北、上、下，无所不至。 ②捱：指一分一秒地熬，重在写受折磨的过程。 ③巴到天明：巴，形容心情的焦急迫切，重在表现尽快结束受折磨过程的心愿。"鸡叫"和"天明"，也略有时间先后的差异，即从"濛濛亮"到"亮"。而"巴"和"盼"，又有不同，前者用在目标近在眼前之时，故心情更为急切焦躁，后者即所谓"眼巴巴地"，用在目标尚有相当距离之时，故愿望较为长久而难熬。 ④划地波查：划地，即怎的。波查，即折磨。这句话的意思是，这是何等的痛苦折磨啊！ ⑤冻钦钦：冻得发抖的样子。 ⑥袁安难卧：故事见《录异传》：汉时大雪，洛阳令出巡至袁安门，"令人除雪入户，见安僵卧，问：'何以不出？'安曰：'大雪，人皆饿，不宜干人'令以为贤，举为孝廉。" ⑦蒙正回窑：故事见关汉卿、王实甫都有《吕蒙正风雪破窑记》杂剧，剧中有蒙正踏雪回窑的情节。 ⑧买臣还家：指的是汉武帝时赋家朱买臣，贫贱时曾砍柴卖薪为生。 ⑨退之不爱：出自韩愈《喜雪献裴尚书》诗："比心明可烛，拂面爱还吹。" ⑩浩然休夸：出自孟浩然《和张丞相春朝对雪》诗云："迎气当春至，承恩喜雪来。""不爱"、"休夸"皆反其意而用之，却也是作者的心愿、乞求。 ⑪江上渔翁罢了钓槎：暗用柳宗元《江雪》诗："孤舟蓑笠翁，独钓寒江雪。" ⑫休题晚来堪画：郑谷《雪中偶题》："江上晚来堪画处，渔人披得一蓑归。" ⑬映雪读书：见《宋齐语》："孙康家贫，常映雪读书。" ⑭且免了这扫雪烹茶：白居易诗有"吟咏霜毛句，闲尝雪水茶。"之句。另《辟寒》中载，豪贵党进，他的一个家姬后为陶妾，一日，雪下，命妾取雪水煎茶，问曰："党家有此景否？"妾曰："彼粗人，安识此景，但能于销金帐下，浅斟低唱，饮羊羔美酒耳。" ⑮雪狮儿一千般成：意思是说"巧手匠"们塑造的雪狮千姿百态，各尽其妙。 ⑯泥牛儿四九里打：鞭打泥牛是立春时的习俗，此时一般在五九末、六九初；四九正是严寒彻骨之际，故穷书生"盼的是泥牛儿四九里打"，即四九时就立春转暖。

【赏析】

这篇套数绘雪景，描述了贫苦寒士在冬天艰难生活。在冬天，观雪赏梅，围炉夜话，确实是风雅之举，但是对于贫寒人家而言，却是最难挨的。

首曲〔斗鹌鹑〕交待了恶劣的生活环境："地冷天寒，阴风乱刮。岁久冬深，严霜遍撒。"天寒地冻，夹杂风霜，短短四句话渲染出一个深广严酷的环境。紧接着，作者笔锋一转，点到正题："夜永更长，寒浸卧榻。梦不成，愁转加。"凉意浸透了卧榻，床上的人因寒冷不堪而辗转反侧，于是觉得寒夜格外漫长。"梦不成，愁转加。"，描绘了寒士因天寒地冻难以入睡而愁闷交加的情态，而"梦不成"也反衬出寒冷的剧烈程度。"杳杳冥冥，潇潇洒洒。"形象地表现出寒士半梦半醒之间恍恍惚惚的感觉。首曲塑造了一位辗转反侧的穷愁书生的形象。

第二曲〔紫花儿序〕紧承首曲，进一步描写主人公因寒冷而夜不能寐的感受。衣服破碎、铺盖单薄说明寒士的生活确实清贫，难以抵御寒冬。手脚冻得酸麻、缩作一团，一心只巴望着天明转暖表明寒士的狼狈和可怜的心愿。"天那"一语，揭示了寒士的撕心裂肺的呼喊，犹然在我们耳际震响、回荡。最后三句说的是，虽然眼巴巴盼到天明，但仍逃避不了天气的折磨，为下一曲对白天恶劣气候的描写埋下了伏笔。

〔秃厮儿〕一曲描写天气的骤变，由初晴的平静霎时变为风沙走石的暴戾。寒士好不容易巴望到天亮，但并未带来丝毫暖意。"寒凛冽走石飞沙，阴云黯淡闭日华。"形象地再现了天气的骤变，使场景的转换富有动感色彩。"布四野，满长空，天涯。"，极其简洁地呈现了阴云密布，遮蔽天日的阴霾场景。文字虽然简练，但意味深长，天寒得如此"凛冽"，令人无处藏身，宣告了穷书生盼天明转暖的"理想"的破灭，也为下曲表现主人公在天气由阴转雪之后在天寒地冻环境下的窘迫和愁苦作了铺垫。〔圣药王〕一曲正面写理想破灭后的穷书生在看到"乱纷纷瑞雪舞梨花"时的感受，刻画了他怨天尤人却又无可奈何的复杂心理。

第五曲〔紫花儿序〕别有情趣，连用一系列典故，侧面表现了雪势的凶猛，映衬出主人公百无聊赖、唯求御寒的心情。这雪让曾经卧于大雪之中而不肯乞食的高洁之士袁安都难以忍受；让吕蒙正都不得不返回窑洞；也足以让曾在大雪中担柴谋生的朱买臣放弃担柴而回家。这雪更是让韩愈不欢喜；大得让踏雪寻梅的孟浩然没法赞叹。这些都是"明典"，而接下来用的则是"暗典"，"真佳"是反其意而用之，极写主人公万般无奈的心理情态。对于吃饱穿暖者而言，踏雪寻梅，扫雪烹茶都是雅事，而对于家徒四壁的人来说，这雪都没了意趣，反招埋怨。

〔尾声〕以"怕"与"愁"和"喜"与"盼"对比，直接道出了主人公的心理。他怕屋前倒挂着冰凌，喜端午天气的回暖，愁现在正逢寒冷的腊八。寒士想抽打泥牛儿的愿望表现了他对春的向往和期盼，同时也反衬出他此刻的痛苦。

这篇套数首先描绘了自然环境，继而描绘寒士面对寒冷时的反应和心理活动，层层深入，将寒士在严冬的感受一一道来。曲中用典颇多，为浅白的曲词增添了厚重感。语言平实晓畅，句句贴切，让人心酸。

〔中吕〕朝天子

邸万户①席上（二首之一）

刘 致

柳营②，月明，听传过将军令。高楼鼓角戒严更，卧护得边声静。横槊吟情③，投壶歌兴④，有前人旧典型⑤。战争，惯经，草木也知名姓⑥。

【注释】

①邸万户：邸泽之子邸元谦（字明谷）。邸泽随从蒙古大军元帅阿术，在平宋战争中立下了战功，被封为蒙古汉军万户，于元世祖至元二十八年（1291年）移镇杭州。卒，其子元谦袭万户之职。邸泽曾于至元十七年（1280年）以后，担任湖南郴州路总管府达鲁花赤，当时，刘致之父刘彦文曾在其手下担任"录事"之职，所以，刘致与邸元谦之间乃"世交"之谊。大德八年（1304年），邸元谦曾请刘致奉书姚燧，请为其父邸泽撰写墓志铭文。元武宗至大四年（1311年），刘致陪随姚燧抵赴杭州，在邸元谦为他们举行的宴会上，刘致写下了两首令曲，此为其一。 ②柳营：即"细柳营"，是军营的别称。汉代周亚夫驻军于细柳，纪律森严，汉文帝前往劳军，被拦阻于军营门外，经通报，始获准入内，受到汉文帝的称赞。姚燧在《颍州万户邸公神道碑》文中说：邸元谦戍守杭州，"虽居平时，营栅部署，器械军马，凛如在敌。"，可见邸万户治军严整，大有周亚夫之遗风。 ③横槊吟情：苏轼在《前赤壁赋》中，写曹操"破荆州、下江陵，顺流而东。"，"酾酒临江，横槊赋诗。"，此句写邸万户在席间赋诗吟句，抒发豪情。槊：指长矛。
④投壶歌兴："投壶"乃是古代宴会时的一种娱乐，设一壶，以矢投之，以投入多少论定胜负。寻常以负者罚酒或罚歌，以助雅兴。据《后汉书·祭遵传》载，祭遵"取士皆用儒术，对酒设乐、以雅歌投壶。"此句写主人与客人在席间投壶对饮，放旷高歌的逸兴。
⑤有前人旧典型：典出《诗经·犬雅·荡》："虽无老成人，尚有典型。"据姚燧写的《颍州万户邸公神道碑》记载，邸元谦虽然是一介武夫，却"好学而文"，有"佳公子"之美称。 ⑥草木也知名姓：暗引了黄庭坚《送范德儒知庆州》诗中"乃翁知国如知兵，塞垣草木识威名"之典。

【赏析】

刘致在此题下共写了两首描写军营、军人生活的小令，在多以吟风弄月和叹世归隐为主要内容的元散曲中独树一帜。第一首小令主要写作者在邸万户所戍守的杭州城外军营中夜宴时所见的情景，赞颂了邸万户治军严明，名震天下。

全曲可以分为三层，开篇五句为第一层，"柳营，月明，听传过将军令。高楼鼓角戒严更，卧护得边声静。"，描写了邸万户纪律严明、治军有方的气度与所率部队威武庄严的情景。作者在这里将邸万户的军营比拟为"柳营"，意在赞叹其治军严明，大有周亚夫之遗风。而作者在这样的月明之夜赴挚友的宴会，当主人发出夜深戒严的命令时，营中的戍楼立刻传出禁夜的更鼓，喧哗的人声顿时肃静下来。短短几句，但见主人的气度不凡。

接下来"高楼鼓角戒严更，卧护得边声静。横槊吟情"三句，为第二层。写到这里，作者的叙述视角由军营外部转向内部，开始对宴会场面进行描写。邸万户在席间赋诗吟句，抒发豪情；与客人在席间投壶对饮，放旷高歌，逸兴十足。作者并没有直接、正面地描写邸万户，而是连用几个富有深意的典故，对邸万户进行了非常巧妙的比喻衬托，写出邸万户既有曹孟德那样的高才远志，又有祭遵那样的儒雅风流，极尽赞美之能事。作者构思精巧细致，化用典故不着痕迹，贴切生动，足见其功力。

曲子最后三句为第三层。"战争，惯经，草木也知名姓。"，暗用典故，巧妙地运用了夸张的手法，写邸万户的文韬武略，有着丰富的战争经验。以此结尾，显得生动含蓄，深沉有力。

这首小令，有背景，有人物，有动、有静，有声、有色，对军营与军人的生活作了比较细致的描写，并且恰当地运用典故，通过视角的转换，完成了曲意的升华。

〔中吕〕朝天子

邸万户席上（二首之二）

刘 致

虎韬，豹韬①，一览胸中了。时时拂拭旧弓刀，却恨封侯早。夜月铙歌②，春风牙纛③，看团花锦战袍。鬓毛，木雕④，谁便道冯唐老⑤。

【注释】

①虎韬、豹韬：为古代兵书《六韬》中的两种，这里泛指古代兵书。 ②铙歌：短箫铙歌，是古代军乐的名称。"汉乐府"中"鼓吹曲"的一部，行军时在马上吹奏。铙，一种古乐器。 ③牙纛：即牙旗，用象牙饰于竿子上的军中大旗。 ④木雕：应理解为"未雕"。雕，指凋零衰败。 ⑤冯唐老：冯唐为汉代安陵人，至头发花白时才得见用，当时匈奴犯境，文帝召见他谈论国事，颇得赏识，任为车骑都尉。景帝时免。武帝时求贤良，有人荐之，时已九十多岁，未再录用。

【赏析】

与第一首小令不同，这一首小令主要是对邸万户的人物肖象进行的特写，逼真生动地刻画了一个久经沙场，虽然年事已高，但仍壮心不已的老将军形象。

曲子开头三句"虎韬，豹韬，一览胸中了。"，对邸万户所具备的深厚军事学识修养进行了描绘，准确地刻画出邸万户足智多谋、胸藏甲兵百万的元戎风貌。一个"览"字，用得极为传神，巧妙得当，统领起全曲的风貌，可以称之为"曲眼"。接着，作者以"时时拂拭旧弓刀，却恨封侯早。"两句，歌咏了邸万户老骥伏枥、壮心不已的情怀，并将其资历颇丰的作战经验，高度警惕敌情的特点，进行了多方面的描写，极富层次感。"拂拭"、"恨"等，用得极为生动贴切，传神地写出邸万户对旧日驰骋战场、叱咤风云岁月的留恋和怀念，并且深刻地揭示了邸万户的内心世界。接下来三句"夜月铙歌，春风牙纛，看团花锦战袍。"，意思是说，在澄明月光照耀下，军乐阵阵，战旗猎猎，邸万户身着团花锦战袍，显示出一派英武雄健的风貌。这是鸟瞰军营所感受到的严肃豪壮的军营全貌，于是作者最后感慨道："鬓毛，木雕，谁便道冯唐老。"意思是说邸万户的鬓毛还没有凋零衰敝，当年驰骋战场的雄风犹在，谁说他已经像冯唐那样衰老无用了呢？这种奔放之情，显示出了老将军的奔放之态，荡人心魄，催人奋起。

这首小令遣词造句十分生动传神，把邸万户的精神风貌、心理活动非常逼真准确地揭示了出来。语言苍劲豪迈、粗犷激昂。

〔中吕〕山坡羊

侍牧庵先生①西湖夜饮

刘 致

微风不定，幽香成径，红云十里波千顷。绮罗②馨，管弦清，兰舟③直入空明镜。碧天夜凉秋月冷。天，湖外影；湖，天上景。

【注释】

①牧庵先生：指姚燧。　②绮罗：即细绫，是一种高贵华美的丝织品的总称。　③兰舟：即构造讲究、雕饰精细的画舫。

【赏析】

姚燧（牧庵）被人们尊为元代文坛领袖。元武宗至大四年（1311年），七十四岁的姚燧"为中子圯娶焦氏妇"，于闰七月间来到杭州。作者是姚牧庵先生的弟子，也追随陪侍一同抵达，所以说"侍"。小令虽题为"西湖夜饮"，但作者醉翁之意不在酒，而在于西湖的美景。

曲子开头三句"微风不定，幽香成径，红云十里波千顷。"，凝练生动地概括出了西湖夜饮的环境和景色。凉风习习，吹拂着湖面，令人感到阵阵的舒心和惬意；丹桂飘香，清香从远处袭来，顺风流泻，铺引出一条幽远的小径。湖中荷花盛开，仿佛像一片朝霞，千顷湖面上泛着粼粼的波光。作者仅用短短三句话，就在我们面前展现出一片色彩明媚、气味芬芳、令人陶醉的时光和景色。

紧接着，"绮罗馨，管弦清，兰舟直入空明镜。"三句，描写姚牧庵先生一行人湖上饮宴的情景。陪同夜饮的歌伎们衣妆华贵艳美，散发出清新淡远的香气，她们手中弹拨的管弦乐器传出悠扬清越的旋律。在这种令人神驰心醉的境界中，他们乘坐的画舫兰舟向着空明如镜的湖中驶去。"空明镜"一喻，十分妥帖地表现出湖水的清澈和湖面的平静，营造了一个非常优美的意境。"碧天夜凉秋月冷"一句则写了作者西湖夜饮的感受。

结尾四句"碧天夜凉秋月冷。天，湖外影；湖，天上景。"，写景极佳，运用十分奇特的想象，将天空和湖面融为一个相互映照的整体，创造出水天一色、上下俱美的壮阔而悠远的意境。在这里，作者虽然将天和湖对照起来描写，但重点表现的仍然是西湖的美景。一个"外"字，把广阔的寰宇全部纳入了西湖的影中，突出了西湖的壮美；一个"上"字，将西湖推进了仙界圣境，具有了天上美景落凡间的意蕴，充分展现了西湖的风采与魅力。作者匠心独运，使天在暗中成为西湖的陪衬，由此，作者对西湖由衷的热爱得到了淋漓尽致的展现。

〔双调〕殿前欢

道　情①

刘　致

醉颜酡②，水边林下且婆娑③，醉时拍手随腔和。一曲狂歌，除渔樵那两个，无灾祸。此一着谁参破。南柯梦绕，梦绕南柯④。

【注释】

①道情：鼓词的一种，本是道士所唱曲，内容或为超脱凡尘，或为警戒顽俗，后来演化为民间说唱形式之一。　②醉颜酡：醉酒以后颜面发红的样子，句中隐引了晋代刘伶醉酒的典故：刘伶是"竹林七贤"之一。他"常乘鹿车，携一壶酒，使人荷锸而随之，谓曰：'死便埋我。'"（引自《晋史·刘伶传》）　③水边林下：指罢官退隐之所。婆娑：指舞姿，此处乃是指消醉之后的手舞足蹈之态。　④南柯梦绕，梦绕南柯：借用唐传奇《枕中记》中淳于棼梦中成为大槐安国驸马，享尽富贵荣华，醒来蚁迹尚存，方知前之经历为南柯梦境的典故，写出了历史上一切兴废盛衰都像南柯梦境一样虚无飘渺的感慨。

【赏析】

这是一首道情曲，作者刻画了一位因看破世道而醉酒纵歌徜徉山林的男子形象，曲中交织着狂放之情、隐逸之情以及悲哀之情,内蕴十分丰富。

曲子开头四句,就描绘了抒情主人公一副放浪形骸的醉态。"醉颜酡,水边林下且婆娑",写饱经宦途艰险和世道辛酸的隐士们,终日在湖山之间倘佯悠游,以诗酒自娱,消磨时光。紧接着,"醉时拍手随腔和,一曲狂歌"两句,抒写了刚从当时黑暗官场解脱出来以后的深切感悟。用"除渔樵那两个,无灾祸。"这样的反问句提出,是对隐逸生活的肯定。下面紧承一句"此一着谁参破。",更加强了语言的气势和力量,并且更强调了作者对此的感受之深。最后"南柯梦绕,梦绕南柯。"两句,借用唐传奇《枕中记》中南柯一梦的典故,将人生比喻为短暂而虚幻的梦境,从而对人生与社会作了彻底否定。如此在反复叹唱中收束全篇,既强化了感叹的力度,又显示出语言的回环之美。在元代的文人中,因逃避现实而归隐山林、纵情诗酒,具有相当的普遍性。作者笔下的抒情主人公的形象,可以看作是元代文人整体形象的代表。

〔正宫〕端正好

上高监司①(前套)

刘时中

众生灵遭魔障②,正值着时岁饥荒。谢恩光拯济皆无恙③,编做本词儿唱。

〔滚绣球〕去年时正插秧,天反常,那里取若时雨④降?旱魃⑤生四野灾伤。谷不登,麦不长,因此万民失望。一日日物价高涨,十分料钞加三倒⑥,一斗粗粮折四量⑦,煞是凄凉。

〔倘秀才〕殷实户⑧欺心不良,停塌户瞒天不当⑨。吞象心肠歹伎俩⑩,谷中添秕⑪屑,米内插粗糠。怎指望他儿孙久长。

〔滚绣球〕甑⑫生尘老弱饥,米如珠少壮荒。有金银那里每⑬典当?尽枵腹⑭高卧斜阳。剥榆树餐,挑野菜尝,吃黄不老⑮胜如熊掌。蕨根粉以代糇粮⑯。鹅肠⑰苦菜连根煮,荻笋芦蒿⑱带叶口庄,则留下杞柳株樟⑲。

〔倘秀才〕或是捶麻柘稠调豆浆⑳,或是煮麦麸稀和细糠㉑,他每早合掌擎拳㉒谢上苍。一个个黄如经纸㉓,一个个瘦似豺狼,填街卧巷。

〔滚绣球〕偷宰了些阔角牛,盗研了些大叶桑。遭时疫无棺活葬,贱卖了些家业田庄。嫡亲儿共女,等闲参与商㉔,痛分离是何情况！乳哺儿没人要搬入长江。那里取厨中剩饭杯中酒，看了些河里孩儿岸上娘，不由我不哽咽悲伤。

〔倘秀才〕私牙子船湾外港㉕，行过河中宵月朗。则发迹了些无徒㉖米麦行。牙钱加倍解㉗，卖面处两般装㉘，昏钞早先除了四两㉙。

〔滚绣球〕江乡相，有义仓㉚，积年系税户掌㉛。借贷数补答得十分停当，都侵用过将官府行唐㉜。那近日劝粜㉝到江乡，按户口给月粮。富户都用钱买放，无实惠尽是虚桩㉞。充饥画饼诚堪笑，印信凭由㉟却是谎，快活了些社长知房㊱。

〔伴读书〕磨灭㊲尽诸豪壮，断送了些闲浮浪㊳，抱子携男扶筇杖㊴，尪羸伛偻㊵如虾样，一丝好气沿途创㊶，阁泪汪汪㊷。

〔货郎〕见饿莩㊸成行街上，乞出拦门斗抢㊹。便财主每也怀金鹄立㊺待其亡。感谢这监司主张，似汲黯开仓㊻，披星戴月热中肠，济与粜亲临发放㊼。见孤孀疾病无皈向㊽，差医煮粥分厢巷。更把赃输钱㊾、分例米㊿，多般儿区处[51]的最优长。众饥民共仰，似枯木逢春，萌芽再长。

〔叨叨令〕有钱的贩米谷置田庄添生放[52]，无钱的少过活分骨肉无承望[53]，有钱的纳宠妾买人口偏兴旺，无钱的受饥馁填沟壑遭灾障[54]。小民好苦也么哥[55]，小民好苦也么哥，便秋收鬻妻卖子[56]家私丧。

〔三煞〕这相公爱民忧国无偏党[57]，发政施仁有激昂。恤老怜贫，视民如子，起死回生，扶弱摧强。万万人感恩知德，刻骨铭心，恨不得展草垂缰[58]，覆盆之下，同受太阳光[59]。

〔二〕天生社稷真卿相，才称朝廷作栋梁。这相公主见宏深，秉心仁恕，治政公平，莅事[60]慈祥，可与萧曹[61]比并，伊傅[62]齐肩，周召[63]班行，紫泥宣诏，花衬马蹄忙[64]。

〔一〕愿得早居玉笋朝班[65]上，伫看金瓯姓字香[66]。入阙朝京，攀龙附凤[67]，和鼎调羹[68]，论道兴邦。受用取貂蝉济楚[69]，衮绣峥嵘[70]，珂珮叮当[71]。普天下万民乐业，都知是前任绣衣郎[72]。

〔尾声〕相门出相前人奖，官上加官后代昌[73]。活被生灵恩不忘，粒我蒸民[74]德怎偿。父老儿童细较量[75]，樵叟渔夫曾论讲[76]。共说东湖柳岸旁[77]，那里清幽更舒畅。靠着云卿苏圃场[78]，与徐孺子流芳把清况[79]。盖一座祠堂人供养，立一统碑碣字数行[80]，将德政因由都载上，使万万代官民见时节想。

【注释】

①刘时中的《上高监司》共有两套,此为前套,当作于1330年。监司,监察官吏的机构或长官。元代廉访使掌监察地方政务,称监司。 ②磨障:一作魔障,本佛家语,这里指灾难。 ③谢恩光拯济皆无恙:感谢你拯世济民的恩德,使百姓免遭苦难。恩光,恩德的光辉。拯济,救济。恙,病,苦难。 ④若时雨:及时雨。 ⑤旱魃:传说中的旱魔,出现在哪里,哪里便大旱无雨。 ⑥十分料钞加三倒:十分的纸币只能按三成倒换,这是说粮价暴涨,纸币贬值。料钞,元代发行的一种纸币,因掺有丝料,故称料钞。加三倒,指货币贬值,在购买商品时必须加成计算。 ⑦一斗粗粮折四量:一斗粮食只折合四升。折四量,打四折量出。 ⑧殷实户:指富有的人家。 ⑨停塌户瞒天不当:囤积居奇的富户昧着良心很不应该。停塌户,囤积粮食的人家。 ⑩吞象心肠歹伎俩:贪得无厌、恶劣歹毒的手段。 ⑪秕:不饱满的谷粒。 ⑫甑:古代煮饭用的炊具。 ⑬那里每:即哪里,"每"为语气词,无实义。 ⑭枵腹:空着肚子。 ⑮黄不老:即黄柏,又作黄蘖,一种落叶乔木,开黄绿色小花,树皮与果实都是药材,味苦涩,亦可食。 ⑯蕨根粉:蕨为一种草本植物,其叶可食,称蕨菜。其根茎含有淀粉,将其磨成粉,俗称蕨根粉或蕨粉,可供食用。糇粮:干粮。 ⑰鹅肠:一种野菜,又称繁缕。李时珍《本草纲目·菜二》云:"此草茎蔓甚繁,中有一缕,故名。俗呼鹅儿肠菜,象形也。" ⑱荻笋、芦莴:荻的嫩芽,芦苇的嫩茎。眈:吃。"连根煮"、"带叶庄"说明原来不吃的部分现在也吃了。 ⑲杞柳:一种落叶的灌木,枝条可用来编器物。株樟:为数不多的数株樟树。 ⑳捶麻柘稠调豆浆:把麻籽和柘树的果实捣碎了调在豆浆里,使之稠厚。 ㉑麦麸:小麦的麸皮。糠:谷皮。 ㉒他每:他们。掌擎:举手抱拳作揖。 ㉓经纸:抄印佛经所用的纸,俗称黄表纸,这里形容人饿得面黄肌瘦。 ㉔等闲:这里指一般,共同。参与商:参星在西方,商星在东方,两星出入时间不一,古人常用来比喻亲人和朋友不得相会。 ㉕私牙子:做投机买卖的人,这里指粮食贩子。湾:作动词用,停泊。 ㉖无徒:无赖。 ㉗牙钱:指私牙子在卖主和买主之间抽取的佣金。解:送交。 ㉘卖面处两般装:卖面的过秤时暗地捣鬼。两般装,谓表里不一。 ㉙昏钞:破烂的钞票。除了四两:对一斤(十六两)而言,扣除四分之一。 ㉚"江乡"两句:江乡,江边的乡村。相,当作厢,旁边。义仓,备荒年用的粮仓。 ㉛"积年"句:历年都由纳税的大户掌管。 ㉜"借贷数"二句:指掌管义仓的入侵吞了积粮,却又假造了借贷帐目,蒙蔽官府。补答,填补。侵用过,侵吞、挪用过。行唐,蒙蔽、搪塞之意。 ㉝劝粜:官吏到乡下来开仓平价卖粮。粜,卖粮食。 ㉞"无实惠"句:穷人得不到实惠,开义仓不过是虚装样子。 ㉟印信凭由:官府盖有图章的文书。 ㊱社长:即村长。知房:负责仓房的人。一说为族长。 ㊲磨灭:磨折,消耗。 ㊳闲浮浪:不务正业的人。 ㊴筇杖:筇竹做的手杖,这里泛指拄杖。 ㊵尪羸:身体瘦弱。伛偻:驼背。 ㊶一丝好气沿途创:只剩下一口气还要挣扎着去逃荒。创,同"闯"。 ㊷阁泪汪汪:眼眶里含着汪汪的泪水。 ㊸饿莩:饿死的人。 ㊹乞出拦门斗抢:乞民有时为一点食物拦门互相斗抢。 ㊺财主每:财主们。怀金:腰里存着钱。鹄立:像天鹅一样伸长脖子呆立着。 ㊻汲黯:汉武帝时的名臣,曾在巡视河内时见到灾情严重,不等皇帝诏令便开仓济民。 ㊼济与粜亲临发放:高监司亲自赈济和卖粮给灾民。 ㊽孤:指无父无母的孤儿。孀:指寡妇。皈向:归依、依靠。 ㊾赃输钱:对贪污、盗窃者的罚款。 ㊿分例米:饥民按规定每份应得的粮食。 ㊼多般

儿区处：用多种方式和手段处理。区处，处理。 ㊺生放：放债。 ㊻无承望：没有指望。 ㊼无钱的受饥馁填沟壑遭灾障：指死在山沟道边。 ㊽也么哥：《叨叨令》曲中常用的词语，也作衬字用，相当于"啊"、"啊呀哎"之类。 ㊾鬻妻卖子：卖掉妻子和儿女。鬻，卖。 ㊿无偏党：无偏向，公正无私。 ㊽展草垂缰：意谓效犬马之劳。展草，相传三国时李信纯养一犬，一天李醉卧草地中，恰逢草地着火，其犬跳入水中，将身湿透，然后跑向草地，把主人周围的烈火滚灭，李因此得救。事见《搜神记》。垂缰，传说前秦苻坚被慕容冲打败，逃奔时跌入涧中，其马垂缰入涧，导苻坚援缰登岸，得以脱险。事见《异苑》。 ㊾"覆盆"句：元代有"覆盆不照太阳辉"的成语，这里用以赞扬高监司的恩德如同阳光一样照亮了黑暗的角落。 ⓺莅事：临事。 ⓻萧曹：萧何、曹参，汉初的名相。 ⓼伊傅：伊尹、傅说，均为商代名相。 ⓽周召：周公旦与召公奭，均为周初的名臣。班行：此指同列、并列。 ⓾"紫泥"二句：紫泥宣诏，皇帝的文告用紫泥封缄，故称。二句是说高监司将被召回朝，受到升赏。 ⓺玉笋朝班：即玉笋班，指英才济济的朝班。 ⓻金瓯姓字香：意指高的名字业绩将刻在铜制礼器上流芳百世。和鼎调羹：以厨师在炊具中烹调美味佳肴比喻宰相处理政事咸得其宜。 ⓼攀龙附凤：辅助皇帝。 ⓽和鼎调羹：治理朝政。论道兴邦。鼎，是古代的一种炊具，和鼎，即调和鼎，言治理国家大事如同做饭菜一样有条有理。羹，是一种浓汁的汤，调羹，即调和羹汤，也指治理国事。 ⓾受用取貂蝉济楚：头戴整洁的貂蝉冠，言担任国家重臣。貂蝉，汉代高级官员的冠饰。《后汉书·舆服志》："武冠一曰武弁大冠，诸武官冠之。侍中、中常侍加黄金珰，附蝉为文，貂尾为饰。"济楚：整齐、华丽。 ⓻衮绣：绣着龙纹的朝服。峥嵘：这里指华贵，有气派。 ⓺珂珮：古代官员礼服及所乘马车上佩挂的玉饰。《旧唐书·职官志二》："凡百僚冠笏、缄皖、珂珮，各有差。" ⓻都知是前任绣衣郎：众人都知道这位列于朝班的匝宰就是前任的绣衣郎官。监司是肃政廉访使，职务与汉代的绣衣直指相类。 ⓼"相门"两句："将门必有将，相门必有相"是古代的成语，这里用来颂祷高的后代荣贵昌盛。 ⓽粒我蒸民：粒，粮食，这里用作动词，意为使百姓吃上饭。蒸民，人民。 ⓾细较量：仔细思量。 ⓻论讲：讨论。 ⓺共说东湖柳岸旁：这里借用南宋隐士苏云卿辞官归田的故事。东湖，在豫章（今江西南昌）附近，苏云卿在此隐居。 ⓻云卿苏圃场：隐士苏云卿曾在豫章东湖开辟了一处菜园居住，被称为苏圃。 ⓼徐孺子：东汉的徐穉，字孺子，汉代豫章的高士，屡征不就，甘于清贫。挹：引，接。清况：清幽的景况。 ⓽立一统碑碣字数行：立上一座石碑。一统，一块，一座。碑碣，圆形的碑叫碣，这里指石碑。

【赏析】

刘时中的〔正宫·端正好〕《上高监司》共有前后两套，是元散曲中非常难得一见的触及重大社会问题的优秀作品。元天历二年（1329年），江西等多处遭受严重旱灾，时任江西道廉访使的高监司开仓赈民，减轻灾情。这套散曲就是写给他的。这篇套曲反映了江西大旱的情景，真实地记录了当时灾区饿殍满地，灾民流离失所，家破人亡的惨象，同时也揭露了一些奸商与官吏勾结，趁火打劫，借灾难发财的罪恶行径。

首曲即点明这篇套曲的缘起。从第二曲〔滚绣球〕到第六曲〔滚绣球〕，具体描写了旱灾发生时。"去年时正插秧"一曲，对当时饥荒的背景情况作了提纲挈领的描绘。他们没有吃的，树皮、野菜、黄不老、蕨根粉都成了难得的美味，甚至鹅肠苦菜、荻笋芦苇等不能下咽的东西，也被拿来"连根煮"、"带叶口庄"，聊以充饥。如果有了些"捶麻柘稠调豆浆"或是"煮麦麸稀和细糠"之类的食物，饥民们简直就像得到了神仙的赏赐，"他每早合掌擎拳谢上苍。"这样的日子是何等的凄惨！他们"一个个黄如经纸，一个个瘦似豺狼。"。为了求得生存，有些饥民只好铤而走险："偷宰了些阔角牛，盗斫了些大叶桑。"，饥荒中偏又遇瘟疫流行，"遭时疫无棺活葬"，只好"贱卖了些家业田庄"。更凄惨的是，卖儿卖女，骨肉分离，家人难再见面。最揪心的还是"乳哺儿没人要撇入长江"。作者饱蘸辛酸的眼泪，描绘了一幅饿莩成行、哀鸣遍野的灾荒饥民图。

从第七曲〔倘秀才〕到第九曲〔伴读书〕，作者揭露了一些奸商、富户、有权有势者们趁火打劫、大发横财，与广大贫苦民众在饥饿、死亡线上呻吟挣扎的情况形成鲜明的对照。他们囤积居奇，倒卖粮食，抬高物价，从中牟取暴利。更有甚者巧取豪夺，化公为私，在"谷中添秕屑，米内插粗糠。"，坑骗盘剥。作者满怀愤怒，以血泪控诉了这些奸商、富户和有权有势者们不顾人民死活，趁机敲骨吸髓的丑恶罪行。在〔货郎〕以及〔三煞〕之后几支曲中，描写和称赞了高监司在救灾中的德政，表达了一片感恩戴德之情，并祝愿他的升迁。

全篇运用了大量的对比和比喻，并加入了许多生动的典故，将灾民的苦状描绘得淋漓尽致。本曲最大的特色在于，将政治题材引入到散曲的题材范围，让散曲有了更大的表现空间。

〔正宫〕端正好

上高监司（后套）

刘时中

既官府甚清明，采舆论听分诉。据江西剧郡洪都，正该省宪亲临处，愿英俊开言路。

〔滚绣球〕库藏中钞本多，贴库每①弊怎除，纵关防任谁不顾。坏钞法恣意强图。都是无廉耻卖买人，有过犯驵侩徒②。倚仗着几文钱，百般胡做。将官府觑得如无。则这素无行止乔男女，都整扮衣冠学士夫，一个个胆大心粗。

〔倘秀才〕堪笑③这没见识街市匹夫，好打那好顽劣江湖伴侣，旋将表德官名相体呼，声音多厮称，字样不寻俗。听我一个个细数。

〔滚绣球〕粜米④的唤子良，卖肉的呼仲甫，做皮的是仲才、邦辅，唤清之必定开沽，卖油的唤仲明，卖盐的称士鲁，号从简是采帛行铺，字敬先是鱼鲊之徒，开张卖饭的呼君宝，磨面登罗底叫德夫。何足云乎？

〔倘秀才〕都结义过如手足，但聚会分张耳目，探听司县何人可共处。那问他无根脚，只要肯出头颅，扛扶着便补。

〔滚绣球〕三二百锭费本钱，七八下里去干取。诈捏作曾编卷假如名目，偷俸钱表里相符。这一个图小倒，那一个苟俸禄，把官钱视同己物，更狠如盗跖之徒。官攒库子⑤均摊着要，弓手门军⑥那一个无，试说这厮每贪污。

〔倘秀才〕提调官非无法度，争奈蠹国贼操心太毒。从出本处先将科钞除。高低还分例，上下没言语，贴库每他便做了钞主。

〔滚绣球〕且说一季中事例钱，开作时各自与。库子每随高低预先除去。军百户十锭无虚，攒司五五拿，官人六六除，四牌头每一名是两封足数，夏有合干人把门军弓手殊途。那里取官民两便通行法，赤紧地贿赂单宜左道术。于汝安乎？

〔倘秀才〕为甚但开库诸人不伏，倒笇单先须计咒。苗子钱⑦高低随着钞数，放小民三二百，报花户⑧一千余，将官钱陪出。

〔滚绣球〕一任你叫得昏，等到午，佯⑨呆着不瞅不觑。他却整块价卷在包袱，着纤如晃库门。兴贩的⑩论百价数，都是真扬州武昌客旅，窝藏着家里安居。排的文语呼为绣，假钞公然唤做殊，这等儿三七价明估。

〔倘秀才〕有揭字驼字衬数，有背心剜心异呼。有钞脚频成印上字模，半边子兀自可，捶作钞甚胡突⑪，这等儿四六分价唤取。

〔滚绣球〕赴解时弊更多，作下人就做夫。检块数几曾详数，止不过得南新吏贴相符，那问他料不齐、数不足？连柜子一时扛去，怎教人心悦诚服？自古道：人存政举，思他前辈，到今日法出奸生，笑煞老夫。公道也私乎？

〔倘秀才〕比及烧昏钞先行摆布⑫，散夫钱僻静处俵与，暗号儿在烧饼中间觑有无。一名夫半锭，社长总收贮，烧得过便吹笛擂鼓。

〔塞鸿秋〕一家家倾银注玉⑬多豪富，一个个烹羊挟妓夸风度，撒摽手⑭到处称人物，妆旦色⑮取去为媳妇。朝朝寒食春，夜夜元宵暮，吃筵席唤做赛堂食，受用尽人间福。

〔呆骨朵〕这贼每也有难堪处，怎禁⑯他强盗每追逐。要饭钱排日支持，索赏⑰发无时横取。奈表里通同做，有上下交征去。真乃是源清流亦清，休今后人除弊不除。

〔脱布衫〕有聪明正直嘉谟⑱，安得不剪其繁芜，成就了闾阎小夫，坏尽了国家法度。

〔小梁州〕这厮每玩法欺公胆气粗，恰便似饿虎当途。二十五等则例尽皆无，难着目，他道陪钞待何如。

〔幺〕一等无辜被害这羞辱，厮攀指一地里胡突，自有他，通神物。见如今虚其府库，好教他鞭背出虫蛆。

〔十二月〕不是我论黄数黑⑲，怎禁他恶紫夺朱⑳。争奈何人心不古，出落着马牛襟裾㉑。口将言而嗫嚅，足欲进而趑趄。

〔尧民歌〕想商鞅徙木㉒意何如，汉国萧何断其初㉓。法则有准使民服，期于无刑佐皇图。说与当途：元毒不丈夫，为如如把平生误。

〔耍孩儿十三煞〕天开地辟由盘古，人物才分下土。传之三代币方行㉔，有刀圭帛布㉕从初。九府圆法㉖俱周制，三品堆金㉗乃汉图。止不过作贸易通财物。这的是黎民命脉，朝世权术。

〔十二〕蜀寇瑊交子㉘行，宋真宗会子㉙举，都不如当今钞法通商贾。配成五对为官本，工墨三分任倒除。设制久无更故。民如按堵，法比通衢。

〔十一〕已自六十秋楮币行，则这两三年法度沮。被无知贼子为奸蠹，私更彻馒心无愧。那想官有严刑罪必诛，忒无忌惮无忧惧。你道是成家大宝，怎想是取命官符。

〔十〕穷汉每将绰号称，把头每表德呼。巴不得登时事了干回付，向库中钻刺真强盗，却不财上分明大丈夫，坏尽今时务。怕不你人心奸巧，争念有造物乘除㉚。

〔九〕面见乘脖模样哏㉛，扭蛮腰礼仪疏，不疼钱一地里胡吩咐。宰头羊日日羔儿会，没手盏朝朝仕女图㉜。怯薛㉝回家去，一个个欺凌亲戚，眇视乡闾。

〔八〕没高低妾与妻，无分限儿共女。及时打扮衔珠玉㉞，鸡头般珠子㉟缘鞋口，火炭似真金裹脑梳，服色例休题取㊱，打扮得怕不赛夫人样子㊲。脱不了市辈规模。

〔七〕他那想赴京师关本时，受官差在旅途。耽惊受怕过朝暮，受了五十四站风波苦，亏杀数百千程递运夫。哏生受㊳

哏搭负,广费了些首思分例㊴,倒换了些沿路文书。

〔六〕到省库中将官本收得无疏虞㊵,朱钞足,那时才得安心绪。常想着半江春水翻风浪,愁得一夜秋霜染鬓须。历重难博得个根基固,少甚命不快遭逢贼寇,霎时间送了身驱㊶。

〔五〕论宣差清如酌贪泉吴隐之㊷,廉似还桑椹赵判府㊸,则为忒慈仁,反被相欺侮。每持大体诸人服,若说私心半点无。本栋梁材若早使居朝辅,肯苏民瘼㊹,不事苞苴㊺。

〔四〕急宜将法变更,但因循弊若初,严刑峻法休轻恕。则这二攒司过似蛇吞象;再差十大户犹如插翅虎。一半儿弓手先芟㊻去,合干人同知数目,把门军切禁科需㊼。

〔三〕提调官免罪名,钞法房选吏胥,攒典俸多的路吏差着做。廉能州吏从新点,贪滥军官合减除。住仓库,无升补。从今倒钞,各分行铺,明写坊隅㊽。

〔二〕逐户儿编袴㊾成料例来,各分旬将勘合书㊿,逐张儿背印拘钤住[51],即时支料还原主。本日交昏[52]入库府（另有细说）,直至起解时才方取,免得他撑船小倒,提调官封锁无虞[53]。

〔一〕紧拘收在库官,切关防[54]起解夫。钞面上与官攒,俱各亲标署[55]。库官但该一贯须黯配[56],库子折莫三钱断除[57],满百锭皆抄估[58]。捶钞的、揭剥的不怕他人心似铁,小倒的、兴贩的明放着官法如炉[59]。

〔尾〕忽青天[60]开眼觑,这红巾合命殂[61]。且举其纲[62],若不怕伤时务,他日陈言终细数。

【注释】

①贴库每：指库藏管理的人们。 ②驵侩徒：指投机商人。 ③堪笑：可笑。 ④粜米：卖米。 ⑤官攒：役吏。库子：仓库管理人。 ⑥弓手：弓箭手。门军：门卫。 ⑦苗子钱：指高利贷的利息。 ⑧花户：户口册子。 ⑨伴：假装。 ⑩兴贩的：指贩运货物的商人。 ⑪胡突：同"胡涂"。 ⑫昏钞：破损的钞票。摆布：随意处置。 ⑬倾银注玉：挥金如土的意思。 ⑭撒摽手：指投机取巧以牟取暴利的人。 ⑮妆旦色：指勾栏中的妓女。 ⑯怎禁：意即怎么忍受得了。 ⑰赍：即送人的礼物。 ⑱嘉谟：指好计谋。 ⑲论黄数黑：指说三道四。 ⑳恶紫夺朱：紫色压倒了红色,比喻邪气压倒正气。 ㉑出落着马牛襟裾：意为落到这种地步。 ㉒商鞅徙木：商鞅曾用徙木有赏的办法取信于民,以法治国。 ㉓萧何断其初：刘邦攻取咸阳时,萧何助刘邦约法三章,取得三秦人民的信任。 ㉔传之三代币方行：货币到夏、商、周三代方才通行。 ㉕刀圭帛布：古代钱币名。 ㉖九府：周代代管财物货币的官。圆法：相传为周公制定的铸造圆币的法令,圆币是圆形方孔的铜钱。 ㉗三品堆金：三品指金银铜,汉代用以铸币。 ㉘蜀寇珹：指成

都。交子：宋代纸币名。 ㉙会子：南宋纸币名。 ㉚造物乘除：犹言命运安排。 ㉛面见乘脖横样哏：指人的面目十分凶狠。哏，通"狠"。 ㉜没手盏朝朝仕女图：意为与美女饮酒作乐。 ㉝怯薛：即怯薛军，元代常备侍卫军。 ㉞衒珠玉：炫耀珍宝珠玉。 ㉟鸡头般珠子：指鞋口上的珍贵饰物。 ㊱服色例休题取：意为不必提衣服的颜色式样了。 ㊲夫人样子：容貌超绝高贵的样子。 ㊳生受：指活受罪。 ㊴广费了些首思分例：指破费了许多钱财，才得以顺利通过关卡。 ㊵疏虞：指疏忽差错。 ㊶身驱：性命。 ㊷酌贪泉吴隐之：晋广州吴隐之曾到石门贪泉饮水赋诗，后以此比喻为官清廉。 ㊸桑椹赵判府：比喻廉访使廉洁。 ㊹肯苏民瘼：关心民众疾苦。 ㊺不事苞苴：不收受贿赂。 ㊻芟：除掉。 ㊼切禁科需：严禁贪污受贿、敲诈勒索。 ㊽明写坊隅：把所在的地方登记清楚。 ㊾编捎：编排。 ㊿分旬：分头巡行。勘合书：古代用于执行命令、公事的凭证。 ㊼拘钤住：拘禁住。 ㊽交昏：黄昏时。 ㊾无虞：没有差错。 ㊿切关防：认真防备。 ㊼标署：签上姓名。 ㊽但该一贯须黥配：只要盗窃一贯钱就要发配刺字。黥，墨刑，在脸上刺字。 ㊾断除：扣除。 ㊿抄估：没收。 ㊼官法如炉：官法严明如火。 ㊽青天：是对高监司的誉称。 ㊾红巾合命殂：红巾军要灭亡，这是咒骂农民起义的话。 ㊿纲：纲要。

【赏析】

刘时中的〔正宫·端正好〕《上高监司》后套，在写作时间上，应早于"前套"，约作于元顺帝至正十年（1350 年）改定钞法前后。作者以生动、具体的写实手法再现了在元代历史上起到恶劣作用的"钞法"给广大人民造成的无穷危害，揭露了从官吏到商人贪污舞弊、垄断腐化、巧取豪夺、横行乡里的种种罪行。

首曲〔端正好〕，是向高监司进言的序曲。曲中说，既然官府很清明，能够采纳舆论，听众人申述，希望在省宪大人亲自审理政事的江西大郡南昌，广开言路，听纳大家的意见。

第二曲〔滚绣球〕，揭露钞票库藏管理中的严重弊病。曲中说，库藏的钞票很多，但库藏管理人却利用管理中的问题营私舞弊，兵丁防守，也形同虚设。元代统治者对人民的经济剥削，钞法一变再变，导致货币贬值，物价上涨。那些投机倒把的商人，从中牟利，不把官府放在眼里。他们衣冠楚楚、道貌岸然，一个个胆大气粗，耀武扬威。第三曲〔倘秀才〕，揭露了商人的虚伪和庸俗。曲中，作者用"街市匹夫"和"江湖伴侣"形容他们，并加以"没见识"和"好顽劣"的修饰语，充分表明了作者的憎恶。"多厮称"和"不寻俗"饱含讥讽。第四曲〔滚绣球〕，具体述说"街市匹夫"们的各式各样"不寻俗"的称呼。他们散布于商业上的各行各业，名字大都是谐音又语意双关的大名大号，这些徒有虚名的商人市侩，就显得滑稽可笑。

第五曲〔倘秀才〕揭露这帮商人们狼狈为奸，勾结官府的罪行。他们派出耳目，打听衙门里有什么人可以拉拢。第六曲〔滚绣球〕，揭露官府吏役伙同奸商，贪污枉法，坐地分赃。衙门里各行其守的人都是贪污犯。第七曲〔倘秀才〕，揭露官府在管理钞法中的营私舞弊的行为。管理钞法的提调官带头不遵法度，从中营利。第八曲〔滚绣球〕，揭露官府吏役贪污分赃的细情。各级管理按份分赃，对这行非常熟悉。第九曲〔倘秀才〕，揭露官吏贪污受贿，高利盘剥的罪行。第十曲〔滚绣球〕，揭露官府窝藏商贾，倒卖假钞的行为。第十一曲〔倘秀才〕，揭露元代钞法行市的种种弊病。第十二首〔滚绣球〕，揭露押送钞票过程中的流弊。作者指出，钞票押送的过程就是一笔糊涂账，嘲讽了"法出奸生"的腐败现象。第十三曲〔倘秀才〕，揭露焚烧破损钞票时的弊病。以焚毁为名进行盗窃，这又是元代钞法混乱的腐败现象。第十四首〔塞鸿秋〕，揭露了暴发户穷奢极侈的生活。第十五曲〔呆骨朵〕，揭露暴发户的麻烦，强盗来抢，送礼的络绎不绝。

在这如此黑暗、混乱的现实之下，第十六曲〔脱布衫〕，请求高监司出谋划策，剪除邪恶。第十七曲〔小梁州〕，抨击市井小人横行霸道的行为。第十八曲〔么〕，提出要使盗窃府库者受到重处。第十九曲〔十二月〕，是作者对世风日下、人心不古的慨叹。第二十曲〔尧民歌〕，承上启下，强调严肃法纪的重要性。曲中指出，只有商鞅法、萧何令才能治理好国家。第二十一曲〔耍孩儿十三煞〕紧承上曲，说明中国币制的源流及其重要意义。第二十二曲〔十二〕，说明元初所行币制的重要作用。第二十三曲〔十一〕，揭露变更钞法之后的弊病。第二十四曲〔十〕，是对盗窃仓库者的抨击。第二十五曲〔九〕，揭露暴发户作威作福，欺压乡邻的罪行。第二十六曲〔八〕，抨击了官吏和暴发户妻妾儿女的奢侈生活。

第二十七曲〔七〕，叙述官差赴京师的旅途中的各种苦楚。第二十八曲〔六〕，叙述到京师中书省交送官钞的情况。第二十九曲〔五〕，是对宣抚使的恭维之词。第三十曲〔四〕，建议官府对贪污舞弊者施以严刑峻法。第三十一曲〔三〕，建议改革任免赏罚制度，清除不称职的官吏，制定相应的制度。第三十二曲〔二〕，建议制定防止贪污盗窃的制度。第三十三曲〔一〕，建议从库官到起解夫，都要遵守一套严格的制度，违者严惩。第三十四曲〔尾〕，是全曲的结束语。

以上是对曲子内容的大体概括，这套曲在艺术描写上也颇有特点。作者善于抓住事物的特征和细节进行具体描述，叙事生动，形象具体而突出，令读者如见其人，如闻其声。在语言的运用上，使用了大量的比喻和双关，形象贴切，增强了艺术感染力。整套曲子感情强烈，寓情于叙事之中，体现了作品强烈的思想性。但是，本套曲子存在的主要问题是，对高监司阿谀奉承，甚至将其抬到救世主的高位，同时又对农民起义进行恶毒的诅咒，暴露了作者的阶级局限性。作者同情人民的悲惨遭遇，又反对人民举行武装起义，这是作者，也是许多封建文人无法解脱的矛盾，不能避免的悲剧。

〔双调〕新水令

代马诉冤

刘时中

世无伯乐怨他谁①？乾送了挽盐车骐骥②。空怀伏枥心，徒负化龙威。索甚伤悲，用之行舍之弃③。

〔驻马听〕玉鬣④银蹄，再谁想三月襄阳绿草齐。雕鞍金辔,再谁收一鞭行色夕阳低。花间不听紫骝嘶,帐前空叹乌骓逝⑤,命乖我自知,眼见的千金骏骨无人贵⑥。

〔雁儿落〕谁知我汗血功,谁想我垂缰义⑦,谁怜我千里才,谁识我千钧力?

〔得胜令〕谁念我当日跳檀溪⑧,救先主出重围?谁念我单刀会⑨随着关羽?谁念我美良川扶持敬德⑩?若论着今日,索输与这驴群队!果必有征敌,这驴每怎用的?

〔甜水令〕为这等乍富儿曹⑪,无知小辈,一概地把人欺。一地里快蹄轻踶⑫,乱走胡奔,紧先行不识尊卑。

〔折桂令〕致令得官府闻知,验数目存留,分官品高低。准备着竹杖芒鞋,免不得奔走驱驰。再不敢鞭骏骑向街头闹起,则索扭蛮腰将足下殃及,为此辈无知,将我连累,把我埋没在蓬蒿,失陷在污泥。

〔尾〕有一等逞雄心屠户贪微利,咽馋涎豪客思佳味,一地把性命亏图,百般地将刑法凌迟⑬。唱道⑭任意欺公,全无道理。从今去谁买谁骑,眼见得无客贩无人喂!便休说站驿⑮难为,则怕你东讨西征那时节悔!

【注释】

①世无伯乐怨他谁:中国古代,有以千里马为人才之比,把那些有谋略、有才干的人喻称为"骐骥之才"。但这些人才的发现和使用,都有待于"伯乐"的慧眼识别和巨手提携。伯乐本名孙阳,春秋秦穆公时人。 ②乾送了挽盐车骐骥:据汉代桓宽《盐铁论》记载:"骐骥负盐车,垂头于太行之坂,见伯乐则喷而长鸣。" ③"空怀"四句:引用了曹操《步出夏门行》中"老骥伏枥,志在千里。"和《马记》中王昌落魄遇仙,骑马回去,到家后马化为龙的典故,写这匹老千里马虽然还有驰骋千里和驾云驭电的壮志,但主人却认为他已经老而无用,把他舍弃不顾,这不能不使这匹骐骥感到无限伤悲。 ④鬣:马脖子上的长毛。 ⑤帐前空叹乌骓逝:乌骓是项羽的坐骑,项羽被刘邦围在垓下的时候,帐前作歌别虞姬说:"力拔山河气盖世,时不利兮骓不逝。" ⑥千金骏骨无人贵:战国时燕昭王许以千金购买死的千里马的骨头,以招致活的千里马。在这里是指当世无人看重千里马。 ⑦垂缰义:引用了符坚之马垂缰救主的故事。十六国时,前秦符坚为慕容冲所追袭,鞭马疾逃,中途坠落涧水中,无法上岸。他的马跪在水边,垂下缰绳,使符坚攀援而上,得以逃脱。 ⑧跳檀溪:指刘备乘"的卢"马脱险故事:三国时刘备在古城聚会后,到荆州向刘表借地屯军。刘表请刘备于三月三日赴襄阳会。会上刘表让刘备接管荆州,刘备不肯,并推荐刘表长子刘琦为继承人。表之次子刘琮怀恨,乃遣蒯越谋杀刘备。刘备逃到檀溪遇阻,借马"的卢"之力,跳过檀溪脱难。 ⑨单刀会:即关云长单刀赴会的故事。三国时东吴鲁肃设伏重兵,请关羽赴会,索还荆州。关羽骑赤兔马,携单刀昂然赴会,席间谈笑自若,使鲁肃未敢加害。 ⑩美良川扶持敬德:敬德是唐将尉迟

恭的字,他投唐前是刘武周的部下,曾在美良川(今山西闻喜县南四十里处)与唐将秦琼交锋。 ⑪乍富儿曹:即今天说的暴发户。 ⑫一地里:一味的。蹿:跳。蹯:用脚尖着地走路。 ⑬凌迟:古代一种把罪人割碎的刑罚。 ⑭唱道:即畅道,常道。 ⑮站驿:即驿站。

【赏析】

借动物之口诉冤来抒写人间的不平,刘时中并非是开先河,前面已有姚守中的《牛诉冤》、曾瑞的《羊诉冤》。但这首《代马诉冤》影响深远,作者以一个得不到重用的千里马的口吻来诉冤,其实是为不能得到重用的知识分子们发出不平的嘶鸣。

整套曲子用了七支曲牌,首曲〔新水令〕,作者就抒发了"千里马常有,而伯乐不常有。"的悲鸣。因为没有赏识的伯乐,所以千里马只能在艰困和劳役中断送自己的一生。作者借曹操之志和马化为龙的典故,写这匹老千里马虽有凌云壮志,但却到不到主人的重用,被舍弃不顾,怎能不感到无限伤悲?

〔驻马听〕、〔雁儿落〕、〔得胜令〕三支曲,作者比拟马的口吻回忆了自己在历史上的功绩,并且诉说了自己所受到的不公平待遇,对自己有功而遭弃发出了沉重的叹息。想当年,自己在三月三日曾载刘备赶赴襄阳之会,而现在再听不见千里马的嘶鸣,将军帐前再也见不到千里马的身影。在〔雁儿落〕、〔得胜令〕两支曲中,作者连用七个反问句,连续引用了几个关于千里马的典故:苻坚之马垂缰救主;"的卢"助刘备跳过檀溪脱难;赤兔马载关羽携单刀昂然赴会;助尉迟敬德一臂之力。紧接着,作者笔锋一转,道出了千里马被遗弃不用后的忧愤不平的心情。这种今昔鲜明的对比,具有强烈的艺术感染力。

〔甜水令〕、〔折桂令〕、〔尾〕三支曲子则叙述了一匹得不到重用的千里马的遭遇。千里马与普通的马能起的作用不大一样,他具备特殊的才能,可是待遇连普通的马也不如。在马中,那些"乍富儿曹"、"无知小辈"擅于做表面文章,快蹿轻蹯、乱走胡奔,骗得官府看不清真实的情况,立过汗血功劳的千里马却受连累、受诬陷、受排挤,被卖到农村,甚至被"埋没在蓬蒿、失陷在污泥。","准备着竹杖芒鞋,免不得奔走驱驰。",供人拉车、为人服役,最后甚至落了个"眼见得无客贩无人喂"的凄凉悲惨结局。这些,都是由于那些屠户贪微利、"咽馋涎豪客"们"思佳味"。千里马得不到应有的待遇,甚至不得善终。面对如此悲惨的下场,千里马发出了警告:"便休说站驿难为,则怕你东讨西征那时节悔!"这是对现状的轻蔑,也是对这个社会黑暗的现状不满。

这篇套曲以千里马比喻人才,借动物诉冤来影射人类社会现实的黑暗,处处关合,生动贴切,活灵活现地展示出元代社会中知识分子得不到重用,反而沦落下僚的境遇。曲子语言通俗质朴,描述铺张,用字铿锵有力,用坚定的语气表现出了不对世俗低头的铮铮铁骨。

〔双调〕蟾宫曲

旅况（二首之一）

阿鲁威

正春风杨柳依依①，听彻阳关②，分袂③东西。看取樽前，留人燕语，送客花飞。谩④劳动空山子规⑤，一声声犹劝人归。后夜相思，明月烟波，一舸鸱夷⑥。

【注释】

①杨柳依依：袭用《诗经·采薇》的成句："昔我往矣，杨柳依依。" ②阳关：即《阳关三叠》，是根据唐王维《送元二使安西》改编的乐曲，唐、宋以来一直是送别的名曲。 ③分袂：分手、分别。"采薇"和"阳关"都是古代咏唱离情的名篇。 ④谩：同"漫"，此处意思是空、枉然、徒然。 ⑤子规：即杜鹃，又名杜宇，相传为蜀古望帝魂魄所化，啼声哀怨动人，听去好像在说"不如归去"。 ⑥鸱夷：即鸱夷子皮，为范蠡的别号，范蠡辅佐勾践灭吴之后，认为勾践可以共患难，不可共安乐，因而浮海而去，改名鸱夷子皮，省称鸱夷子。

【赏析】

这首小令为阿鲁威《旅况》组曲中的第一首，虽然题为《旅况》，但重点不是描写旅途中的景况，而是截取了离别的场面，抒发离别的愁苦，其中暗含着自己有志归隐的情怀。

全曲可以分为四层。前三句为第一层，第一句"正春风杨柳依依"点明时间是在春天。"春风杨柳"本来是喜悦的意象，可是在告别的宴会上，作者一想到唱完"采薇"和"阳关"等离别的歌曲，于是便觉得那春风拂动的杨柳犹如诉说着依依不舍的离情。离别的阴影始终笼罩着作者的心，使他笔下的景物都传达出浓厚的愁苦之情。

于是接下来，"看取樽前，留人燕语，送客花飞。"三句写离别时的情景，为全曲的第二层。"燕语"、"花飞"本是动人的景象，然而举起离别的酒杯，作者满腹惆怅，感到燕子呢喃是在挽留自己，花絮飘飞，仿佛是依依惜别。花花鸟鸟皆关离情，进一步渲染了前面的依依不舍之情，也为后面主题的展现作了铺垫。

第三层为"谩劳动空山子规，一声声犹劝人归。"两句，将前面的气氛推向高潮。听见春日里山中子规的啼叫，作者欲留不可、非走不行的苦恼更加明显，辜负了它那"不如归去"的声声啼叫，于是心中产生了怠慢子规的歉疚。一个"谩"字，一个"犹"字，着笔凝重，感情强烈，写尽了去意的坚定。行文至此，作者通过层层写景、层层抒情，渲染出强烈的离愁别恨。

但是，作者还意犹未尽，最后三句"后夜相思，明月烟波，一舸鸱夷。"为第四层，揭示主题。作者运用想象，从今日写到后夜，从别宴写到旅途，从眼前景写到了心中景，表现了对前景的预测。"鸱夷"两个字，表现了对宦海浮沉的厌倦，对无羁无绊的生活的向往。

〔双调〕蟾宫曲

旅况（二首之二）

阿鲁威

理征衣①鞍马匆匆，又在关山，鹧鸪②声中。三叠阳关③，一杯鲁酒④，逆旅新丰⑤。看五陵无树起风⑥，笑长安却误英雄⑦。云树濛濛，春水东流，有似愁浓。

【注释】

①征衣：本指战袍，征战时所用，这里比喻奔波之急。 ②鹧鸪：据说其声凄切，好象是说"行不得也哥哥"。唐宋诗词中常用鹧鸪鸣声喻不如意事。 ③三叠阳关：《阳关三叠》，是根据唐代王维《送元二使安西》一诗所编的名曲，乃徘徊留连的送别之音，在被送者听来，自然勾出一种不尽的离愁了。 ④鲁酒：薄酒。北周庾信《哀江南赋》里说："楚歌非取乐之方，鲁酒无忘忧之用。"俗语说："借酒浇愁"。这里用"一杯鲁酒"的典故，诉酒淡而无味连愁都解不了，是从反面说愁之重。 ⑤新丰：汉代京城长安附近县名，在今临潼县东，唐代已废。 ⑥看五陵无树起风：五陵，汉代著名的五个皇陵：长陵、安陵、阳陵、茂陵、平陵。汉代每立陵墓，都把四方富家豪族和外戚迁至陵墓附近居住。所以，后来诗文中常以"五陵"为贵族聚居之地。此处"树"喻人，"风"是风流的意思，全句说的是京城应为英才荟集之处，但不见英雄，所见皆为纨绔，庸庸碌碌无德无能，令人可笑可叹。 ⑦笑长安却误英雄：笑，含有耻笑、慨叹双重含义。长安，古代诗歌韵文都用以喻京城，这里更应引申为通都大邑。误，并非单纯的耽误，而是包含着对元代中叶以后统治阶级内部一方面互相残杀，一方面荒淫奢侈的斥责。

【赏析】

这首小令题为《旅况》，描写长途旅行中的感受，从曲子的内容看，应作于作者赴长安途中。

全曲同样可以分为四层，开头三句"理征衣鞍马匆匆，又在关山，鹧鸪声中。"为第一层，开门见山，直奔主题，描写旅程的情况。作者行色匆匆，一次次地整顿行装，穿越重重关山，听到鹧鸪凄切的叫声，欲归不得，欲罢不能，身心极其矛盾苦闷。

接下来，"三叠阳关，一杯鲁酒，逆旅新丰。"为第二层，紧承上文，抒发了下榻旅舍时愁肠满怀，薄酒无味的郁闷之情。作者孤身一人，旅途寂寞，客居新丰，思乡之情无以寄托。作者听着《阳关三叠》，思乡情切，只能斟酒自饮，借酒消愁，然而却淡而无味，这情境，怎能不叫人黯然销魂？

第三层为"看五陵无树起风，笑长安却误英雄。"，由一个"看"字领起，用工整的一个对子，指出富贵误人的现实，抒发前程茫茫的心绪。"五陵无树起风"，意味着时运不济；下句"长安误英雄"，抒发了怀才不遇的感慨。"笑"字看似旷达通脱，但掩盖不了内心的凄凉和悲怆。

最后三句"云树濛濛，春水东流，有似愁浓。"为第四层，作者围绕着一个"愁"字，那茫茫一片云海似的森林，无边无际；春雪融化的滔滔江水，奔流不息，都成了作者浓厚愁情的载体。小令以写景结尾，作者将旅途的艰辛、乡愁的浓重、人生失意的感叹、前程渺茫的忧虑，都融入到了景中，给人留下无尽的回味。

〔双调〕蟾宫曲

怀　友

阿鲁威

动高吟楚客秋风①，故国②山河，水落江空。断送离愁，江南③烟雨，杳杳孤鸿。依旧向邯郸道中④，问居胥⑤今有谁封。何日论文，渭北春天，日暮江东。

【注释】

①楚客：一位楚地的人。秋风：一种豪壮的楚歌。　②故国：这里是故土、故乡的意思，指那位友人的故乡。　③江南：古代一般指吴越，即今江浙一带。　④依旧向邯郸道中：这里用了唐沈既济《枕中记》的典故，《枕中记》说，有卢生在邯郸旅店中，遇到道人吕翁，吕翁送给他一个枕头，他枕着入梦，梦中经历了数十年的荣华富贵，到醒来时，主人烧的黄粱饭还未熟。　⑤居胥：应为狼居胥，山名，在今内蒙古自治区五原县西北，又名狼山。汉朝时骠骑将军霍去病，曾率军打到狼居胥，大胜，封山而归。古时封狼居胥就意味着建立功业。

【赏析】

这是一首触景伤怀、怀念故国友人的小令。阿鲁威本是蒙古族人，曾任南剑（今福建南平）太守，本曲应该作于作者赴任途中。

曲子开头第一句"动高吟楚客秋风"，落笔就奠定了全曲的感情基调。曲中指出，作者所怀的友人是一位楚地之人，常常吟咏"秋风辞"那样豪壮的楚歌。由于作者刚刚告别故乡，下面两句"故国山河，水落江空。"，自然念及故乡的秋景。这两句既点明了作此曲时间是秋天，也暗寓着友人已离开故乡，人去江空了。"水落江空"虽然寥寥四字，却写尽了秋天寂寥空旷的典型风貌。

接下来"断送离愁，江南烟雨，杳杳孤鸿。"三句，转向描写江南的秋景，点明去向。江南的烟雨萦系着作者的思念，可惜"杳杳孤鸿"音讯甚少，这同时也断送了他的离愁。"依旧向邯郸道中，问居胥今有谁封。"两句，上句"邯郸道"引用了《枕中记》中"黄粱梦"的典故，即点明追求功名；下句"居胥"用卫青、霍去病逐匈奴于狼居胥的故事，意即建功立业、名垂青史。这说明作者曾经也有宏图伟志，结果却被现实冲垮。作者用问句进行指责，现世有谁还想着去封狼居胥山？哪有考虑为国家建功立业的人！这不仅是对友人的规劝，也表现了一种对现实的极端不满。

最后三句"何日论文，渭北春天，日暮江东。"，作者将自己的苦闷推及志同道合的友人，语气虽然平淡，但寓意深厚。曾经无论在渭北，还是江南；无论是初春，还是深秋，都在一起饮酒论文，指点江山，而如今只有暮云四合、江水悠悠。作者由景生情，层层推进，曲尾点明题旨，耐人寻味。

〔双调〕蟾宫曲

阿鲁威

烂羊头谁羡封侯①。斗酒篇诗②，也自风流。过隙光阴③，尘埃野马④，不障闲鸥⑤。离汗漫飘蓬九有⑥，向壶山小隐三秋⑦。归赋登楼⑧，白发萧萧，老我南州⑨。

【注释】

①烂羊头谁羡封侯：典出《后汉书·刘玄传》之"烂羊头，关内侯"。　②斗酒篇诗：化用杜甫《饮中八仙歌》的名句"李白一斗诗百篇"。　③过隙光阴：借用"白驹过隙"这一成语，说光阴易逝。《史记·魏豹传》："人生一世间，如白驹过隙耳。"白驹喻日影。　④尘埃野马：语出《庄子·逍遥游》："尘埃也，野马也，生物之以息相吹也。"意是哪怕像尘土那样的微粒，像春天田野上蒸腾的雾气，都是有所凭藉的。　⑤闲鸥：古典作品中历来用"鸥盟"、"鸥社"比为隐者，又加上"闲"字，更突出隐居之乐。⑥汗漫：无边无际，引伸为无休无止。飘蓬九有：在全国各地飘泊。九有，即九州。⑦小隐：指到山泽之中去隐居。《文选》晋·王康琚《反招隐诗》："小隐隐陵薮，大隐隐朝市。"三秋：在古文中有三年、三季、农历九月等讲法，大多是确指。　⑧归赋：东汉张衡因当时宦官用事，不得志，作《归田赋》表示想辞官归田。登楼：汉末王粲，避难荆州，依附刘表，才能不得施展，作《登楼赋》表示思乡之情。　⑨南州：这里是泛指南方地区。

【赏析】

这首小令抒发了作者对隐逸生活的向往之情。

首句"烂羊头谁羡封侯",语出惊人,以警拔之语断然否定了拜将封侯的生活道路。"谁羡"二字,表明作者不屑的态度,为正面描写自己的人生理想作了有力的铺垫。接下来"斗酒篇诗,也自风流。"两句,笔锋一转,表达了对李白纵情诗酒、飘逸无羁的生活态度的倾慕之情。开头三句,作者直抒胸臆,毫无雕琢掩饰。

接下来三句,作者更进一层,连用三个典故,点明对自我人生选择的理性思考。时光如白驹过隙,生命如尘土雾气那样微小,都是骤忽即逝,与其在仕途上奔波忙碌,不如效仿野鹤闲鸥,自由地在山林翱翔。"离汗漫飘蓬九有,向壶山小隐三秋。"两句,紧承上文,作者正面表明了自己的理想,希望离开这无尽期的四处飘泊生活,漫游九州、归隐林泉,完全超脱于这世俗尘寰之外。

然而,残酷的现实粉碎了作者这种理想。"归赋登楼,白发萧萧,老我南州。"三句,便表现了作者在现实与理想的矛盾中的深重苦闷和无奈。虽然自己已经白发苍苍,然而却不得不远离故土,屈任南剑太守,纵然有归隐之心,也只能像东汉张衡、或汉末王粲那样寄情于《归田》、《登楼》之赋。

这首小令是现存阿鲁威作品中,诗以明志最强烈、最明确的一首。最大的艺术特色在于用典自然贴切,不着痕迹,而且善于融化前人的语言,有机地融合成为统一和谐的艺术意境。

〔正宫〕醉太平

寒食①(四首之一)

王元鼎

珠帘外燕飞,乔木上莺啼。莺莺燕燕②正寒食,想人生有几?有花无酒难成配,无花有酒难成对。今日有花有酒有相识,不吃呵图甚的!

【注释】

①寒食:我国古代传统节日之一,在冬至后一百零五天,即清明前一天或前两天。时近暮春,经历了一冬严寒禁锢的人们,往往在这春和日暖、莺歌燕舞的大好时节外出游春,逐渐形成了一个沿习成俗的节日。 ②燕、莺:古人称黄鹂为莺或黄莺都是候鸟,冬去春归,古诗文中常把它们作为春景的典型代表予以描绘。

【赏析】

王元鼎《寒食》组曲一共四首,这是第一首,表现了作者面对大好春光想要及时行乐的思想。

全曲可以分为三层,前三句为第一层。"珠帘外燕飞,乔木上莺啼。",借莺歌燕舞点明是寒食节时的春景。虽然只出现了"燕飞"、"莺啼",但透过紫燕低飞、黄莺娇啼的欢景,一幅花红柳绿的旖旎春光图展现在读者眼前,令人仿佛感到融融春光带来的温暖。

接下来三句"想人生有几?有花无酒难成配,无花有酒难成对。"为第二层。作者笔锋一转,转为感慨人生的短暂和难得美满的遗憾。面对这样大好的春光,很容易触发心绪,往年寒食节郊游的盛况闪进了作者的脑海,当时的场面历历在目,让作者深深感到了时光流逝的惊人速度,于是禁不住发出了"想人生有几"的感喟。透过"有花无酒难成配,无花有酒难成对。"两句,令人隐隐感到了深藏在作者胸中的一种郁闷、怨愤之情。在现实生活中,"花"、"酒"难以同时得到,作者似乎是用"花""酒"兼得的状况来隐喻自己所追求、希冀而又难以达到的境遇,假借"花""酒"难兼来抒发胸中的不快,宣泄郁结的愤懑,流露对现实生活的不满。由于人生的种种失意都是由春色引发的,所以第二层与第一层的内容似断实连。

第三层为最后"今日有花有酒有相识,不吃呵图甚的!"两句,作者大有一醉方休之势,洋溢着一种喜悦、旷达的心情。"今日有花有酒有相识",是人生的一大乐事,于是作者在愉悦畅快之中放纵自己,这实际是在故作旷达、借酒浇愁。"不吃呵图甚的"用最浅白的语言,表明了作者的态度,也隐隐透露出一丝对现实的不满和抗争,字里行间充溢着低沉的情调。

〔正宫〕醉太平

寒食(四首之二)

王元鼎

声声啼乳鸦,生叫破韶华①。夜深微雨润堤沙②,香风万家③。画楼洗净鸳鸯瓦④,彩绳半湿秋千架。觉来红日上窗纱,听街头卖杏花⑤。

【注释】

①生叫破韶华:是说乳鸦的啼鸣硬是叫破了宁静的春光,打断了作者的春梦,把作者给叫醒了。韶华,本指美好的时光,这里指美好的梦境。生,这里有"硬生生"、"硬是"的意思。 ②夜深微雨润堤沙:化用杜甫"随风潜入夜,润物细无声。"(《春夜喜雨》)

的句意。　③香风：指夜雨洗净了飘浮在空中的尘埃，使空气显得那么清新，微风吹来，似乎还可隐隐嗅到一袭淡淡的清香。万家：虚数，这里极言夜雨覆盖面积之大。　④画楼：指有图案装饰的楼。鸳鸯瓦：旧式屋瓦呈弧面，在屋顶上一俯一仰间隔排列，仿佛成双成对似的，古人戏称"鸳鸯瓦"。　⑤听街头卖杏花：化用陆游"小楼一夜听春雨，深巷明朝卖杏花。"（《临安春雨初霁》）意，不过陆游原句是设想"明朝"，王元鼎在这里却是实写"今朝"。

【赏析】

这是王元鼎《寒食》组曲中的第二首，借雨景，抒闲情。

寒食节时春光明丽。开头两句"声声啼乳鸦，生叫破韶华。"，借鸦啼的声音点明时节，作者一起笔就描绘出了一幅情趣盎然的晨景。而鸦啼清扰了作者的美梦。接下来，作者以典丽的笔法绘声绘色地描写了清新明净的春色。"夜深微雨润堤沙，香风万家，画楼洗净鸳鸯瓦，彩绳半湿秋千架。"四句，作者按照由远而近的顺序，对景致进行了描绘。作者极力描写夜雨之"微"，茸茸的细雨缓缓而下，无声无息地滋润着堤边的沙滩。微风吹来，似乎还可隐隐嗅到一袭淡淡的清香。这两句是远景，接下来作者转向近景的描写。"画楼洗净鸳鸯瓦，彩绳半湿秋千架。"描写了近处、写庭院里的具体景物。"画楼"上的"鸳鸯瓦"被雨水冲洗得干干净净，露出了它们的本色，秋千架上半湿的彩绳，也显得更加艳丽。作者对雨中的景物一一勾勒点染，字里行间洋溢着春天的气息和盎然的生机。不同时间的交替，不同角度的转换，不同层面的并存，使曲中多种意象构成了一幅立体流动的画面，充满了诗情画意，作者对春天的喜悦热爱之情贯穿其中，脉络分明。

最后"觉来红日上窗纱，听街头卖杏花。"二句在写景中点缀了人的意象。作者进一步点明自己醒来时红日已照到了窗纱上，街上也隐隐传来了卖花人的呼叫声。"听街头卖杏花。"化用陆游的名句"小楼一夜听春雨，深巷明朝卖杏花"。雨过天晴，旧花的残片已被洗尽，新花方吐蕊怒放，正是卖花的大好时节。作者巧妙地将前人塑造出来的诗情画意，有机地融入到这首小令的意境中。

这首小令最大的艺术特色是：写景抒情善于抓住典型性很强的细节，遣词自然贴切，因而全曲写得生动而细腻，颇富感染力。

〔正宫〕醉太平

寒食（四首之三）

王元鼎

辜负了禁烟，冷落了秋千①。春光去也怎留恋，听莺啼燕喧。红馥馥落尽桃花片，青丝丝舞困垂杨线②，扑簌簌满地坠榆钱。芳心闷倦。

【注释】

①禁烟、秋千：二者都借指寒食。寒食这天普禁烟火，人们多携现成熟食外出踏青，或在庭院里打秋千嬉戏。 ②青丝、杨线：均指柳枝。

【赏析】

这是王元鼎《寒食》组曲中的第三首，是借残春之景，抒发了闺中少女的闷缱情怀。曲子开头两句"辜负了禁烟，冷落了秋千。"，落笔就营造了一种感伤的气氛。寒食节民间有"禁烟"的习俗，"辜负了禁烟"意思就是说辜负了这大好时光，"冷落了秋千"是对辜负这时光的补充描写和具体表现，这与寒食节的欢乐气氛是何等的不协调，又是多么令人遗憾。人们不禁要问：闺中少女为何没有了伤春的雅兴呢？三四两句顺势道出了其中的原因："春光去也怎留恋"。大好春光已经逝去了，怎能不让人留恋？"莺啼燕喧"更增加了少女的愁绪。

接下来，"红馥馥落尽桃花片，青丝丝舞困垂杨线，扑簌簌满地坠榆钱。"三句，构成鼎足对，对少女眼中春去的景象进行了具体描绘：香艳的桃花已经凋谢；婀娜的柳枝失去了往日婆娑起舞的风姿；惹人喜爱的榆钱落满了庭院。"落尽"、"舞困"、"满地坠"三组词呈现出一片残春的景色，从而传达出一种伤感的情绪。作者运用"红馥馥"、"青丝丝"、"扑簌簌"三组十分口语化的叠音词，既细致地描摹出了落红残叶的声音，又传神地描写出了景致的情态，还增强了曲文的节奏感。

残春的景色最易牵动少女的情怀，所以一种难以名状的慵懒、无处宣泄的郁闷油然而生。最后"芳心闷倦"四个字点到即止，虽然没有进一步的描写，但是读者可以从少女冷落的秋千中、对春去的苦恼中、对花残叶落的关注中，感受到少女绵绵的情思。以这四字收尾，有画龙点睛之妙，使曲子富有了含蓄不尽之意，余味无穷。

〔正宫〕醉太平

寒食（四首之四）

王元鼎

花飞时雨残，帘卷处春寒。夕阳楼上望长安①，洒西风泪眼。几时睚彻凄惶限②；几时盼得南来雁③，几番④和月凭阑干，多情人未还。

【注释】

①长安：这里并非实指，而是借指当时的京城（即元大都）。 ②睚：犹"捱"，有熬日子、苦度时光的意思。凄惶限：指孤单苦寂、凄凄惶惶的时光。限，指时限。 ③南

来雁:大雁是候鸟,深秋按时南去,暮春按时北返。现在已到寒食时节,大雁也该从南方回来了。 ④几番:极言凭阑次数之多。

【赏析】

这是王元鼎《寒食》组曲中的第四首。此时春光已经逝去大半,但仍有寒意,更容易引起缠绵的情思,这首小令就抒发了闺中女子思念情人、盼望情人归来的一片痴情。

纵观全曲,"多情人未还"的痛苦,是聚合组织众多意象的内在线索。开头两句"花飞时雨残,帘卷处春寒。",时近暮春,花飞雨残,寒意尚未消尽,淅淅沥沥的春雨渐小渐停,开篇描绘了一幅萧条冷落的春景图,颇有感染力。这种凄清的春景便是女子内心痛苦的引发之物。接下来"夕阳楼上望长安,洒西风泪眼。"两句,对于帘中的人来说,春天都要逝去了,而情人却还杳无音信,双重的失意与惆怅使女子对着落日登楼倚栏远望,迎着西风挥洒泪眼,她的心儿飞向了长安,魂牵梦绕的情人身边。作者在这里集中了精心选择的典型景物:"花飞"、"雨残"、"夕阳"、"西风",这些景物都带有残败、飘零、冷落的气息。"西风"的意象在这里出现,不符合季节的特征,这是作者匠心独运,巧妙地借西风送寒意,塑造了一位身心俱寒的思妇形象,为曲子增添了浓郁的感情色彩,使情和景自然和谐地融为了一个统一的意境氛围。

接下来三句"几时睚彻凄惶限,几时盼得南来雁;几番和月凭阑干"三句,作者以铺排之势,返顾寒食节前的一段日子里,闺中女子独守空房、切盼情人归来的情境,表现了思妇痛苦的情感与生活。什么时候才能熬过这独守空房凄惶不安的日子,什么时候才能盼到游子的书信和消息?全句的疑问语气,再次展现了她盼望亲人归来的殷切心情。"几番和月凭阑干"紧承前两句,极言思妇无数次的希望又无数次的失望,已经记不清有多少个不眠夜自己凭栏倚眺与月为伴了。闺中女子苦寂的心情,加深了作品的感染力。而这一切的一切,皆是因"多情人未还",作者在尽情铺写之后,在篇末点明曲意,总束全篇,具有震撼人心的艺术效果。

〔越调〕凭阑人

闺怨(二首之一)

王元鼎

垂柳依依惹暮烟①,素魄娟娟当绣轩②。妾身③独自眠,月圆人未圆。

【注释】

①垂柳依依:语出《诗经·小雅·采薇》"昔我往矣,杨柳依依。"依依,有依恋不舍的意思。古人常用"杨柳依依"表离情别绪。暮烟:指傍晚时分,光色渐暗,云笼雾绕,朦胧迷茫的景色。 ②素魄:指明月。娟娟:形容姿色美好(这里形容明月)。绣轩:这里当指装饰华美的闺房。 ③妾身:女子的自称。

【赏析】

王元鼎《闺怨》本为两首，这是其中之一。小令题目即点明了全曲主旨，描写闺中怨妇的离别相思之情。

开篇两句"垂柳依依惹暮烟，素魄娟娟当绣轩。"，从写景入手，交待了时间和地点。前一句写暮色初合、日光尚未散尽时朦胧的远景。傍晚时分，暮色渐浓，微风轻拂柳枝，云笼雾绕，一片朦胧迷茫的景色。其中一个"惹"字，将杨柳拟人化，赋予杨柳一种婀娜的情态，活脱脱地勾勒出晚景的迷人。后一句时间向前推移，入夜明月高悬，洁白的月光均匀地撒向华美的闺房，这是近景。这两句对景色的铺写，笔调清新、淡雅，为下面"妾身"的思念营造了一个宁静而朦胧的环境。

第三四句"妾身独自眠，月圆人未圆。"，由月及人，写春夜中人的活动。在这万籁俱寂的美好时刻，而"妾身"的夫婿还没有回来，只好"独自眠"。我们中华民族具有尚月的心理和习俗，月儿的圆满往往成为家庭团圆、尽享天伦之乐的象征。现在，月又"圆"了，然而人却未"圆"，这位思妇面对自然与人事的强烈反差，抱着"月圆人未圆"的巨大遗憾，内心怎能不起波澜而安然睡去。这两句写人，虚实相合。前一句实写"妾身"，有形有态，具体实在；后一句写"怨"，却写得虚空缥缈，无影无踪。

这首小令写景从远而近，抒写从实而虚，层层深入，借思妇之口写思妇的哀怨，真实可感，耐人寻味。

〔双调〕折桂令

席上偶谈蜀汉事因赋短柱体①

虞集

鸾舆三顾茅庐②，汉祚难扶③。日暮桑榆④，深渡南泸，长驱西蜀，力拒东吴。美乎周瑜妙术⑤，悲夫关羽云殂⑥。天数盈虚，造物乘除，问汝何如？早赋归欤⑦。

【注释】

①短柱体：句式短小、整齐，基本上四字一句，形如短柱。　②鸾舆三顾茅庐：刘备以皇帝之尊三顾茅庐，请出诸葛孔明。鸾舆，代指皇帝。　③汉祚难扶：大局无力挽回。　④日暮桑榆：典出《太平御览》三所引《淮南子》"日西垂景在树端，谓之桑榆。"人们常用来比喻晚年、末期。这里也是暗喻大势已去的局面。　⑤美乎周瑜妙术：意思是说周瑜巧妙地用火攻之计在赤壁一举奠定了天下三分的局面。　⑥悲夫关羽云殂：是说由于关羽的失误导致身死而荆州丧，使蜀汉蒙受巨大损失。关羽自己送了一条性命，随后张

飞、刘备相继而亡，蜀汉元气大伤，且失去荆州等于失去了屏障，蜀汉的损失是不可估量的，真正是历史的悲剧。　⑦欤：句末语气词。

【赏析】

虞集为元延祐年间元诗四大家之首，他的诗以典雅精切著称，而散曲作品存世的，只有这一首小令。本曲借三国时蜀汉之兴衰抒发历史兴亡皆有天数，而非人为之所成的感慨。本曲的"曲眼"为"天数盈虚，造物乘除"八个字，也就是天意自然决定主宰着天地万物彼此的变化消长，全曲充斥着一种具有悲剧色彩的世界观和历史观。

为了充分营造这种悲剧氛围，曲子开篇连用八句写蜀汉兴亡。开头两句即奠定了全曲的感情基调。"銮舆三顾茅庐"，说的是刘备以皇帝之尊三顾茅庐，请出诸葛孔明，君明臣贤，风云一时。紧接着第二句笔锋一转，尽管如此，"汉祚难扶"，大局无力挽回。接下来连用四个短句"日暮桑榆，深渡南泸，长驱西蜀，力拒东吴。"，叙述在万分艰难的局势下，刘备君臣渡过惊险的泸水，在西蜀开辟了一番基业，与东吴在长江之险形成对峙之势。下边一个对句"美乎周瑜妙术，悲夫关羽云殂。"，上句说周瑜巧妙地用火攻之计在赤壁一举奠定了天下三分的局面，下句说由于关羽的失误导致身死而荆州丧，使蜀汉蒙受巨大损失。这不仅是说火攻之计美，更是三足鼎立局面形成，三方面的英雄尽可以有用武之地，功业彪炳。一个"美"字，突出了对周瑜业绩的赞美。而"悲"的是，最终不只是关羽断送了性命，随后张飞、刘备相继而亡，蜀汉元气大伤，而且失去荆州就等于失去了屏障，蜀汉的损失不可估量。于是，作者将这一切归之于"天数盈虚，造物乘除"，也就是天意难违的宿命。最后，作者由古及今、由历史到现实，对自己的人生归宿自问自答。"问汝何如？早赋归欤。"，表明效仿陶潜，早归山林才是自己明智的选择。

这首曲子通篇用"短柱体"，一句两韵，一贯到底，用词流畅自然，颇见功力。

〔中吕〕喜春来

泰定三年丙寅岁除夜玉山舟中赋

张　雨

江梅的的①依茅舍，石濑溅溅漱玉沙②，瓦瓯篷③底送年华。问暮鸦，何处阿戎④家。

【注释】

①的的：本是明白、昭著之意，此处形容梅花在暮色中仍显得鲜明耀眼。　②石濑溅溅：形容清流在石上溅起晶莹的水花汩汩奔流的态势。漱玉沙：形容水流的清澈见底，以至能将河中沙石尽收眼中。　③瓦瓯篷：一种简陋的船篷，它形如瓦瓯。瓦瓯，小盆。　④阿戎：作者的从弟。

【赏析】

除夕之夜本是辞旧迎新。一家人团聚的时刻，而此时作者却是归家无望、依旧漂泊于江上，望着暮色笼罩下江边的景致，倍感羁旅之苦，思乡之情油然而生。

作者由江边的景物着笔，"江梅的的依茅舍，石濑溅溅漱玉沙"对仗工整，江畔的梅花明艳地依着农家茅屋盛开着；清流在石上溅起晶莹的水花汩汩奔流，水流清澈见底，以至能将河中沙石尽收眼底。"的的"两个叠字用得极有特色，描摹出了梅花色彩的鲜艳夺目，在暮色中仍能看得分明。"石濑溅溅"活画出江中水流的的态势；一个"漱"字，形象地描绘了水流沙动、沙随水流的细微动态，而一个"玉"字，则含蓄再现了水净沙明，沙白如雪的的情态。作者笔下的画面虽然不乏活力和生机，但是毫无新年除夕之夜的喜庆气氛，在平静的描绘中流露出一种清冷的情调。

第三句"瓦瓯篷底送年华"乃点题之笔，描述了作者的漂泊生涯。作者容身在这样一条寒伧的小船上，在它的陋篷下，在江中送走旧岁，迎来了新年，心中该有多少隐衷和感慨。突出了作者的孤独之感和凄凉之情。最后，"问暮鸦，何处阿戎家。"两句，是上述情绪自然的发展。作者将目光投向了在暮色中纷纷归巢的寒鸦，不禁想起自己的家乡，问一声：可知道我的弟弟家在何处呢？情不自禁地流露出强烈的思乡之情。作者以此收尾，似乎还没有倾尽所有的感情，意犹未尽，于是为读者留下了广阔的想象空间。

〔正宫〕端正好

乐 道

邓学可

撇罢了是和非，拂掉了争和斗，把心猿意马牢收。舞西风两叶宽袍袖①，看日月搬昏昼②。

〔滚绣球〕千家饭足可周，百结衣不害羞。问甚么破设设歇着皮肉，傲人间伯子公侯。闲遥遥唱些道情，醉醺醺打个稽首，抄化些剩汤残酒，咱这愚鼓简子便是行头。今朝有酒今朝醉，明日无钱明日求，散诞无忧。

〔倘秀才〕积书与子孙未必尽收，积金与子孙未必尽守。我劝你莫与儿孙作马牛，恰云生山势巧，早霜降水痕收③，怎熬他乌飞兔走。

〔滚绣球〕恰见元宵灯挑在手，又早清明至门插柳。正修禊传觞流曲④，不觉击鼍鼓竞渡龙舟⑤。恰才七月七，又早是九月九,咱能够几番价欢喜厮守,都在烦恼中过了春秋。你子见纷纷世事随缘过,都不顾急急光阴似水流,白了人头。

〔倘秀才〕有一等造园苑磨砖砌甃,盖亭馆雕梁画斗,费尽工夫得成就,今日是张家地,明日是李家楼,大刚来只是翻手合手。

〔滚绣球〕划荆棘凿做沼池,去蓬蒿广栽榆柳,四时间如开锦绣,主人公能得几遍价来往追游。亭台即渐摧,花木取次休,荆棘又还依旧,使行人嗟叹源流。往常间奇葩异卉千般秀,今日个野草闲花满地愁,叶落归秋。

〔呆古朵〕休言尧舜和桀纣,都不如郝孙谭马丘刘,他每是文中子门徒,亢仓子志友。休说为吏道的张平叔,做烟月的刘行首,若不是阐全真的王祖师,拿不着打轮的马半州。

〔太平年〕汉钟离原是个帅首,蓝采和本是个俳优,悬壶翁本不曾去沽油,铁拐李险烧了尸首。贺兰仙引定曹国舅,韩湘子会造逡巡酒,吕洞宾三醉岳阳楼,度了数千年的绿柳。

〔随煞〕休言功行何时就,谁道玄门不可投,人我场中枉驰骤,苦海波中早回首,说甚么四大神游,三岛十洲,这神仙隐迹埋名,敢只在目前走。

【注释】

①舞西风两叶宽袍袖:这里的两只"宽袍袖"是人生的象征,作者将其比作两片树叶,任其在时代的西风中飘舞摇曳。 ②看日月搬昏昼:意思是,白昼与黄昏的交替盖由日月搬运所致。 ③霜降水痕收:即云消雾散之际。 ④修禊:指阴历三月三日人们到水边嬉游,以消除不祥。传觞流曲:指人们在河边嬉游时传杯饮酒之风俗。 ⑤击鼙鼓竞渡龙舟:指阴历五月五日端午节击鼓竞渡龙舟的活动。

【赏析】

元代时,全真教十分盛行这篇套数。这支套曲总共由九支宫调曲组成,通篇阐释全真教教义,题目《乐道》则充分显示了作者的态度,曲子就是劝人安贫乐道,皈依空门。

第一曲〔端正好〕总述人生应该有的安定而悠闲的处世态度,对全真教所提倡的"澄心定意"的真功内涵作了世俗化、形象化的解释。第二曲〔滚绣球〕具体描写"散诞无忧"的生活情况。这种生活不以外在形式为累,目的是为了追求自在、舒心和舒意。这种生活最显著的特征是以人生为戏,以逍遥为乐。曲子的主旨是对清贫生活的肯定,从这种散逸的生活中感到慰藉,其中包含着对人生某种豁达的态度。第三曲〔倘秀才〕是看破红尘的表述,阐明了道教徒对子孙应有的态度。"莫与儿孙作牛马"的实质在于使其自身活得轻松愉快。曲中寄托了作者的一种虚无主义思想,体现了与儒家传统伦理观的对立。

第四曲〔滚绣球〕表现了光阴荏苒，人生无常的瞬间意识。作者使用"恰见"、"又见"、"恰才"、"又早"等词，将一年中的几个节气、节日串联起来，以一年中几个节日的匆促更替，形象地写出如白驹过隙的光阴飞逝，劝告人们应该忘却烦恼，珍惜时光，充分体现了道教对现实人生的高度重视。第五曲〔倘秀才〕和第六曲〔滚绣球〕，通过铺写楼馆亭苑的易主以及对于其盛衰景况的对比，说明富贵荣华的倏忽短暂，人生不可贪恋于此。全真教所倡导的"与物无心"的思想内涵在此处又得到了世俗化、形象化的说明。

　　第七曲〔呆古朵〕、第八曲〔太平年〕、第九曲〔随煞〕是全曲主旨的落脚点，也是其思想指向的归宿。〔呆古朵〕一曲直接推崇全真教的祖师真人和道徒，在"休言"、"休说"数句中，将儒家的是非之争与入世之道一笔抹煞，指出只有皈依空门、为仙为道方是解脱尘世烦恼的惟一出路。〔太平年〕一曲揭示了民间传说中道教八仙原本的身份，旨在说明凡人也可以修道成仙，进一步劝人皈依道教。最后一曲〔随煞〕总结全套，充分肯定了得道成仙为极乐的道教宗旨。

　　这篇套数可以看作全真教的道词，作者用九支曲子进行铺排描写，突出主题，将自己的观点阐发地淋漓尽致，易于让人接受。

〔南吕〕一枝花

妓女蹴鞠①

萨都剌

　　红香脸衬霞②，玉润钗横燕③。月弯眉敛翠④，云軃鬓堆蝉⑤，绝色婵娟。毕罢了歌舞花前宴，习学成齐云天下圆⑥。受用尽绿窗前饭饱茶余，拣择下粉墙内花阴日转。

　　〔梁州〕素罗衫垂彩袖低笼玉笋⑦，锦袜衬乌靴款蹴金莲⑧。占官场立站下人争羡，似月殿里飞来的素女，苍天风吹落的神仙。拂花露榴裙荏苒⑨，滚香尘绣带蹁跹⑩。打着对合扇拐全不斜偏，踢着对鸳鸯扣且是轻便⑪，对泛处使穿臁抹膝的搯搭，拽俊处使拂袖沾衣的撇演，妆翹处使回身出鬓的披肩。猛然，笑喘，红尘两袖纤腰倦，越丰韵越娇软，罗帕香匀粉汗妍，拂落花钿⑫。

　　〔尾声〕若道是成就了洞房中惜玉怜香愿，媒合了翠馆内清风皓月筵，六片儿香皮做姻眷，茶蘼架边，蔷薇洞前，管教你到底团圆不离了半步儿远。

【注释】

①蹴鞠：我国古代的一种以踢球为乐的游戏活动。蹴，踢的意思。鞠，以皮革制成的球。　②红香脸衬霞：红润的脸颊仿佛映衬着朝霞，鲜艳而芬芳。　③玉润钗横燕：一支金钗插于乌云般的发髻，仿佛燕子在白玉般润泽的肌肤上飞翔。　④月弯眉敛翠：弯弯的蛾眉如同一钩新月似的纤细，它微微颦敛着宛若泰山堆翠。　⑤云鬈鬓堆蝉：云鬓倾斜，有如蝉翼般贴在耳旁。　⑥齐云天下圆：可能是蹴鞠的一种特殊技艺。　⑦玉笋：形容女子的纤纤玉指。　⑧金莲：形容女子玲珑的秀脚。　⑨拂花露榴裙荏苒：形容女子的石榴裙飞快地拂动着花草上的露珠。　⑩滚香尘绣带蹁跹：形容女子的锦绣飘带在香尘中来来回回地翩翩飞舞。　⑪合扇拐、鸳鸯扣：大约是蹴球时的用具。　⑫"罗帕香匀粉汗妍，拂落花钿。"二句：意思是，把美人用香帕拭汗，不慎将花钿碰落。

【赏析】

这篇套数所描写的并不是人们常见的风月艳情，而是妓女们平日的娱乐休闲活动，为人们展现了一幅绘声绘色的元代社会的风俗民情图，具有不可或缺的社会价值和审美价值。

首曲〔一枝花〕在描绘了妓女的绝色美貌之后，特意介绍了她们平日里歌舞生涯的富足与闲适，虽然过着"绿窗前饭饱茶余"的生活，却仍然富于"粉墙内"赏"花阴"随"日转"的情致，旨在说明妓女蹴鞠已成为她们打发时光、点缀生活的重要内容。

第二曲〔梁州〕是全曲的主体内容，从各个角度描写女主人公蹴的神情美与动态美，生动地再现了妓女蹴鞠的场面。作者首先描绘了她们出场时的打扮和装束，身着一件素雅的罗衫，衣袖却是彩色明艳，长长的彩袖遮掩着她纤纤玉指，别有一番韵味；而款款蹴球的小脚穿着一双锦袜，穿一对乌靴，刚刚在场中立站，便使众目凝眸、人人争羡。接下来，作者着意刻画了她们踢球时优美、准确、轻松的姿态与感觉，表现其高超的球技。"对泛处"以下三句是对蹴绝技的进一步渲染，以观众的反映烘托她们技艺的高超。"猛然，笑喘"等六句通过蹴鞠妓女的嫣然一笑，益发显得丰姿绰约。更加绝妙的是"罗帕香匀粉汗妍，拂落花钿。"二句，通过美人用香帕拭汗不慎将花钿碰落的细节描写，形象地表现出她们的可爱动人之处。

最后一曲〔尾声〕流露了作者对蹴鞠的女主人公的爱慕之情。作者在观看其蹴鞠时突发奇想，要是与她成就美满姻缘，日日缠绵于花前月下，永不分离。这里也反映了作者对女主人公人格的肯定和赞美。

纵观全篇，作者描写的重点不是蹴鞠的活动，而是蹴鞠的妓女。作者用铺排的手法刻画出了妓女可爱的形象，反复渲染她们的美丽动人，其中暗含着不歧视妓女的平等意识，实属难得。

〔双调〕夜行船

送友归吴①

李 洞

驿路西风冷绣鞍②,离情秋色相关。鸿雁啼寒③,枫林染泪④,揾断旅情无限。

〔风入松〕丈夫⑤双泪不轻弹,都付酒杯间⑥。苏台景物非虚诞⑦,年前倚棹⑧曾看。野水鸥边萧寺⑨,乱云马首吴山⑩。

〔新水令〕君行那与利名干⑪,纵疏狂柳羁花绊⑫。何曾畏,道途难。往日今番,江海上浪游惯。

〔乔牌儿〕剑横腰秋水寒⑬,袍夺目晓霞灿⑭。虹霓胆气冲霄汉,笑谈间人见罕。

〔离亭宴煞〕束装⑮预喜苍头办,分襟无奈骊驹趱⑯,容易去何时重返?见月客窗思,问程村店宿,阻雨山家饭。传情字莫违,买醉金宜散。千古事毋劳吊挽,阖闾⑰墓野花埋,馆娃宫⑱淡烟晚。

【注释】

①吴:指古代的吴地,周代的吴国建都于今江苏苏州,后称苏州一带为吴地。 ②驿路:即驿道,指古时的交通大道。西风:秋风。绣鞍:这里代指友人的坐骑。鞍,马鞍。 ③鸿雁啼寒:指深秋时北雁南飞,其啼叫声带来寒意。 ④枫林染泪:指枫树叶经霜变红,像染上一层血泪。 ⑤丈夫:指大丈夫。 ⑥都付酒杯间:指以豪饮代替洒泪。 ⑦苏台景物:这里泛指吴地风景。苏台,即姑苏台,在苏州胥门外姑苏山上,春秋时吴王所建。非虚诞:非凭空捏造。 ⑧棹:船桨,借指船。 ⑨萧寺:佛寺,《释氏要览》:"今多称僧居为萧寺者,是用梁武(梁武帝萧衍)造寺,以姓为题也。"这里泛指吴地的佛寺。 ⑩吴山:原是浙江杭州的一座山名,这里泛指吴地的山岭。 ⑪干:这里是关涉的意思。 ⑫纵疏狂:意思是,放纵自己那种狂放的性格。柳羁花绊:指柳与花,这里代指游赏之地。唐代李白《流放夜郎赠辛判官》诗有"昔有长安醉花柳"之句,也是以花柳代指游赏之地。羁与绊,原指牵制约束,这里是羁旅、作客的意思。意思是,只在旅游之地栖留。 ⑬秋水寒:这里比喻剑锋的明亮冰冷。 ⑭晓霞灿:这里比喻衣袍颜色的光彩鲜明。 ⑮束装:收束行装。苍头:仆人。 ⑯分襟:分手。骊驹:纯黑色的马。趱:加快行走。 ⑰阖闾:春秋时吴王,相传其墓在苏州虎丘。 ⑱馆娃宫:春秋时吴王夫差

为西施建筑的宫馆,位于苏州灵岩山上。

【赏析】

这篇套数是送别之作,由五支曲子组成,曲中着重抒发了送友之情,并结合描写了吴地的风光。

开曲〔夜行船〕运用了传统的寓情于景、借景抒情的手法,描写了送别的环境,渲染了令人伤感的离别气氛。"枫林染泪"移情入景,借红叶传情,使秋色也染上一层离情。作者选取了西风、雁声、枫林等典型寒秋时节的景物描写,使得情景交融。第二曲〔风入松〕转向描写离别之宴,主要表现了作者自己的形象。"丈夫双泪不轻弹,都付酒杯间。"二句承上启下,是一个层次,写临别时的激情,由抒发离愁转向对友人的劝慰。接下来,"苏台景物"四句是另一个层次,通过回忆吴地的名胜美景来显示友人此行的价值,借以冲淡离别的伤感。这二句不仅写出了吴地的山水古迹,而且表现了作者作者浪迹江湖的开朗性格和豪迈胸襟。

〔新水令〕和〔乔牌儿〕二曲,主要是描绘友人的形象。〔新水令〕以一种潇洒不羁的生活态度描写了友人的浪游生活。〔乔牌儿〕,主要从友人的装束、气派和言谈等方面写友人的形色、赞叹友人的风貌。纵观全篇,从第二曲〔风入松〕开始层层淡化离别之情,而最后一曲〔离亭宴煞〕挽回一笔,着重表现了作者对友人的惜别、关怀和叮嘱。作者直接感慨"容易去何时重返?",把旅途的天气、场景与友人的饮食起居及心理活动结合在一起进行描写,充分表现了作者对友人旅途生活的关心。最后对友人重重叮嘱,一种真诚的情谊昭然可见。"阊阖墓野花埋,馆娃宫淡烟晚。"两句,及照应了前文的"苏台景物",再扣"归吴"的题面,更以一世英雄吴王阊阖的最后归宿,以馆娃宫今日萧条凄凉的景象,对"千古事毋劳吊挽"作了具体说明,一种对历史的失望和对政治的绝望溢于言表。

这篇套数主要抒写了送别的友情,塑造了两个都充满着豪情胆气的人物形象,即作者自己与友人其基调是积极开朗的,但因在当时的现实生活中都没有找到真正的出路,因而都把豪情倾向醉酒,在豪放旷达的胸怀中又流露出一些颓废情绪,这些正是元代一些知识分子壮志难酬的精神状态的真实写照。

〔正宫〕塞鸿秋

薛昂夫

功名万里忙如燕,斯文一脉微如线,光阴寸隙流如电,风霜两鬓白如练。尽道便休官,林下何曾见?至今寂寞彭泽县①。

【注释】

①"尽道"三句:化用灵彻《东林寺酬韦丹刺使》诗句:"相逢尽道休官好,林下何曾见一人?"

薛昂夫的〔寒鸿秋〕一共三首，都是怀古曲，这是第一首，无题，其他二首皆有题。这首曲子意在讽刺那些醉心宦途、追逐名利的文人。

曲子开头"功名万里忙如燕，斯文一脉微如线"两句，从正面描写为官者追求功名，如燕子逐食营巢，忙碌不堪；而对一脉相承的斯文却视若微线，看得很轻。作者以"忙如燕"和"微如线"构成对比，既寄寓了对斯文荡尽、人心不古的无穷感慨，更是鲜活地刻画出了追名逐利者的碌碌之状。接下来"光阴寸隙流如电，风霜两鬓白如练。"两句，道出了光阴易逝，人生短暂，多少人为了功名白了两鬓！作者以时光如电和"风霜两鬓"对比，时光如白驹过隙。人们应当把握住每个瞬间，或建立不朽的功业，或在自然中体味生命的真谛，然而，愚钝的文人们却在争名逐利、尔虞我诈之中徒染了双鬓，从而突现了他们碌碌终生的可悲情状。接着"尽道便休官，林下何曾见?"两句通过追名逐利者自身的言行不一的矛盾构成对比，表面上标榜高洁、无意仕途，实际上百计钻营、乐此不疲，从而入木三分地揭露了他们虚伪的本质。最后一句"至今寂寞彭泽县"，为前两句逻辑的延伸，推出东晋彭泽县令陶渊明辞官归隐寂寞东篱的史实予以证实，同时，又以"寂寞"与开头的"忙如燕"遥相呼应，巧妙地传达出作者的褒贬态度。

这首曲子最大的艺术特色就是对比手法的成功运用，通过层层的对比，鲜明地勾勒出争名逐利的文人可怜、可恶、可悲的面目。

〔中吕〕朝天曲

薛昂夫

丙吉，宰执，燮理①阴阳气。有司不问尔相推，人命关天地。牛喘非时，何须留意？原来养得肥。早知②，好吃，杀了供堂食③。

【注释】

①燮理：调和。　②早知：已知。　③堂食：宰相在政事堂供食，叫堂食。

【赏析】

薛昂夫的〔中吕·朝天曲〕总共二十二首，属咏史小令，多咏叹历史人物。此曲借汉宣帝丞相丙吉问牛的典故，讽刺了朝廷官吏不顾百姓死活，只考虑自己享乐的腐败行为。

据《汉书·丙吉传》所载，丙吉，历任汉武帝、昭帝、宣帝，累官至丞相。丙吉一次外出，路见有人打群架，死伤者横道。他视若罔闻，不加过问。掾史感到奇怪，问丞相为何不过问此事。丙吉回答说："老百姓殴斗杀伤，自有长安令、京兆尹去处理，宰相不亲小事，所以我不该问。"丙吉继续向前走，遇人赶牛，牛喘气吐舌。丙吉派骑吏问道："牛走了几里了？"掾史感到丙吉处事不当。丙吉说道："春天天气不热，牛却喘气，恐怕是中了暑。宰相的职责是调和阴阳气,所以就关心这件事。"掾史乃服,认为丙吉知大体。这就是人们常说的"丙吉问牛"的典故。

关于"丙吉问牛"之典的寓意,历来有所争议。开头三句,讽刺丙吉所谓的调和阴阳气。接着作者独辟新径,劈头便问:"有司不问尔相推,人命关天地。牛喘非时,何须留意?"堂堂宰相,放着人命关天的大事,却借口推诿不管不顾,那么那牛喘本是平常的小事,你又何须如此留意呢?真是本末倒置。紧接着,作者对丙吉问牛的动机作了独特的解释:"原来养得肥。早知,好吃,杀了供堂食。"原来是因为牛养得肥,他已知牛肉好吃,可以供他美餐一顿。至此,一位视百姓生命如蝼蚁,只顾自己享乐的腐败官僚的形象呼之欲出。

此曲借古讽今,立意新颖,思想深刻,语言简练泼辣。

〔中吕〕朝天曲

薛昂夫

董卓①,巨饕②,为恶天须报。一脐然③出万民膏,谁把逃亡照④?谋位藏金,贪心无道,谁知没下梢。好教,火烧,难买棺材料。

【注释】

①董卓:汉献帝时著名的权奸,后被王允、吕布杀死。 ②饕:贪财。 ③然:通"燃"。 ④逃亡照:反用唐人聂夷中《咏田家》"不照绮罗筵,只照逃亡屋"的诗意。

【赏析】

历史上的董卓是汉献帝时著名的权奸,后被王允、吕布杀死,陈尸于街。因其体肥多脂,夜晚守尸的士卒于其脐中点灯,据说光明达旦,以至数日。这首曲子就是根据这一史实所写,作者快意于董卓的下场,认为是其贪婪残暴、作恶多端的报应。

曲子开头就锋芒直指,将其称之为"巨饕",紧扣一个"贪"字,列出了董卓恶迹斑斑的主要特点,直言其做恶多端,不得好报。紧接着"一脐然出万民膏,谁把逃亡照?"两句,前一句写董卓生前榨取民脂民膏,把自己养得肥大无比,后一句写其死后在肚脐上点灯,夜晚照亮了流离失所、四处逃亡的百姓。作者用夸张的语言,对比的手法,揭露了董卓的恶行。接下来"谋位藏金,贪心无道,谁知没下梢。"三句,进一步揭露董卓生前贪心藏金,决没有好下场。最后三句"好教,火烧,难买棺材料。",咒骂董卓死后,被火焚烧,连棺材料也不好买。作者以幸灾乐祸的口气,讽刺挖苦了他死后被火焚烧,连棺材料也不好买的可耻下场,可谓大快人心。

这首曲子充分发挥了散曲快语直言的特点,嬉笑怒骂,痛快淋漓,抒发了作者对董卓的痛恨之情,实际也影射了一切贪财残暴的权臣。

〔中吕〕朝天曲

薛昂夫

则天，改元，雌鸟①长朝殿。昌宗出入二十年②，怀义阴功健③。四海淫风，满朝窑变④，《关雎》无此篇。弄权，妒贤，却听梁公⑤劝。

【注释】

①雌鸟：指武则天。 ②昌宗出入二十年：指武后的内侍宠臣张昌宗，出入宫中达八九年，成为武后二十年荒淫生活中的重要角色。 ③怀义阴功健：怀义，指薛怀义。阴功，即"阴德"，指帝王后宫之事。怀义一为武后私宠，出入禁中；二主后宫大事，更得武后信赖，所以讲"阴功健"。 ④窑变：原指窑中坯体涂上油浆，烧成之后，遂变成灿烂夺目的釉面。这里用以比喻文武百官，都学着张氏兄弟和薛怀义等人，生活腐化，穿戴打扮，个个都一变为五彩缤纷的釉面小丑，金玉其外，败絮其中。 ⑤梁公：指武则天的大臣狄仁杰。狄仁杰死后，追封为梁国公，故人称梁公。

【赏析】

武则天，唐高宗皇后。高宗死后，于684年临朝称制，改元"文明"为"光宅"。于690年篡夺帝位，称圣神皇帝，改国号为周，改元"载初"为"天授"。武后于705年卒，先后专权二十余年。本曲痛斥了武则天弄权妒贤、荒淫无道，同时又对她曾经近贤纳谏予以肯定。

曲子开篇即起笔直斥武则天专权改元的罪行。作者不尊皇后为凤，却称之为"雌鸟"，出语不敬，肆意辱骂，实乃大胆之举。接着，作者一一列举"昌宗出入二十年"，"怀义阴功健"作为"雌鸟长朝殿"的有力证据。武后专权二十年，荒淫无度，张昌宗出入宫中，便是其重要的证据。薛怀义为武后私宠，出入禁中，并且主后宫大事，肆意妄为。"四海淫风，满朝窑变，关雎无此篇。"三句承上两句而来，揭露了武后淫乱所带来的影响。张昌宗、薛怀义如此蒙恩受宠，导致朝野上下淫风四起，文武百官，腐化变质。《关雎》中所赞颂的后妃之德也就自然不见了。这里，是对武则天淫乱生活的无情揭露和唾骂。最后三句，在归结批判武后的同时，对其尚能听信梁公的进谏，却委婉地表示了赞扬。

全曲针对武则天生活上淫乱、政治上弄权进行无情的斥责，出语犀利，同时又对其能纳谏举贤给予明确的肯定，褒贬抑扬，毫无顾忌。

〔中吕〕山坡羊

咏金叹世

薛昂夫

【注释】

销金锅①在,涌金门外②,戗金船③少欠西湖债。列金钗,捧金台,黄金难买青春再。范蠡④也曾金铸来;金,安在哉?人,安在哉?

【注释】

①销金锅:宋周密《武林旧事》讲西湖"日糜金钱,靡有纪极,故杭州谚有'销金锅儿'之号。" ②涌金门:指杭州西城的一个城门,旧名丰豫门,又称小金门。宋赵彦卫《云麓漫钞》讲此处为古金牛出现之所,故名。涌金门外即西湖,杭州小曲云:"涌金门外划船儿。"故址在今儿童公园处。 ③戗:通"枪",在器物上填嵌金银饰物。"戗金船",指填嵌着赤金图案的花船。 ④范蠡,春秋越国的大夫,辅佐越王勾践刻苦图强,卒灭吴国。后看出勾践为人只能共患难,不能共安乐,因去越入陶,经商十九年,治产三致千金。范蠡生为致富,三致千金;死为金铸,以求流芳百世。

【赏析】

这首曲子通过对眼前景物的描写和历史人物命运的剖析,揭示了华贵者终将逝去的命运,从而咏叹世人拜金的可怜。

开头三句"销金锅在,涌金门外,戗金船少欠西湖债。",咏叹金之被销、欠债。联系整体内容,无一不与西湖有关。销金锅是对西湖的拟称,意思是销金锅似的西湖犹在,而金却被销了。涌金门外即西湖,其本身意味着视金如水;而"戗金船"行驶在其中。"销""涌""戗"三个字铺排开来,相互映衬,渲染了一种拜金崇银、挥霍无度的社会风气,西湖成为全曲咏金叹世的独特视角。这三句勾勒出了西湖的大致轮廓,奠定了全曲的感情基调。

接下来四五六三句"列金钗,捧金台,黄金难买青春再。",细致地刻画了湖面上的景象,写戗金船上的女游客头插金钗,手捧金台,富贵无比。然而,作者的意图并非是歌颂湖景的耀眼辉煌,笔锋直指"黄金难买青春再",极其尖锐地指出黄金虽然可以买得富贵荣华,却买不到青春年华的再现。最后三句,曾经辅佐越王勾践的范蠡,经商十九年,治产三致千金,显赫一世也难逃悄然逝去的命运。范蠡本人连同他的金财,于今荡然无存,多么可悲。最后"金,安在哉?人,安在哉?",作者的感慨如此之深!作者在人人共知的常理和事实的叙述中,将曲意不断深化、扩展,取得了强烈的艺术效果。

〔中吕〕山坡羊

薛昂夫

　　大江东去，长安西去，为功名走遍天涯路。厌舟车，喜琴书①，早星星鬓影瓜田暮②，心待足时名便足。高，高处苦；低，低处苦。

【注释】

①喜琴书：化用陶渊明《归去来兮辞》"乐琴书以销忧"的诗句。　②早：已经。星星鬓影：言鬓发花白。瓜田暮：《史记·萧相国世家》写秦东陵侯邵平，在秦亡之后，隐居长安城东门种瓜，瓜美味甜，时人称之"东陵瓜"。

【赏析】

　　这首曲子道出了一个浮沉于宦海的知识分子厌倦功名又未能归隐的苦闷，指出无论干什么事业，自有其苦与乐，人们应以自足为好。

　　开头三句"大江东去，长安西去，为功名走遍天涯路。"，便直接道出沿着长江东下，向着长安西去，东走西奔，走遍天涯海角，为了当官求功名。奔波于"天涯路"之间，既明白地写出了游宦天涯的苦累，又隐含了功名难成的忧患。接着四句"厌舟车，喜琴书，早星星鬓影瓜田暮，心待足时名便足。"，便是抒写功名已成，却又讨厌当官的羁旅之苦，在宦海浮沉间产生了羁旅困顿之感。在一"厌"一"喜"之间，足见对功名的厌倦和对归隐的向往。然而自己已年华老去，鬓发花白，却难以功成身退。作者引用汉初邵平隐居长安城东门种瓜的典故，言年迈人隐居耕种，自有苦乐。于是作者由衷地感悟："心待足时名便足"，所以，只要自己心里满足，不管干什么都喜欢；反之，心里不满足，无论干什么都不喜欢。

　　末尾这四句"高，高处苦；低，低处苦。"，作者分成两组，站在官位高低有无的角度分别作体验，采用对比的方法，突出事物的两个方面，均以一"苦"字作结，高有高的苦，低有低的苦，既呼应前文，言做官有做官的苦，为民有为民的苦，道出了宦海沉浮的个中滋味，发人深思，耐人寻味。

〔中吕〕山坡羊

西湖杂咏（七首之六）

筱 步

薛昂夫

携壶①堪醉，拖筇②堪醉，何须画舫③笙歌沸。绕苏堤，旋寻题，西施④已领诗人意，回首有情风万里⑤。湖，如镜里；山，如画里。

【注释】

①壶：指酒壶。 ②筇：指筇竹做的手杖。 ③画舫：装饰华美的船。 ④西施：春秋时越国的美女，苏轼有诗"欲把西湖比西子，淡妆浓抹总相宜。"，所以又可用西施称代西湖。 ⑤回首有情风万里：化用苏轼《八声甘州·寄参寥子》"有情风万里卷潮来"的诗句。

【赏析】

薛昂夫《西湖杂咏》共七首，皆描绘了西湖四季风光，此为第六首。全曲描绘了西湖的壮丽景色，抒发了作者恬淡旷远的情怀。

开头三句"携壶堪醉，拖筇堪醉，何须画舫笙歌沸。"，以简练的笔触描写作者独自提着酒壶，拖着筇竹手杖，独赏着西湖的秀美风姿。作者漫步于西子湖畔，醉心于西湖美景，连用二个"堪醉"，尽显其恬淡的个性，别具一番风味。不仅如此，作者补一笔"何须画舫笙歌沸"，更显示他不喜那豪华舒适、喧嚣热闹的生活情趣和审美意趣。接下来四句，"绕苏堤，旋寻题，西施已领诗人意，回首有情风万里。"，写诗人沿着苏堤，准备从眼前的美景中寻题作诗，而美丽的西子湖早已领会了作者的意图，"回首有情风万里"，为作者准备好了极好的题材。这里，作者将西湖拟人化，景中含情，使西湖与作者的感情融为一体，然后又化用苏轼《八声甘州·寄参寥子》中"有情风万里卷潮来"的句子，描绘出了西湖长风万里，烟波浩渺，一片深情的壮阔宏大的景象。末尾四句"湖，如镜里；山，如画里。"，连用两个比喻，，将"湖"喻为"镜"，"山"喻为"画"，概括而极其生动地描绘出了西湖风光特色，并与开头相呼应，笔调恬淡，又不失豪放。

〔双调〕庆东原

西皋亭适兴（六首之二）

薛昂夫

兴为催租败①，欢因送酒来②。酒酣时诗兴依然在，黄花又开，朱颜未衰，正好忘怀。管甚有监州，不可无螃蟹③。

【注释】

①兴为催租败：《冷斋夜话》载，宋谢无逸写信给潘大临，问有新诗否？潘答曰："昨日得'满城风雨近重阳'句，忽催租人至，遂败意，只一句奉寄。" ②欢因送酒来：《宋书·陶潜传》写陶渊明九月九日重阳节无酒，出宅边菊丛中坐久，值逢江州刺史王弘送酒至，即便就酌，醉而后归。 ③"管甚"两句：宋时有钱昆少卿，家杭州，喜食蟹，求补外郡官，人问所欲，他说："但得有螃蟹无通判处足矣。"苏轼为之赋诗云："欲问君王乞符竹，但忧无蟹有监州。"这里化用此意。监州，官名，宋代各州通判的别称。

【赏析】

薛昂夫晚年曾在杭县皋亭山一带隐居，西皋亭疑在皋亭山上。《西皋亭适兴》共六首，此曲为第二首。这首曲子紧扣题目，写作者在游兴中适逢诗兴和酒兴，表现出作者忘情诗酒，淡泊功名，追求自由生活的豪放乐观的情怀。

开头两句"兴为催租败，欢因送酒来。"，用对仗的句式，写作者为欠租而愁，为酒至而欢，在内容上也相对应。而这并非是作者生活的实写，而是据此以潘大临，陶渊明自比，反映了作者生活上的清贫拮据和情绪上的起落变化。接下来中间四句"酒酣时诗兴依然在，黄花又开，朱颜未衰，正好忘怀。"，作者情绪消沉却作达观语。浓郁的酒兴勾起了作者的诗兴，眼前又适逢菊花开放，而人又朱颜未改，逸兴尚在，在醉乡中可以把眼前的一切忘怀。虽然流露出有些消沉的情调，但也袒露了作者达观的情怀。正因为如此，作者在最后两句才会毫无顾忌地说出："管甚有监州，不可无螃蟹"。作者在结尾用"监州无通判，不可无螃蟹。"的典故，表达了不受上司拘管，不求功名，追求自由生活的愿望，真是快人快语。

本曲随着周围环境的变化极富层次地写出了人物感情的变化，抒情线索分明，出语坦直爽快，抒发了作者豪放达观的情怀。

〔双调〕庆东原

韩 信

薛昂夫

已挂了齐王印①,不撑开范蠡船②。子房③公身退何曾缠,不思保全,不防未然,划地④据位专权。岂不闻自古太平时,不许将军见。

【注释】

①齐王印:指韩信伐齐,大败二十万援齐的楚军。灭齐,虏齐王。韩信请自立为假齐王。 ②范蠡船:指范蠡在功成名垂之后,乘一叶扁舟,隐退江湖。 ③子房:指张良,他在功成之后,不接受刘邦的万户侯之封,而追随仙人赤松子出游。 ④地:即"的",副词,意为无端地,怎的。

【赏析】

据班固《汉书·韩信传》所载:韩信,淮阴人,少家贫,后被丞相萧何推荐,刘邦拜为大将军,为汉王开国之功臣。韩信伐齐,大败二十万援齐的楚军。灭齐,虏齐王。韩信请自立为假齐王,汉王不悦,骂曰:"吾困于此,旦暮望若来佐我,乃欲自立为王!"张良进谏曰:"不如因立善遇之,使自为守,不然,变生。"汉王允诺。此后,汉王"畏恶其能",终于在吕后的策划下,杀了韩信。这首曲子通过咏叹汉大将军韩信的悲剧命运,揭示了自古皇帝不容开国功臣的历史教训。

开头两句"已挂了齐王印,不撑开范蠡船。",开门见山,形象生动地描写了韩信居功自傲的性格特点。作者将"齐王印"和"范蠡船"进行对举,写韩信功成之后,自立为王,执掌了齐王印,却不像范蠡那样,在功成名就之后,乘一叶扁舟,隐退江湖,不思功成身退。接着中间四句"子房公身退何曾缠,不思保全,不防未然,地据位专权。",近举曾与韩信同时建功立业的张良为例,张良在功成之后,不接受刘邦的万户侯之封,而追随仙人赤松子出游,而韩信不考虑保全自己,不防患于未然,却无端地据王位专权一方。最后两句"岂不闻自古太平时,不许将军见。",总结历史教训,深深地慨叹韩信作为一代名将,却忘记了历史性的教训:自古以来,皇帝在得天下之后,是容不得开国功臣的。

这首曲子寓意深刻,在赞叹中微含讽刺,感情沉重,富有哲理性。

〔双调〕殿前欢

夏

薛昂夫

柳扶疏①,玻璃万顷浸冰壶②,流莺声里笙歌度。士女相呼,有丹青画不如,迷归路,又撑入荷深处。知他是西湖恋我,我恋西湖。

【注释】

①扶疏:形容柳枝茂盛,在微风中轻轻飘荡。 ②玻璃:也作玻黎、玻,天然水晶石一类,不是今天的玻璃。冰壶:盛冰的玉壶,比喻水之洁清。

【赏析】

这首曲子是薛昂夫晚年退居杭州西湖时所作,原有四首,分别咏叹西湖四季的风光,这首曲子描写夏季游西湖的情景。

作者起笔即从视觉的角度描写西湖绿柳扶疏,碧波万顷的景象。"柳扶疏"是写柳;"玻璃万顷浸冰壶"一句把西湖水比做万顷玻璃和玉壶之冰,显得晶莹可爱。第三句"流莺声里笙歌度",写莺声和歌声;第四句"士女相呼"写游人,士女相呼唤。这两句从听觉的角度写西湖的流莺笙歌、男呼女唤的动人情景,作者面对此景,也禁不住感慨"有丹青画不如"了。以上三句,描绘了西湖之夏的秀丽景色,美丽得胜过丹青图画。接下来两句"迷归路,又撑入荷深处。",作者感慨归途中的趣事,突出了游人之乐。船在归途迷路,误入了荷花深处。这与李清照《如梦令》中"沉醉不知归路","兴尽晚回舟,误入藕花深处"的境界有异曲同工之妙,写出了游人对西湖美景的迷恋、陶醉、沉而忘返的无限乐趣。曲中,鸟声与呼声相谐和,荷花与绿柳相映衬,玻璃万顷与迷归路相照应,情景合一,共同构成了一幅西湖夏游图。

在最后结句中,"知他是西湖恋我,我恋西湖。",用回文顶针的句式,突出一个"恋"字,将西湖的夏日风光与游人对西湖深情的依恋通过奇妙的移情,鲜活地表现了出来。这种勾连、回环的手法,甚为奇妙。

〔双调〕殿前欢

冬（二首之二）

薛昂夫

浪淘淘，看渔翁举网趁春潮，林间又见樵夫闹①。伐木声高，比功名客更劳②，虽然道，他终是心中乐。知他是渔樵笑我，我笑渔樵。

【注释】

①闹：这里形容樵夫生活的紧张和辛劳。　②劳：辛劳、辛苦。

【赏析】

薛昂夫曾做过江西行中书省令史，典瑞院签院，三衢路达鲁花赤（蒙古语，意为首长官）。这首曲为游览西湖时所作，作为封建官僚，在游览湖光山色的同时，能将目光聚焦于渔樵生活，实属难得。这首曲子以冬尽春临的西湖为背景，咏赞了虽苦犹乐的渔樵生活。

开头三句"浪淘淘，看渔翁举网趁春潮，林间又见樵夫闹。"，写西湖波浪滔滔，在冬去春来的时候，渔翁趁潮举网捕捞，樵夫伐木声高。作者营造了一个宏远幽深的意境，意念深邃。一个"趁"字，一个"闹"字，反映了渔樵生活的紧张和辛劳。接着两句"伐木声高，比功名客更劳"，承上文而来，作者从樵夫伐木的沉重呼唤中，体察到渔樵生活比为官更为辛劳。作者是站在"功名客"的角度，设身处地地来体验渔樵的生活，把渔樵与为官做对比，指出渔樵更辛劳，而自己为官的奔走辛劳也同时流露出来。"虽然道，他终是心中乐。"，然而尽管如此，对渔樵百姓来说，虽然生活辛劳，但由于是自食其力，所以内心里仍充满欢乐，反映了他们怡然自得、虽苦犹乐的情怀。末尾两句"知他是渔樵笑我，我笑渔樵。"，总结全文，并深化题意，在官与民的互笑中，表明了官民的对立关系：官笑民下贱、粗鄙；民笑官，不劳而获，内心肮脏，这也反映了作者淡然的心境。

这首曲子运用白描手法，用朴素的语言描写了渔樵音容神情和生活场面，生动地写出了渔樵百姓身比为官的"劳"，而心比为官的"乐"的生活情趣，风格率直真挚，颇具特色。

〔双调〕楚天遥过清江引

薛昂夫

花开人正欢,花落春如醉。春醉有醒时,人老欢难会。一江春水流①,万点杨花坠。谁道是杨花,点点离人泪②。

回首有情风万里,渺渺天无际。愁共海潮来,潮去愁难退③,更那堪晚来风又急④!

【注释】

①一江春水流:截取李煜词《虞美人》"恰似一江春水向东流"之句,但其着重处却在上句"问君能有几多愁"。 ②"万点杨花坠"下三句:化用了苏轼《水龙吟·次韵章质夫杨花词》"似花还似非花,也无人惜从教坠。","细看来,不是杨花,点点是离人泪"的句意。 ③"回首"以下四句:基本上化用了苏轼《八声甘州·寄参寥子》"有情风万里卷潮来,无情送潮归。"的句意。 ④更那堪晚来风又急:化用李清照《声声慢》"怎敌他晚来风急"的句子。

【赏析】

这首曲子用了带过的形式,将〔楚天遥〕和〔清江引〕两个曲牌合在一起使用。曲子化用了苏轼两首词的词意,〔楚天遥〕化用《水龙吟·次韵章质夫杨花词》;〔清江引〕化用《八声甘州·寄参寥子》。整首曲子虽然抒发离愁别恨之情,但又流露了青春易逝,人生易老的伤感。

〔楚天遥〕在咏杨花中写伤春之情。开头四句"花开人正欢,花落春如醉。春醉有醒时,人老欢难会。",既写大自然的春景,又寓人生的哲理,在大自然的花开花落中融入了人生易老的体会,一起笔就为全曲定下伤感的基调。四句之中,"有醒时"关照"花开","人老"呼应"花落",层次分明,错落有致。接着,作者截取李煜词《虞美人》"恰似一江春水向东流"之句,写出了滔滔如春水般的愁思,进而又将愁思形象具体化,说暮春的万点杨花飘落,都成了离人的点点眼泪。原来,作者的愁思就是离愁。

〔清江引〕又换了一个角度咏海潮,基本上都是从苏东坡词中化来,但在意境上有所开拓。"愁共海潮来,潮去愁难退"海潮带卷来了离人之愁,可是海潮退了,愁却没有和海潮一起退去。这是主人公的,也是对方的。结尾句"更那堪晚来风又急!",写在愁绪难以排遣之时,却又碰上"晚来风又急"的恶劣天气,旧愁未消又添新愁,这使主人公怎么能忍受得了呢?此处用李清照《声声慢》"怎敌他晚来风急"的现成句子,既渲染了主人公此时此刻的愁绪,同时也暗示读者,前半曲咏杨花是在伤春中写愁,而这半曲咏海潮已是在悲秋中写愁了。

这首带过曲前半曲咏杨花,后半曲咏海潮,看似不相连,但都是在"愁"字上下功夫,所有读起来浑然一体,使得全曲意象一脉相承,融为一体。

〔双调〕楚天遥过清江引(二首)

薛昂夫

屈指数春来,弹指惊春去①。蛛丝网落花,也要留春住②。几日喜春晴,几夜愁春雨③。六曲小山屏,题满伤春句④。

春若有情应解语,问着无凭据⑤。江东日暮云,渭北春天树,不知那答儿是春住处?

有意送春归,无计留春住⑥。明年又着来,何似休归去。桃花也解愁,点点飘红玉⑦。目断楚天遥,不见春归路⑧。

春若有情春更苦,暗里韶光度⑨。夕阳山外山,春水渡傍渡,不如那答儿是春住处?

【注释】

①屈指数春来,弹指惊春去:搬着手指计算春天来到的日子,而春天的归去却只有弹一弹手指的辰光。说明春天到的慢而去的快。 ②蛛丝网落花,也要留春住:一个虫豸蛛蚴,要把春光留住而用蛛丝网住落花。 ③几日喜春晴,几夜愁春雨:在春季,晴天风和日丽人们可以到郊外踏青,尽情领略大好春光,所以碰上晴天就高兴。而春雨绵绵,特别是春夜之雨,往往给人们增添忧伤的情绪,所以"愁春雨"。 ④六曲小山屏,题满伤春句:在屏风上面写满了伤春的诗句。 ⑤春若有情应解语:套用李贺"天若有情天亦老"之句。 ⑥有意送春归,无计留春住:这两句是倒装,因为没有办法把春留住,所以只好无可奈何地装作有情去送春。 ⑦桃花也解愁,点点飘红玉:春去了,连桃花也懂得忧伤,他那红玉般的花瓣纷纷地飘落。 ⑧目断楚天遥,不见春归路:对着辽阔南天,一直望到地平线,也没有发现春姑娘归去的道路。 ⑨春若有情春更苦,暗里韶光度:意思是春也不愿离开人间,被逼得非归去不可时,只能悄悄地走。

【赏析】

这两首带过曲表现的是同一主题,都是抒发惜春、伤春的感情,而且来源相同,都是相承黄庭坚的《清平乐》。原词为:"春归何处,寂寞无行路。若有人知春去处,唤取归来同住。春无踪迹谁知?除非问取黄鹂。百啭无人能解,因风飞过蔷薇。"作者在此基础上作了开拓和创新。

第一曲在伤春之情中融入了怀人之愁。前半曲〔楚天遥〕,八句中用了六个"春"字,将伤春之情娓娓道来,极富韵致。"蛛丝网落花,也要留春住。"两句,设想新颖,将人惜春之情移情于物,物与人会,情景交融。"几日喜春晴,几夜愁春雨。",作者进一步通过春天的日晴夜雨抒写惜春之怀，这种愁喜无端的伤春之绪难以驾驭，只有在六曲小屏风上写满伤春的诗句，至此写出"伤春"的题旨。这种伤春，是伤春雨之埋没春光，是伤春去之匆匆，也是伤人生的青春易逝。后半曲〔清江引〕连用前人的诗句，点明怀人之愁。"春若有情应解语"套用李贺"天若有情天亦老"之句，承接上文，主人公写了那么多的伤春诗句，如果春姑娘有情的话，应该是理解这些诗句的含意的。然而"问着无凭据"，看来春天并未"解语"徒令人伤怀。结尾句"不知那答儿是春住处？"嵌入了衬字，显露了元曲的特色，这句既是写惜春的情怀，也是对离人的遥念。全曲伤春之情与怀人之愁水乳交融，格调幽丽婉约，极富韵致。

第二曲在送春之时写出了伤春惜春的悲切。前半曲〔楚天遥〕写出了送春的无奈。落笔即直抒胸臆，没有办法把春留住，所以只好无可奈何地装作有情去送春，"送春归"实属迫不得已。"桃花也解愁，点点飘红玉。"两句，春去了，连桃花也懂得忧伤，那红玉般的花瓣纷纷飘落，作者移情于景，与前一首的"蛛丝网落花，也要留春住。"有异曲同工之妙，而且"飘红玉"与"网落花"遥相呼应。"目断楚天遥，不见春归路。"，作者对着辽阔的天空，找不到春归的痕迹，表现了作者的极度不舍。后半曲〔清江引〕承接前半曲抒写春归后的情思。"春若有情春更苦，暗里韶光度。"，作者站在春的角度，为之设想，原来春也不愿离开人间，不得已只好韶光暗度，悄悄溜走。"夕阳山外山，春水渡傍渡"，作者在无望中再次望远觅春，只见夕阳残照，山外有山，水天相接，山重水复间丝毫不见春的踪影。于是作者在结尾急切地呼出"不如那答儿是春住处？"在这一一声慨叹中，既有留不住春的伤悲，也有觅春不得的凄切。全曲写得缠绵悱恻，意境悠远凄艳，温婉动人。

〔正宫〕端正好

闺 怨

薛昂夫

小庭幽，重门静，东风软膏雨初晴。猛听的卖花声过天街应，惊谢芙蓉兴。

〔么篇〕残红妆点青苔径，又一番春色飘零。游丝心绪柳花情，还似郎无定。

〔倘秀才〕南浦道送春行，多应是抛弃了欢娱，奔逐利名。千古恨短长亭，欲留恋难能。四眸相顾两心同，信佳人薄命。

〔滚绣球〕珰玎的掂折玉簪①，扑咚的井坠银瓶②，分开鸾镜③。生来几曾理会害甚么相思病，怎捱这从此后冷清清的光景。别酒慵斟，离歌倦听。俺车儿去也，他上马登程。向晚归来愁闷增，闪的人来孤另。

〔三错煞〕金杯空冷落了樽前兴，锦瑟闲生疏了月下声。欲寄音书，空织回文锦字成。奈远水遥山隔万层，鱼雁也难凭。

〔二错煞〕料忧愁一日加了十等，想茶饭三停里减了二停。白日犹闲，怕到黄昏睡卧不宁。则我这泪点儿安排下半枯井，也滴不到天明。

〔煞尾〕团团黄篆焚金鼎，夜夜浓薰暖翠屏。偏今宵是怎生，乍别离不惯经。睡不安卧不宁，分外春寒被儿冷。

【注释】

①玘玎：象声词，形容玉跌下的声音。掂：跌落。这句是说，玉簪落地，折成几段，比喻美好的爱情，顿时被拆散。 ②扑咚的：象声词，形容汲水桶掉入井里的声音。银瓶：汲水器。这句是说，情人分离，心扑通一跳，就象银瓶掉入井中。 ③分开鸾镜：比喻情人分离，如饰有鸾鸟的镜子被打破了。

【赏析】

这首套曲写女子送别情郎时的离愁别恨。

全曲分为三层，第一、二曲为第一层，描写送别之日晨起后的愁怨。写卖花人一声叫卖，忽然惊破了闺中人的梦境。梦醒之后，看见点点残红，青青径苔，游丝荡漾，春色飘零。由此联想到情郎今天即将远离。他的心思像游丝一样飘忽不定，好比那柳花，好景不长。这两曲重在写景，从侧面描写，以景抒情，情景交融。第一支曲子用小庭、重门、东风、膏雨、初晴，描绘出了一幅幽静和美的图景，与第二支曲中的残红、青苔、游丝、柳花的飘零之态形成对比，表现了从美好的梦境到分离的现实的骤变。

第三、四曲为第二层，追忆南浦道送别的场景。〔倘秀才〕写南浦道送别情郎，在长亭更短亭中铸成了千古遗恨。情郎的离去是为了蝇头微利、蜗角虚名，自己只能叹佳人多薄命了。〔滚绣球〕用"折玉簪"、"坠银瓶"等比喻描写与情人分手时复杂的心境，接着写情人的分离，女主人公归家后愁闷骤增，顿觉孤单凄切。

最后三曲为第三层，写与佳人分别后夜晚的愁闷。〔三错煞〕、〔二错煞〕写对别后凄苦生活的想象：从此以后，情人再难共同畅饮、月下鼓瑟。如果思念情郎想寄书信，可万水千山，鱼雁难传。茶饭减，忧愁增，即使每晚准备半井泪水，也不够滴到天明。〔煞尾〕一曲有想象转到现实，写现实夜晚的孤零。今宵睡不安，卧不宁，分外春寒被儿冷。这三支曲子直抒胸臆，描写佳人的心理活动，通过今昔的对比、对未来的想象，突出了异常难耐的愁苦。

这篇套数写别后的情景，在缠绵哀婉的离别中抒发了女主人公的愁肠百结和哀怨深重。

〔南吕〕金字经

伤 春

吴弘道

落花风飞去,故枝①依旧鲜。月缺终须有再圆。圆②,月圆人未圆③。失颜变④,几时得重少年⑤。

【注释】

①故枝:去年的旧枝。 ②圆:这个指圆形。 ③圆:这个不仅指团圆,还具有循环复归的引申意义。 ④朱颜变:指容貌衰老。 ⑤少年:这里指年轻。

【赏析】

这首曲子题为《伤春》,却不是感伤大自然春天的消逝,而是通过自然界春去春来,月缺月圆的变化,抒发人生无常、青春难再的感慨。

开头"落花风飞去,故枝依旧鲜。",落笔就说花落下,又被风吹飞开去,春天即将逝去,只剩下空枝,然而却依然显得鲜嫩,生机勃勃;第二句说去年的旧枝重新开出新鲜的花朵,揭示了花落可以重开,而春去难以再回来。这两句用了兴起的手法,既起到以客观景物引起情思的作用,又起了一种暗比中的反比的作用。结合题目,风吹花落正面暗比青春的消逝,而旧枝依然鲜明反衬人的青春不可再得。接下来"月缺终须有再圆,圆,月圆人未圆。"三句,以月亮的圆缺来衬托人事的变化,这种手法在宋词中已有先例,例如苏轼的《水调歌头》:"人有悲欢离合,月有阴晴圆缺。",就是用月的圆来衬托人的合,以月的缺来衬托人的离,这是正面陪衬。而本曲并非正用此法,而是从反面着笔,用月缺可以再圆,来衬托人年老就不可再年轻在这一正一反的比喻映衬中,"伤春"的真正含义就不言而喻了。结尾两句"失颜变,几时得重少年。",直接揭示题旨,为人的青春易逝而难再得而伤怀不已。

这首曲子旨在惋惜人的青春一去不复返,通过大自然花月的变化等可感的意象,反衬出"人无重少年"这种人生哲理,将形象性与哲理性融合在一起,令在感受大自然景物形象的同时,又引起对自然规律和人生哲理的思考,给人以形象的启迪。

〔南吕〕金字经

颂升平①

吴弘道

太平②谁能见,万村桑柘烟。便是风调雨顺年③。田,绿云④无尽边。穷知县⑤,日高犹自眠。

【注释】

①升平:指太平。 ②太平:有二义,一是指治平,即社会安宁和平,唐代温庭筠《长安春晓》诗:"四方无事太平年";二是指连年丰收,《汉书·食货志》:"进业曰登,再登曰平……三登曰太平。"这里兼有此二义。 ③便是风调雨顺年:这是化用北宋苏轼《荔支叹》诗"雨顺风调百谷登"之句,是写年成好,天公作美,风雨适时。 ④绿云:这里是形容绿色的庄稼。 ⑤穷知县:指知县清廉,不贪污。

【赏析】

这首小令紧扣着题目《颂升平》,描绘了社会安定、农业丰收的升平景象,抒发了作者官清政简的政治理想。

小令开头两句"太平谁能见,万村桑柘烟。",作者欲扬先抑,先说太平盛世难以看见,然后言自己有幸见到,在这一抑一扬之间,突出了作者笔下的难得的广大乡村的太平景象。作者描绘了一幅农业兴旺,生活安定的美丽图画:千村万落绿树环绕,缕缕炊烟从绿荫中袅袅升起。接下来"便是风调雨顺年"点明了当时农村太平的第一个原因:年收成好,是因为天公作美,风雨适时,也就是大自然的恩赐。"田,绿云无尽边"两句,作者开始将视角从村落中转移至野外,田野庄稼茂盛,满眼新绿,一片葱茏,将境界进一步扩大,显得壮美开阔。最后两句"穷知县,日高犹自眠。",写官清政简,既写知县清廉自守,又写他为政宽简,不用苛政去骚扰百姓。末尾这两句,作者点明当时农村太平除了靠天赐之外,第二个原因就是靠政治清明。

从艺术的眼光看来,这首小令并没有流于概念性的夸饰,没有那些为最高封建统治者歌功颂德的空话套话,而是用朴素清新的语言描写生机无限的农村风光,可读性较强。

〔南吕〕金字经

咏渊明

吴弘道

晋时陶元亮①,自负经济才②。耻为彭泽一县宰③。栽,绕篱黄菊开④。传千载,赋一篇归去来⑤。

【注释】

①陶元亮:指陶渊明。梁朝萧统《陶渊明传》说:"陶渊明,字元亮。" ②经济才:指经世济民、治理国家之才。 ③彭泽:县名,在现今江西省北部、长江南岸。县宰:县令,古代称县令为宰官。 ④"绕篱"句:这里化用陶渊明《饮酒》"采菊东篱下,悠然见南山。"的意境。 ⑤赋一篇归去来:《归去来兮辞》是陶渊明的一篇代表作品,"辞"是赋这种文学体裁的别体,故这里用一"赋"字。

【赏析】

这是一首歌咏陶渊明辞官归隐的小令。萧统《陶渊明传》记载:"为彭泽令,岁终,会郡遣督邮至,县吏请曰:'应束带见之。'渊明叹曰:'我岂能为五斗米折腰向乡里小儿!'即日,解绶去职。"

开头"晋时陶元亮"一句,开门见山,点明陶渊明所处的时代,不称其名而称其字,表明对他的敬仰和尊敬。"自负经济才"一句,歌咏陶渊明少壮时有积极入世的抱负与才干。陶渊明年轻时有为国家建立功业的强烈志向,这一点在他的《杂诗》中可以显现出来:"忆我少壮时,无乐自欣豫,猛志逸四海,骞翮思远翥。"(骞,高举;翮,鸟翼;翥,飞翔)。接下来"耻为彭泽一县宰",这句写陶渊明辞官的一事及其原因,对陶渊明清高自负的高洁品格作了高度概括。一个"耻"字,具有浓烈的感情色彩,突出了陶渊明因不愿为五斗米折腰而辞官的品行。

"栽,绕篱黄菊开。"二句,顺势写陶渊明辞官后的田园隐逸生活。据萧统《陶渊明传》记载:"尝九月九日出宅边菊丛中坐,久之,满手把菊。"陶渊明栽菊、爱菊,表现了他辞官后的生活情趣。一个"栽"字,赞美陶渊明归隐生活中劳动的生活情趣,"绕篱"句则赞美陶渊明归隐生活中的悠闲舒适的心境。最后两句"传千载,赋一篇归去来。",写陶渊明的文章《归去来兮辞》千古流传,深受世人喜爱。曲子字里行间流露出对陶渊明辞官行为的赞许之情。

这首小令歌咏陶渊明的生平事迹,仅截取了有经济才、辞官、赏菊、赋归几件事,重点突出,主题鲜明。语言简洁质朴,本色当行。

〔中吕〕上小楼

钱塘感旧①

吴弘道

虚名仕途②,微官苟禄③。愁里南闽④,客里东吴⑤,梦里西湖⑥。到寓居⑦,问士夫⑧,都为鬼录⑨。消磨尽旧时人物⑩。

【注释】

①钱塘感旧:指在杭州怀念死去的旧友。钱塘,县名。元代,钱塘县属杭州路。旧,指故旧之交。 ②仕途:原指做官的途径,这里指官场。 ③微官:指自己担任的是从七品的芝麻官。据孙楷第《元曲家考略》所载,吴弘道在大德五年(1301年)任"江西省检校掾史",检校掾史的职务是检查列曹文字之稽滞乖违者而纠正之,其等级是从七品。苟禄:苟且得到的俸禄。 ④南闽:福建南部。 ⑤东吴:今江苏苏州一带。 ⑥西湖:位于浙江杭州。据《元史·地理志》记载,元代的江浙行省,包括现今的江苏、浙江和福建。 ⑦寓居:指寄住的居所。 ⑧士夫:这里泛指士子,既包括官僚阶层,也包括一般读书人。 ⑨鬼录:指已死,语出陶渊明《拟人挽歌辞》:"昨暮同为人,今旦在鬼录。" ⑩人物:指人才。

【赏析】

这首小令写作者在杭州怀念死去的旧友,满纸苍凉,令人悲叹。

开头二句"虚名仕途,微官苟禄。",作者概括描写了自己在江西行省的做官经历。作者连用"虚"、"微"、"苟"等含有贬义的词语,表现出他对仕宦生涯的轻视,同时也表现出对仕宦人生的厌倦,其中寄寓了深沉的人生感慨。接下来"愁里南闽,客里东吴,梦里西湖。"三句,作者又概括描写了自己过去在江浙行省的一段旅游生活。"南闽"、"东吴"、"西湖",这一"南"、一"东"、一"西",三个方位词巧妙排列,方位对仗工整。然而虽然是排比句式,但感情上却有所偏重。"愁里"、"客里"、"梦里"三个词语,互文见义,体现了不同程度的感情色彩,感情重点落在西湖上。"愁"字表现了不愉快的回忆,"客"字表现了平淡的回忆,"梦"字则饱含深意,既有梦寐之意,言到西湖居住是自己平生梦寐以求,为下文写重寓西湖作好铺垫;"梦"字同时又有梦幻之意,言过去在西湖作为他乡之客的那段生活,如梦如幻,这又为下文写旧友物故作了感情上的烘托和酝酿。

下面三句"到寓居,问士夫,都为鬼录。",写面对旧时的"寓居",一一寻问,而其旧友都已物故,物在人亡之悲,令人战栗不已。尾句"消磨尽旧时人物"借鉴苏东坡《念奴娇·赤壁怀古》词"浪淘尽千古风流人物"的写法,说被岁月逐渐消耗的旧友都是过去时代的人才，表现了对旧友的尊敬和想念。小令以对亡友的深情悼念作结，作者那悲凉的人世沧桑之感、深沉悲切之痛，撼动人心。

〔中吕〕普天乐

江头秋行

赵善庆

稻粱肥，蒹葭秀。黄①添篱落，绿淡汀洲②。木叶空，山容瘦。沙鸟翻风知潮候③，望烟江万顷④沉秋。半竿落日，一声过雁，几处危楼。

【注释】

①黄：指代前面的双音词"稻粱"。 ②绿：指代前面的双音词"蒹葭"。汀洲：水中的小洲。 ③知潮候：前面省去了"我"字，应为我知潮涨潮落。 ④烟江万顷：是"万顷烟江"的倒文，"沉"字用得活，可理解为"万顷烟江浸于秋色之中"，也可理解为"万顷烟江含孕着沉沉秋色"。

【赏析】

这首小令描写作者漫步江边所见之秋景，表现了作者复杂的心情。

作者漫步江头，"稻粱肥，蒹葭秀。黄添篱落，绿淡汀洲。"首先映入眼帘。稻子和高粱硕果累累，肥实密致的庄稼挂满了江干篱落的间隙；江中沙渚上的蒹葭萧疏而秀美，疏密相间，绿淡黄添。此时，作者眼中的秋景并没有凄凉萧瑟的色彩，而是一派丰收的景象，同时又富诗意。一个"肥"字和一个"秀"字，透露出作者的喜悦。而"黄"、"绿"二字再着"添"字和"淡"字，形象展示了由夏入秋，大自然色彩的渐变过程。接着，作者的视线转向远处，描绘了另一番景致。"木叶空，山容瘦。沙鸟翻风知潮候，望烟江万顷沉秋。"，昔日郁郁葱葱的林木，如今在秋风中凋零，木落千山，使得山峰显露出突兀嶙峋的轮廓。一个"瘦"字，将山拟人化，把山形容成一个女子的身段，因为覆盖在身上的绿色植物的凋残而变得消瘦，这里传神地写出了秋山清癯的容貌。沙鸥在秋风中上下翻飞，它们知道潮汛即将来临而变得不安宁。江面万顷，烟波浩渺，秋色愈显浓重。秋色原本是虚的，用一个"沉"字，化虚为实，使它成为有重量、可触摸之物，给作者带来的无疑是沉重的凄清与惆怅。作者描绘了一幅高低相形，动静互映的图画，从"翻"到"沉"的过程，透露着作者的情感由江头秋行所见之景引起的惊喜进入更深沉的情感的层次。结尾，"半竿落日，一声过雁，几处危楼。"，作者的视线转向空际，但见红日半竿，夕阳西下，秋雁一声长鸣，掠过几处高楼。落日、过雁、危楼，都是颇带悲伤和思乡色彩，作者通过这些不同意象的组合，创造了一个颇具伤感的意境。

《江头秋行》是写景名作。作者赋予景物不同的形态、色彩和情调，反映了作者感情变化的心路历程，折射出作者面对秋景的复杂心境。

〔中吕〕普天乐

秋江忆别

赵善庆

晚天长，秋水苍。山腰落日，雁背斜阳。璧月词①，朱唇唱，犹记当年兰舟上，洒西风泪湿罗裳。钗分凤凰②，杯斟鹦鹉③，人拆鸳鸯④。

【注释】

①璧月词：据《陈书·张贵妃传》载：陈后主每引宾客、贵妃游宴，常共赋诗，选取其中最艳丽的，被以新声，如《玉树后庭花》、《临春乐》等。"其略曰：'璧月夜夜满，琼树朝朝新'。"其后以璧月词泛指新声艳曲。　②钗分凤凰：是"分凤凰钗"的倒文。③杯斟鹦鹉：是"在鹦鹉杯中斟酒"的倒文和省略句式。鹦鹉杯，用海螺雕琢成的酒杯。④人拆鸳鸯：指如鸳鸯一般恩爱的情人被拆散。

【赏析】

这首小令是作者秋天时绕行江畔，触景生情，回忆起同此情境中的一次别离而写下的。

小令可以分为两层，前四句为第一层，写秋江日暮的景象。"晚天长，秋水苍。山腰落日，雁背斜阳。"，作者用两组对偶句，铺写了勾起自己忆别的秋江暮景。作者仰视天空，暮霭沉沉，渺远无际；俯视大地，秋水苍苍；遥望山腰，落日依依；大雁在斜阳映照下结阵东飞。天地之间一片迷茫旷远，凄清寂寞，作者将落日、斜阳，分别放在山腰和雁背这种特殊位置上，表达了作者在迟暮中的依依惜别和思归之情。

小令的后七句为第二层，写忆别的具体内容。小令从"璧月词"开始，转入回忆。"璧月词"语见《陈书·张贵妃传》中《玉树后庭花》曲的"璧月夜夜满，琼树朝朝新。"当年分别之时，兰舟之上，朱唇犹唱"璧月词"。这本是团圆的曲子，作者却安排给离别的恋人唱，更见其悲怆。在西风中，离别的泪水沾湿了罗裳；离筵之上，每人各留一支凤凰钗，更劝一杯鹦鹉盏。从此一别，鸳鸯拆分，天涯异处，更不知何日才能重聚！最后三句"钗分凤凰，杯斟鹦鹉，人拆鸳鸯。"看似不合语法规范，运用了倒文和省略，但以凤凰、鹦鹉、鸳鸯铺排，结构工丽，情味深长。

这首小令的采取了倒叙的手法，由写今到写昔，拓宽了曲子的表现空间，余味深长。

〔中吕〕山坡羊

燕 子

赵善庆

来时春社,去时秋社①,年年来去搬寒热。语喃喃,忙劫劫,春风堂上寻王谢②。巷陌乌衣夕照斜③。兴,多见些;亡,都尽说。

【注释】

①"来时"两句:社日是农民祈祷丰年,感谢神祇的日子。按习俗,春社在立春后第五个戊日,秋社在立秋后第五个戊日,燕子来去大致在此前后。 ②春风堂上寻王谢:化用中唐诗人刘禹锡《金陵五题·乌衣巷》"朱雀桥边野草花,乌衣巷口夕阳斜。旧时王谢堂前燕,飞入寻常百姓家。"的诗意。 ③巷陌乌衣夕照斜:北宋词人周邦彦在《西河·金陵怀古》中把燕子隐括为"想依稀、王谢邻里,燕子不知何世,向寻常、巷陌人家,相对如说兴亡、斜阳里。"几句。

【赏析】

燕子向来是一种喜鸟,小巧玲珑,叫声呢喃,娇媚动听。尤其是它们喜爱飞入屋梁筑巢,惹人怜爱。而且它们按时令来去,常常与人们对时令的敏感、对悲欢离合的情绪产生联系,所以燕子一直是文人笔下的爱物。早在《诗经》中就有多处对燕子的描写,比如"燕燕于飞,差池其羽。"等。自从中唐诗人刘禹锡写下了"朱雀桥边野草花,乌衣巷口夕阳斜。旧时王谢堂前燕,飞入寻常百姓家。"(《金陵五题·乌衣巷》)的千古名句之后,燕子又成了感叹兴亡的象征物。这首怀古诗脍炙人口,后人多模仿。北宋词人周邦彦在《西河·金陵怀古》中把燕子隐括为"想依稀、王谢邻里,燕子不知何世,向寻常、巷陌人家,相对如说兴亡、斜阳里。"几句。赵善庆此首小令也是依照前人,感慨盛衰兴亡。

这首小令旨在"怀古",然而却从咏燕着笔。开篇两句"来时春社,去时秋社",重复"来"、"去",突出了燕子候鸟的特征;"年年来去搬寒热",想象新鲜奇特,将燕子趋热避寒说成是在搬运寒热。作者实际并非在歌咏燕子,而是在不变的年年来去和变化的寒来暑往中流露了作者对流光迅驶、世事变迁的感慨。"语喃喃,忙劫劫",燕子在窃窃私语些什么,在春风中飞来飞去忙什么呢?原来是在找寻着它们筑过巢的王谢家的画堂。"春风堂上寻王谢",这一"寻"字,比仅用"飞"字所含的意蕴丰富多了,既包含它们飞来飞去找寻的过程,也暗示着春风依旧,而王谢之家早已成为丘墟,唯余斜阳草树,寻常巷陌等多重意蕴。最后两句直抒胸臆,借燕子诉说兴亡之悲:"兴,多见些;亡,都尽说。"作者直接借燕之口发表议论,意味更加尖锐明确。

这首小令起笔由燕子生发,说燕子春去秋来,经历许多兴亡更替,最后也尽由它们评说,颇具婉约之风。

〔中吕〕山坡羊

长安怀古

赵善庆

骊山①横岫,渭河②环秀,山河百二还如旧③。孤兔悲,草木秋,秦宫隋苑徒遗臭。唐阙汉陵何处有?山,空自愁;河,空自流。

【注释】

①骊山:在长安附近的临潼县东南。 ②渭河:环绕长安城。 ③山河百二还如旧:山河,泛指古代秦国的险要之地(外有黄河,内有华山)。百二,《史记·高祖本纪》:"秦,形胜之国,带山河之险,县隔千里,持戟百万,秦得百二焉。"意谓秦国地处险要,两万人足以当诸侯百万人。

【赏析】

这是一首怀古小令,作者在吊古伤今的兴旺之叹中,还夹杂着对封建统治者的谴责,以及对人生短暂而又变幻无常的伤感。

开头"骊山横岫,渭河环秀",先从山河的雄险落笔。这一山一水,用一"横"一"环",给骊山、渭水以动态,不仅点明所咏之地为长安,而且以力度突出长安的山川形胜不减当年,烘托出了这个历代古都形势之险峻和景色之壮丽,与后面的残破之景与黍离之悲形成强烈的反差。"山河百二还如旧",而今天长安的形势,山河依旧而人事全非。"还如旧"三个字,顿挫有力,在这相对不变的空间里,时间流逝,演出了多少朝代兴衰的悲喜剧,作者百感交集的怀古伤古之情,尽在其中。后面"孤兔悲,草木秋",为作者当时所见之景,秋风萧瑟,草木凋零,狐兔出没,与长安一带险峻的地理优势,形成鲜明的对照。"秦宫隋苑徒遗臭。唐阙汉陵何处有?",而曾经赫赫扬扬的"秦宫隋苑"、"唐阙汉陵",早已成为废墟,荡然无存。作者一气而出,倾吐出作者由今思昔而产生的感叹、感伤和悲愤之情。在作者抒发兴亡之感的同时,也夹杂着人生无常、转瞬即逝、无可奈何的消极人生观。最后两句"山,空自愁;河,空自流。",作者从怀古的感伤转移到现实的景物中来,经过一番遐想,那"横岫"的骊山,"环秀"的渭河,仿佛也因伤古而汩汩叹息。作者运用了移情入景的手法,将山水赋予人的感情,玄奇巧妙。

这首小令以山水起笔,又以山水作结;由景生情,又以情入景,结构严谨,运笔精审,态度鲜明。

〔双调〕沉醉东风

秋日湘阴①道中

赵善庆

山对面②蓝堆翠岫,草齐腰绿染沙洲③。傲霜橘柚青,濯雨蒹葭秀④,隔沧波隐隐江楼。点破潇湘万顷秋,是几叶儿传黄败柳。

【注释】

①湘阴:在今湖南,是湘江下游、洞庭湖南岸的一座山青水秀的小城。 ②山对面:指作者"面对山"。 ③沙洲:水边的沙地。 ④蒹葭:芦苇。秀:这里指草木开花。

【赏析】

秋天,作者走在湘阴道上,所见秋色烂漫,生机勃勃,自然生发出喜悦舒畅之情,于是写下此曲。

这首小令紧扣题中的"秋"字,从即目所见的山水景物写起。开头两句"山对面蓝堆翠岫,草齐腰绿染沙洲。",作者面对着山,只见峰峦叠嶂,满眼兰翠;江中的沙洲上,绿草齐腰。只用一个"堆"字,就将那郁郁葱葱的浓重色彩渲染出来;一个"染"字,形象地描绘出大片沙洲全被茂密的绿草所笼盖。"齐腰",不仅具体描绘出草的丰茂,而且与前面的"对面"呼应,融入了作者的主观感受,悄悄地流露出了作者的情绪。三、四句"傲霜橘柚青,濯雨蒹葭秀"进一步点明,山上绿得那么深的,原来是"经霜色愈浓"的柚橘;给沙洲染上绿色的,原来是正在扬花的芦苇。这两句使秋意全出:金秋山上成熟的柚橘,青黄驳杂,硕果累累,傲然于秋风之中;湘江岸边新雨之后的芦苇,丛丛花开,充满了清新爽朗的秋意。"傲霜"和"濯雨",不仅贴切地写出了南方秋日特定的景色,而且还流露出作者流连于此景的喜悦之情。

"隔沧波隐隐江楼"一句,由近及远,远近皆收。作者伫立江边,往远处眺望,越过苍茫的江波,依稀可以看见对岸的高楼。俯仰之间,这远楼近水,平渚高山,参差错落,色彩纷呈。这句既点出了江,又进一步拓宽了曲子的意境,作者凝神遐思的神态仿佛浮现在我们的眼前。最后两句"点破潇湘万顷秋,是几叶儿传黄败柳。",表面上仍是写景,真是"见一叶落而知天下秋"!"点破"二字含义很丰富,既向人揭示潇湘的万顷秋光,更向人暗示作者的茫茫秋思,正是这一叶传黄败柳,使作者的情感顿生波澜,意识到草木摇落的秋天已经到来了。"点破"二字化静为动,为画面凭添了无限意趣,同时也为这首小令增添了悠远的抒情意味。

〔双调〕沉醉东风

昭君出塞图

赵善庆

毡帐冷柔情挽挽,黑河秋塞草斑斑。丹青误写情①,环珮难归汉②,抱琵琶怨杀和番③。比似丹青旧玉颜,又越添愁眉泪眼。

【注释】

①丹青误写情:指王昭君不肯贿赂画工毛延寿,被毛延寿丑化,因此没有得到皇上的召幸。 ②环珮难归汉:杜甫《咏怀古迹》中有"环珮空归月夜魂"一句。 ③和番:指王昭君和亲一事。番,番邦。

【赏析】

王昭君中国古代的四大美人之一,她身怀绝色,因为不肯贿赂画工毛延寿而没有得到汉元帝的宠爱,因此愤而自请和番。她的刚直个性,和亲的悲壮行为,引起历代怀才遭弃、刚正不阿之士的强烈共鸣,因而成为他们同情、赞美、歌咏不衰的对象。历代诗人有不少吟咏昭君的作品,借昭君的身世从不同角度抒发自己的思想感情。或表现昭君对祖国的怀慕,流露出对人生失意的感慨;或把昭君塑造成一个热爱祖国,在民族矛盾中保持崇高气节的光辉动人的妇女形象;或赞扬昭君为天下苍生而去和番的行为等等。赵善庆这首小令是题咏《昭君出塞图》的,既忠实于画面,描写了《昭君出塞图》中出现的荒漠、秋草、毡帐、人物,又根据史书、杂记中有关昭君的传说,发挥艺术创造,从画境中拓出曲境,着重表现了昭君的故国之思以及由此引发的悲凉心境。

小令开头两句"毡帐冷柔情挽挽,黑河秋塞草斑斑。",描写荒野上孤零零的帐篷,设想到独宿其中的王昭君,她辞别故土,远出塞外,一定柔肠百转,日夜思念着汉宫。她看着如同黑河两岸的斑斑塞草,是那样缠绵无尽,于是触景生情,情思驰骋于远在天涯的故国,发出了"丹青误写情,环珮难归汉"的怨诉,写出了对画工毛延寿的怨恨。最早将昭君出塞的故事与毛延寿联系起来的记载始见于传为晋人所撰的《西京杂记》中。历代诗歌都为昭君鸣不平,而作者却没有明确的表明态度,而是着眼点放在"误写情"的后果"环珮难归汉"上,直接抒发昭君永诀汉廷的悲辛。最后三句"抱琵琶怨杀和番。比似丹青旧玉颜,又越添愁眉泪眼。",是依据《昭君出塞图》上昭君怀抱琵琶的形象,猜拟她心怀故里,怨恨和番的心思,作者也是借昭君抒发自己怀才不遇的身世之感,可悲可叹。

〔双调〕折桂令

湖山堂①

赵善庆

小窗开水月交光。诗酒坛台，莺燕②排场，歌扇摇风③，梨云④飘雪，粉黛生香。红袖台已更旧邦，白头民犹说新堂。花妒幽芳，人换宫妆，惟有湖山，不管兴亡。

【注释】

①湖山堂：杭州西湖上有可知堂，西湖的西南面。 ②莺燕：指歌儿舞女们。 ③歌扇摇风：化用晏几道《鹧鸪天》有"歌尽桃花扇底风"的词句。歌扇，古代歌女在表演时用的小道具。 ④梨云：本指梨花坠落时，纷纷漠漠，如云似雪，这里用来渲染歌舞纷纭。

【赏析】

这首小令吟咏湖山堂，重点着笔于堂内的歌舞，并由此生发出感慨。

小令前六句就着力描写堂内热闹非凡的歌舞景象。对于西湖夜色的美丽基本不着笔墨，仅用开头"水月交光"四个字，概括交代了堂周围的水月风光，而且"小窗开"巧妙地绾合堂内和堂外。一个"开"字，不仅营造了一种以水月排窗争送光辉入堂的主动感，而且也为以下描写堂内诗酒歌舞铺垫了一个灿烂的背景。以下五句"诗酒坛台，莺燕排场，歌扇摇风，梨云飘雪，粉黛生香。"，一气铺陈堂内诗酒歌舞的盛况：堂内的风流之客饮酒赋诗，观赏歌舞排场；舞台上歌莺舞燕洁白的舞衣舞袖和雪白的肌肤，舞蹈时犹如"千树万树梨花开"。舞女们身上所施的粉黛发出阵阵幽香。如此盛艳的场面怎不让人心醉神迷！

接下来六句，作者笔锋陡然一转，时间上作了大跨度的跃进。"红袖台已更旧邦，白头民犹说新堂。"，意思是说，红袖飘香的舞榭歌台尚在，而江山已经易主了；曾在此游乐的少年今已白头，仍对湖山堂念念不忘，乐不知疲地向人诉说当年的盛况。这两句对偶工整，对照鲜明，从中寄予了作者深沉的思考和感叹。最后四句"花妒幽芳，人换宫妆，惟有湖山，不管兴亡。"，又回到眼前，以变与不变对比：年年岁岁，花儿争芳斗艳，盛衰有时；朝代更迭，人情变迁。面对这一切，人们能只沉浸在眼前的享乐中，而不生出兴亡之感吗？小令对那些醉生梦死的官僚贵族们，也暗含着一定的愤慨之情和抨击之意。

〔双调〕落梅风

江楼晚眺

赵善庆

枫枯叶,柳瘦丝①,夕阳闲画阑②十二。望晴空莹然如片纸,一行雁一行愁字。

【注释】

①柳瘦丝:形容柳枝瘦削了腰肢。 ②阑:阑干。

【赏析】

这首小令借景抒情,通过描绘所见之萧条秋景,抒发了思乡怀人的愁情。

题目《江楼晚眺》交代了作者是在薄暮时分,在江边楼上,举目远眺。小令开头两句"枫枯叶,柳瘦丝",描绘了一幅江枫枯萎了秀叶,堤柳瘦损了腰肢的景象。不仅点明时令,正逢秋天,而且渲染了一片肃杀萧条的氛围。"夕阳闲画阑十二"一句,作者只见夕阳斜照,阑干的影子稀疏地投射在楼板上。斜阳无意,作者多情,"闲画"二字,把斜阳的无情转化为有意。"闲画"二字,看似无情,看似漫不经心,但实际上却是作者强作淡然,想要转移心中的凄凉。然而事与愿违,最后"望晴空莹然如片纸,一行雁一行愁字。"两句,点明题旨。作者在俯仰之间,看到晴空万里无云,心情如一张白纸,然而一行行归雁恰如书信上的斜行草字,又惊起了作者心中的涟漪。作者想象奇特,将一行行归雁看作书上的字,可见作者心中的思乡之愁积郁之深。于是那一个个无非表达了作者的愁情。这里运用了篇末倒点醒题的方法,原来这正是一个愁人眼中所见之景!

作者通篇运用了移情入景的手法,借景抒情,情景交融。枯黄的枫叶,细瘦的柳条,正是作者自我形象和心境的写照;高空的过雁,引发了作者沦落天涯的愁恨;以一行行的大雁比作家书中的字,从而引起思乡怀人之愁,于是雁行在作者的眼里就变形为"愁"的意象。雁过长空,进一步拓宽了曲子的意境,将愁思进一步深化,意境悠远,余味无穷。

〔双调〕水仙子

仲春①湖上

赵善庆

雨痕着物润如酥,草色和烟近似无②,岚③光罩日浓如雾。正春风啼鹧鸪,斗娇羞粉女琼奴。六桥④锦绣,十里⑤画图,二月西湖。

【注释】

①仲春:春季的第二个月,也是冬尽春来,万物开始显露出生机的时候。 ②"雨痕"两句:化用了韩愈《早春呈水部张十八员外》诗"天街小雨润如酥,草色遥看近却无。"的句意。 ③岚:晴天的雾气。 ④六桥:在西湖,名映波、锁澜、望山、压堤、东浦、跨虹,为苏轼所建。 ⑤十里:指代西湖。

【赏析】

这是一首写景小令,赞美了西湖仲春雨后的风光。

小令开头两句"雨痕着物润如酥,草色和烟近似无",化用了韩愈《早春呈水部张十八员外》诗句"天街小雨润如酥,草色遥看近却无。",作者改"小雨"为"雨痕",不但形象地描绘出了春雨的纤细,还给人以若有似无的感觉,呼应了下句的"近似无"。一个"润"字,极言春雨滋润万物,细而无声。春雨过后,小草破土而出,从远处看,纤细而稀疏,地面上浮起一层新绿。这里作者省去了韩诗里的"遥看"二字,用"和烟"替之,又把"却"换成"似",使句子的含义更加丰富,于是更加恰切、形象地描绘出了春草初萌时那朦胧柔细、若有似无的形态。"岚光罩日浓如雾",由于春雨的滋润,山岗树林里蒸漫着雾气,在阳光照射下,迷濛闪耀,美得不可捉摸。

四五两句"正春风啼鹧鸪,斗娇羞粉女琼奴。",描绘了朦胧、静谧的氛围中的勃勃生机。春风里鹧鸪的叫声,仿佛是在召唤人们趁着美好的春光去追寻幸福;粉女琼奴尽态极妍,怀着对爱情的模糊的憧憬,出来游湖踏青。一个"斗"字,颇具新意,既写出了姑娘们之间的争妍斗丽,又使她们和春景相映生辉,将春情渲染得分外浓烈。最后三句"六桥锦绣,十里画图,二月西湖。",到此完题,点明时间、地点,句式整齐,一气排偶,酣畅淋漓。

〔双调〕水仙子

渡瓜州①

赵善庆

渚②莲花脱锦衣收,风蓼③青雕红穗秋。堤柳绿减长条瘦,系行人来去愁,别离情今古悠悠。南徐④城下,西津⑤渡口,北固山⑥头。

【注释】

①瓜州:在镇江对岸运河入长江口处,古时候是南北水运的交通要冲。 ②渚:指水里。 ③蓼:水生草本植物。 ④南徐:镇江的别称,城当运河长江之交。 ⑤西津:即西津渡,是镇江城北的长江渡口,和瓜州隔江相对。 ⑥北固山:也在镇江北,山凸入长江,三面临水,形势险要。

【赏析】

这首小令是作者在秋天船渡瓜州,看到红衰翠减,触景生情而作。

小令开头三句"渚莲花脱锦衣收,风蓼青雕红穗秋。堤柳绿减长条瘦",一气铺排,选取了"莲"、"蓼"、"柳"这三种水中岸边常见的花草,通过描写它们的红衰翠减,表现了秋天江边的景象。先写水边的莲花,作者移情入景,将自己因秋触发的愁移于水里的莲,极写花落红销,为后面写"愁"作好铺垫。接着由水里写到沙洲上,蓼草凋谢了翠色,又用它淡红的穗儿点缀着清冷的秋天,"蓼"字前着一"风"字,形象地描绘出了蓼草在风中摇曳的袅娜风姿,为画面凭添了生机。顺势看到堤岸,只见弱柳飘黄,翠色削减,丝丝柔条显得瘦损无力。"系行人来去愁",正是这细弱的层层柳丝,撩拨了积郁在作者心中的羁旅愁绪。柳树在文学作品中往往是离别的象征,"别离情今古悠悠",这种愁绪,悠悠今古,曾牵动了多少人的心绪!作者把自己的"来去愁"漫长的历史时间中,拓宽了小令的情境,显得意味悠长。

最后三句"南徐城下,西津渡口,北固山头。",连用三个地名,看似简单,实际上却借此将离情渲染地越来越浓重,构思奇妙。南徐、西津和北固山,都在长江南岸,常被诗人用于表现离情的诗篇中,如唐代诗人储光羲的"秋涛连沧溟,舟楫凑北固";中唐诗人张祜《题金陵渡》:"金陵津渡小山楼,一夕行人自可愁。潮落夜江斜月里,两三星火是瓜州。";元人陈孚《瓜州》的"急鼓西津渡,残灯北固楼。"等等。

〔双调〕水仙子

客乡秋夜

赵善庆

梧桐①一叶弄秋晴,砧杵千家捣月明②,关山万里增归兴。隔嵯峨白帝城③,捱长宵何处销凝。寒灯一檠,孤雁数声,断梦三更。

【注释】

①梧桐:落叶乔木,夏末秋初就开始脱叶。 ②"砧杵"句:化用李白《子夜吴歌》中"长安一片月,万户捣衣声。"的诗意。砧杵,捣衣的工具。 ③白帝城:在四川省奉节县城东白帝山上、瞿塘峡口。

【赏析】

这首小令的题目《客乡秋夜》即点明题旨,"客乡"指作者所处之境,"秋夜"指作者所处之时。此曲写作者入蜀,秋至未归,月夜听到捣衣声,不禁归思大发。

小令开头即从秋境着笔。"梧桐一叶弄秋晴",梧桐这一意象往往是来象征秋天的降临,作者用一个"弄"字修饰,把梧桐叶飘然离枝,乍落还飞,依依惜别的情态精细地描绘出来,其中包含着作者无限的情思。紧接着一句"砧杵千家捣月明",从李白《子夜吴歌》诗中化出。李诗的原作如下:"长安一片月,万户捣衣声。秋风吹不尽,总是玉关情。"秋风乍起,家家为游子赶制寒衣,那单调而亲切的砧杵声,勾起了作者对故乡的深切思念。作者构思奇妙,将秋、月、故乡、游子等意象用砧杵声串起,引起它们之间的连锁反应,唤起了人们对乡情的潜伏信息。紧接着"关山万里增归兴"一句直抒胸臆,点明关山难越,天涯游子也只是陡增归兴。

中间两句"隔嵯峨白帝城,捱长宵何处销凝。",承上启下,言明是在"难于上青天"的白帝城,于是卧后清宵,绵长无限,此愁何处可消,又启下,使全篇连结地十分紧密。最后三句"寒灯一檠,孤雁数声,断梦三更。",作者连用了三个名词词组来承上回答"何处销凝"一问,写出了自己彻夜难眠的情景。这一"寒"字和"孤"字,正是作者此时的心境的写照,作者移情于物。作者长年漂泊在外,而今又值此客乡秋夜,梦醒后只一盏孤灯,闻得几声雁鸣,难怪会"断梦三更"了。至此,游子的乡愁更深一层。

〔越调〕柳营曲

楚汉遗事①

马谦斋

楚霸王②,汉高皇③,龙争虎斗几战场④。争弱争强,天丧天亡⑤,成败岂寻常。一个福相催先到咸阳⑥,一个命将衰自刎乌江⑦。江山空寂寞,宫殿久荒凉⑧。君试详⑨,都一枕梦黄粱。

【注释】

①楚汉遗事:206年,秦亡后,项羽自立为西楚霸王,封刘邦为汉王。此后两家为夺取天下而常年争斗,202年项羽兵败自杀。"楚汉遗事"即指这场楚汉战争遗留下来的故事。 ②楚霸王:指西楚霸王项羽。 ③汉高皇:指汉王刘邦。 ④龙争虎斗几战场:指楚汉成皋之战与垓下之围两大战役。成皋(在今河南荥阳西北)之战,楚汉双方曾相持数年。垓下之围是楚汉战争的最后决战。 ⑤天丧天亡:202年,刘邦将项羽围困在垓下。项羽突围至乌江,乌江亭长将船靠岸等他过渡,项羽笑曰:"天之亡我,我何渡为?"正是作者所谓"天丧天亡"。 ⑥一个福相催先到咸阳:指刘邦具有幸福的命运,因而206年,刘邦得以领先率军进入秦都咸阳,秦王子婴向他投降。在与项羽进行五年的楚汉战争后,福星高照的刘邦于202年战胜项羽,在邻近咸阳的长安即皇帝位。 ⑦一个命将衰自刎乌江:指项羽命该衰亡,最后在乌江之畔自刎而死。 ⑧宫殿久荒凉:指刘邦在长安建造的长乐宫、未央宫等,后来也随着汉王朝的灭亡而荒凉。 ⑨详:这里是细细评论的意思。

【赏析】

这是一首咏史小令,全曲以叙事为主,并对楚汉之争发表了看法。

小令开头三句"楚霸王,汉高皇,龙争虎斗几战场。",作者就直接介绍了楚汉之争双方的领袖人物,并将视角引入了硝烟弥漫的战场。这里的"楚霸王"和"汉高皇"以及将其分别比作龙和虎,表明作者对二人的尊敬,把两人都当作英雄来歌咏。"争"、"斗"二字,突出了这双方尖锐对立的关系。紧接着,"争弱争强,天丧天亡,成败岂寻常。"三句,紧接上文"龙争虎斗几战场",概括了当时楚汉战争的形势。这里重点描述了楚汉成皋之战与垓下之围两大战役。成皋之战时,楚汉双方是相持阶段。前一阶段,项羽处于优势,刘邦处于劣势,项羽曾战败刘邦,占领成皋。后一阶段,刘邦大破楚军,复取成皋。在这次战役中,双方强弱对比的转化,作者概括为"争弱争强"。最后垓下之围项羽战败。作者只是单纯地叙述了战争经过,并未表明自己的褒贬态度。接下来"一个福相催先到咸阳,一个命将衰自刎乌江。"二句紧接前句"成败岂寻常。",将战争的结果进一步具体化,写其一个胜利一个灭亡。通过刘邦"福相催"和项羽"命将衰"的对比,作者对楚汉战争的结局做出了宿命论的解释,他认为刘邦是胜在了运气,天命如此。

作者先扬后抑,以上二句扬刘邦,"江山空寂寞,宫殿久荒凉。"两句就抑刘邦。刘邦虽然夺取了江山,但死后仍万事皆空,逃不脱寂寞的下场,当年盛极一时的宫殿也随着汉王朝的灭亡而逐渐荒凉。"君试详,都一枕梦黄粱。",作者将项羽和刘邦的成败归结为是一场黄粱梦。这种宿命论虽代表了元代文人的普遍看法,但是思想略显平庸。

〔越调〕柳营曲

叹 世

马谦斋

手自搓①,剑频磨②,古来丈夫③天下多。青镜摩挲④,白首蹉跎⑤,失志困衡窝⑥。有声名谁识廉颇⑦,广才学不用萧何⑧。忙忙的逃海滨,急急的隐山阿⑨。今日个⑩,平地起风波⑪。

【注释】

①手自搓:即磨拳擦掌的意思。 ②剑频磨:指屡次将剑锋磨快,也就是磨砺以须的意思。 ③丈夫:在这里指那些有大志向、大才能的男子。 ④摩挲:抚弄的意思。 ⑤蹉跎:时间白白过去。这里借鉴了李白《将进酒》诗"高堂明镜悲白发,朝如青丝暮成雪。"的构思。 ⑥衡窝:指横木为门的简陋房屋,这些有志之士,抱负未能实现,终身困居在陋室中。 ⑦廉颇:战国时赵国的名将。《史记·廉颇列传》记载:"廉颇为赵将,伐齐,大破之,取晋阳,拜为上卿,以勇气闻于诸侯。"这里是说现在象廉颇那样有声名的人,也得不到统治者的赏识。 ⑧萧何:西汉初年的名相。《汉书·萧何传》记载:"沛公至咸阳,诸将皆争走金帛财物之府分之,何独先入收秦丞相御史律令图书藏之。沛公具知天下厄塞,户口多少,强弱处,民所疾苦者,以何得秦图书也。"这里是说现在象萧何那样广有才学的人,也得不到统治者的重用。 ⑨山阿:山之深曲处。 ⑩个:在这里作语助词,元曲中常见。 ⑪平地起风波:即无事生非、祸从天降的意思。

【赏析】

这首小令主要是感叹入仕之难以及仕途险恶。

开头三句写自古以来天下有许多渴望建立功业的饱学之士。"手自搓,剑频磨",仿佛让读者看到天下许多有志有才的人,他们不断地勤学苦练,待时而动,跃跃欲试,希望有朝一日能有一番大的作为。作者紧接着发出"古来丈夫天下多"的感叹，带有怀才不遇的感慨。接下来五句，作者主要写自己的求仕未遂，于是蹉跎岁月，失意终身。"青镜摩挲"是作者着意刻画的一个细节，有志之士抚镜感叹，似乎又怕弄出声响，磨坏镜子。从这句中，我们仿佛可以看到有志之士在屡经挫折、壮志消减后的那种畏畏缩缩而又满腔愤怒的表情。"白首蹉跎，失志困衡窝。"，写有志之士看到自己鬓发变白而功业未建，时光流逝而困顿终生。这三句与开头三句形成强烈的对照，客观上反映了封建社会埋没人才的冷酷现实，表达了作者心中的愤懑不平。

"有声名谁识廉颇，广才学不用萧何。"二句，作者举廉颇和萧何的例子，进一步表明，当时即使是廉颇、萧何那样的人才，也得不到统治者的赏识和重用。作者借古讽今，抒发了自己怀才不遇的愤懑之情。"忙忙的逃海滨，急急的隐山阿。"两句看似与前面求仕的内容不符，实际是情节跌宕起伏。作者前面是那样的求仕心切，如今却是"忙忙的逃"，"急急的隐"，不禁让人产生疑问。最后两句"今日个，平地起风波。"给出了答案。有志之士在今日不但得不到重用，反而无端遭受迫害，因此被迫逃避现实，急忙躲入海滨，隐居山林。这几句与前面形成鲜明的对照，揭露了元代士子壮志难酬、屡遭迫害、只好隐居遁世的社会现实。

这首小令概括了封建社会有抱负的文人一生的遭遇，深刻而生动地揭示了封建社会扼杀人才的现实以及处在宦海风波中的凶险，语言冷峭犀利，情节跌宕起伏，具有很高的艺术性和思想性。

〔双调〕沉醉东风

自悟①（二首之二）

马谦斋

取富贵青蝇竞血，进功名白蚁争穴。虎狼丛甚日休②，是非海何时彻③？人我场④慢争优劣，免使傍人⑤做话说，咫尺韶华⑥去也。

【注释】

①自悟：自我觉悟。　②甚日休：什么时候停止。　③是非海何时彻：意思是什么时候看透官场的复杂关系，实际上是说作者早已看透。彻，看透的意思。　④人我场：指整个社会的人际关系。　⑤傍人：即旁人。　⑥咫尺韶华：指人生短促，光阴易逝。韶华，指美好的时光。咫，周制八寸。

【赏析】

这首小令主要是鞭挞官场的丑态，笔力雄劲，一针见血，表现了作者对过去沉迷于富贵功名的反省。

开头两句"取富贵青蝇竞血,进功名白蚁争穴。"联句对,开门见山,彻底否定了富贵功名。作者采用了比喻手法,把富贵比作血,把追求富贵的人比作苍蝇竞血,极言其渺小和腥臭,也就是所谓成语"蝇头微利";作者又把功名比作蚁穴,把追求功名的人比作白蚁,也极言其渺小和没有价值,也就是成语"蜗角功名"。作者用比喻来形容那一群贪婪、卑劣的官僚,义含讽刺而又形象生动,可谓是深恶痛绝。接下来"虎狼丛甚日休,是非海何时彻?"两句,再一次表现了对官场的否定。作者将官场比作"虎狼丛"和"是非海",用设问句式,问这种与虎狼为邻的生活什么时候才能结束,这种是非颠倒的日子什么时候才能完结,充分说明了官场的尔虞我诈和复杂凶险。

"人我场慢争优劣,免使傍人做话说,咫尺韶华去也。"三句,将描写范围由官场延伸到整个社会,表现了作者对社会一切竞争的否定。在这个是非颠倒、没有正义感的社会中还争什么长短优劣?还是摆脱名利和是非纠葛,摆脱人与人之间的一切优劣之争了,做一个洁身自好、与世无争的人吧!"免使傍人做话说",是作者从人生、历史的高度作出的观照,是作者洞彻世事人情的经验之谈。最后一句"咫尺韶华去也",深沉地表现了对时光易逝、虚掷青春的哀叹和晚景时日无多的伤怀惋惜,令人生出无限感慨。

〔双调〕水仙子

燕山①话别

马谦斋

满斟芳醑别长亭②,相送王孙出上京③。玉骢且莫敲金镫④,听阳关⑤第四声。临歧⑥执手论情,千古思前训⑦,一心怀志诚⑧,休担搁半纸功名⑨。

【注释】

①燕山:位于今河北省东北部,由潮白河谷起,东西走向,经蓟县、玉田、丰润直达山海关海岸。元大都(今北京市)位于燕山之西,在五代后晋与辽代时称为燕京。 ②芳醑:美酒。长亭:古时设在路旁的亭舍,常用作饯别处。 ③王孙:贵族子弟的通称。上京:原指上都,上都故址在今内蒙古自治区正蓝旗闪电河北岸,在元代,上都与大都(北京)并称为两都。这里指的是京都的通称,即指北京。 ④玉骢且莫敲金镫:意思是,暂且不要骑马走开。玉骢,原指青白色的马。金镫,指马鞍两旁的铁脚踏。 ⑤阳关:即《阳关曲》,又称《阳关三叠》,送别的歌曲。 ⑥歧:歧路,岔路,此指离别之地。 ⑦千古思前训:意思是记住千古以来前贤的教训。 ⑧志诚:同"至诚"。 ⑨半纸功名:指微不足道的小功名。

【赏析】

这首小令描写的是作者送别友人出大都的情景。小令可以分为两个层次，前四句为第一层，写送别的情景；后四句是第二层，写作者临别时对友人的劝勉。

开头二句"满斟芳醑别长亭，相送王孙出上京。"，交代了话别的地点和对象。作者在路旁的亭舍斟满了美酒，依依不舍地与友人话别。"王孙"二字点明了友人的非富即贵的身份。接下来"玉骢且莫敲金镫，听阳关第四声。"二句，描写了饯别时唱的送别之曲。不要骑马走开，表现了作者的不舍和留恋。"玉骢"和"金镫"，照应了友人的身份。前四句中的"芳"、"玉"、"金"等字，提升了曲子的格调，显得别致华贵。

"临歧执手论情"一句写到，已经到了不得不分别的时候，作者在岔路口握手诉说着惜别之情。最后三句"千古思前训，一心怀志诚，休担搁半纸功名。"，就是作者与友人"执手"所提到的内容。作者要友人记住千古以来前贤的教训，诚恳地对待仕进；"休担搁"一词，劝友人要以功名前途为重。然而"半纸"一词，表现了作者自己对功名并不重视，反映了作者对待功名的矛盾心理。不过在友情和功名之间，作者的态度明显倾向于前者。

〔双调〕水仙子

咏　竹

马谦斋

贞姿①不受雪霜侵，直节亭亭易见心②。渭川风雨清吟枕③，花开时有凤④寻，文湖州⑤是个知音。春日临风醉，秋宵对月吟，舞闲阶碎影筛金⑥。

【注释】

①贞姿：指竹子具有坚守其翠绿永不改变的姿色。　②直节亭亭：指竹节笔直、亭亭玉立。易见心：指剖开竹子，不用转弯抹角，便可见到竹心。　③渭川：即渭水，渭川流域在汉唐时盛产竹子。清吟：喻指竹子在风雨中的摇曳声。　④凤：凤凰，传说凤凰喜欢竹子。东汉末年刘桢在《赠从弟三首》之三写道："凤凰集南岳，徘徊孤竹根。"　⑤文湖州：指文同，字与可，梓潼人，北宋神宗元丰年间，他出守湖州，故称文湖州。著作有《丹渊集》。他善画竹，故这里称他为竹的知音。　⑥碎影：指竹枝在阳光与月光照耀下投向庭阶前的身影。筛金：指日光与月光经过竹枝的筛遮投向庭阶的光辉。

【赏析】

这是一首咏竹的小令，多角度多层次地描写了竹的坚贞不屈和正直虚心的品质，曲子流露出元代文人风流自赏的特质。

开头二句正面描写竹子的特性,"贞姿不受雪霜侵"一句,写竹子坚守着其翠绿永不改变的姿色,而且不受风雪雨霜的侵蚀,常年翠绿、耐寒不变。第二句"直节亭亭易见心",写出了竹子在体质方面的直节直心的特性。竹节笔直、亭亭玉立,而且竹子心直,剖开竹子,便可见到竹心。接下来,"渭川风雨清吟枕,花开时有凤寻,文湖州是个知音。"三句,从侧面描写竹子的高洁品质。作者并没有继续从竹子本身展开描写,而是从与竹子有关系的周围事物——铺陈:盛产竹子的渭川、竹子在风雨中的摇曳声、喜欢竹子的凤凰、善画竹的竹子的知音文湖州等等,作者把竹子放到周围的自然环境与社会环境中去描写,连用典故,不仅表现了竹子的高洁气质,而且增添了曲子的意蕴。最后三句"春日临风醉,秋宵对月吟,舞闲阶碎影筛金。",描写竹子的风姿,颇具神韵。春日,作者对着临风摇曳的竹子醉酒;秋夜,作者对着月光下的竹子吟诗。竹影斑驳,令人心醉。这三句表现了作者对竹子的由衷喜爱和欣赏。

这是一首咏物言志的小令,作者通过描写和赞美竹子坚贞不屈的气节,表明了自己正直爽朗的性格与节操。

〔黄钟〕人月圆

山中书事

张可久

兴亡千古繁华梦,诗眼①倦天涯。孔林②乔木,吴宫③蔓草,楚庙④寒鸦。

数间茅舍,藏书万卷,投老⑤村家。山中何事?松花⑥酿酒,春水煎茶。

【注释】

①诗眼:诗人的观察力。 ②孔林:是孔子及其后裔的墓地,在今山东曲阜城北,密植树木花草。 ③吴宫:指吴王夫差为西施扩建的宫殿,名馆娃宫(包括响屐廊、琴台等),后被越国焚烧,故址在苏州灵岩山上。也可指三国东吴建业(今南京)故宫。 ④楚庙:即楚国的宗庙。楚国始建都于丹阳(今湖北秭归),后又迁于郢(今江陵)。 ⑤投老:即到老、临老。 ⑥松花:即松木花,可以酿酒。

【赏析】

这首小令当是作者寓居西湖山下时所作。通过感慨历史的兴亡盛衰,表现了作者勘破世情,厌倦风尘的人生态度,和放情烟霞,诗酒自娱的恬淡情怀。

起首两句"兴亡千古繁华梦,诗眼倦天涯。"总写兴亡盛衰的虚幻。"千古"从时间角度,纵观古今;"天涯"从空间角度,横跨四方。一切朝代的兴亡盛衰,英雄的得失荣辱,都不过是一场梦幻,诗人踏遍四海,然而也只是终其碌碌一生。一个"倦"字,包含了多少风尘奔波之苦,落拓不遇之怨,世态炎凉之酸。为后文写隐居伏根。"孔林"三句具体铺叙千古繁华如梦的事实。即使像孔子那样的儒家圣贤,吴王那样的称霸雄杰,楚庙那样的江山社稷,而今安在?只剩下苍翠的乔木,荒芜的蔓草,栖息的寒鸦而已。这三句使用了鼎足对,把前两句渲染的情绪宣泄到了极点。"数间"以后诸句,写归隐山中的淡泊生活和诗酒自娱的乐趣。几间茅屋,万卷藏书,村舍度老,松木花酿酒,好水煮茶,足慰晚年。从字面上看,曲到这儿,情绪似乎平静了许多,然而通读全文,前后连贯着分析,仍不难看出,在表面恬静的诗酒自娱中,隐藏着一股愤世嫉俗、傲杀王侯的潜流,只是他一时无法宣泄罢了。

在艺术上,此曲的风格稍接近豪放,在语句上也未用典故,浅近质朴,直抒胸臆,不留余韵。结构上则是以时间顺序为线索,写勘破世情而生倦,倦而归山卜居,居而恬淡适意,为张可久之特色。感情也由浓至淡,由激愤趋于平静。

〔双调〕折桂令

九 日

张可久

对青山①强整乌纱②,归雁横秋,倦客思家。翠袖殷勤,金杯错落,玉手琵琶③。人老去西风白发;蝶愁来明日黄花④。回首天涯,一抹斜阳,数点寒鸦⑤。

【注释】

①青山:在张可久的散曲中,含有归隐的特定含义。 ②"对青山"句:用孟嘉"龙山落帽"事。晋孟嘉曾为征西大将军桓温参军,九月九日游龙山,群僚聚集,风吹孟嘉帽落,他竟如无事一般,照样喝酒。 ③玉手琵琶:暗用白居易《琵琶行》中意境。 ④明日黄花:从苏轼诗"相逢不用忙归去,明日黄花蝶也愁"(《九日次韵王巩》)点化而来。 ⑤"一抹"两句:借用秦观〔满庭芳〕中"斜阳外,寒鸦数点,流水绕孤村。"词意。

【赏析】

这首令曲以重九游商为题,抒发了作者暮年的愁怀,流露出诗人无力再在仕途上搏命的伤感。

起首三句："对青山强整乌纱，归雁横秋，倦客思家。"，直抒胸臆，仿佛是油然升起了思归之情，实际上是苦苦缠绕心头，久思而未能做出决断的问题。面对斑斓秋景，整理了一下头上的乌纱帽，继续做官？还是归隐？空中一排南飞的大雁，不禁勾起诗人该及时回到家乡的思绪了。乌纱帽确实无聊，可是弃之可惜，留却难堪，这既表现了诗人对官场的厌倦，同时也表达了诗人归隐的情绪。仕途与归隐之间的矛盾，总是困扰着诗人。

"翠袖殷勤，金杯错落，玉手琵琶。"，貌似突兀的三句，实际上是诗人有意设置的一个跌宕。悲怀的情绪突然间转至对于奢华生活的描写：翠袖美人殷勤陪侍，斛光杯影，酒绿灯红，更有歌女舒玉手弹奏琵琶。插入如此场景，无非是想说明，奢华的一切都已经过去了，没什么可留恋的。幻梦醒来，现实总是那么残酷。一生坎坷，官场险恶，纵有短暂欢乐，也已不堪回首了。接下来两句则是对此意的进一步加深。如今人已垂垂老矣，官场倾轧，是非窝里，怕是无力角逐了。

最后的三句"回首天涯，一抹斜阳，数点寒鸦。"有回顾自身人生历程之意。看看眼前风吹白发，正如同那残阳西下。几只悲鸣的寒鸦，在远处无力地飞翔。此情此景，怎么不让人伤感？重九游商，老年人或许更有体会，何况是曾经胸怀大志的他。已经是暮年的诗人登高痴望，不由得泪流满面。这充满期望的一生，难道真就这样了结？如此不得而知，意蕴无穷。

这首小令最大的特色就是在中间插入温馨旧梦，遂使全曲有了变化，无形中造成了一种对比，正因为如此，使作品的色彩得到了进一步的丰富，有了变化，也更显示其凄凉和哀愁，这也是诗人的高明之处。

〔双调〕折桂令

读史有感（二首之一）

张可久

剑空弹①月下高歌②，说到知音，自古无多。白发萧疏，青灯寂寞，老子③婆娑④。故纸上前贤坎坷；醉乡中壮士磨跎。富贵由他，谩想廉颇⑤，谁效萧何⑥。

【注释】

①剑空弹：指的是战国时"冯谖客孟尝君"的故事。齐国贤者冯谖起初到孟尝君门下做食客，不为人所注意，给的待遇也很低。为了改变这种状况，他曾三次倚柱弹剑高歌："长铗归来乎！食无鱼。""长铗归来乎！出无车。""长铗归来乎！无以为家。"后来终于得到孟尝君的重用。 ②月下高歌：指的是春秋时戚遇齐桓公的故事。戚本是卫国人，因为家庭贫苦曾为人拉过车，后贩牛到齐国，住在都城东门。一次桓公夜出，他正在

喂牛,于是敲着牛角高歌:"南山矸,白石烂,生不逢尧和舜禅,短布单衣适至,从昏贩牛薄夜半,长夜曼曼何时旦?"(《三齐记》)齐桓公听后,马上用他作为客卿。 ③老子:是指"老莱子"。他是战国时楚国人,因避乱隐居在蒙山之下,楚王闻其贤,想招他为辅。他于是与妻一起迁到江南。 ④婆娑:本意为舞蹈,这里是指老莱子七十岁上穿五色彩衣,在父母前学小儿戏耍的传说。 ⑤廉颇:此指廉颇命运反复,终不得用的故事,借指知音难求。廉颇本是战国时赵国良将,一生忠心耿耿,为赵国立下了不朽功勋。但当赵惠文王死后,其子赵孝成王听信秦国间谍的挑拨,用不谙战事的赵括剥夺了廉颇的指挥权,结果长平一战大败。后来燕国攻赵时,廉颇复职,指挥破燕,取得全胜。赵孝成王死后,其子悼襄王,又免了廉颇职务,逼使他到了魏国。赵再遭秦困,又想复得廉颇,可是赵王轻信谗言,以廉颇老弃而不用。最后使廉颇死于楚国。 ⑥常何:此处借常何的故事说明知音难求。常何是唐贞观时的中郎将,一次太宗召集百官,让他们谈得失。常何本是武人,没有学问,可是发言时谈了三十多条切中时弊的问题,太宗感到奇怪,便当面问他,常何把家臣马周教他的实情说了。太宗召马周相见,交谈后非常高兴,以常何为知人典型,赐帛三百匹。

【赏析】

这首小令是诗人在从古到今的漫长时空中慨叹人才难用的抑郁悲愤之作。

开首"剑空弹月下高歌"一句,借冯谖和戚的故事,肯定知音、君臣合作的美好,然而这样的知音相遇的实例是否常有发生呢?接下来的三句话锋一转,"白发萧疏,青灯寂寞,老子婆娑。"这三个短句既是对上文的延续,也是对上文的转折。有许多士人,等了一辈子,白发都脱落了;那些厌弃功名富贵的士人,出家做和尚,守着青灯古佛寂寞一生;老莱子七十岁还穿着五色彩衣在父母跟前学小儿戏耍,他们都没有遇到知音。由此看来,知音自古没有多少。

"故纸上前贤坎坷,醉乡中壮士磨跎。"这两句进一步补充和说明了上面三句。意思是,无论古书上所记载的那些贤人仕途坎坷的事例,还是现实中所看到的那些壮士在醉乡中虚度光阴的情况,都是没遇到知音而不被重用所造成的。现实如此,诗人已经无可奈何。最后"富贵由他,漫想廉颇,谁效常何。",以感慨作结。廉颇满腔报国热血却老死他乡,唐代那位无私推荐下属的常何在现实中哪里还有?即使自己才高似冯谖、宁戚,也遇不上孟尝君、齐桓公那样信任人才,勇于用才的知音了,可是明知徒然,诗人仍于月下激越而起的弹铗歌,蕴含了多少怀才不遇者的悲愤!

张可久为了生活,一直担任着低级官吏的角色,这种委屈心志的工作与他在曲坛上的显赫声誉已经极不相称,限制着他的才情,也引起了他的不满,但正是这种不满,成就了他这首用语简朴、感情真挚的小令。

〔双调〕折桂令

酸斋①学士席上

张可久

岸风吹裂江云,迸一缕斜阳,照我离樽。倚徒西楼,留连北海,断送东君②。传酒令金杯玉笋③;傲诗坛羽扇纶巾③。惊起波神,唤醒梅魂,翠袖佳人,白雪阳春。

【注释】

①酸斋:元代散曲家贯云石,维吾尔族人。自号酸斋。他曾为翰林学士,后辞官隐居江南。他善作散曲,与张可久等人赠答唱和很多。本曲是张可久在费云石为他送行的宴席上所作。 ②东君:在楚辞屈原《九歌》中是指"太阳神",这里就是指太阳。 ③玉笋:指美人的手指,这里代指美人。 ④羽扇纶巾:刻画酸斋学士的装戴。"纶巾"本是魏晋时的装束,这里借为官服,"羽扇"本是用以指挥军事,这里借作指挥人们作诗。

【赏析】

这首小令是元曲中写景抒情的名曲。诗人通过刻画酸斋学士为自己举行的宴会来抒发两人深厚的感情。

曲的前三首"岸风吹裂江云,迸一缕斜阳,照我离樽。"意思是说:岸上吹过来的风将江上的云雾吹开一条裂缝,一缕偏斜的阳光透过云层,照射在我将来离别的酒杯上。这三句从写景起笔,接着由"酒樽"转入文章的主题——宴席。"江岸"则点明了宴席的地点,"斜阳"则说明此刻的时间。可是接下来三句"倚徒西楼,留连北海,断送东君。"则进一步说明宴席并不是从此刻开始,而是已经进行了一天了。这三句的意思是:早晨太阳从东边照来,中午的时候则转向了正南方,傍晚,夕阳西下了。这里不直接写太阳,但句句与太阳有关,通过物移影动,描写了时间不知不觉地流逝,通过介绍宴席的时间之久,暗示了酸斋学士对诗人的深情厚意。

从"传酒令金柘玉笋;傲诗坛羽扇纶巾。"开始,为这首小令的下半部分。主要介绍了宴席上的热闹场面。第一句是写主客与美人"传酒令",第二句是写在酸斋学士的指导下,大家吟诗作曲的场面。"惊起波神,唤醒梅魂,翠袖佳人,白雪阳春。"这四句是对上面的娱乐活动的进一步补充说明。意思是:美人的舞蹈能惊起波神,唤醒梅魂,宴席上人们赋的诗词,高雅绝妙。诗人与歌妓的绝妙配合,使得宴会场面其乐融融。

全曲五十六个字,既写时间的漫长——从早到晚;又写场面的热烈——诗词、酒令、音乐、歌舞,声色俱全。作者却能将它们安排得井然有序,有条不紊。全曲语言雅丽,对仗工整,音韵和谐,声调朗畅,是一首描写文人雅乐与歌妓俗乐雅俗共赏的精彩小令。

〔中吕〕满庭芳

山中杂兴（二首之一）

张可久

人生可怜，流光一瞬①，华表千年②。江山好处追游遍，古意翛然③。琵琶恨青衫乐天④，洞箫寒赤壁坡仙⑤。村酒好溪鱼贱⑥，芙蓉岸边，醉上钓鱼船。

【注释】

①流光一瞬：言光阴如流水一般地逝去。 ②华表千年：《搜身后记》载：传说丁令威在灵虚山学道成仙后，化鹤归来，落于城门华表柱上。有少年欲射之，鹤乃飞鸣作人言："有鸟有鸟丁令威，去家千年今始归。城郭如故人民非，何不学仙塚累累。"华表，古代设在宫殿、城垣或陵墓前的大柱。 ③古意翛然：用《庄子·大宗师》中"翛然而往，翛然而来"的意思，即自然超脱、往来不难的样子。这里指无拘无束、自由自在的样子。 ④"琵琶"句：说的是唐代白居易（字乐天）被贬江州司马（穿青衫官服）后，到浔阳浦口送客，在船上夜听长安女弹奏琵琶，哀诉悲惨身世，因作《琵琶行》的故事。 ⑤"洞箫"句：说的是宋朝苏东坡，被贬到黄州，曾于神宗元丰五年（1082年）七月十五日夜与客同游赤壁，"飘飘乎如遗世独立，羽化登仙，客吹洞箫其声如泣如诉。"因作《赤壁赋》的故事。 ⑥贱：物价低，与"贵"相对。

【赏析】

这首小令是诗人游山时即兴所作的杂感，从感叹人生短促起笔。

"人生可怜，流光一瞬、华表千年。"起首三句表明作者的人生态度，人生一世，实在可怜，就好像流光一样，转瞬之间就烟消云散了，不像立于宫殿、城垣、陵墓前刻有花纹的石柱——华表那样，可以千年万代传之不朽。既然如此，诗人选择在山水之间享受美好的时光，由此引出下文。

"江山好处追游遍，古意翛然。"这里点题写了山，但是只是总括地写了一笔，并没有对山进行具体细致地刻画。这句紧承前面三句，"既然人生短促，光阴流逝很快，就应该抓紧时间游乐，把山河美好的地方全都游个遍。乐得个自由自在、无拘无束。"这两句是诗人见到大好河山的快意与感受。

接下来两句"琵琶恨青衫乐天，洞箫寒赤壁坡仙。"笔锋一转，从反面来写。借唐代白居易和宋朝苏东坡的仕途艰难坎坷的例子为训，意在说明为官为仕不如游山玩水为快。诗人在这首小令中引用这两个故事，不仅仅是为了对比为官为仕和游山玩水的得失之所，同时也是暗示自己仕途不顺的人生经历，进一步表明对官场的厌恶，和愿意寄情于山水的归隐之心。

最后三句"村酒好溪鱼贱，芙蓉岸边，醉上钓鱼船。"，是诗人归隐愿望的具体表达。

"村子里有酒馆有好酒,小溪中打上的鱼既新鲜又便宜,在开满芙蓉花的河岸边,坐上渔船去垂钓。"此情此景,真有说不尽的乐趣,这也就是诗人想象中的美好的隐居生活图。通过如此描述,我们不难领略到诗人内心那种厌弃官场的苦闷和归隐的迫切之情。

这支小令表层是表现诗人想要归隐的感情,但小令的深层涵义确实反映出了元代社会的黑暗,统治阶级压抑人才,给广大知识分子造成的苦闷。小令语言清丽活泼,字句凝练朗畅,声律和谐自然。

〔中吕〕满庭芳

山中杂兴(二首之二)

张可久

风波①几场,急疏利锁,顿解名缰②。故园老树应无恙③,梦绕沧浪④。伴赤松⑤归欤子房⑥;赋寒梅瘦却何郎⑦。溪桥上,东风暗香,浮动月昏黄。

【注释】

①风波:指人世间的是非沉浮纠葛。 ②利锁、名缰:喻为名利所控制。柳永《夏云峰》词:"向此免名缰利锁,虚费光阴。" ③"故园"句:用陶渊明《归去来兮辞》中"三径就荒,松柏犹存。"的意思。 ④沧浪:本来是指沧浪之水也就是汉水。后指随遇而安,不求功名的隐士居所或归隐之思。这里是指隐者所居之处。古代有首《沧浪之歌》:"沧浪之水清兮,可以濯我缨!沧浪之水浊兮,可以濯我足。" ⑤赤松:即赤松子,是传说中的仙人。 ⑥子房:即汉初的张良,他字子房,是刘邦的主要谋士,辅佐刘邦得天下有功,封为留侯。 ⑦何郎:是指南朝梁何逊。他在扬州时,廨宇有梅花盛开,何逊常吟咏其下。后调洛阳,思梅不得,故请再往扬州。既至,适逢梅花盛发,于是他在大东阁,招来许多文人对梅笑傲终日。

【赏析】

这首小令是《山中杂兴》二首的第二首,与第一首相同的是均是诗人游山寄兴的杂感,不同的是第一首从感叹人生短促起笔,而本首小令则是从自己官场失意开始,因此全文更直接,感情更强烈。

开头三句"风波几场,急疏利锁、顿解名缰。"意指诗人在仕途中遇到了几场风波,经过挫折,得到教训,需要马上开通利禄之锁,立即解开功名之缰。这是过来人的顿悟语,以直抒胸臆的方式说了出来。一个"急"字,一个"顿"字,充分表达出摆脱名缰利锁的迫切心情。

接下来四句"故园老树应无恙,梦绕沧浪。伴赤松归欤子房;赋寒梅瘦却何郎。",

均是写诗人的归隐之心。"故园老树"是诗人对昔日家居生活的回忆，思物乃在寄情，其间透露出对"归去来"的渴望以及对家乡故亲至友的怀念，因而在梦中都想着要归隐故里。后两句则是借汉张良和南朝诗人何逊的典故，进一步表明自己的归隐和返回故里之心。

前面几句，诗人都是叙理抒怀，而接下来三句"溪桥上，东风暗香，浮动月昏黄。"却突然转出一幅清幽之境界。"东风暗香"本是化用宋代林逋著名咏梅诗句"疏影横斜水清浅，暗香浮动月黄昏。"，但是诗人紧接前面两句引用的两个典故，而引此两句，则在淡雅中透露出一丝伤感气息，可以将这句看作"故园"对诗人的召唤。最后一句，则又是诗人思归而不能的暗淡心理之象征了。虽然自己很想归隐山林，回归故里，但迫于现实的无奈，自己只能放弃这一美好理想，在黑暗的现实中委曲求全。

此曲抒发疏解利锁名缰、急欲归隐故园的情怀，语言明丽畅朗，音节响亮优美。活用典故，化用前人诗句，皆自然得体。

〔中吕〕满庭芳

送别（二首之二）

张可久

愁春未醒，芳心①可可②，旧友卿卿③。乍④分飞早是相思病。几度伤情，思往事银瓶坠井⑤，赋离怀象管⑥呵冰，人孤另。梅花月明，熬尽短檠⑦灯。

【注释】

①芳心：指女子的感情。②可可：此处为美好意。③卿卿：为夫妻间的爱称。后来泛用为对人亲昵的称呼（有时含讥讽意）。④乍：忽然。⑤银瓶坠井：，出于唐白居易《井底引银瓶》诗："井底引银瓶，银瓶欲上丝绳绝；石上磨玉簪，玉簪欲成中央折。瓶沉簪折知奈何？似妾今朝与君别！"用来比喻离别的痛苦。银瓶，是汲水的器具。⑥象管：指笔。⑦檠：灯架。

【赏析】

这首小令抒写的是送别情人的感情。离别相思的主题在元曲中是极为普遍的，作品也很多。张可久这首曲子有着与别人不同的表达方式，即他一反长吁短叹的直接吐露的方式，改用以清丽的笔触展现离情，含思深婉。

小令前三句"愁春未醒，芳心可可，旧友卿卿。"是化用了柳永《定风波》"自春来，惨绿愁红，芳心是事可可。"的词意春天的景色本来是美好的，可是因为心上人的离别使她感到百无聊赖,大好春色和自己的愁绪紧密连结在一起了。接下来"乍分飞早是相思"则将离别的刻骨相思之情推向高层。

"几度伤情"以下四句,由眼下的相思愁苦心绪,延伸拓开,追忆往昔的柔情蜜意和分离独处的苦楚。由于各自分飞带来的孤独愁苦,所以几度抒写离情,总是绵绵不绝。即使在冬日严寒的时节,笔砚结冰,还是嘘气暖笔,展纸执笔,情不自禁地倾诉"人生最苦别离"的心情。这里运用二对句,融情于景,从人物的动态中抒写离情,显得更加含蓄深沉。

最后两句"梅花月明,熬尽短檠灯。"以景物作结,但是景中有情。这里的情景是从上文的"赋离怀"而来,心中的离愁千头万绪,不是"无处写"。而是写不完,吐不尽,熬尽了灯油也难以入眠。这样细致地刻画深夜怀人的情态,婉转动人。

总而言之,这首小曲刻画细致,融情于景,结构上对仗工整,写得清丽婉转,缠绵蕴藉,读来余味不尽。

〔中吕〕普天乐

西湖即事

张可久

蕊珠宫,蓬莱洞①。青松影里,红藕香中,千机云锦重,一片银河冻。缥缈佳人双飞凤,紫箫寒月满长空②。阑干晚风,菱歌上下,渔火西东。

【注释】

①"蕊珠宫"两句:是传说中的神仙居所。马致远与他人合写的《黄粱梦》杂剧中,就有一段对如此仙境的描写:"俺那里地无尘,草长春,四时花发常娇嫩。更那翠屏般山色对柴门,雨滋棕叶润,露养药苗新。听野猿啼古树,看流水绕孤村。" ②"飘渺佳人"两句:据《列仙传》载,萧史善于吹箫,能作鸾凤之音,弄玉为秦穆公的女儿,也喜欢吹箫,二人结婚数年之后,有人看到他们乘龙跨凤,升飞上天。

【赏析】

张可久出生于浙江庆元(今属宁波),一生游历丰富,但偏爱的还是江南的水光山色,尤其是杭州西湖,最是让他流连忘返,反复吟咏,这首小令,即是描绘西湖夜景之作,景色优美朦胧,多姿多彩,可称是小山写景之作的代表。

本曲开头即颇有新意,欲写西湖,却先写天外仙境,初看令人错愕,继之则莞尔,原来诗人是将西湖比作如梦如幻的仙境。景色之美自不待言。这两句是总写西湖之美。

以下四句:"青松影里,红藕香中,千机云锦重,一片银河冻。"则开始转入现实,具体描绘西湖之美。前两句分写西湖十景中的"九里云松"和"曲院风荷"之美景。树则青翠茂密,光影婆娑;湖则碧波荡漾,红莲吐香。远远看去,红花碧树,画图难足。下面两句,表面上是写天上景观,而着眼点其实还是停在湖光山色上。傍晚时分,西湖在晚霞的映照下优美如画,就像无数织机绘出的天际云锦一般,精美绝伦。而时光推移,月光升起之后,在点点渔火的映衬下,西湖又似一川冰封的银河,一片晶莹,如梦如幻。这四句,可谓是构思奇特,引人遐想。

接下来两句"缥缈佳人双飞凤,紫箫寒月满长空。"诗人借萧史和弄玉的故事,来描写湖上游人翩翩起舞之景,她们的舞蹈,仿佛凤凰飞翔;耳听箫声悠扬婉转,只觉清音满天。此情此景,使人不觉神思迷朦,如临仙境。

结尾三句,目光又回到眼前。诗人回过神来,凭栏临风,再来欣赏西湖的夜色,但闻采菱之歌时高时低,只见点点渔火四面闪烁。

本曲之中,景色的动静、远近、乃至现实和幻境均和谐交织在一起,诗人又从所见、所闻、所嗅和所思等几个方面来刻画西湖之美,真让人如临其境,浮想联翩。此曲不愧为清丽风格的代表之作。

〔越调〕寨儿令

道士王中山操琴

张可久

傍翠阴,解尘襟。婆娑①小亭深又深。轸玉徽金②,霞佩琼簪③,一操醉翁吟④。野猿啼雪满遥岑,玄鹤⑤鸣风过乔林。休弹山水兴,难洗利名心。寻,何处有知音⑥?

【注释】

①婆娑:徘徊。 ②轸玉徽金:即金徽玉轸,梁元帝《秋夜》:"金徽调玉轸,兹夜抚离鸿。"金徽:一种古琴的名称。玉轸:玉饰的琴轸,其实这只是比喻琴轸的华贵,并非实指。 ③琼簪:玉簪,插在头发上。 ④醉翁吟:即醉翁操,琴曲名,苏轼曾据以填词。 ⑤玄鹤:据司马迁《史记·乐书》记载:"平公曰:'寡人所好者音也,愿闻之。'师旷不得已,援琴而鼓之。一奏之,有玄鹤二八集于廊门;再奏之,延颈而鸣,舒翼而舞。"这是说师旷琴艺高超,引来玄鹤鸣舞。 ⑥知音:典出伯牙与钟子期,《吕氏春秋·本味》:"伯牙鼓琴,钟子期听之。方鼓琴而志在太山,钟子期曰,善哉乎鼓琴,巍巍乎,若太山。少顷之间,而志在流水,钟子期又曰,善哉乎鼓琴,汤汤乎若流水。钟子期死,伯牙破琴绝弦,终身不复鼓琴,以为世无足复为鼓琴者."

【赏析】

在中国古代的诗词中，有不少描写音乐的作品，写得很出色，张可久这首曲子，写的是听弹琴的种种感受，匠心独运，别开生面。

这首小曲共分三个层次，第一层为前三句，写在山中翠阴旁的小亭子里暂时歇息，写出了山中环境优雅。第二层为接下来的五句，铺写王山人操琴的形态和音响。第四局写琴的装饰，第五句写弹琴人的装束，第六句写所弹的曲子。醉翁本是宋代大文学家欧阳修的别号，他在滁州（今安徽省滁州市）做官时，写过一篇著名的散文《醉翁亭记》，十余年后，有好奇之士太常博士沈遵"闻而往游，爱其山水秀绝，以琴写声，为《醉翁吟》……"后来苏轼补词，定名为《醉翁操》。王中山弹的正是著名的《醉翁操》。听着这琴声，令人由曲调的优美想到词文的优美，由词文的优美想到"琅琊幽谷，山水奇丽，泉鸣空涧，若中音会。"又由琅琊美景烘托出王中山弹琴处的秀丽风光。接下来很自然的引出了七、八两句，正面写琴声的美妙及其音响效果，时而像野猿悲啼于大雪覆盖的远山，时而像玄鹤鸣声随风飘过丛林。琴声悠扬，悲哀中有嘹亮，在空中起伏回荡，余音不绝。

最后三句写听琴时的感受。从这前边的两句来看，王中山弹的都是超尘脱俗的山水兴，弹得再好，对一心追逐名利的人来说，无异于对牛弹琴。因此，"休弹"的感受是针对世人的名利熏心，找不到知音而发的，不是真的不叫弹山水兴，而是愤激的话，这里有很深的寓意。

这首曲形象生动，寓意深沉，既有纯自然景物，又有曲中意象。有描述、有拟喻、有虚拟，加上对仗工整，令人有意犹未尽之感。

〔越调〕寨儿令

西湖秋夜

张可久

九里松①，二高峰②，破白云一声烟寺钟。花外嘶骢③，柳下吟篷，笑语散西东。举头夜色濛濛，赏心归兴匆匆。青山衔好月，丹桂吐香风。中④，人在广寒宫⑤。

【注释】

①九里松：杭州园林古迹"九里云松"，在今杭州市灵隐路，全长九里，两旁云松苍翠夹道。　②二高峰：指南高峰与北高峰，西湖十景中有"双峰插云"。　③骢：骏马。　④中：犹行。　⑤广寒宫：据《龙城录》中"明皇梦游广寒宫"的记载："顷见一大宫府。榜曰：广寒清虚之府。"这当然是一种虚构的意象，后来作为月中仙宫。这里是化用

唐代鲍溶《宿水亭》："夜深星月伴芙蓉，如在广寒宫里宿。"的诗句，而使西湖秋夜的美妙景象涂上一层如同奇幻仙境的神秘色彩。

【赏析】

张可久后期，长期流连在杭州，尽兴浏览，纵情歌唱，写过数十首赞颂西湖美景的散曲。这首小令就是其中之一，写的是西湖秋夜的景色，清丽幽美，十分迷人。

开头三句"九里松，二高峰，破白云一声烟寺钟。"，既紧扣西湖的名胜入题，又点明了具体时间地点。先点出了"九里云松"与"双峰插云"，紧接着提出了"烟寺"，虽然没有明写具体寺名，但熟悉杭州景色的人们很自然地就能想起附近著名的灵隐寺。至此，把游览的具体地点落实了下来，人们就会情不自禁地想起这一带的秀丽景色。同时，作者在这里加进了一声傍晚的钟声，点明时间，并营造出一种氛围，增添了几分宗教的神秘色彩。在苍茫的暮色里，在九里云松附近漫游，近看松树参天，遥看双峰插云，突然远处传来一声古刹晚钟，响彻云霄，回荡耳畔，更显得黄昏的幽静。

接着五句，是写夜游西湖的场面。在花间小径骑马缓行，在柳下船中饮酒吟诗，阵阵欢笑声向东西飘散，在湖面回荡，真令人乐而忘返。在欢声笑语中，不觉时光已悄悄流走，天色朦胧，夜幕降临，尽管西湖景色如此迷人，赏心悦目，可是又不得不匆匆离开。

最后几句是写归途中的见闻与感受，"山衔好月"，说明夜已深沉，明月已向西山沉下去。"丹桂吐香风"，点明已是中秋时节。与题目"秋夜"遥相呼应。此处不单点题，一则化用柳永描写杭州的词《望海潮》中"三秋桂子，十里荷花。"这一名句，点出了杭州的特色；二则与下一句自然接轨，只有丹桂才能与广寒宫紧密联系在一起，当然广寒宫也突出了湖边秋夜幽静清凉。至此，人间的西湖与天上的月宫联系在一起，身临此境，不禁有飘然欲仙之感。

这首小令气韵流畅，舒展自然，寓情于景，情景交融。曲中景色清丽幽静，飘逸自然。朱权在《太和正音谱》中说："其词清而且丽，华而不艳，有不吃烟火食气。"，指的就是这一类作品吧。

〔双调〕清江引

秋 怀

张可久

西风①信来家万里，问我归期未？雁啼②红叶天③，人醉黄花④地，芭蕉雨声秋梦里。

【注释】

①西风：即秋风，含有悲凉之意。 ②雁啼：大雁春秋两季迁徙，在游子眼里，雁行

阵阵，寄托的满是对家乡的思念之情。　③红叶天：秋天。因那时木叶尽红，霜叶如醉。
④黄花：暗指重阳。

【赏析】

这是一首抒发游子思家之情的小令。题为《秋怀》，曲中各句全是围绕这二字展开。

开篇两句"西风信来家万里，问我归期未？"意思是：秋风萧瑟，家人给我寄来了信件，问我什么时候能回家？短短三句，意思却是层层递进。首先，悲凉的秋风，就让人不免产生悲凉的情绪，可是偏偏在这秋风之中，还收到家信，加剧了自己对家乡的思念，于是更感秋风刺骨，悲凉之感不觉加重了一层。由家信自然会想到家乡，可是家乡在哪里呢？"家万里"！如此遥远，于是悲凉之意又向前推进了一层。短短七字，竟包含了三重意蕴。下句中，家信所写，只问"归期"，表明游子离家日久，引得家人思念心切。

后面三句，是诗人对"问我归期未？"的回答。可是诗人却始终没有直言自己归家的日期。"雁啼红叶天，人醉黄花地，芭蕉雨声秋梦里。"这三句的意思是：枫叶红得如火如荼，而一行大雁在长空中哀鸣；菊花金黄灿烂，自己却都在一旁痛饮；自己酒醉沉沉，不觉入梦，可是屋外的秋雨不停地打在芭蕉树叶上，一声紧似一声，搅醒了自己与家人团圆的好梦。这是张可久常用的以乐景写哀情的手法，诗人内心的痛苦惆怅郁结得太多太久，所以满眼所见，无不具有凄凉之感。可是好不容易在梦中与家人团圆，却没想到竟然是美梦难成，人生的悲哀，真是无处可逃。

这首小令，缠绵悱恻，情感真挚，语言凝练典雅，是张可久典型的清丽之作。本篇之中，西风、北雁、红叶、黄花、秋雨、秋梦等等，均为秋天景象，始终不离题目中的"秋"字。而通篇的写景无一不是在抒情，又紧扣题目中的"怀"字。整体通透，委婉含蓄，对仗工整又不失自然，从而具有了小山散曲的自我面目。

〔中吕〕红绣鞋

天台瀑布寺①

张可久

绝顶峰攒②雪剑，悬崖水挂冰帘③。倚树哀猿④弄云尖⑤。血华啼杜宇⑥，阴洞吼飞廉⑦。比人心山未险。

【注释】

①天台：天台山，在浙江天台县北。瀑布寺：未详。从本篇的内容看，与寺庙并无干涉，"寺"字疑衍。　②攒：攒聚在一起。　③冰帘：瀑布。　④哀猿：猿的啼叫声听起来十分悲伤，所以这样说。　⑤弄云尖：在白云缭绕的山巅嬉戏。　⑥"血华"句：按文义应为"杜宇啼血华"，意指杜鹃鸟的啼叫声异常悲苦，它嘴中啼出的血变成了鲜红的

杜鹃花。华,同"花"。杜宇,鸟名,即杜鹃鸟,啼声凄厉,传说啼到喉咙出血为止。
⑦飞廉:本风神,这里指风。

【赏析】

这支小令写天台山瀑布,突出其高峻奇险,笔力刚健,景色壮丽,写景与讽世巧妙结合,含意更深。

开头两句先把峻峭的天台山与壮丽的瀑布呈现到读者面前,并与题切合。这里用了对仗句,"绝顶"、"悬崖"突出了山的险峻;由"峰"到"水",紧扣题目;"雪剑"、"冰帘",用语新奇,而且令人感到寒意森森,冷气逼人。接着三句,用三件事物更突出了山的高奇险峻、水的森寒阴冷,猿猴哀鸣,杜鹃啼血,洞中阴风怒吼,更增添了阴森险恶之感。以上五句,极写天台山瀑布的奇险,令人不寒而栗。剑锋、冰瀑、哀猿、啼鹃,形成统一的氛围,使人意悚神骇。

"比人心山未险!"结句笔锋陡转,非人思议所及。诗人前五句组织连串形象描述天台的"险"景,正为逼出此句。由此,前诸形象便转化为意象,成为连珠之喻,比山更险的人心之险已寓于不解之中。全曲到此戛然而止,留给人们丰富的想象余地。以山险喻人心之险,常见于古书中。但本曲不是简单地重蹈旧辙,诗人抓住天台山的景物特征,用重笔浓墨极力刻画,设喻生新,有声有色,生动地表现了山川的奇险,末句才突作转折,标出"人心"一语,到这,才知道上文兴中有比,意味深长。

这首曲富于哲理,寓意深刻,发人深省。在表现上,采用"尊题格"方法,更觉形象生动,深刻有力。

〔越调〕 天净沙

江 上

张可久

嘒嘒①落雁平沙,依依②孤鹜③残霞。隔水疏林几家。小舟如画,渔歌唱入芦花。

【注释】

①嘒嘒:形容大雁鸣叫的声音。 ②依依:形容野鸭轻轻摇摆的样子。 ③鹜:野鸭子。

【赏析】

这是一首即景抒情的小令,描写了一幅渔翁自得图。但是诗人没有直接描写渔翁的外表和内心,只是用简洁的语言勾画出了一幅深秋傍晚江上所能看到的美丽图景。从中寄寓诗人与世俗隔绝、在大自然中悠然自得的感受。

开头三句:"嗈嗈落雁平沙,依依孤鹜残霞。隔水疏林几家。",描写的是深秋江上傍晚的景色。首句是说大雁叫边落在江边平坦的沙滩上。次句是化用唐代王勃《滕王阁序》"落霞与孤鹜齐飞"一句,而以"依依"写鸭子的情态,较原句不免增添了几丝情趣。这两句是一合掌对,描写飞禽的情态,第三句的视野扩开了,从飞禽移向了江对面稀疏树林旁边的几处人家。平沙落雁、残霞孤鹜、疏林人家,构成了一幅极其幽美恬静的图画。开头三句把秋天傍晚几种特有的景物集中描写,创造出一种幽静的意境。

第四句"小舟如画"将晚秋景色转入江面上的一只小船,承上启下,接下来一句"渔歌唱入芦花",则是写渔翁的歌声,渐渐消失在芦花丛中。诗人之笔触丝毫未及渔人的外表和内心,但他那中悠闲自得之态、无忧无虑之心却尽在其中。渔夫是画面中的一动景,由此画面顿觉生动,而所写之景与渔翁任情适意、散诞逍遥情调亦正相符合。

这首小令寥寥数语,却将江边渔村晚景图勾勒得有声有色、栩栩如生,色彩鲜明,风格清丽。小令的语言凝练,具有高度的概括性,几处典型的景色就将深秋江景概括一体,表达的感情深切真实,妙谛自成,可谓是描写南方风景画的极致之作。

〔双调〕落梅风

湖 上

张可久

羽扇尘埃外,杖藜①图画间。野人②来,海鸥惊散。四十年绕湖赊③看山,买山钱更教谁办?

【注释】

①杖藜:拐杖;手杖。 ②野人:古代指乡野之人和没有爵禄的平民。此处是诗人自称。 ③赊:赊欠。

【赏析】

这首小令是诗人描绘的杭州西湖之景。题目中的"湖",即指杭州西湖;"湖上",则指的是西湖边畔,亦即西湖一带。

前四句"羽扇尘埃外,杖藜图画间。野人来,海鸥惊散。"写的是西湖隐居生活的写照:轻摇羽扇,扶杖而行,悠哉游哉,仿佛置身于尘世之外、图画之间。当诗人走近时,惊散了一滩海鸥。西湖本是宁静的,一"来"、一"惊"、一"散"则让安静的画面中顿时有了动感,瞬息间的小骚动反而衬托出了湖山的寂静。静中之动还可以使人的心神越觉宁静。因此,这首小令虽然没有细致的刻画描写,却也将环境气氛和人物意态突显出来了,给读者留下了很深的印象。

最后两句"四十年绕湖赊看山,买山钱更教谁办?"在前面铺叙的基础上进一步表达诗人湖上隐居的惬怀。这两句的意思是:在西湖风景中游览了四十年之久,竟不用花一个钱。西湖本是公共的,不存在买卖赊欠之事,可是诗人偏说"赊看山",结局还生发出"买山钱更教谁办"的疑问,实乃妙趣横生。

张可久是一位"有名"的隐士,可惜他却并不阔绰,因此他有了"赊看山"之类的话头,虽然意在调侃,其实心里还是酸楚的。亦官亦隐是古代隐士的理想,但是诗人被迫于生计,只得屈尊于小小官职之间,心里是非常复杂的。由此看来,这首小令,并非纯粹写实,而是有点美化了。这样我们就能很好的理解"赊看山"云云,不单单是富于风趣,更深藏着诗人内心的感情,总体看来,诗人在轻松之下,隐匿着一股极力抑制着的牢骚不平之气。

〔双调〕落梅风

春 情

张可久

秋千院,拜扫天①,柳阴中躲莺藏燕。掩霜纨递将诗半篇②,怕帘外卖花人见。

【注释】

①拜扫天:寒食节上坟扫墓的日子。陈元靓《岁时广记》十五:"清明前二日为寒食节,前后各三日,凡假七日,而民间以(冬至后)一百四日始禁火……谓之大寒食,北人皆以此日扫祭先茔,经月不绝。" ②霜纨:白丝手帕。

【赏析】

表现男女私情是杂剧作品的主要内容之一。散曲中也不乏"春情"之作。这首小令写的就是少女利用家人清明前外出扫墓之机,借口呆在家中,与自己的恋人幽期密约。

前三句"秋千院,拜扫天,柳阴中躲莺藏燕。"点出时间、地点和环境,"秋千院"是事情发生之地,也透露出家有闺中少女的消息;"拜扫天"既是时间,也告诉家人倾出拜扫,四周空空如也。"柳荫中躲莺藏燕"写环境,"躲莺藏燕"以莺燕之动衬托环境之静,也是以比兴之笔写将要出现的情窦正开少女的娇羞躲闪。

接下来两句:"掩霜纨递将诗半篇,怕帘外卖花人见。"写人。男女欲情不仅使少女大胆勇敢,而且聪明有心计,同时也是羞涩慌忙的,不仅霜纨要"掩",而且即使毫不相干的卖花人也让她羞恼不堪。小令将少女紧张情态和微妙心理展现得十分生动,扣人心弦。表现了一个有文化素养的大家闺秀,对爱情尽管热烈、主动,却仍有其心理的约束和行为的瞻顾。

张可久这首小令,不啻是一幅构图完美的风俗画。小令以《春情》为题,不论是春日的情景、作者的意兴,还是幽会中男女恋人的情态和心理,布局都非常巧妙。作者善于在一定的空间安排和处理人、物的关系和位置,把个别或局部的形象组成艺术的整体。全曲语言看似平淡无奇,却无一闲句、闲字,末句尤妙,不失为元曲中的一篇佳作。

〔中吕〕迎仙客

秋 夜

张可久

雨乍①晴,月笼②明,秋香院落砧③杵④鸣。二三更,千万声。捣碎离情,不管愁人听。

【注释】

①乍:突然;才。 ②笼:笼罩。 ③砧:捣衣石。 ④杵:原指舂米的棒槌。这里用作槌。

【赏析】

在元代散曲家中,张可久是传世作品最多的一人。他不仅数量压榜,而且在艺术上本色当行与清丽高华兼而有之,表现了散曲这一抒情诗体的高度成熟。因此在当时已被尊为词林宗匠,明人李开先更将他与乔吉并推为曲中李杜。他的作品题材广泛,而以写景和怀古为大宗。写时节景色的散曲也不拘于即景状物,常常别有寓意,只是借题发挥,故特具耐人寻味的曲折含蕴,此曲正是这类作品中的代表之作。

首两句"雨乍晴,月笼明"只点出了宿雨初晴,月光隐约迷蒙,就不再在景物上多费笔墨了。接下来一句"秋香院落砧杵鸣"则转入写人写事。用砧杵捣练本是古代妇女极普通的日常生活劳动,但每逢秋季捣练却往往是专为在外的征人赶制寒衣,用在此处,因而具有特殊意味。接下来两句"二三更、千万声。",与李白在《子夜吴歌·秋歌》中正面写出的"长安一片月,万户捣衣声,秋风吹不尽,总是玉关情。"的幽怨不同,这里的"千万声"断不是热闹、嘈杂的"万户捣衣声",而应该是单调、急促的"千万声"。从捣衣急急的音响,不难想见捣衣妇人的情态与动作,但作者对此绝无形容描摹,也不说一句同情的话,以便读者自己发挥想象,加以补充。这两句将包含着离愁别绪的秋声加以铺染,使接下来一句中的"捣碎"两字更有分量、更加凝重。最后一句"不管愁人听",不仅使曲中有诗人自己在,而且显示了旁人听之尚且愁闷不堪,何况当事的捣衣人,其愁怨更将万倍。背面敷粉,将闺妇的离情益发渲染得淋漓尽致。

〔南吕〕金字经

偕王公实寻梅

张可久

浩然英雄气,塞乎天地间①。破帽②西风雪满山。顽③,探梅千百番,家童懒。灞桥④驴背寒。

【注释】

①"浩然"两句:化用文天祥《正气歌》"天地有正气,杂然赋流形。在下为河岳,在上为日星;在人曰浩然,沛乎塞苍冥。"　②破帽:指辽东帽。三国名士官宁,字幼安,东汉末年避乱辽东,安贫乐道,因为不满政治黑暗,终身不仕。相传管宁居家,常着皂帽,即此。　③顽:玩也。　④灞桥:桥名,在今陕西省西安市城区东十公里灞水上,始建于汉。汉唐时送客多到此桥作别。

【赏析】

这首小令是写诗人偕同友人一起寻梅,友人王公实者不详,大约是诗人平辈或者后辈友人。但是纵观全曲,未见一句咏梅,由此可推,此曲实意或许不在咏梅,而是有别的感情。

开篇两句"浩然英雄气,塞乎天地间。"虽出于文天祥,但经过诗人一改,无疑更加精炼、准确了。写到了天、地、人,且在三者之中突出了人。此两句赞叹的是人间的正气,是人的英雄气概。可是,诗人携友寻梅,与人间正气又有何相干呢?"破帽西风雪满山"旋即给出了答案。原来,正是满山晶莹的雪给了诗人如此之感。风的凄厉、雪的晶莹,使诗人不禁追慕起先贤的昂扬斗志和高尚节操,不知不觉中,一股豪迈英爽之气入于胸间,此时此刻,《正气歌》无疑是表达诗人心情最贴切的诗句。

第四句话题一转,"顽,探梅千百番,家童懒。"由古转入眼前。此处读者或许不解,漫山遍野地冒寒踏雪,天寒地冻,有什么好玩的呢?一般人确实不解,最明显的反应就是跟随自己的"家童懒",实乃无趣,而此番乐趣非常人能理解、感受。最后一句"灞桥驴背寒"则是作答。这一句用典。唐昭宗时相国郑綮善诗,性喜诙谐,或问:"相国近有新诗否?"对曰:"诗思在灞桥风雪中驴子上,此处何以得之?"诗人这里反用其意,正好回答了上一句的疑问。诗人携友寻梅,不为赏梅,也不为别的,只为领略风雪之情,而获"诗思"。在得到"诗思"之余,诗人还领略到了天地间的"浩然英雄气"。同时,"灞桥"二字则将诗人与友人的感情也表达出来了,很是切题。

这首小令,一改张可久的清丽雅正之风格,显得雄迈豪放,在他的作品中是不多见的。

〔中吕〕卖花声

怀古（二首）

张可久

阿房①舞殿翻罗袖，金谷名园②起玉楼，隋堤③古柳缆龙舟④。不堪回首，东风还又，野花开暮春时候。

美人自刎乌江岸⑤，战火曾烧赤壁山⑥，将军空老玉门关⑦。伤心秦汉，生民涂炭⑧，读书人一声长叹。

【注释】

①阿房：秦宫殿名。秦始皇三十五年（212年），征发刑徒七十余万修阿房宫及郦山陵，穷极侈丽，据《史记·秦始皇本纪》："先作前殿阿房，东西五百步，南北五十丈，上可以坐万人，下可以建五丈旗，周驰为阁道，自殿下直至南山。"遗址在今西安市西阿房村。　②金谷名园：晋代大富豪石崇所建别墅，在今河南洛阳市西。　③隋堤：一说为通济渠，一说为运河堤。隋炀帝为了游幸各地而开通济渠。　④缆龙舟：指隋炀帝沿运河南巡扬州。　⑤"美人自刎"句：据《史记·项羽本纪》和《楚汉春秋》所载，项羽被困垓下，夜闻汉军四面皆楚歌，"项王则夜起，饮帐中。又没人名虞，常幸从；骏马名骓，常骑之。于是项王乃悲歌慷慨，自为诗曰：'力拔山兮气盖世，时不利兮骓不逝。骓不逝兮可奈何，虞姬虞姬奈若何！'歌数阕，美人和之。项王泣数行下，左右皆泣，莫能仰视。"虞姬和歌道："汉兵已略地，四方楚歌声。大王意气尽，贱妾何聊生。"乌江，在今安徽和县东北。　⑥"战火曾烧"句：写历史上的赤壁之战，曹操八十余万大军几乎灰飞烟灭。　⑦"将军空老"句：据《后汉书·班超传》，班超青年时投笔从戎，建功于西域，官封定远侯，居边陲西域三十一载，年老时思乡心切，就上书请求内调："臣不敢望到酒泉郡，但愿生入玉门关。"　⑧涂炭：即泥沼和炭火，比喻为困苦，《尚书·仲虺之诰》说："有夏昏德，民坠涂炭。"

【赏析】

令曲与传统诗词中的绝句与小令，有韵味相近者，有韵味全殊者。张可久的这两支怀古的曲子，前一首便与诗词相近，后一首则与诗词相远。

前首小令先平列三事：一是秦始皇在郦山造阿房宫以宴乐；二是西晋符号石崇在洛阳建金谷园以行乐；三是隋炀帝"筑堤植柳"，修大运河下扬州游乐。此三例皆封建统治者穷极奢靡而终不免败亡的典型。但作者仅仅点出事情的发端而不说其结局，千言万语凝聚成"不堪回首"一句，让人们自己去品味评说。"不堪回首"四字约略寓慨，遂结以景语："东风还又，野花开暮春时候。"更加含蓄，耐人寻味。这是诗词中常用以"兴"终篇的写法，同时，春意阑珊的凄清景象，又与前三句的繁华盛事形成一番强烈对照，一热一冷、一兴一衰，一有一无、一乐一哀，真可谓兴发无限感慨。

第二首下令，前三句写读史时的感叹唏嘘，只记其大概而不及具体史实，但所举三事都是读书人所熟悉的故事，其中的空白读者自可填补。首句有霸王别姬之事，重点抒发英雄美人穷途末路的感慨。次句写火烧赤壁之事，感叹历史风云变幻莫测。第三句咏汉代班超故事，感慨于将于白发，寂寞凄凉。这三句情感之低沉伤感相似，但所叹之事并不相联，使人不禁好奇：作者铺排三事，所怀之情何在呢？

后面三句，则是对此疑问作答，揭示自己的所思所感。一句"伤心秦汉，生民涂炭"，猛地就将前面所咏之事收拢起来，原是诗人用前举三事代指整个秦汉历史，甚至是整个的历史。无论秦朝汉代，历史的天空上总布满了刀光剑影；无论输赢胜败，帝王的座基下又哪少得了累累白骨？英雄也好，美人也罢，总有垂老、横死之时，念及这些，怎不令人"伤心"呢？但更可伤的是，无数普普通通的人民，因为朝代的兴亡更迭，将军的起落沉浮，承受的无尽的灾难和痛苦。至此，诗人"伤心"的原因已显露无遗了。

最后一句"读书人一声长叹"，是叹古往今来，又有多少读书人能真正读透史册？而自己呢？即使能够读懂读透，还不是一介穷儒，对于历史，又岂能奈何？凡此种种，无一不是令人可叹之事，因而，作者的这"一声长叹"，其力度之大，可谓空谷足音了。

本曲短短六句，结构完整，情感深沉。尤其意境比较阔大，在张可久的散曲中是比较难得的。

张可久读书破万卷，却是"功名半纸，风雪千山。"，故不免对案而叹，怀古伤今。这两首曲即借史事以抒怀，表现"读书人"的忧患意识。作品具有较强的人民性，也表现出了对现实的不满。

〔中吕〕卖花声

客况（三首之三）

张可久

登楼北望思王粲①，高卧东山忆谢安②，闷来长铗为谁弹③？当年射虎，将军何在④？冷凄凄霸陵古岸。

【注释】

①王粲：字仲宣，汉末山阳高平（今山东邹县）人，建安七子之一。撰有《登楼赋》，抒发怀乡情绪。　②谢安：东晋人，少有重名，朝廷征辟不就，隐居会稽东山。③长铗为谁弹：战国时齐人冯谖，在孟尝君门下作客，因不满他的待遇，弹起长铗，唱

道:"长铗归来乎,食无鱼!" ④"当年"句:汉代李广善射,少年曾射虎。后为将军,屡立战功。

【赏析】

《客况》共三首,都是写客居感慨,这里介绍的是其中第三支曲。

张可久出仕多年,踯躅于小吏幕僚之间,难免心情抑郁,思想低落,加之客途之中,更容易产生思乡之念。这首小令即是抒发他的失意与不满。

前两句:"登楼北望思王粲,高卧东山忆谢安",借王粲和谢安来抒发自己的心情。王粲寄人篱下,壮志难酬,所以有《登楼赋》之作,抒发怀念故乡之情。登楼有一种凄怆悲伤的感情,张可久登楼也自然产生了与王粲一样的感触。谢安怀经世之才而隐居东山。后谢安出山,官至中书令、司徒等职,立事立功。谢安的才华际遇为张可久所羡慕,表达了诗人有一旦东山再起,立不朽功业的意图。第三句"闷来长铗为谁弹"借冯谖的故事来抒发诗人内心的不平,表达无知己赏识的苦闷。

最后三句"当年射虎,将军何在?冷凄凄霸陵古岸。"追忆汉飞将军李广。与前举三人不同,前面三人均为失意或隐逸之士,而李广是有所建树之士。可是功名成就者又复如何?时光飞逝,历史无情,功名复虚幻,霸陵冷凄凄,这也是失意者作出的旷达之想。

全篇开合跌宕,以典故寄托个人客居所感从王粲,到谢安直至李广,行文层层递进,感慨世事的情绪愈来愈浓烈。张可久之曲,以清丽见称,此曲则典雅。

〔中吕〕红绣鞋

西湖雨

张可久

删抹①了东坡诗句,糊涂②了西子妆梳。山色空濛③水模糊,行云神女梦④,泼墨⑤范宽⑥图,挂黑龙天外雨。

【注释】

①删抹:删去。苏东坡《饮湖上初晴后雨》诗:"湖光潋滟晴方好,山色空濛雨亦奇。"这里只有雨景,看不到"晴方好",所以说删抹了。 ②糊涂:乱涂乱抹,即浓妆艳抹。东坡上题诗中有"若把西湖比西子,淡妆浓抹总相宜。"句。这里雨是"浓抹",便没了"淡妆"。 ③山色空濛:引用上题原诗语句。 ④神女梦:楚国的宋玉曾作《高唐赋》,写楚襄王游高唐,梦中有巫山神女来幽会,极尽男女欢悦之乐事。后世多借喻男女欢合。 ⑤泼墨:是图画一种技法。用笔饱蘸墨汁,大笔涂抹,犹如泼上去一样,落笔雄健,气势雄伟。 ⑥范宽:北宋前期著名画家,擅长画山水,泼墨写意,颇有影响。

【赏析】

历来写杭州西湖雨景的文学作品中，苏东坡的《饮湖上初晴后雨》堪称诗词绝唱。而诗人长期寓居杭州，对西湖雨有比东坡更多的了解，虽是有感于东坡诗意成曲，但能从视角、构思上另辟新径，因此可称为"站在巨人肩膀上"成功的续作。

本曲通过形象的铺写，描绘了西湖夏雨的神奇色彩。前两句"删抹了东坡诗句，糊涂了西子妆梳。"，去留东坡名句，写出了雨之奇。意思是：删去东坡名诗上句，不见了湖光潋滟，像在美人脸上乱涂抹，失去了淡妆的秀丽。

接下来通过西湖雨的特色，引出了"巫山云雨"的典故，在雨上增添了神话色彩。"山色空濛水模糊，行云神女梦"这两句的意思是：四周的山空空濛濛，与水和天糊成一片，是巫山神女带来云雨，云雨中有高唐梦的神秘。

紧接其后，诗人又用范宽的画技比拟，写出了雨的雄浑气势。西湖夏雨是范宽的泼墨写意，笔墨豪放雄健，既形象，又富于文学色彩和艺术魅力。

最后一句"挂黑龙天外雨"的意思是：天边挂着一条黑龙，为西湖带来天外的雨。这里化用苏轼《有美堂暴雨》中"天外黑风吹海立，浙东飞雨过江来。"的诗句，另有一种新的意象。

这首通篇描绘西湖暴雨景象的小令，显得疏放奇丽。诗人善长撷取宋诗的秀句，化入自己构想的境界，而造出新意，使这首咏唱雨中西湖景象的作品带上了神奇色彩的艺术魅力。

〔越调〕天净沙

湖上送别

张可久

红蕉①隐隐窗纱，朱帘②小小人家，绿柳匆匆去马。断桥西下，满湖烟雨愁花。

【注释】

①红蕉：又称美人蕉，多生长于南方，杭州一带亦有种植。红蕉秆顶花红，很是招人，且不乏品格。 ②朱帘：红色帘子。

【赏析】

这首散曲字数不多，但情感极其饱满，意境颇为深远。

首句"红蕉隐隐窗纱"意为：红蕉盛开，韶光正浓，而透过这一片红蕉，可隐隐地看见纱窗。红色的美人蕉与素色的窗纱在色彩上形成快乐强烈的反差，恬静的场景与作者的急迫也形成了强烈的对比，引人入胜。

"朱帘小小人家"写出了女子住处的雅致和可爱，同时也表明了诗人对此的痴情。由此看来，诗人眷恋杭州，眷恋西湖，与该女子不无关系，该女子就成了一种象征。如此的表达方式，取得了很好的艺术效果。

第三句"绿柳匆匆去马"却笔锋一转，写自己上路远行。西湖的春天，芳草萋萋，柳色如烟，可就在这美好的时光里，自己不得不与心上人告别，匆匆启程。"匆匆"两字，饱浸惜别之苦，字里行间可见浓浓的愁情。

最后两句写自己路途所见。"断桥西下，满湖烟雨愁花。"，由断桥启程，往西而行，看见了满眼的空濛湖水和宛若泪珠的万点水花。这两句，诗人把惜别后的凄迷哀痛，描述到了极致。

事实上，此曲表明的只是诗人对于杭州闲适生活的留恋。如此凄美动人的爱情，或许只存在于诗人的想象之中，或许只是他排解心头眷恋的假托。这首小令，谓含蓄，作者情绪的宣泄已经非常强烈，可谓说出了离情别绪就一无所有，毫不含蓄；如果说直抒胸臆，则此曲的描摹对象和情感故事始终隐入曲后，作者缠绵悱恻、情愁苦痛的由来只能凭借想象方可还原。这就是诗人最娴熟的手法，让散曲中的每一个字都安置在似与不似之间，以此深化意境，体现其精妙。

〔正宫〕醉太平

感　怀

张可久

人皆嫌命窘①，谁不见钱亲？水晶环②入面糊盆③，才沾粘便滚④。文章糊了盛钱囤⑤，门庭⑥改做迷魂阵⑦，清廉贬入睡馄饨⑧。胡芦提⑨倒稳。

【注释】

①窘：困窘、窘迫。　②水晶环：晶莹透亮，品质高贵，比喻淡泊高雅的君子。　③面糊盆：混沌粘连，不辨清浊，喻指道德败坏的世风。　④滚：指合在一起，而且还含有主动急迫、心甘情愿的意思。　⑤囤：本是装粮食的器具，"盛钱囤"则指钱财堆积如山，这里暗指人们爱财如命，只知拼命聚敛钱财。　⑥门庭：指君子门庭，本是斯文荟萃、讲文论道之地，却变成坑人害人之所。　⑦迷魂阵：原是渔民捕鱼时的网阵，即将渔网布成曲折回环之状，使鱼迷惑其中难以逃走，常比喻为圈套、陷阱。　⑧睡馄饨：似为一种类似竹夫人的寝具，在元代又被借用为浑噩、糊涂、痴傻之意。　⑨胡芦提：民间俗语，意为糊里糊涂。

【赏析】

张可久的散曲被公认为清丽派的领袖,曲风以典雅蕴藉著称,但他偶尔也有金刚怒目、嬉笑怒骂的时候,这首小令就是用俳谐的语调和急切的语气,讽刺了斯文沦丧、金钱至上的丑态。

起首两句,直接就对金钱至上、唯利是图的世风加以辛辣的讽刺,从后文可以看出,诗人此处讽刺的主要是那些随波逐流、品质低劣的文人,当然也对那个奉金钱为万能的世道做出了诅咒。

以下五句均是讽刺金钱对士人心灵的腐蚀。"水晶环入面糊盆,才沾粘便滚。"这两句的意思是:原本纯洁清白的文人,经不住金钱的诱惑,自甘堕落,投入到这个污浊的社会之中,犹如"滚"入"面糊盆"一般。以一个通俗的比喻,感叹文人在污浊世风的影响下,不能坚守士为之士的道德准绳,与世共浊,同流合污。以比喻讽刺,生动形象,令人笑,更令人悲。后三句"文章糊了盛钱囤,门庭改做迷魂阵,清廉贬入睡馄饨。",则是列举了三件大事大加嘲讽,语气更为峻急。第一件是指文人拿"文章"来聚敛钱财,完全抛弃斯文,丢弃文人的学业和操守,唯利是图。第二件是指文人们已经把自己的住所变成了坑害别人的陷阱,可见斯文的沦丧和文人的变质已不再是个别的现象了。第三件是指清正廉洁、两袖清风本为官作宦者的基本道德操守,可如今人们却将其视为愚蠢、浑噩的做法,弃之犹如敝履。综合三句来看,情辞极为激烈,作者在调侃、诙谐中寄寓了无限痛恨之意,对那些颠倒黑白、逐臭为香的丑陋行径给予了激烈的抨击。

结尾一句"胡芦提倒稳"是诗人发出的一声无可奈何的感叹。面对金钱至上的社会风气和奉丑为美的士林作派,反倒是浑浑噩噩、糊里糊涂地过得更加安稳,也莫去计较何为节操、何为清浊了。这句表面是诗人洒脱的话语,其实暗含的愤怒、失望和无奈之情是极为浓厚的。

这首小令,全用俗语,几乎不用一个典故,言辞急切透辟,敢怒敢骂,深合元曲本色之趣。

〔双调〕落梅风

春晚(二首之二)

张可久

东风景,西子湖①,湿冥冥②柳烟花雾③,黄莺乱啼④蝴蝶舞,几秋千打将春去⑤。

【注释】

①西子湖:指杭州西湖,古来常以美女西施(西子)比西湖之美,因而得名"西子

湖"。苏轼《饮湖上初晴后雨》："欲把西湖比西子，淡妆浓抹总相宜。"　②冥冥：形容湿气很浓的样子。　③柳烟花雾：春柳薄绿，远望如烟；花红一片，浑然如雾。这里形容花木茂盛的样子。　④黄莺乱啼：此处暗用进厂绪《春怨》诗意："打起黄莺儿，莫教枝上啼，啼时惊妾梦，不得到辽西。"　⑤"几秋"句：少女们才刚刚活跃起来，荡了几下秋千，便已把春天打发回去了。将，语气助词。

【赏析】

此曲写西湖暮春景色。诗中有画，画中有诗，末句尤引人遐思；文字精致凝练，可谓"清而且丽，华而不艳"。

开头两句"东风景，西子湖"点明了时间和地点。虽然诗人还没有作具体的描绘，但是美好的湖光山色仿佛已经呈现在读者面前了。

接下来诗人便开始具体描绘西湖美景。"湿冥冥柳烟花雾，黄莺乱啼蝴蝶舞"，这两句描写的是西湖春天傍晚的美景。春日傍晚，西子湖上薄雾弥漫，昏昏冥冥，柳树花儿都被笼罩在这湿漉漉的雾气之中了；黄莺在柳枝上欢快地啼叫，蝴蝶在花丛中飞来飞去。诗人将莺啼蝶舞与柳烟花雾巧妙地结合起来，构成了一幅完整的春日湖上晚景图。

结尾一句，描写在秋千来回悠荡之中，春将归去。造境立意，甚是巧妙。春去秋来，是自然现象，诗人在这里将这种自然现象变成了人的行为，在自然景物中倾注了人的感情，仿佛也在嗔怪那只知道春日游戏却不知道惜春的少女，为什么将这美好的春天几秋千就打过去了呢？语句中，流露出对春天归去的无限眷恋和惋惜的感情。

全曲有景，有人，景中，有动景，有静景，动静相宜，画面和谐统一。景中有人，人景合一。语言清新活泼，富于想象力，感情浓烈却又不浅露于外，实乃一片佳作。

〔双调〕折桂令

西陵①送别

张可久

画船儿载不起离愁②，人到西陵，恨满东州。懒上归鞍，慵开泪眼，怕倚层楼。春去春来，管送别依依岸柳③；潮生潮落，会忘机泛泛沙鸥④。烟水悠悠，有句相酬，无计相留。

【注释】

①西陵：浙江萧山市西头镇古城西陵，李白《送友人寻越中山水》："东海横秦望，西陵绕越台。"　②"画船儿"句：极言离愁沉重。李清照《武陵春》："只恐双溪舴艋舟，载不动许多愁。"　③"管送"句：李商隐《离亭赋得折杨柳》："为报行人休尽折，

半留相送半迎归。"刘禹锡《杨柳枝词》："长安陌上无穷树，唯有垂杨管别离。"这里是化用其意。　④忘机：消除机巧之心。指甘于淡泊，与世无争。唐王勃《江曲孤凫赋》："尔乃忘机绝虑，怀声弄影。"

【赏析】

　　此曲抒发离情别恨，深沉执着。

　　开首一句"画船儿载不起离愁"便是警策俊语。此句化用了女词人李清照的名句。舴艋舟乃春游之小艇，画船则江河之大船，画船儿尚载不起离愁，则此离愁之沉重，已非寻常。且此句是从行人一面写，送者先替行人着想，充分体谅其离愁之深重，则两人相知之深，情谊之笃，亦可想见。

　　"人在西陵，恨满东州。"这两句写离别后的牵挂离愁。意思是说送者的心与友人一块儿飞到友人的目的地东州，由于友人在东州，东州就有了送者的愁思。诗人双管齐下，写送者、行人从此天各一方，彼此相思之苦况。运笔极是周到。

　　接下来几句："懒上归鞍，慵开泪眼，怕倚层楼。"写眼前。江岸一别，画船远矣，渺不可见，送者不得不上马回去。"懒"字，状出了无可奈何之情态。男儿到了伤心时，也不能不下泪。泪眼模糊了视线，望不见画船去的方向，故"慵开泪眼"。"慵"字，状出黯然神伤，又眼巴巴去望的样子，尤为生动。船渐行渐远，已望不见了，便寻思更上层楼，可是又怕独倚高楼远望，将更难以为怀。一"懒"、一"慵"、一"怕"把送者在友人离去后百无聊赖、心烦意乱而怕睹物伤情的情态表现得十分生动。从"归鞍"到"泪眼"再到"层楼"，也写出了时空的转移变化。

　　接下来四句："春去春来，管送别依依岸柳；潮生潮落，会忘机泛泛沙鸥。"是一扇面对，上二句与下二句骈俪成文，极写别后生涯之凄凉寂寞。岁岁年年，春去春来，唯有岸上杨柳依依，与离人之心相关而已。朝朝暮暮，潮生潮落，唯有水上沙鸥拍拍，与孤身一人相对而已。岸柳依依，仿佛含情，更加令人伤心。情景交融，进一步写出了送者的凄凉寂寞，也点出了二人的关系，充分体现了诗人对离愁别恨之不可顿脱及对行人之一往情深。

　　结尾三句"烟水悠悠，有句相酬，无计相留。"这三句一气呵成，辞情则极为凝重。烟水悠悠，犹如送者不绝的离愁；我有诗句赠别，却难于将友人留住。东州不得不发，留给送者无限的思念和哀婉。情语如此，可谓朴拙，却正是实诚。

　　此曲感情至深，中间四句扇对，描写自然，融情于景，则尤为蕴藉深远。

〔越调〕天净沙

春 情

张可久

一言半语恩情，三番两次丁宁①，万劫千生誓盟。柳衰花病，春风何处莺莺②。

【注释】

①丁宁：同"叮咛"，嘱咐。 ②莺莺：一指鸟儿莺歌燕舞；一指崔莺莺，此处两意均可通。

【赏析】

这首小令写的是一个被遗弃的女子的幽怨哀愁。这类主题在张可久的作品中很常见，或写空闺佳人午睡初醒，嫉妒鸳鸯成对；或写孤帷玉人贪夜徨，感恨锦帕回文；或写闺阁少女泪眼巴巴，空怀相思痴情；或写玉楼闺秀偷递情书，生怕被人看见；或写二八佳人小字亲描，思念远方情侣；或写孤灯少妇离愁万种，叹息青春断送。从不同侧面描写妇女的痛苦遭际，情挚意切，婉转低回，情余言外，耐人品味，此曲也不例外。

曲子一开始便用三个排比句铺陈渲染当年情人对她如何热恋、如何追求。"一言半语恩情，三番两次丁宁，万劫千生誓盟。"三句，"一言半语"、"三番两次"、"万劫千生"层层递进，产生了一种特设的艺术效果。这对情侣一见钟情，情人对她甜言蜜语，百般温存体贴，时间长了，女方自然提出想要情人托媒订亲的要求，可是情人却摆出许多理由，推三阻四。为了让女子相信自己，达到自己的目的，还不惜一切地一而再、再而三地对天发誓，对月发誓、海誓山盟，信誓旦旦，却终是不答应女子的要求。此情此景，旁观者一眼就能辨明男子的内心，可是女子因爱之深，却始终没能看清男子的真面目。

结尾两句"柳衰花病，春风何处莺莺。"便是女子的结局。一天天过去了，一年年也过去了，她衰老了，而情人也始终没有再露面。如今，又是一个春风吹拂、阳光明媚、莺歌燕舞的日子，可是当年那幅恩爱的画面再也不会出现，当年那人儿再也不会归来。此处以"莺莺"自况，含蕴深沉，比直写被冷落、被遗弃更胜一等。

此曲短短二十八字，前后对比，将男女相爱、男子负心、女子痴情直至被遗弃后的情状都表现出来了，容纳了无比丰富的内容，发人深省，引人遐思。

〔中吕〕山坡羊

闺 思

张可久

云①松螺髻②,香温鸳被,掩春闺一觉伤春睡。柳花飞,小琼姬③,一声"雪下呈祥瑞",团圆梦儿生唤起。谁,不做美?呸,却是你!

【注释】

①云:这里指女子的秀丽长发。 ②螺髻:指女子绾的头发。 ③小琼姬:美丽可爱的小丫鬟。

【赏析】

这支散曲在《尧山堂外纪》卷六十八作者标为王实甫,但在《太平乐府》、《新刊张小山北曲联乐府》等版本中均为张可久。

本曲表现伤春闺怨的主题,这类题材在传统诗词中颇为常见,但本曲加入口语,不落窠臼,别开意境,显得新颖别致,独具一格。

开始三句"云松螺髻,香温鸳被,掩春闺一觉伤春睡。",描绘主人公慵懒的睡态。满头黑发轻轻的堆在绣枕之上,昨日精心梳理的螺旋形的发髻已经稍显散乱了,她的玉肌散发出阵阵幽香,湿透了身上那床鸳鸯棉被,天色早已放亮,而她却掩闭着房门,沉沉而睡。"鸳被"暗示这个女子有丈夫但是此刻却不在身边。"伤春睡"则指出她百日困睡的原因乃是"伤春",是因为心中思念丈夫而不愿去见那撩人的春色,这就委婉地点出了"闺思"的主题。

接下来几句是写女主人公的睡梦无意被小丫头惊醒,好梦难成。"柳花飞,小琼姬,一声'雪下呈祥瑞',团圆梦儿生唤起。"这四句的意思是:帘外柳絮飘飞,就像漫天飞舞的雪花,天真活泼的小丫鬟禁不住欢呼雀跃,跑过来向女主人报告,结果活生生地吵醒了少妇的团圆美梦。这里用小丫鬟的天真快乐反衬少妇"相思成梦"的心事缱绻,颇具匠心。

最后四句,全是少妇的语言,却十分传神地勾画出了她被惊醒后轻恼娇嗔的神态。"谁,不做美?"是写刚刚被吵醒时的反应,好梦未完,却被搅醒,不禁心生懊恼,责怪的话语脱口而出。可是,等定神一看,还能有谁呢?对这个不谙世事的傻丫头,指责又有何益呢?她哪又能懂得自己的心思呢?于是,气恼责怪也就转为半恼半嗔,甚至是假装气恼;"呸,却是你!"最生活化的一句口语,却最生动形象地画出了少妇娇羞、柔美的神情。至此,张可久笔下的"闺思"也就一反俗套,变成了一种甜蜜的哀愁。

〔商调〕梧叶儿

早 行

张可久

鸡声罢,角韵^①残,落月五更^②寒。紫塞^③呼白雁,黄河绕黑山,翠袖^④上雕鞍,行路比别离更难。

【注释】

①角韵:指画角的余音。 ②五更:古代把一夜分为五更,指将要天明的时候。③紫塞:典出晋代崔豹《古今注》:"秦筑长城土色皆紫,汉塞亦然,故称紫塞也。"④翠袖:此处指美人。

【赏析】

这首小令,题为《早行》,实为早行的联想,抒发的是"行路难"的感慨。

起首三句"鸡声罢,角韵残,落月五更寒。"点明时间,并渲染了"寒"的气氛。落笔扣题,用有声有色的画面,点出"早行"两字。报晓的鸡鸣声刚刚结束,画角的余音还在耳旁盘旋,微微晨光中,落月残照,五更天是那么的寒冷。"鸡声"、"角声"、"落月"这些都是"五更天"最有代表性的事物,而最大的特点就是一个"寒"。五更天的寒冷,加上飘荡在寒冷中的画角声、和着那惨淡的月光,让人顿觉身心俱寒。正是在这寒冷的天气,主人公却仍然要上路了。

"紫塞呼白雁,黄河绕黑山,翠袖上雕鞍,行路比别离更难",这四句是主人公"早行"时的联想和感慨。前三句中的"紫塞"、"白雁"、"黄河"、"黑山"都是北方的代表事物,正是这些北方的事物,又让他不禁想起了"翠袖上雕鞍"的画面。如此看来,诗人此番描写的俨然是一幅"昭君出塞图"。诗人怎么想起了这幅图画呢?原来正是要借此抒发"行路比别离更难"的感慨。一个弱女子怀着无限的愁苦,一路跋涉,翻山越岭,要去到一个"白雁"哀鸣的地方,怎么不让人觉得艰难呢?诗人正好借昭君这个去国远行的形象,寄托自己远离故土的愁思和世事艰难的感慨。此曲表达的就是一种失意文人羁旅他乡的典型情绪。

此曲最大的艺术特色体现在"紫塞"三句的鼎足对中,通过一组极为工巧的鼎足对,将北国边塞的河山渲染得活灵活现,将那荒凉的气息蕴含于字里行间,继而把昭君放在这样一个典型的环境中,所表达的情感就更加深刻动人,读来让人惊叹不已。

〔双调〕沉醉东风

气　球

张可久

元气①初包混沌②，皮囊③自喜囵囫④。闲田地著此身，绝世虑⑤萦⑥方寸⑦。圆满⑧也不必烦人，一脚腾空上紫云⑨，强似向红尘乱滚。

【注释】

①元气：《论衡·谈天》谓："元气未分，浑沌为一。"又《言毒》谓："万物之生，皆禀元气。"可见，它是古人所指的产生和构成天地万物的原始物质，或指阴阳二气混沌未分的实体。　②混沌：亦作"浑沌"，是古人想象中的世界开辟前的状态，就是《白虎通·天地》所谓："天地相连，视之不见，听之不闻"的状态。　③皮囊：此处实指气球，也可看作是诗人自况，旧时常用"皮囊"来指代身体。　④囵囫：完整，不受损害。　⑤世虑：世间的牵挂。　⑥萦：萦绕，环绕。　⑦方寸：亦作"方寸地"，指心。　⑧圆满：谓事物十分完满，无所欠缺，也称佛事完毕。　⑨紫云：指天空。

【赏析】

张可久的这首小令是借物咏志的，貌似为气球写照，实则是借物抒情，抒发了他看透社会黑暗，宁愿隐居出世的愤世嫉俗之情。

首句"元气初包混沌"是借天地浑为一体，一片漆黑来比喻诗人自处的这个社会，社会是暗无天日，是非莫辩，一片浑浊。而自己的思想也正如世界开辟前昏昏噩噩的状态。接下来一句"皮囊自喜囵囫"，也有两层意思。一指气球为自己的皮囊未受损伤而洋洋自得，实际上是说自己正是因为采取了昏昏噩噩、无知无识的态度才能免遭迫害，保命全身，继续生存。

继而，诗人表达自己内心的想法，"闲田地著此身，绝世虑萦方寸。"这两句的意思是虽然插足田间安身立命，但是那超绝世俗的想法早已经萦绕在自己的心间。人世间的世态炎凉、尔虞我诈、颠簸奔逐、明争暗斗等等这些时刻纷扰我心，如何才能得以超脱，获得清净自由呢？接下来便是诗人对这个问题的回答。

"圆满也不必烦人，一脚腾空上紫云，强似向红尘乱滚"这三句，于是指，它气足滚圆，挣脱"田地间"的束缚，腾空而起，直上云端，获得自由；于人则是指，远离尘世，修身养性，一旦功德圆满，就可超然物外，无拘无束，自由自在，这要比在浑乱纷扰的世界里苦苦挣扎、跌打爬滚要好得多。这几句表达了诗人无意于世俗功名，只求超尘脱俗的心态。

这首小令的艺术特点是咏物而不滞于物,采用双关和拟人的手法,把咏物和写人、言情很好的结合在一起,不即不离,同时,把深刻、严肃的思想内容,用调侃的口吻说出,让人在轻松的阅读中,领会人生大义。

〔双调〕湘妃怨

怀 古

张可久

秋风远塞皂雕旗①,明月高台金凤杯②,红妆③肯为苍生④计⑤。女妖娆⑥能有几?两娥眉⑦千古光辉。汉和番昭君去,越吞吴西子归;战马空肥。

【注释】

①"秋风"句:描绘昭君出塞图。昭君姓王名嫱,西汉元帝时被选入宫,竟宁元年(33年),匈奴呼韩邪单于入朝求和亲,她自请嫁入匈奴,受封"宁胡阏氏"。呼韩邪死,其前阏氏子代立,成帝又命她从胡俗,复为后单于的阏氏。对汉朝与匈奴的和睦关系起了一定的作用。"皂角旗":是指绘有黑雕图案的旗,这是古代匈奴人的旗帜。 ②"明月"句:描绘西施姑苏夜饮图。西施又称西子,春秋末年越国美女。越王勾践被吴王夫差所败,勾践将她献与夫差以求和。夫差极宠爱西施,时常与她在姑苏台上饮酒作乐。后来吴国终于被越所灭,西施又回到越国,传说与范蠡偕入太湖了。 ③红妆:指女子,此处指王昭君和西施。 ④苍生:指黎民百姓。 ⑤计:生计。 ⑥妖娆:指女子的美丽。 ⑦娥眉:本指女子的眉毛,这里指女子。

【赏析】

这首小令,题名《怀古》,是有所感而发的。作者借歌咏昭君、西施这两位著名历史人物,骂尽天下亡国君臣。

首两句"秋风远塞皂雕旗,明月高台金凤杯",描绘了两幅富有特征的画面。一幅是昭君出塞图:在辽远的边塞荒野上,迎着萧瑟的秋风,一队打着绘有黑雕图案旗帜的车马在行进着。另一幅画面是西施姑苏夜饮图:在金碧辉煌的高台上,迎着如泻的月光,举起了刻镂着凤凰的金质酒杯。两幅画面一幅有点凄寒惨淡,一幅有点柔美妩媚,但是画中两位女主人公的心情大抵是一致的,她们都在思念自己的故土、亲人。她们为何要忍受这去国离乡之痛,前往异国他乡呢?接下来一句"红妆肯为苍生计"便回答了这个问题。不论是昭君出塞,还是西施赴吴,她们都是为了使自己国家的人民免于灾难。

"女妖娆能有几?两娥眉千古光辉。"继续对这两位深明大义的女子进行了歌颂。诗人认为像这样通晓大义、为国为民的美女,实在不可多得;她们的美名将永放光辉。可是,读者肯定有不解,如此一个国家,为何沦落到让女子为苍生生计献身呢?

"汉和番昭君去,越吞吴西子归;战马空肥!"这末三句,回扣前文,跌出正义。为了汉番和亲,昭君远离了家乡,前往番邦;为了复国,西施入吴,直至越国得胜,方才得以重返故土。这是回扣上文,对昭君出塞、西施入吴的目的、意义,及她们的归宿作出必要的交待。依常情,行文到此,似乎可以结束了。但末句"战马空肥",看似离题甚远,其实正是此曲的主旨正义。战马,本是作战的,可是却将它们白白养得膘肥肉满,滚瓜流油。何以如此?不作战也。是谁不让作战?执政决策者也。至此,我们恍然大悟,之所以会有前面的幕幕情景,都是因为那些"须眉"的决策者,他们只知道骄奢淫逸,不知居安思危,最终却只能让弱女子去忍受风沙、屈辱和远离诸般痛苦。

此曲表面上写的是对"须眉"的赞美,实则是对那些历代亡国君臣的绝妙讽刺。

〔双调〕湘妃怨

多景楼①

张可久

长江一带展青罗,远岫②双眉③敛④翠⑤娥⑥,几番急橹⑦催船过。不登临、山笑我,倚阑干尽意吟哦⑧。月来云破,天长地阔,此景能多。

【注释】

①多景楼:宋郡守陈天麟所建,在江苏镇江县北固山甘露寺内,北临长江。作为一处名胜,历代文人墨客多有题咏。 ②岫:峰峦。 ③双眉:女子的眉毛,此处喻青山。 ④敛:收,聚集。 ⑤翠:青绿色。 ⑥娥:指美女。 ⑦橹:船桨。 ⑧吟哦:犹吟咏,歌咏或作诗之意。

【赏析】

这首小令题为《多景楼》,实写景致的句子并不多,主要写诗人终于登上此楼的兴奋。

开篇三句"长江一带展青罗,远岫双眉敛翠娥,几番急橹催船过。"先写登楼所见,登上这多景楼啊,放眼望去,只见那山下的长江,像一条青色的罗带铺展开来;那远处的山峦,像美人涂了螺黛的蛾眉微微蹙起,江中往来船只,急急驶过。这三句,很符合登高远望之情景,大江、远山尽收眼底。

接下来三句"不登临、山笑我,倚阑干尽意吟哦。"写的是他如愿以偿后的兴奋。像这样的名山胜景,若不登临,就连山也会笑我。今日靠着这多景楼的阑干啊,禁不住要尽意吟哦。凭栏远望,吟咏高歌,这是人生的一种难得的快意!这是一种从急匆匆奔波生活中暂时解放出来的快意,这是一种陶醉于眼前所见风光的快意,这是一种类似"昔闻洞庭水,今上岳阳楼。"那样经久愿望得以实现的快意。"尽意吟哦"四字,将作者此时的心情、神态表现得淋漓尽致。

最后三句"月来云破,天长地阔,此景能多。"这是写他长久在多景楼上徘徊远望后的感慨。月亮穿破那云层,照在广阔无垠的大地上,大江闪亮,远山隐绰,天空显得那般幽远,地显得那般开阔。"月来云破"这四字巧妙地点出时间已移至晚,突出他在此徘徊的长久,同时也写出天上之景及月色映照下的大地。"此景能多"则用多景楼的名字,将"多"、"景"二字,嵌入句中,这样,就写出此楼果然名不虚传,的确景多;植入"能"字,更突出了不仅所见景多,而且这些景致能随时间的变化而变幻出多种多样的形态和色彩。

这首小令,虚实相间,初看不是写景的佳句,但细细品味却能发现那些并非实写景致的句子,好像也蕴有景物在。张可久真是深谙此道的元曲大家。

〔双调〕燕引雏

别　情

张可久

楚云①深,花残月小夜沉沉。玉人②不见凄凉甚,往事沉吟。香寒茉莉簪,尘冷芙蓉枕,泪淡胭脂添。好因女子,愁似秋心。

【注释】

①楚云:楚天之云。《晋书·天文志中》:"韩云如布,赵云如牛,楚云如日,宋云如车。"　②玉人:美人。

【赏析】

《别情》这首小令是一首抒写别离情思的作品。抒写的是一个男子秋夜思人,却不得相见而愁苦不堪的心境。

首两句"楚云深,花残月小夜沉沉。"是描写男子身处的环境。云色深沉、百花凋残、月色朦胧、黑夜沉沉。诗人选用了云、花、月、夜四种景物,用深、残、小、沉沉加以形容,将一幅秋景图自然地绘在读者面前,给人一种暗淡、凄清的感觉。在这样的环境中,独处异乡,让人顿觉抑郁,忧伤。

接下来两句"玉人不见凄凉甚,往事沉吟。"是直接抒情。如此凄清的秋夜,本来就够让人感觉冷落难受了,再想起自己心爱的美人还没有在自己的身边,更让人觉得凄苦悲凉,思绪难宁。孤寂一人,最容易想起往昔的点点滴滴,忆起曾经,与心爱的人花前月下，卿卿我我，相怜相惜，如今却只剩下满腔相思与孤独。我尚如此，我那心爱的人呢？

"香寒茉莉簪，尘冷芙蓉枕，泪淡胭脂添。"这三句，即是设想对方的情景。她定是钗簪不饰，懒于梳妆；芙蓉枕闲置，落满了灰尘；整日泪满香腮，把胭脂都浸没了。这三句写的都是物，却是以物写人，写出那女子陷入相思的困懒与痛苦。好一对相思男女，却都只能独自在这寒冷的秋夜里静静相思。

最后两句"好因女子，愁似秋心。"，又从想象中脱出，抒发自己秋夜相思的痛苦。作者在此采用了离合法（拆字法），借字以传情，确是妙语。句中以"女"、"子"合作"好"字，以"秋"、"心"合作"愁"字，岂不就是"好愁"吗？最后两句，不仅点出"好愁"两字，而且说出其原因，又可想见他愁苦心灵，真是妙不可言。

这首小令，描写别情，却又不落俗套，在温文尔雅中表现出了细腻的情思。同时，曲中以景托情的方法，对此曲的情感抒发发挥了很大的作用。

〔南吕〕四块玉

客中九日

张可久

落帽风①，登高酒②，人远天涯③碧云秋④。雨荒⑤篱下黄花瘦⑥。愁又愁，楼上楼，九月九。

【注释】

①落帽风：《晋书·孟嘉传》载，孟嘉为桓温参军，重阳节共游龙山，他的帽子被风吹落而不在意，照样与人作诗酬答；后遂成为重阳登高的典故。　②登高酒：古时重阳节常有登高饮菊花酒的习俗。　③人远天涯：是指远在天涯的诗人自己。　④碧云秋：用范仲淹词《苏幕遮》"碧云天"中诗句。　⑤雨荒：雨滴迷乱。　⑥黄花瘦：化用范仲淹《苏幕遮》词中的诗句，说菊花稀少了。

【赏析】

重阳日登高，饮酒赏菊，自古以来，就是文人的风流韵事。那一天，秋高气爽，骚客雅士们或聚家人，或邀朋友，登高对菊，饮酒赋诗，真乃是良辰美景，赏心乐事。可是，不知何时，九日登高与客中孤零境况密不可分了。张可久这首小令正是如此。

小令以"落帽风，登高酒"起始。这两句借孟嘉的故事和"登高酒"来描写节日的景物，但不仅仅只是应景描写，与下面一句"人远天涯碧云秋"是紧紧联系在一起的。这一句主体是天涯之人，"碧云秋"既是人物所处的客观环境，又可以说是人的一种心理感受。"秋"字，既包括碧蓝澄澈而又漂浮着白云的秋空，也包括黄花、霜林、鸿雁等种种秋色。而秋色无论多美，仍不免要引起人的愁绪，所以说这里的"秋"也是人的一种心理活动——愁。那究竟是怎样一种愁呢？下句"雨荒篱下黄花瘦"，则是回答。因为主人不在，篱下的黄花无人照料，因久雨而荒落，憔悴受损了。也许因为园中的主人也因思念天涯之人而无心顾及篱下的黄花而使之在雨中荒疏了。这两种理解似乎可以并行不悖。所以这一句与其说是写景，勿宁说是抒情，是抒发"天涯之人"的无限乡思。如此，对开头两句，我们就不能仅仅作为描写九日景物来看待了。

　　小令的起承写得是这样的婉约深致。句中并未出现"愁"字和愁的明显描述，我们是在字里行间认真探索才捕捉到的。而下令的结尾三句，诗人的艺术表现却陡然一转，显示出明显的不同。三个短句，句法相同，九个字除去重复的只剩下六个字。看似简单朴拙已极，但试加推敲，其所运用的艺术技巧是极其丰富精湛的。应该说，在内容上它并没有增添新的东西，但它却使前面含蓄着的"愁"字更加明确化了。不仅点出了"愁"，而且这三句与前面的语句紧密关合，起着概括、加深的作用。同时，诗人一反常情，以倒叙的方法先提愁又愁，继而是楼上楼，最后以九月九作结，与前面落帽登高点明的九月九，构成一个封闭的结构，与诗人抑郁的情怀相吻合。可见，诗人是颇费心机的。同时，最后这三句整齐排比的句式，字和韵的反复重迭造成的形式美，以及由此形成的音乐性、节奏感也大大强化了读者的感受。仅仅九个字，就费了如许深心，实在令人惊叹不止。

〔越调〕凭阑人

江　夜

张可久

　　江水澄澄①江月明，江上何人挣②玉筝③？隔江和泪听，满江长叹声。

【注释】

　　①澄澄：形容江水明净的样子。　②挣：弹奏。　③筝：乐器名。

【赏析】

　　这首〔凭阑人〕只有短短四句，却是元曲中名作，极为人熟知。这首小令描写月夜长江上哀婉的筝声感动一江人的情景。

　　曲从写景起笔，"江水澄澄江月明"，一句立即把读者带入一种空明幽深的境界。月夜里，浩渺的江水那样清澈，圆月高挂在天上，月光洒满夜空，洒满江面，并在江水中也洒出一轮明月，从天空到水下，都是银色的世界。这仿佛是唐代张若虚名诗《春江花月夜》中的意境，但仔细捉摸，又和张若虚诗中任何一句都不相同，浅显的语言，清幽的画面，让人无法不佩服作者的匠心巧运。

　　第二句"江上何人挣玉筝"，一句则出现了人物——弹筝之人。这句是写景中之人和事，但是不仅诗人和读者都不知道弹筝之人是谁，而且所写的仅仅是筝声，人物并未露面。这一句以设问的形式巧妙的写出了乐声动人，只有筝弹得高超，才能引起诗人注意，从而想知道弹者究竟为谁。

接下来两句"隔江和泪听，满江长叹声。"则是写听到筝声的反应。听到筝声，诗人潸然泪下，和着泪水仍要细细聆听。不是只有我一个人下泪，满江都传出了长长的叹息声，月下整个长江都与筝声共鸣了。

这首小令，人与景、景与情都交融在一起，无法分辨是写景还是抒情，人在景中，景中生情，浑然一体，形成一个感人的世界。值得一提的是，四句中用了五个"江"字，每句中都有，却一点也不让人觉得重复，这紧紧扣住"江夜"这个题目，展现长江月夜这一典型环境，人、事、情又都与江密切联系，形成了这支小令浓郁的艺术氛围，并使它受到几百年来无数人的深深喜爱。

〔南吕〕一枝花

湖上归

张可久

长天落彩霞，远水涵秋镜①。花如人面红，山似佛头青。生色围屏②！翠冷松云径，嫣然③眉黛横。但携将、旖旎④浓香，何必赋⑤横斜瘦影⑥。

〔梁州〕挽玉手⑦，留连锦英⑧。据⑨胡床⑩、指点银瓶⑪。素娥⑫不嫁伤孤另。想当年小小⑬，问何处卿卿⑭？东坡才调⑮，西子婷婷，总相宜千古留名⑯。吾二人此地私行。六一泉⑰亭上诗成，三五夜⑱花前月明，十四弦指下风生。可憎⑲，有情。捧红牙⑳合和㉑伊州令㉒。万籁寂，四山静，幽咽泉流水下声，鹤怨猿惊㉓。

〔尾〕岩阿禅窟㉔鸣金磬㉕，波底龙宫漾水精㉖。夜气清，酒力醒；宝篆㉗销，玉漏鸣。笑归来仿佛二更，煞强似、踏雪寻梅㉘灞桥冷。

【注释】

①"长天"两句：据唐·王勃《滕王阁序》有："落霞与孤鹜齐飞，秋水共长天一色。"的名句。　②生色围屏：指景物色彩鲜明的屏风。生色，色彩鲜明而有生气。唐·李贺《秦宫诗》："内屋深屏生色画。"　③嫣然：美好。　④旖旎：本为形容旌旗随风飘

扬的样子。这里引申指婀娜柔美的样子。 ⑤赋：吟诵，写诗。 ⑥瘦影，一作"疏影"。 ⑦玉手：形容女子手洁白柔嫩如玉。 ⑧锦英：盛开似锦的花丛。 ⑨据：依，靠。 ⑩胡床：一种可以折叠的轻便坐具。 ⑪银瓶：酒瓶。杜甫《少年行》：诗"指点银瓶索酒尝。" ⑫素娥：嫦娥的别称，也泛指月宫的仙女。神话传说后羿从西王母处得到长生不死药，他的妻子嫦娥偷吃后，逃奔月宫。 ⑬小小：即苏小小，南齐时钱塘名妓。古乐府有《苏小小歌》，杭州有苏小小墓。 ⑭卿卿：夫妻间爱称，也用为对人亲昵的称呼，这里是对苏小小的亲昵称呼。 ⑮东坡才调：苏轼，号东坡。才调，才情风格。 ⑯"西子娉婷"两句：苏轼《饮湖上初晴后雨》诗："欲把西湖比西子，淡妆浓抹总相宜。"西子，即西施。娉婷，女子美丽貌，此处用西施比喻西湖。 ⑰六一泉：在杭州西湖孤山下。北宋文学家欧阳修，号六一居士，他与西湖僧人惠勤僧讲堂后的泉称为"六一泉"，是西湖名胜之一。 ⑱三五夜：阴历十五的夜晚。 ⑲可憎：憎，本为爱的反义。但元曲中常以可憎为可爱，可憎是对恋人的昵称。 ⑳红牙：歌唱时用以板眼节拍的牙板，故称"红牙"。 ㉑合唱：齐唱。 ㉒伊州令：词牌名。曲牌有伊州遍，属小石调。 ㉓"幽咽泉流"两句：指歌姬弹唱的乐曲意境。白居易《琵琶行》有："幽咽泉流水下滩。" ㉔岩阿禅窟：山中僧人参禅的处所，泛指山中寺庙。 ㉕金磬：僧人参禅诵经时敲击的法器。 ㉖精，一作"晶"。 ㉗宝篆：盘香的喻称。比喻熏香盘曲如同篆体字。 ㉘踏雪寻梅：用孟浩然踏雪寻梅的故事。

【赏析】

这首套曲写西湖行乐情景，无论是景色的旖旎还是语言的雅丽，均达到了很高的水平，被称为元曲中的极品，明代沈德符的《顾曲杂言》誉之为"一时绝唱"。

〔一枝花〕一曲，先写傍晚时分西湖的美景，画面优美，令人沉醉。此曲化用他人诗句，却不落窠臼，语意稍加翻动，显得活泼尖新。"长天落彩霞，远水涵秋境。"二句，对仗工整，流利自然。写西湖之上，此时秋高气爽，彩霞满飞，十里水面，明亮如镜。"花如人面红，山似佛头青。"这两句意为：西湖繁花似锦，其娇媚之状更胜于美人，青山碧绿，好似僧人剃发后新长的头发，色泽黝青。接下来三句，集中描写山色，但见群山色彩鲜明，犹如环抱西湖的屏风，山上绿树成荫，松盖如云，小径周围似乎弥漫着一股幽冷氤氲之气，而远山横卧，一如佳人的眉黛，秀丽动人。"嫣然"两字来写山，不但赋予笔下美景以俏丽多姿之感，而且由山及人，自然引出对人的描写，为后面两句做了伏笔。最后两句"但携将、旖旎浓香，何必赋横斜瘦影。"意指：歌姬体态柔美，香气袭人，堪比香气芬芳的梅花，有次家人同赏西湖美景，足令人心旷神怡，又何必寻诗觅句别求风雅呢？

〔梁州〕一曲，写两人游赏湖山的逸志雅兴，格调清雅，意境清幽。开头四句"挽玉手，留连锦英。据胡床、指点银瓶。"，写诗人和美人携手一起，行则共赏鲜花，坐则对饮数杯，游目骋怀，挥洒豪情。接下来几句"素娥不嫁伤孤另。想当年小小，问何处卿卿？东坡才调，西子娉婷，总相宜千古留名。"，写两人畅谈西湖佳话。遥想月中的嫦娥，该是多么孤单；当年温柔多情的苏小小，早已不知魂归何处，只留下一个动人的传说；昔日才高八斗的苏东坡，也只剩下一句"欲把西湖比西子，淡妆浓抹总相宜。"长伴西湖。诗人虽然怀古但是并不伤今，眼前有佳人美景，这种快乐恐怕古人也不曾获得。随后数句"吾二人此地私行。六一泉亭上诗成，三五夜花前月明，十四弦指下风生。可憎，有情。捧红牙合和伊州令。万籁寂，四山静，幽咽泉流水下声，鹤怨猿惊。"，写两人的游赏活动。诗人吟诗弹唱，抒发怀抱，而娇媚可爱的女伴，则手持红牙板，轻轻伴奏，按节而歌。四周万籁俱静，只听那流淌的乐声，仿佛泉水幽咽之音，其清冷悠长之意，更胜于猿鹤的啼鸣。

〔尾〕曲写游后的感兴。夜色已晚，山中佛寺的钟声悠扬，四处回荡。水面上波光粼粼，仿佛龙宫的水晶。此时夜气清冷，酒力渐醒，熏香将尽，更漏轻鸣。两人言笑晏晏，归来时恐怕已是二更时分。细想此番西湖夜游，与孟浩然灞桥上的踏雪寻梅相比，论风雅或可胜之呢！

这支套曲将写景、写人和抒情三者紧密结合，勾画出西湖典雅秀丽的景色。从艺术上看，本曲对仗工整，音调和谐，善用典故，蕴藉工丽，显示出了非凡的艺术功力。

〔南吕〕一枝花

咏雪景

沈禧

千山鸟罢飞，四野云同暝。九天敷上瑞，万国贺升平。积素堆琼，幻出冰壶镜，妆成白玉京①。那时节拥蓝关马足难行②，临蔡地兵威越整③。

〔梁州〕这其间江头有客寻归艇，我这里醉里题诗漫④送程。你看他沂澄江下⑤不减王献兴⑥，冲开鹭序，荡散鸥盟，梨花乱撒，柳絮飘零。那时节酒停斝听唱阳春。人将别重歌古郢⑦。想当初钓鱼人击冻敲冰⑧，骑驴客冲寒忍冷⑨，牧羊徒守节持旄⑩。美名，擅称，辉光照耀终难泯。他每⑪志坚贞秉忠正，一片丹衷贯日星。流播芳馨。

〔余音〕香缣⑫貌得三冬景，彩笔吟成万古情。临行持此为相赠，则愿你艺超薛谭，才压秦青⑬，那时节声价超迁迈夷等⑭。

【注释】

①白玉京：典出《魏书·释老志》，即道家所说的天宫。　②拥蓝关马足难行：此句化用韩愈被雪阻蓝关的典故。韩愈因力谏宪宗"迎佛骨入大内"，被贬潮洲刺使时，途中曾写下"雪拥蓝关马不前"的名句（《左迁蓝关示侄孙湘》）。　③临蔡地兵威越整：此句化用韩愈目睹李愬雪夜攻下蔡州的典故。韩愈曾以行军司马的身份，随宰相裴度取得平淮

大捷,唐将李愬雪夜攻下蔡州,是平淮大捷的关键一役。　④漫:作"胡乱"解。　⑤泝澄江下:就是顺澄江而下。泝,"溯"的异体,顺也。　⑥王猷兴:即王子猷的兴致。典出《世说新语·任诞》:"王子猷居山阴,夜大雪,眠觉,开室命酌酒,四望皎然,因起彷徨,咏左思《招隐》诗。忽忆戴安道,时戴在剡,即便夜乘小船就之。经宿方至,造门不前而返。人问其故,王曰:'吾本乘兴而行,兴尽而返,何必见戴?'"这里借用这个典故,是说自己送的客人,定要冒风冒雪而去,就像那王子猷雪夜访友一般,是"乘兴而行,兴尽而返",兴之所至,才不管什么风雪呢。　⑦"那时节酒"两句:古郢,即郢曲;阳春,是郢曲中的一种,都是代指优美的乐曲。典出宋玉《对楚王问》:"客有歌于郢中者,其始曰《下里》、《巴人》,国中属而和者数千人。其为《阳阿》、《薤露》,国中属而和者数百人。其为《阳春》、《白雪》,国中属而和者不过数十人。引商刻羽,杂以流徵,国中属而和者不过数人而已。是其曲弥高,其和弥寡。"以后人们常以"古郢"、"郢曲"、《阳春》、《白雪》代指优美的乐曲。　⑧钓鱼人击冻敲冰:典出柳宗元《江雪》:"独钓寒江雪",写隐士雪中生涯。　⑨骑驴客冲寒忍冷:是指孟浩然骑驴于灞桥风雪中,冻吟诗踏雪寻梅的事情,载《诗本事》。　⑩牧羊徒守节持旌:指苏武。苏武于汉武帝时持旌节奉使入匈奴被扣留,又令其至北海牧羊,匈奴曾千方百计威胁诱降,他坚持十九年而不屈。事见《汉书·李广苏建列传》。　⑪他每:他们。　⑫香缣:一种细绢。　⑬薛谭:古之歌者。秦青:古之善讴歌者。《列子·汤问》:"薛谭学讴于秦青,未穷青之技,自谓尽之,遂辞归。秦青弗止,饯于郊衢,抚节悲歌,声振林木,响遏行云。薛谭乃谢求反(返),终身不敢言归。"　⑭超迁迈夷等:意思是说大步超越前面所说的人等。

【赏析】

沈禧的这首套曲,题为《咏雪景》,实际上是题咏了雪中送别的情景。这篇套曲由三支曲子组成,每一支各有所侧重。〔一枝花〕一曲描绘了雪景;〔梁州〕曲歌咏了别情;〔余音〕是对友人的赠曲劝慰。

首曲〔一枝花〕描绘了雪景的壮观。雪好大,整个大地白茫茫一片,像堆积起白绢美玉一般,幻化出一个冰玉壶般的明镜,简直把人间打扮成了天宫。面对着这漫天的大雪,作者浮想联翩,不禁想到韩愈遇到的两场大雪:"拥蓝关马足难行,临蔡地兵威越整"。全曲笔力纵横,极尽铺叙夸张之能事,为读者描绘出一幅奇伟壮观的漫天大雪图,为下文写送别营造了一个冰天雪地的大背景。

〔梁州〕曲写的是雪天送客的情况,以及作者由此引发的丰富联想。作者先写送别的实景:大雪纷飞,客人在江头急匆匆寻找归舟,而作者却在颠三倒四的醉态中题写诗句,为他送行。作者引用王子猷雪天访戴的典故,表现了作者的兴致勃勃。在饯行的饮宴中,和着优美的乐曲,神思飞越,心游万仞,一些与冰雪寒冷有关的历史人物纷至沓来:柳宗元笔下"独钓寒江雪"的江上隐者,杖节牧羊于雪天大漠中的苏武;骑驴于灞桥风雪中、冻吟诗踏雪寻梅的孟浩然。这些古代坚贞的圣贤,一片丹心可照日月,流芳百世。作者咏赞他们,意与友人共勉,坚持操守,无愧于前人。

〔余音〕写作者临别以这篇套曲相赠,勉励友人再接再厉,超越前人,登上艺术的巅峰。作者引用薛谭和秦青的典故,是想告诉友人艺无止境,希望他加倍努力。从曲子的内容和表达情感的方式推测,作者送别的友人,可能是一位才华横溢的年轻艺人,也有可能是作者的忘年之交。

这套曲子用了大笔渲染的手法,把大雪纷飞的银妆世界描绘得活灵活现,淋漓尽致,给人以身临其境之感,极富艺术感染力。

〔正宫〕小梁州

闲　居

任　昱

结庐移石动云根①,不受红尘。落花流水绕柴门,桃源近,犹有避秦人②。

〔么〕草堂时共渔樵论,笑儿曹③富贵浮云。椰子瓢④,松花酝⑤。山中风韵,乐道岂忧贫。

【注释】

①结庐移石动云根:之间搬用了贾岛《题李凝幽居》中的诗句"移石动云根",仅加"结庐"二字。　②"桃源近"两句:陶渊明在《桃花源记》中曾说其间之人"自云先世避秦时乱,率妻子邑人来此绝境,不复出焉"。　③儿曹:指儿孙小辈。　④瓢:盛物的器皿。　⑤松花酝:指松花酿的酒。

【赏析】

这首小令描写了舒情适意的隐逸闲居生活,抒发了作者欣然自适的心情,表现了其超然尘俗的胸襟。

开篇两句"结庐移石动云根,不受红尘。",点出了作者闲居的题旨:结庐山中避红尘。作者原封搬来前人的诗句,仅加"结庐"二字,就将其居住环境描绘得活灵活现。作者结庐在山中,白云缭绕,崖壁环抱。微风吹拂,云脚飘浮,仿佛山石、庐舍都在动荡升沉,好一处静谧清幽的好居处,简直是一尘不染。"不受红尘"四个字表现了作者逃脱浑浊世俗的侵扰和摆脱名缰利锁的羁绊的愿望。接下来"落花流水绕柴门,桃源近,犹有避秦人。"三句,继续写隐居环境的恬淡优美,柴门前青山绿水环绕,可堪陶渊明笔下的桃花源。而作者生活在这里,就像《桃花源记》中的"避秦人"。作者在不经意间称自己为"避秦人",以"秦"代"元",影射自己所处的时代也是个动乱不安的黑暗时代,流露出对污浊现实的不满情绪,可谓用意之深。

〔么〕篇具体描述隐逸闲居生活的乐趣,超脱愉悦的心情溢于言表。"草堂时共渔樵论,笑儿曹富贵浮云。",描写自己常常与渔翁樵夫一起闲坐聊天,畅所欲言,可谓随心所欲,富贵就如过眼浮云一样,有什么好在意的呢?"椰子瓢,松花酝。",用椰子瓢饮着那松花酿酒,淳朴悠闲,逍遥自在。这三字一句,节奏活泼跳跃,恰好符合作者想要表现的欢快的生活和心情。最后"山中风韵，乐道岂忧贫。"两句，是对隐逸山中生活的总结。前面所描述的山中的生活，都是深山之外、名利场中、应酬席上所不能有的，别有一番风韵。作者以这两句作结，表明自己对隐居生活的赞美和安贫乐道的决心。

这首小令采取夹叙夹议的手法，叙议相间，将描述闲居生活与抒发感慨间杂而行，语言明净洗练，曲文明快跳荡，格调轻松。

〔南吕〕金字经

秋宵宴坐

任昱

秋夜凉如水，天河白似银。风露清清湿簟纹①。论，半生名利奔；窥吟鬓②，江清月近人③。

【注释】

①风露清清湿簟纹：意思是说露水清清，浸湿了竹席上的花纹。簟，编织着精致花纹的光滑的竹席。 ②窥吟鬓：作者在澄静的江水中窥视自己的鬓发，不由得感慨万千。 ③江清月近人：照搬孟浩然《宿建德江》中的原句。

【赏析】

这是一首秋夜宴席中所写的小令，歌咏了秋夜里江天的美景，抒发了作者恬静喜悦的心情。

开头三句描写了宴席的良辰美景。"秋夜凉如水"与"天河白似银"对仗工整，营造了一种清幽空静的氛围，散发着一种安宁、素静的美。"风露清清湿簟纹"一句，写清风拂面，露水清清，浸湿了座下的竹席。这句言明宴散夜深，作者独坐沉思，自然引出下面的感慨。

"论，半生名利奔"，乃小令的关键所在。作者回想起自己的前半生，竟是为追求名利而奔波仕途，实在有些可笑。作者直抒胸臆，既有对半生追名逐利生涯的反省与忏悔，更有一种看破红尘的大彻大悟。作者决意要忘却虚名浮利，跳出世俗的罗网，到大自然中寻求精神的解脱。一个"奔"字，感情浓烈，既写出了当时奔波于仕途的碌碌之状，又写出了对这种生活的厌倦、轻蔑和自嘲。

最后"窥吟鬓，江清月近人。"两句表明作者所参与的宴会是在江边或江中。"窥吟鬓"三个字极其形象逼真，令读者宛然可见作者在月光照映的江水中悄悄窥视自己鬓边的白发。作者奔波半世，一事无成，如今看着自己已经斑白了的鬓发，不由得感慨万千。正在作者莫名伤感，倍感孤独之时，"江清月近人"这一古人的诗句脱口而出。这一句用得巧妙至极，如同己出，同时也令作者幡然醒悟：只有天上的明月与人亲近，给人慰藉，是人的精神伴侣。

这首小令最大的艺术特色就是将作者的主观感情与所描写的自然之景有机统一起来，让读者在观照山水风物的同时，领会深奥的人生哲理，体会到作者旷达自适的处世态度。

〔中吕〕上小楼

隐 居

任 昱

荆棘①满途，蓬莱②闲住。诸葛茅庐③，陶令松菊④，张翰莼鲈⑤。不顺俗⑥，不妄图⑦，清高风度⑧。任年年落花飞絮。

【注释】

①荆棘：本是泛指丛生多刺的灌木，这里是借来比喻人生旅途上（特别是仕途中）的明枪暗箭，绝壁陷阱等种种险恶。 ②蓬莱：本是传说中的三座神山之一，为仙人所居，这里是借来比喻隐居之所若仙境。 ③诸葛茅庐：指诸葛亮躬耕南亩时住在茅蓬小屋里。 ④陶令松菊：指陶渊明隐居山林时喜爱与松菊为伍。 ⑤张翰莼鲈：指张翰弃官归乡时享用家乡的莼菜和鲈鱼。 ⑥不顺俗：指不与污浊的世俗为伍，不随波逐流。 ⑦不妄图：指不作求官妄想的企图。 ⑧清高风度：指保持清高自洁的精神风貌。

【赏析】

这是一首歌咏隐居生活、赞美清高避世的抒情小令。

开头"荆棘满途，蓬莱闲住。"两句，作者以"荆棘"和"蓬莱"对举，道出了对丑恶的现实和人生的不满以及对与世隔绝的隐居生活的向往，表达了作者愤世嫉俗的态度。"荆棘"和"蓬莱"都是借喻，前者比喻艰危的时世和险恶的仕途；后者比喻风景优美、宛若仙境的隐居之所。二者相对比，更加显示出尔虞我诈的现实社会的黑暗和丑恶以及与世隔绝、隐居山林的安闲自适。这两个比喻对照鲜明，感情强烈，作者的喜恶不言而喻。

以下"诸葛茅庐，陶令松菊，张翰莼鲈。"三句，构成鼎足对，引用三个历史名人的典故，分别从住舍、雅好和吃食三方面，形象、具体地道出隐居日常生活的主要生活情形。作者以躬耕南亩的诸葛亮、与松菊为伍的陶渊明、弃官归乡的张翰自况，也是表明自己追求生活的标准。"不顺俗，不妄图，清高风度。"三句，进一步表明自己要追寻以上三人的脚步，不仅要学习他们的生活方式，更重要的是要学习他们那种不与世俗同流合污、不作求官妄想、保持清高自洁的精神风貌。结尾"任年年落花飞絮"一句，表明了作者高蹈出世的决然态度，其中也流露出作者豁然旷达的胸襟。

这首小令明晓流畅，用典也比较通俗易懂，既有对逢迎拍马、追名逐利的仕途人士的鄙夷和厌恶，也有对孤傲高洁、耿直清正的隐士的自许与推重，态度鲜明。

〔中吕〕朝天子

村　居

任　昱

杜门①，守贫，知有归田分。春风渐入小洼樽②，勤饮姜芽③嫩。乡党朱陈④，讴歌尧舜⑤，向东皋植杖耘⑥。子孙，更淳，闲把诗书训⑦。

【注释】

①杜门：这里指的是作者不与那些权要豪贵们来往。　②樽：酒盅。　③姜芽：一种茗茶。　④乡党：周制以五百家为党，一万二千五百家为乡，后因以"乡党"泛指乡里。朱陈：古村名，白居易《朱陈村》诗："徐州古丰县，有村曰朱陈……一村唯两姓，世世为婚姻。"苏轼《陈季常所蓄朱陈村婚娶图》诗："何年顾陆丹青手，画作朱陈嫁娶图。"后遂用为联姻的代称。　⑤尧舜：唐尧虞舜是古代传说中的贤明帝王，后世常用以比喻理想中的太平盛世。　⑥东皋植杖耘：陶渊明《归去来兮辞》有"登东皋以舒啸"，"或植杖而耘耔"之句。皋，为田泽旁之高地。植杖，即置杖。耘，即除草。　⑦闲把诗书训：指教导子孙读诗、书等儒家经典。

【赏析】

这首小令歌咏了闲适的村居生活，表现了古朴淳厚的民俗风情。

开头三句"杜门，守贫，知有归田分。"，直接点出村居的主题，作者杜门谢客，安守贫困，自知自己只有归隐田园之分。作者做这样的选择，也是迫于社会现实的无奈，"归田分"，暗含着作者强烈的不满。接下来"春风渐入小洼樽，勤饮姜芽嫩。"两句，写村居的闲逸之趣。作者在闲暇之时品茶饮酒，倍感神清气爽，如春风化入酒杯，沁心润脾。曲中流露出作者安享生活的闲情逸致。以下"乡党朱陈，讴歌尧舜，向东皋植杖耘。"三句，写自己与乡里和谐相处，讴歌理想的太平盛世，亲自下田置杖耕耘。作者言外之意洋溢着古朴淳厚的民风。最后三句"子孙，更淳，闲把诗书训。"，紧承上文，言子孙不晓得仕途的悲酸，更是淳朴憨厚，勤垦劳作，在农闲和休息之时，就教育他们读书识礼。

整首小令以自我欣赏的态度歌咏了村居躬耕的隐居生活，表达了厌弃仕途的林泉之志和恬然自适的洒脱情怀，其中也暗含着对元蒙统治者的不满，表现出一种遗世独立的情态。语言平淡无华，但是有一种平淡随意的语调和舒缓从容的节奏，风格轻快健劲。

〔双调〕沉醉东风

信 笔

任 昱

有待江山信美,无情岁月相催①。东里来,西邻醉,听渔樵讲些兴废。依旧中原一布衣,更休想麒麟画里②。

【注释】

①"有待江山"两句:化用杜甫《后游》中"江山如有待,花柳自无私。"的诗意。②麒麟画里:即指进入麒麟阁的画中。麒麟阁,亦作麒阁、麟阁,为汉初萧何所造,"以藏秘书,处贤才也。"(见《三辅黄图·汉宫殿疏》)。汉宣帝曾令人画功臣霍光、张安世、苏武等十一人于阁上,"皆有功德,知名当世,是以表扬之。"(《汉书·苏武传》)。

【赏析】

这首小令,虽题为"信笔",却实在不是信口说些小事,而是感慨身世的怨愤之辞。元代大多数知识分子虽然口头上高唱隐逸,内心却是渴望建功立业,留名青史。但是由于狭隘的民族偏见,使大部分知识分子心灵上承受着求仕与守节的巨大矛盾。任昱在令曲中也常以隐士高人自居,但内心也一直被求仕不得、欲隐不甘的局促心态困扰着。这首小令可谓道破了作者内心的隐衷。

开头两句"有待江山信美,无情岁月相催。",对仗工整,抒发了虚掷光阴的焦灼与悲凉。作者将杜甫《后游》中"江山如有待,花柳自无私。"的诗句信手拈来,并且融入自己的意境,以有情的江山,对无情之岁月,极言山河的美不胜收,而无奈韶华易逝,岁月催人,遂觉满纸凄怆郁悲。接下来"东里来,西邻醉,听渔樵讲些兴废。"三句,几乎与前两句反其意而行。作者整日走东里,串西邻,常常喝得酩酊大醉,或者是与渔樵邻里闲话,讲一些前朝兴亡的陈迹。作者明明是珍惜年华、摈弃平庸的,然而恰恰相反,他常常因纵情山野水滨、空怀壮志而伤悲。最后两句"依旧中原一布衣,更休想麒麟画里。",可以说完全是被逼出来的。作者引用为大臣歌功颂德"麒麟阁"的典故,可见作者晚年对建功立业还是耿耿于怀,但是他已清醒地意识到仕途之路已经被完全地阻断了,于是再也抑制不住自己内心的失望和悲愤。最后两句,尖锐地揭露了元蒙统治者歧视中原汉人、打击汉族知识分子的野蛮政策,同时又表现出作者作为一个汉族知识分子,宁肯做平头布衣也不摇尾乞怜以求高升的气节。

全曲感情基调怨愤沉痛,忧愤忧挚,弥漫着一种浓郁的悲剧氛围,极富感染力。

〔双调〕沉醉东风

会稽①怀古

任 昱

爱望海秦山②古色，探藏书禹穴③重来。鉴水④边，云门⑤外，有谁人布袜青鞋⑥？休问吴宫暗绿苔，越国在残阳翠霭。

【注释】

①会稽：即今浙江绍兴，是会稽山麓之古老城镇，春秋时为越国之都，后多为府路郡治。其间名胜古迹甚多，有禹陵、鉴湖、云门寺等。 ②秦山：即会稽山，相传夏禹至苗山（或作茅山、防山）大会诸侯计功封爵，始名会稽，即会计之意；后因秦始皇曾登临此山以望南海，立石以颂秦德，故又名秦望山。 ③禹穴：即禹陵，在会稽山，上有禹庙，其旁为禹陵，是大禹葬地，或曰为大禹葬书穴。 ④鉴水：即镜湖。 ⑤云门：即云门寺。这"鉴水"、"云门"亦皆会稽之名胜。 ⑥布袜青鞋：代指登山涉水。杜甫有诗谓："若耶溪，云门寺，吾独胡为在泥滓？青鞋布袜从此始。"（《奉先刘少府画山水障歌》）。

【赏析】

这首小令是作者游览会稽山水、探访古代文化遗迹时的怀古伤今之作，曲中既有对灿烂悠久的汉民族传统文化的推重与缅怀，也有超然于异族统治之外的孤芳自赏，融入了作者对于兴亡无定、盛衰无常的历史变迁的深沉感慨。

开头两句"爱望海秦山古色，探藏书禹穴重来。"二句，写作者重游会稽，登会稽山、访大禹陵等名胜古迹。"古色"一词交待出这"秦山"、"禹穴"为不朽的文化古迹；一个"爱"字，表明作者对大禹的崇敬，以及对象征古代文化的历史遗迹的热爱和向往。接下来"鉴水边，云门外，有谁人布袜青鞋？"三句，化用杜甫的诗句，贴切自然，如同己出，表明作者超然于尘俗之外的"清高风度"。这三句主要是说：过镜湖，游云门，只有像我一样摆脱了世俗羁绊的布衣书生，才能领略山川名胜的古风遗韵。"布袜青鞋"既写出了作者跋山涉水的情态，又暗含着其以"布衣"自居的孤傲不群之态。

最后两句"休问吴宫暗绿苔，越国在残阳翠霭。"，由游览会稽这个春秋时的越国故都，进而联想到吴越两国争霸南方的历史故事，触发了作者对于历史兴亡的感慨。不要再问起吴越的旧事，昔日金碧辉煌的吴王宫殿，早已成为废墟，长满了幽暗的绿苔；显赫一时的越王故都也笼罩在一片残阳暮霭之中。作者着力描绘了今日吴宫越都荒凉幽暗的景象，与往昔的繁盛形成鲜明的对照，抒发了人事瞬息变幻、今昔盛衰无常的感慨。

〔双调〕清江引

题情（二首之二）

任 昱

南山豆苗荒数亩，拂袖先归去①。高官鼎②内鱼，小吏罝③中兔。争似④闭门闲看书！

【注释】

①"南山豆苗"两句：化用陶渊明《归田园居》："种豆南山下，草盛豆苗稀。"和《归去来辞》"归去来兮，田园将芜胡不归。"的句意。 ②鼎：古代炊器，多为青铜制成，圆形三足两耳，亦有长方四足者。 ③罝：捕兽的网。《诗经·周南·兔罝》："肃肃兔罝，施于中林。" ④争似：犹"怎似"，亦即"哪如"、"怎比得过"。

【赏析】

这首小令名为《题情》，并不是表现男女之间的恋情，而是抒发了作者鄙夷仕途、向往隐逸的情怀。

任昱晚年曾发愤攻读，锐意仕进，然而最终仍是一无所获，因此对仕途的险恶有了更深刻的体验。小令开头两句"南山豆苗荒数亩，拂袖先归去。"，就是写其挣脱仕宦羁绊，拂袖而归。这两句化用陶渊明的诗意，表明厌恶官场、欲归田园的急切心情。作者的"拂袖先归去"，并非是功成后拂袖而归，而是未仕而"先归"。作者之所以反复高吟隐逸，其实是谋求心理的平衡。

接下来"高官鼎内鱼，小吏罝中兔。"两句，紧承前二句，道出不愿作官的真正的原因，可谓全曲的曲眼。作者将前人的诗句浓缩于一对偶句中，把高官比作鼎里的鱼，把小吏比作罝中的兔，极为生动、深刻，一语道尽官场的凶险与残酷。曲文精警简约，比喻形象，通俗易懂，同时又发人深省。结尾一句"争似闭门闲看书"，笔锋一转，以闲适自在的书斋生活反衬官场的危机四伏。做官既然有被网罗、被鼎镬的危险，怎比得过"闲身退出红尘外"的逍遥自在呢？作者以"闲"自许，表面看似高雅旷达，实际上字里行间蕴含着无限英雄失路、壮志难酬的感慨。

〔双调〕清江引

钱塘①怀古

任 昱

吴山越山山下水②，总是凄凉意。江流今古愁，山雨兴亡泪。沙鸥笑人闲未得③。

【注释】

①钱塘：今杭州，是一座历史名城，五代的吴越国和南宋王朝都曾在此建都。 ②吴山：在钱塘江北岸，春秋时吴国南界。越山：指钱塘江南岸的山，春秋时越国在杭州以南绍兴为中心的一带地方。山下水：即指吴山、越山之间的钱塘江。 ③闲未得：即不得闲。

【赏析】

这首小令与《会稽怀古》一样，也是借凭吊江山名胜抒发历史兴亡的感慨。

开头两句"吴山越山山下水，总是凄凉意。"，写作者登山观涛时所引起的感伤之情。"吴山越山山下水"，暗点出"钱塘"二字，钱塘江两岸，曾是春秋时吴、越交兵的地方，又是亡宋的故都。作者站在山巅，放眼望去，山水极为辽阔。然而作者心中却"总是凄凉意"。对于充满了民族自尊心的作者来说，挣扎在异族政权的统治之下，满江的流水浸透着无尽的凄凉与感伤，一个"总"字，对作者的这种心情作出了高度的概括。接下来"江流今古愁，山雨兴亡泪。"两句，紧承上文，对偶工整，进一步深化了古今兴亡的悲慨。那悲泣的江水，悠悠不尽，仿佛承载着古往今来绵绵不绝的忧愁怨恨；那倾洒的山雨，萧萧不绝，仿佛飘洒着时世更迭、江山易主的兴亡之泪。这两句富于形象的联想，将山水的"凄凉意"形象化、具体化，揭示了题旨。

最后一句"沙鸥笑人闲未得"，作者选取了江上沙鸥的意象，"沙鸥"常常是作为隐者伴侣的形象出现的，这里作者显出一种跳出世外的姿态，仿佛在嘲笑世人没完没了地竞争奔走。同时又是始终跳不出尘世俗网的作者的自嘲，尽管他愤世嫉俗，对元蒙统治深为不满，把隐居做为洁身自好的唯一出路，但实在逃不脱红尘的羁绊。这里如实地反映了元代大多数知识分子厌恶世情却又无法逃脱尘网羁绊的矛盾局促的心态。

〔双调〕殿前欢

题小山①《苏堤渔唱》

高 栻

小奚奴,锦囊无日不西湖②。才华压尽香奁句,字字清殊③。光生照殿珠④,价等连城玉⑤,名重《长门赋》⑥。好将如意,击碎珊瑚⑦。

【注释】

①张可久:字小山,有散曲集《苏堤渔唱》。这首曲,就是高栻为张可久的这本散曲集而题写的。 ②"小奚奴"两句:引用李贺日日携小奚奴骑驴觅诗的典故。李商隐《李贺小传》载,李贺"恒从小奚奴,骑距(马巨)驴,背一古破锦囊,遇有所得,即书投囊中。" ③"才华压尽"二句:以唐代著名诗人韩偓作比,赞美小山出众的才华和字句的清丽。《沧浪诗话·诗体》载,"香奁体:韩之诗,皆裾裙脂粉之语,有《香奁集》。" ④照殿珠:典出《唐宝记》,是唐代宝珠,"大如鸡卵,置之室中,明如满月"。 ⑤连城玉:典出《史记·廉颇蔺相如列传》,指价值连城的和氏璧。 ⑥《长门赋》:著名汉赋家司马相如以宫怨为题材的传世杰作。 ⑦"好将如意"二句:意思是吟唱你写的曲,真叫人禁不住用玉如意击碎珊瑚。《晋书·王敦传》:"每酒后,辄咏魏武帝乐府歌,以如意打唾壶为节,壶边尽缺。"

【赏析】

这首曲子,是高栻为好友张可久的散曲集《苏堤渔唱》题写的赞语,比喻精炼而形象,对张小山充沛的才情、勤奋的创作态度、出众的文学才华,以及《苏堤渔唱》感动人心的艺术魅力,给予了极高的赞美和评价。

开头两句"小奚奴,锦囊无日不西湖。"这两句,引用李贺日日携小奚奴骑驴觅诗的典故,盛赞小山不辞艰辛的创作态度。这里,作者借用这一典故,称赞张小山的《苏堤渔唱》,也是卜居西湖,整日笔耕不辍、呕心沥血地沉浸在题咏西湖美景以及唱道隐逸的创作活动中。接下来"才华压尽香奁句,字字清殊。"两句,又以唐代著名诗人韩偓作比,赞美小山出众的才华和字句的清丽。一个"压"字,强调了小山的才气远远胜过韩偓,曲作清丽典雅。

"光生照殿珠,价等连城玉,名重《长门赋》。"三句,构成鼎足对,极力推崇小山的《苏堤渔唱》。分别以"照殿珠"、"连城玉"、《长门赋》映衬小山散曲的流光溢彩,极尽夸赞和推崇。最后一句"好将如意,击碎珊瑚。",借晋人王敦"每酒后,辄咏魏武帝乐府歌,以如意打唾壶为节,壶边尽缺。"的典故,高度推崇小山散曲的艺术成就。既然晋人王敦咏魏武帝诗可以用铁如意击碎唾壶，而他人吟唱小山曲，不禁以如意击珊瑚为节，进而忘乎所以，将珊瑚击碎，足见小山散曲感人的艺术魅力。

张可久的散曲，颇负盛名。高栻此曲对张可久及其散曲的评价，虽不免有溢美之嫌，但大体符合张可久曲作的实际，文辞亦清隽高华，简练雅正，显示出文人散曲出俗入雅的总体风格。

〔南吕〕金字经

梅　边

吴　镇

雪冷松边路，月寒湖上村。缥缈梨花①入梦云。巡，小檐芳树②春。江梅信③，翠禽啼向人。

【注释】

①梨花：喻雪。唐著名诗人岑参《白雪歌送武判官归京》诗云："忽如一夜春风来，千树万树梨花开。"　②芳树：指梅树。　③信：作动词，指带来信息。

【赏析】

作者吴镇，元末画苑四大家。工词翰，善画山水竹石，每题诗其上，世人称为三绝。性高介，隐居不仕，因爱梅花，自号梅花道人。他的作品只留下这一首小令，乍读似诗，细品如画，可谓诗画兼工，玲珑剔透，绝妙入神。

小令旨在咏梅，但是却不急于点破，而是采用烘云托月之法，为梅花的出现营造了一个大地冰封、玉树琼林的典型环境。"雪冷松边路，月寒湖上村。"，一片白雪皑皑，覆盖着松边的道路，带给大地一片寒冷；冰凌的月光，仿佛透露着一种寒意，笼罩着湖上的村庄。在这样的环境下，才更能显示出梅花的凌然和高洁。接下来，"缥缈梨花入梦云"一句，从另一个角度写雪景：雪压枝头，如梨花怒放，如梦云飘浮，这就为静谧寒峭的月下雪景图平添了一丝生机。"缥缈"、"梦云"等字描绘了月光下雪压枝头的树丛的情影，明确地给我们带来一种朦胧感。

然而，作者并未满足于此景，"巡"字写出了其在冰天雪地白雪皑皑的世界里执着地找寻心中的梅的情态。他继续巡游着，找寻着，突然间眼前一亮，"小檐芳树春"：小檐之下有芳树预报着春天的信息。梅花的出现给严寒的雪夜带来了盎然的春意，同时也点出了梅花傲雪凌霜的不屈个性。最后两句"江梅信，翠禽啼向人。"，作者喜悦地告诉人们：江梅带来了春天的信息，翠鸟正向着人们啼叫报春。这里的"江梅"、"翠禽"，为洁白、寂静带来了色彩感和灵动感，使整个画面由静而动，洋溢出盎然的生机。读完此小令，不仅让人感受到腊梅的风骨，也能从中领略到作者清高的人格魅力。

〔仙吕〕醉中天

李嵩《髑髅纨扇①》

黄公望

没半点皮和肉,有一担苦和愁。傀儡儿②还将丝线抽。弄一个小样子把冤家③逗。识破个羞那不羞?呆兀自五里已单堠④。

【注释】

①髑髅:死人的骸骨。纨扇:细绢制成的团扇,常为仕女所持。 ②傀儡儿:指耍木偶的提线艺人。 ③冤家:在民间的俗白中,常用作夫妇的对称。这里即指其家中的妻室。 ④兀自:元曲习惯用语,与"却是"意近。单堠:即斥堠之一种,指敌人的侦探。

【赏析】

　　本曲是一首新颖奇特的题画之作,也就是题咏李嵩的画幅——《髑髅纨扇图》。曲作者黄公望是元末著名的画家兼诗人,作画者李嵩是南宋杰出的宫廷画师。纨扇本是仕女所持的器物,所谓簪花纨扇,只宜将青山绿水、丽人名花绘于其上,而作为画院侍制的李嵩,为何要把这吓煞人的死人骸骨画在这精致的纨扇上面呢?这样一反常态的画留给后人什么重要启示呢?而生活在元代后期的黄公望以其艺术家的慧眼卓识,参透了其中的奥秘,写下此曲。要参透其义,就要结合李嵩所处的时代来加以考察。李嵩生活在南宋末年,这时的民族危机日趋严重,蒙古的铁骑步步紧逼。然而苟且偷安的南宋小朝廷依然征歌选舞,醉生梦死。作为一个有爱国之心和艺术追求的画家,他不甘心作一个粉饰升平的宫廷画匠,他要用这幅美丑尖锐冲突的恐怖图画,揭露统治集团的荒淫腐败。美女纨扇的背后,是阴森凶惨的髑髅,他以艺术家所特有的方式批判了这个可诅咒的时代。

　　现在,这件具有深刻警世意味的艺术珍品,摆到了黄公望的面前。作为一个优秀的画家和诗人,他能从中获得什么样的启示,引出哪些联想呢?黄公望不愧为艺林高手,他不仅繁锐地捕捉住画家的艺术构思,把这无声骸骨所包蕴和象征的巨大悲痛,深刻而生动地揭示出来,而且还将这个主题加以拓展、深化,使之达到震撼人心的悲剧性高度。这幅纨扇的图画,由于黄公望的题咏,而更加熠熠生辉,相得益彰了。

　　开头两句"没半点皮和肉,有一担苦和愁。",对仗工整,活泼自如,紧扣题面,突出了"髑髅"的形象特征,并赋予残骸以感情和生命,将一种皮肉脱尽、白骨嶙峋的阴森惨象和盘托出。无知的残骸被复活了,竟然装载了偌多人间愁苦。这样强烈的对比反差制造了一种怵目惊心的艺术效果:由统治阶级的腐朽堕落酿成的民族危机已经到了髑髅怨仇的地步!"傀儡儿还将丝线抽"以下三句,由画面荡开思路,将亡灵的痛苦作了进一步的发掘。提线艺人不理会这具髑髅玩偶的痛苦幽怨,还一味地耍弄着它摆出各种惹人怜惜的乖巧模样,逗人取乐。而这可怜的髑髅所被迫取悦的对象,正是其未亡的寡妻。她哪里知道眼前的这具髑髅傀儡,就是她春闺梦里日常思念的亲人啊!倘若被她认出来,将要给她带来多少羞愧和悲伤啊。面目狰狞的可怜髑髅,竟然体贴入微地惦念着别人。一经作者的点染,髑髅就具有了悲壮美的形象,实现了质的飞跃,变得栩栩如生。最后一句"呆兀自五里已单堠。",可谓是全曲的点睛之笔。意思是说,当这群昏君佞臣们还在寻欢作乐之时,蒙古铁骑已经逼近国门了。作者以诙诡奇谲之笔,批判了统治集团的腐败和荒淫,发人深省。

〔双调〕清江引

钱 霖

恩情已随纨扇歇①,攒到愁时节。梧桐一叶秋,砧杵千家月,多的是几声儿檐外铁②。

【注释】

①纨扇歇:纨扇,是细绢制成的团扇。这里用纨扇的停歇,来比喻恩情的断绝。
②铁:铁马,即风铃。

【赏析】

这是一首代言体的表现闺怨的小令,作者运用多种艺术技巧,惟妙惟肖地摹写了一个被遗弃的女子秋日相思的寂寞与痛苦。

开头两句"恩情已随纨扇歇,攒到愁时节。",比喻巧妙,点名题旨。主人公被喜新厌旧的情人抛弃,空留下自己一腔的愁思和哀怨。作者以纨扇的停歇为喻,泣诉自己被薄情寡义的人玩弄然后惨遭抛弃的经历。作者模拟女主人公的口吻,哀怨悱恻地道出她内心复杂的心情。以下三句"梧桐一叶秋,砧杵千家月,多的是几声儿檐外铁。",形声皆备,移情入景,营造出一个悲凉愁惨的深秋怀人的氛围,衬托出女主人公凄凉悲惨的心境。落叶在秋风中飘零;月光下砧杵声声,捣得人愁肠百转;屋檐外铁马叮咚,更是不断袭扰着人的心灵,于是女主人公倍加思念曾经甜蜜的情人,也倍加怨恨现在负心的男人,以至辗转反侧,心绪不宁。

作者采用烘云托月的手法,使全曲景语俱作情语,意蕴丰富,感情深沉,形象鲜明,脉络清晰,将女主人公感情的渐变和沉没过程淋漓尽致地表现了出来。

〔般涉调〕哨遍

看钱奴①

钱　霖

　　试把贤愚穷究，看钱奴自古呼铜臭②。徇己苦贪求，待不教泉货周流③。忍包羞，油铛④插手，血海舒拳，肯落他人后？晓夜寻思机縠⑤，缘情钩距⑥，巧取旁搜。蝇头场上⑦苦驱驰，马足尘中厮追逐，积攒下无厌就。舍死忘生，出乖弄丑。

　　〔耍孩儿〕安贫知足神明佑，好聚敛多招悔尤⑧。王戎遗下旧牙筹⑨，夜连明计算无休。不思日月搬乌兔⑩，只与儿孙作马牛。添消瘦，不调禩鼎⑪，恣逞戈矛。

　　〔十煞〕渐消磨双脸春，已雕飕两鬓秋，终朝不乐眉长皱。恨不得柜头钱五分息招人借，架上袄⑫一周年不放赎。狠毒性如狼狗，把平人骨肉，做自己膏油。

　　〔九〕有心待拜五侯⑬，教人唤甚半州⑭，忍饥寒攒得家私厚。待垒做钱山儿倩军士喝号提铃守⑮，怕化做钱龙儿请法官行罡布气留⑯。半炊儿八遍把牙关叩⑰，只愿得无支有管，少出多收。

　　〔八〕亏心事尽意为，不义财尽力掊⑱，那里问亲弟兄亲姊妹亲姑舅！只待要春风金谷骄王恺⑲，一任教夜雨新丰困马周⑳。无亲旧，只知敬明眸皓齿㉑，不想共肥马轻裘㉒。

　　〔七〕资生利转多，贪婪意不休，为锱铢㉓舍命寻争斗。田连阡陌心犹窄，架插诗书眼不瞅。也学采东篱菊，子是个装呵元亮㉔，豹子浮丘㉕。

　　〔六〕恨不得扬子江变做酒，枣穰金积到斗㉖。为几文赠背钱㉗受了些旁人咒，一斗粟与亲眷分了颜面，二斤麻把相知结下寇仇。真纰缪㉘，一味的骄而且吝，甚的㉙是乐以忘忧。

　　〔五〕这财曾燃了董卓脐㉚，曾枭了元载头㉛，聚而不散遭殃咎。怕不是堆金积玉连城富㉜，眨眼早野草闲花满地愁。干生受，生财有道，受用无由。

〔四〕有一日大小运并在命宫,死囚限缠在卯酉㉝,甚的散得疾子为你聚来得骤。恰待调和新曲歌金帐,逼临得佳人坠玉楼㉞。难收救,一壁厢投河奔井,一壁厢烂额焦头。

〔三〕窗槅每都飐飐的飞,椅桌每都出出的走,金银钱米都消为尘垢。山魈木客㉟相呼唤,寡宿孤辰厮趁逐。喧白昼,花月妖将家人狐媚,虚耗鬼把仓库潜偷㊱。

〔二〕恼天公降下灾,犯官刑系在囚。他用钱时难参透。待买他上木驴钉子轻轻钉㊲,吊脊筋钩儿浅浅钩。便用杀难宽宥㊳,魂飞荡荡,魄散悠悠。

〔尾〕出落㊴他平生聚敛的情,都写做临刑犯罪由。将他死骨头告示向通衢里甃㊵,任他日炙风吹慢慢朽!

【注释】

①看钱奴:元人对于悭吝人的通称。 ②铜臭:是骂那些富有钱财而品质卑鄙的人物的话。 ③泉货周流:金钱的流通。泉货,钱。 ④油铛:油锅。 ⑤机彀:机关,圈套。这里指贪求钱财的各种窍门。 ⑥缘情钩距:随机攫取的意思。缘情,随着不同的情况而变换手段。钩距,一作钩巨,钩取到手的意思。 ⑦蝇头场上:指有小利可逐的地方。下句的"马足尘中"义同。 ⑧悔尤:祸患。 ⑨"王戎遗下"句:王戎,晋临沂人,为当时竹林七贤之一,也是著名的看钱奴。《晋书·王戎传》载:"戎性好兴利,每自执牙筹,昼夜算计,恒若不足。"牙筹,牙骨做的筹签。 ⑩不思日月搬乌兔:意说不考虑时光的快过。乌,指太阳。兔,指月亮。 ⑪不调裯鼎:意为不顾自己衣食。裯,夹衣。鼎:古代烹饪的器物。 ⑫袽:贴身衣物。从句中意思看,当指当铺中货架上顾客的当物。 ⑬有心待拜五侯:意为想作高官。五侯,五等诸侯,即公、侯、伯、子、男;这里泛指高官。 ⑭教人唤甚半州:要人叫他什么半州。元代有些大地主往往被人叫作某半州,意说他占有半个州县的田地。 ⑮"待垒做"句:等积累了很多钱请军士替他守护。倩,义同请。 ⑯"怕化做"句:怕钱飞走请道士作法留住。法官,迷信活动中耍弄法术的道士。行罡布气,指道士弄法术。罡即罡风,道家指高空的风。 ⑰半炊儿八遍把牙叩:顷刻间便敲了八遍牙关,形容为聚敛钱财而苦苦思索的样子。半炊儿,煮半顿饭的功夫。 ⑱掊:聚敛。 ⑲只待要春风金谷骄王恺:意为只顾自己得意骄奢。春风,指得意的时候。金谷,金谷园,晋人石崇所建,故址在今河南洛阳县西北。《晋书·石苞传》载,石崇巨富,财产丰积,室宇宏丽,"与贵戚王恺、羊琇之徒以奢靡相尚。恺以饴澳釜,崇以蜡代薪;恺作紫丝布步障四十里,崇作锦步障五十里以敌之;崇涂屋以椒,恺用赤石脂。崇恺争豪如此。" ⑳"一任教"句:据《新唐书·马周传》载,马周未得志时曾在新丰旅店遭冷遇。李贺《致酒行》:"吾闻马周昔作新丰客,天荒地老无人识。" ㉑只知敬明眸皓齿:意为只知拿钱追欢买笑。明眸皓齿,指美人。 ㉒不想共肥马轻裘:意为有肥马轻裘,不愿借给朋友用。 ㉓锱铢:锱和铢都是古代极微小的重量单位,六铢等于一锱,四锱等于一两。 ㉔"也学采东篱菊"二句:意说他们也学陶潜的采菊东篱,其实是骗人的。元亮,陶潜字。装呵,意指装模作样。 ㉕豹子浮丘:意说表面装得很清高,

骨子里比豹子还狠。豹子是宋元时对一些凶狠的人所起的外号。浮丘，指传说中仙人浮丘伯。　㉖枣穰金积到斗：积累了成斗的金子。枣穰金，赤金；枣穰即枣肉，形容赤金的颜色。　㉗赙背钱：赙，是装书画的轴；赙背钱，疑是指象轴头那样小的钱。　㉘纰缪：错误。　㉙甚的是：什么是，那里是。　㉚燃了董卓脐：董卓残暴贪婪，据说死后被守尸者在其肚脐中点灯，光明达旦。　㉛枭了元载头：元载，唐凤翔岐山人，肃宗、代宗时官至同中书门下平章事，权倾内外，聚敛财富，资货不可胜计。大历十二年（777年）三月，被杖杀禁中。（见《旧唐书·元载传》）枭：古代刑法，即斩首。　㉜连城富：形容财富之多，价值连城。　㉝"有一日大小运"二句：这是旧时的迷信说法，意说总有一天倒霉受罪。命官，古时星命家的词汇。　㉞"恰待调和新曲"二句：正准备调和新曲在金帐下歌舞取乐，却不料逼得佳人跳楼自杀。这暗用石崇妾绿珠坠楼自杀事。　㉟"山魈木客"二句：意说遭到妖魔的侵袭和恶运的追迫。山魈，动物名，猴的一种。木客，是山魈的别名。但当时人们把它看作山林中的妖怪。寡宿孤辰，是星命家的说法，意是命中注定要孤寡的。　㊱"花月妖"二句：意说花月妖媚惑他的子弟，虚耗鬼暗偷了他的仓库。花月妖指娼妓一类人物；虚耗鬼指败家子之类。　㊲上木驴钉子轻轻钉：元代有二种酷刑，把罪人钉在四脚凳上凌迟处死，木驴即指这种凳子。上"钉"字作名词，平声；下"钉"字作动词，去声。　㊳便用杀难宽宥：意思是即使用尽了金钱想买通别人，以便减轻刑法，也难得别人的原谅。　㊴出落：显现、表现。　㊵将他死骨头告示向通衢里凳：意说把他的尸骨放在大街上示众。凳字作动词用，堆放意。

【赏析】

　　这篇套数原载于元陶宗仪撰《辍耕录》，"看钱奴"这个题目为编选者所加。据陶氏云："某人以善经纪，积资至巨万计，而既鄙且啬，不欲书其姓名。其尊行钱素庵抱素者，逸士也，多游名公卿间，善诗曲，有集行于世。某尝以富贵骄之，故作今乐府一阕讥警也。"如此可知，套曲所嘲必有所指。套曲用夸张甚至变形的手法，将满身铜臭气的看钱奴拼命敛财而且奸吝刻薄的卑浊品格，刻画得入木三分，斥骂得痛快淋漓。

　　这篇套数由十二支曲子组成，综观全曲，"看钱奴自古呼铜臭"一句，乃全曲的主旨核心，一个具有多元内涵的"臭"字贯穿全篇。

　　首曲主要写"看钱奴"的"贪"。为聚敛钱财，巧取豪夺，挖空心思，不顾一切。不知羞耻，不怕出丑，甚至不顾性命，可以向油锅血海中伸手。〔耍孩儿〕一曲嘲笑其"吝"。守财奴贪鄙吝啬，平生只认得一个"钱"字，为了敛财，甘愿做牛做马，日夜不停地算计，容颜消瘦。从〔十煞〕到〔六煞〕五首曲子，从不同侧面揭露了"看钱奴"的丑恶灵魂以及卑污行径。他终日不乐，眉头常皱，恨不得放高利贷招人来借，恨不得他人典当的货化为己有，恨不得敲骨吸髓，把老百姓的骨肉化做自家的膏油；他为自己升高官、做首富，厚积家资；提心吊胆，请人看守；他发不义之财，全然不顾亲戚朋友。他尽情去做亏心事，尽力聚敛那不义财，就连亲兄弟、亲姊妹、亲姑舅也不放过；他资生利、利滚利，钱财越来越多，土地越来越广。他却还嫌钱少地窄，为了锱铢小利，玩命争斗。作者用铺陈的手法，从为儿孙、为自己，对平人、对亲友，表面上、骨子里等多方面，刻画出一个唯利是图、六亲不认、悭吝狠毒、虚伪无耻的看钱奴形象。〔五煞〕以下，作者深恶痛绝地诅咒了"看钱奴"聚财不散的可耻下场。作者从甘受贫困、清高自许的读书人的立场出发，讽刺了"看钱奴"不诵诗书、假装斯文、跛扈吝啬，却不懂得钱能招致祸端的道理。作者一连举出董卓、元载等因财丧命的例子,诅咒为富不仁者必遭天谴,死无葬身之地。

这篇套数极尽铺陈渲染之能事,淋漓尽致地刻画出了"看钱奴"损人利己、六亲不认、巧取豪夺的形象,极其深刻地揭露了剥削者悭吝狡诈、贪得无厌、唯利是图的吃人本质。作者文笔辛辣犀利,一针见血。

〔仙吕〕一半儿

病 酒

徐再思

昨宵中酒①懒扶头,今日看花惟袖手。害酒愁花人问羞②。病根由,一半儿因花一半儿酒。

【注释】

①中酒:饮酒成病。 ②害酒愁花人问羞:自己饮酒过度,对花起愁,别人问起时,却又羞于答对。

【赏析】

这首小令颇具代表性,反映了元代知识分子酒醉赏花的情趣和闲适的生活。"昨宵中酒懒扶头,今日看花惟袖手。",开篇就点破题旨,描绘出作者这样的生活状态:昨晚贪杯醉酒,今天天色大亮才起床。信步踱来,今日鲜花耀眼,人却连手都不愿伸出。作者活灵活现地描绘出了一副慵懒倦怠的模样,相当传神。"害酒愁花人问羞"一句,承上启下,作者醉酒醒来,看见花开正好,却产生无限的忧愁。别人问起时,却又羞于开口。那么究竟是什么原因呢?最后一句"病根由,一半儿因花一半儿酒。",进一步切脉问诊,弄清楚愁的由来:作者是因花而愁,因愁而酒,因酒而病。曲子以"酒"和"花"为中心,究竟这"花"指何物,给读者留下了广阔的想象空间,思维肆意驰骋。

〔仙吕〕一半儿

落　花

徐再思

河阳香散唤提壶①，金谷魂消啼鹧鸪②，隋苑春归闻杜宇③。一片红无，一半儿狂风一半儿雨。

【注释】

①河阳香散唤提壶：这句是说潘岳"河阳一县花"早已成为往事，桃李花落香散，只有提壶鸟声声呼唤劝人饮酒。河阳，《白孔六帖》卷七十七："潘岳为河阳令，树桃李花，人号曰'河阳一县花'。"后人往往以"河阳花"（或"潘岳花"）比喻县宰的政绩或比喻桃李花盛开。"河阳香散"利用潘岳事写落花。提壶，鸟名，即提壶卢。宋代王禹有《初入山闻提壶鸟诗》，传言此鸟呼唤人沽酒饮酒，如"提壶卢，树头劝酒声相呼，劝人沽酒无处沽。"（周紫芝《五禽言诗》）。　②金谷魂消啼鹧鸪：这句意思是说金谷豪富已成过去，绿珠坠楼使人销魂，只有鹧鸪鸟在哀鸣啼叫。金谷，《晋书》卷三十三《石崇传》："崇有别馆在河阳之金谷，一名梓泽。"后人常以"金谷园"象征豪富、比喻华贵，叙说富贵无常、繁华似梦。魂消，销魂，用石崇妓绿珠被孙秀强索，无奈坠楼比喻"落花"（元散曲常用此典）。鹧鸪，鸟类鹑鸡类，体大如鸠，群栖地上，营巢土穴之中。《本草》云："性畏霜露，早晚稀出。多对啼，俗谓其鸣：'行不得也哥哥'。"　③隋苑春归闻杜宇：这句是说隋苑花落春残，杜宇哀哀怨怨的叫声使人倍增惆怅、难消春愁。真是呕心沥血、刻镂肺腑之辞！隋苑，隋炀帝杨广所筑，在今江苏江都县西北，即上林苑，又名西苑（见《明一统志》《清一统志》）。相传苑三里之大，杜牧诗"红霞一抹广陵春"即写隋苑。春归，一般有两种解释：春来了；春去也。此处当作春去也。杜宇，《禽经》、《太平寰宇记》、《成都记》均记载蜀主望帝杜宇化为子规，子规也就是杜鹃鸟。传说此鸟啼声悲切，其声犹"不如归去"，即所谓"杜鹃悲鸣"、"子规啼血"。

【赏析】

这首曲子题作《落花》，实际上是借"落花"写富贵无常，繁华似梦，曲子的主旨可以用"流水落花春去也"一言以蔽之。

曲子开篇三句"河阳香散唤提壶，金谷魂消啼鹧鸪，隋苑春归闻杜宇。"，用三个典雅整饬的"鼎足对"切入题旨，借潘岳、石崇、杨广的典故，烘托渲染荣华富贵如烟云变化，幻灭无常。曲文句句紧扣"落花"，又由"落花"连累而及于繁华稍歇、烟消云散。"河阳香散"、"金谷魂消"、"隋苑春归"都是借典故叙说富贵无常、繁花似梦的道理；而借"提壶"、"鹧鸪"、"杜宇"悲切的啼声渲染出一片惆怅肺腑的春愁。

"片红无",乘上而来,可以看作全曲的曲眼。在作者看来,荣华富贵只不过是过眼烟云、南柯一梦,都象"落花"一般,到头来化作粪土碾作尘,随风凋零。花落春去,满目凄凉,不禁令人黯然神伤,忧思绵绵,无奈转问苍天:为什么杜鹃啼后,片红全无?最后一句"一半儿狂风一半儿雨"对"落花"的原因作了回答。作者表面上说的是落花,风雨揉损了鲜花,送走了三春美景。然而隐藏在背后的深刻意蕴是说造成"河阳香散"、"金谷魂消"、"隋苑春归"的根由是政治风雨。人世间的风风雨雨葬送了多少有识之士的青春和理想,留下无尽的悲酸和惆怅。

〔仙吕〕一半儿

春 情

徐再思

眉传雨恨母先疑①,眼送云情人早知,口散风声谁唤起。这别离,一半儿因咱②一半儿你。

【注释】

①疑:怀疑。 ②咱:指主人公自己。

【赏析】

这首小令题为《春情》,实际是写"闺怨",描述了一闺中少女因封建礼教的阻碍,被迫同情人别离的哀愁和感叹。纵观全曲,女主人公与情人的幽期密会应该是在一个较为隐蔽的环境下进行的。处在热恋中的青年男女难免眉来眼去、耳鬓厮磨。然而受封建礼教的约束,这种恋情一旦被人撞破,甜蜜的爱恋就大有可能以惨痛的别离来收场。

曲子一开篇,就用三个排比句极力铺陈渲染这对热恋中情人的浓情蜜意。对于这对情侣是怎样相识相爱,又是怎样相约相会,作者没着笔墨,一开头就从一对恋人相爱幽会被旁观者察觉入手写起。"眉传雨恨母先疑",先从家庭下笔,所谓母女连心,女儿的一举一动、一言一语最容易引起母亲的关切和注意。而正处于初恋热恋阶段的少女,在言行举止上总会出现一种异常甚至反常的现象,"眉传雨恨"、"眼送云情"等等,很容易被母亲觉察,从而产生疑心。不仅如此,其实外边的人也早已知道。作者采用由近及远、由内而外的写法,接下来"眼送云情人早知"一句,写约会早被人看见了。第三句"口散风声谁唤起",是写情人传口信或呼唤女方相会时被人听见了。

曲子前三句都是直接写"这别离"的原因。很显然,由于一对热恋中的情侣情不自禁的异常表现被母亲觉察,约会时被人们看见,相约时呼喊被人们听见。他们的相爱在当时的封建统治下,触犯了封建道德,触犯了家规家教,于是受到了粗暴的干涉和阻扰,最终是"拆鸳鸯于两下里"的悲惨结局。"这别离",是全曲表达思想的重点之所在,可以说是"曲眼"。最后一句,"一半儿因咱一半你"。表面看来,似乎是少女在对情人诉说衷肠,是诀别时的呼喊,然而其中却包蕴着无限的依恋、相思、懊悔和怨恨。

〔中吕〕朝天子

西 湖

徐再思

里湖,外湖①,无处是无春处。真山真水真画图,一片玲珑玉②。宜酒宜诗,宜晴宜雨,销金锅锦绣窟③。老苏④,老逋⑤,杨柳堤梅花墓⑥。

【注释】

①里湖,外湖:湖以苏堤为界,分为里湖、外湖。苏堤长二点八公里,南起南屏山,北接岳庙,堤西为里湖,堤东为外湖。 ②一片玲珑玉:比喻西湖风景的无比美妙。 ③销金锅锦绣窟:比喻西湖物华天宝,人烟辏集,贵游巨富,花天酒地,耗费金钱、锦缎,不可胜数。销金锅,指西湖。宋四水潜夫辑《武林旧事》卷三"西湖游幸"条记载:"西湖天下景,朝昏晴雨,四时总宜。杭人亦无时而不游,而春游特盛焉。……日糜金钱,靡有纪极。故杭谚有'销金锅儿'之号。" ④老苏:指苏轼,他曾两度出任杭州知州,北宋元祐年间他第二次知杭州任上,疏浚西湖,灌溉田地千余顷,同时利用湖中葑泥构筑长堤,这就是现存的"苏堤"。 ⑤老逋:指宋代处士林逋。林逋(967年—1028年),字君复,钱塘(今浙江杭州)人。终生不仕,亦不婚娶,"结庐西湖之孤山,二十年足不及城市。",惟以梅花、仙鹤为伴。因随处养鹤植梅,时称其"梅妻鹤子"。卒谥"和靖先生"。 ⑥杨柳堤:即苏堤。梅花墓:即和靖墓。

【赏析】

徐再思这首小令是咏西湖之作,主要描写了杭州西湖的迷人景色。

开头三句"里湖,外湖,无处是无春处。",总览鸟瞰西湖的总体印象。西湖有十处美景。春日里,"六桥烟柳",杨柳飘拂,"苏堤春晓",桃杏吐艳,到处莺声燕语,春意盎然。湖光山色,风景如画,处处皆春。接下来,"真山真水真画图,一片玲珑玉。",进一步渲染西湖美不胜收的迷人景象。作者以"真画图"、"玲珑玉"来比喻西湖,信手拈来,新颖传神,加深了由感官直觉得来的对西湖的第一印象。曲文高度凝练,实为神来之笔。

"宜酒宜诗,宜晴宜雨,销金锅锦绣窟。"数句,由写景转入议论,极写西湖秀丽景色中的热闹繁华。作者观赏着西湖佳景,触发了诗思酒兴,不禁神情飞越,浮想联翩。

"销金锅",极言西湖物华天宝,人烟鼎盛,富贵逼人。"锦绣窟"比喻西湖如织锦堆绣的洞穴。此句以无可比拟的比喻,形象地诠释出西湖的繁盛之景。作者游赏西湖,自然联想到曾经造福西湖的两位文人雅士。最后三句"老苏,老逋,杨柳堤梅花墓。",援引典故,用苏轼、林逋的故事入曲,以怀古之情作结,胸臆超远,神韵悠然。

全曲前四句重在写景,后四句旨在抒情。写景采用大笔铺叙,不拘于每一细部的精雕细刻,取其神韵;抒情不粘不滞,于简单洒脱的笔墨中融入作者的清高俊逸之情,风格清秀雅致,充满诗情画意。

〔中吕〕红绣鞋

雪

徐再思

白鹭交飞溪脚,玉龙①横卧山腰,满乾坤无处不琼瑶②。因风吹柳絮③,和月点梅梢,想孤山鹤睡了④。

【注释】

①玉龙:宋·吴曾《能改斋漫录》十一引张元《雪诗》有"战死玉龙三百万,败鳞风卷满天飞。"这里指雪后群山被大雪覆盖。 ②琼:玉也。瑶:玉也。 ③因风吹柳絮:由东晋才女谢道韫名句"柳絮因风起"变化而来。 ④想孤山鹤睡了:林和靖隐居在西湖孤山。"所居多植梅畜鹤",因谓其妻梅子鹤(见宋·阮阅《诗话总龟》)。

【赏析】

这首咏雪小令颇具特色,全曲没有出现一个"雪"字,作者并没有从正面过多地着墨渲染,只是从侧面描写,但读后却有一种使人置身于白雪皑皑的画卷之中,倍感轻松惬意。

开头两句"白鹭交飞溪脚,玉龙横卧山腰",取俯瞰的态势,从大处着墨,以工整的对仗描摹大雪覆盖下壮观的景象,白鹭轻轻地落在溪边,玉龙静静地伏在山间,远远望去,一片银装素裹的世界。"满乾坤无处不琼瑶"一句,以双重否定加重语气,描写漫天飞雪的奇观。这里的"白鹭"、"玉龙"和"琼瑶",皆是喻象,突出了雪的晶莹剔透。

接下来,作者驰骋想象,独辟新径,描绘细部近景,新颖活泼,充满诗情画意。"因风吹柳絮",描写微风袭来,雪花似柳絮轻轻飘舞。"和月点梅梢",描写雪后放晴,新月初上,皎洁的月光照映着在寒冬怒放的腊梅枝头的雪,使这幅壮美的雪景画显得分外妖娆。"想孤山鹤睡了",作者的思绪飘逸飞越,超出了历史的限制,徜徉在北宋时西湖孤山,想到在这样静寂的夜晚,结庐隐居、植梅养鹤的林和靖现在也该进入梦境了。作者这里又营造了雪后温馨、静谧的氛围。

纵观全曲,作者主要围绕了雪的两个特征:"洁"和"静",采用工笔细描的手法,巧设比喻,以动衬静,虚实相生。作者涉笔成趣,使雪的洁净、人的旷远,相得益彰。

〔中吕〕普天乐

吴江八景(之八)

西山夕照

徐再思

晚云收,夕阳挂。一川枫叶,两岸芦花。鸥鹭栖,牛羊下①。万顷波光天图画②,水晶宫冷③浸红霞。凝烟暮景,转晖老树④,背影昏鸦⑤。

【注释】

①鸥鹭栖,牛羊下:《诗经·王风·君子于役》有句:"鸡栖于埘,日之夕矣,羊牛下来。",这里描写鸥鹭与牛羊日暮归宿是《诗经》典故的化用。 ②万顷波光天图画:作者化用柳毅传书、张生煮海等典故。 ③水晶宫冷:指传说中的龙宫。 ④凝烟暮景:从王勃《滕王阁序》"烟光凝而暮山紫"浓缩而来。 ⑤转晖老树,背影昏鸦:取义于马致远的〔天净沙·秋思〕。

【赏析】

这首小令位列徐再思《吴江八景》之殿。吴江县在江苏省,山水秀丽,常使文人们讴歌咏叹。

开头"晚云收,夕阳挂。"两句,统率全篇,总括傍晚日落云收的景象,后面所写之景都是在夕阳映照之下展开的。"一川枫叶,两岸芦花。"两句,视线由广阔的天宇转向山水相接的大地,选取了广角镜头。这两句中,"川"与"岸"暗示出是西山和吴江,为下面的描写作了铺垫;"枫叶"与"芦花"红白映衬,点出时令是一个秋天的黄昏,殷红的枫叶与雪白的芦花在夕阳中光彩熠熠,无边际地铺展着,摇曳生姿,色彩对照十分鲜明。"鸥鹭栖,牛羊下。"两句,抓拍了现实景物的两个特写镜头,分别摹写水中与岸上的动物活动。鸥鹭飞向芦花之中栖息,牛羊自枫林中缓缓走来。这在枫叶与芦花构成的静态画面中平添了几许动态的生活气息,动静相生,安谧恬淡,生机勃勃。

接下来"万顷波光天图画,水晶宫冷浸红霞。"两句,镜头转向一派浩荡缥渺的烟波云水,在晚照之下红光闪耀、金碧交辉,真是一幅绝妙的天然图画!这美丽的景象不由得勾起了作者更加美丽的幻想,于是由实入虚,由视觉直感化入意觉联想,想起了那些名传千古的神话传说:在这万顷波光的深处,原本冷清的水晶龙宫,此刻也一定被晚霞映照,更加金碧辉煌吧。作者浮想联翩，柳毅传书、张生煮海、追鱼等高潮迭起。最后三句"凝烟暮景，转晖老树，背影昏鸦。"，转笔又描写夕阳落山，回应曲题。"凝"、"转"、"背"这三个动词十分传神，化静为动，把微妙的黄昏表现得多么玲珑跳脱。

这首小令情酣墨饱，灵妙传神，在浓郁的笔调中寄予了淡泊的心境，别有一番高情旷远的韵致。

〔中吕〕阳春曲

皇亭①晚泊

徐再思

水深水浅东西涧，云去云来远近山，秋风征棹②钓鱼滩。烟树晚，茅舍两三间。

【注释】

①皇亭：具体位置不详。 ②棹：船桨。

【赏析】

这首小令表面看纯为写景，但实际上移情入景，通过写一个游子在黄昏泊舟近岸时的所见所感，抒发了漂泊天涯的羁旅愁思。

开头两句"水深水浅东西涧，云去云来远近山"，以工整洗练的对句展示在旅途远望之景，一句写深涧，一句写高山，立体感很强。写水，突出了其流踪不定，深浅各异；写山，主要摹写其高下参差，远近交错，云起云飞。这依势曲折的山涧水，飘忽不定的浮云，正与游子飘泊无定的行踪和无所依归的心理相契合。作者虽没有提出是游子夜泊，但"黄亭夜泊"的题名已含而不露地道破了其中滋味；游子这种微妙的感受也是借助于淡淡的景物白描，曲折地传达出来。

第三句"秋风征棹钓鱼滩"，既点明了节令和游子自身，也为开头两句的鉴山赏水找到了依托：前面的山水涧云和后面的烟树茅舍都是从这只"征棹"上观察到的。当此萧索凄凉的深秋黄昏，寄身于一叶扁舟的天涯倦客，而此时日已暮，自己却有家难归，孤零零地独立在钓鱼滩上，望着涧水奔流，浮云飘荡，此情此景，让人情何以堪？这一句看似平平道来的话语，其实是全曲的重心所在，可以说是绾合主观之情和客观之景的枢纽。最后两句"烟树晚，茅舍两三间。"，纯用白描，但却不是单纯的写景，而包含着深厚的意蕴。"烟树"和"茅舍"，象征着家庭的温情，它们突然跃入孤舟晚泊的游子眼中，足以让舟中客子浮想联翩，感慨万千。游子被引发的无限的羁旅情思，全都凝结在这对烟树茅舍的一瞥之中了。

这首小令，纯为白描，却意在言外，有着不尽的情味，与马致远的〔天净沙·秋思〕有异曲同工之妙。

〔中吕〕阳春曲

闺 怨

徐再思

妾①身悔作商人妇，妾命当逢薄幸夫②。别时只说到东吴③，三载余，却得广州④书。

【注释】

①妾：古时妇女的自称。 ②薄幸夫：薄情寡义的丈夫，即负心郎。 ③东吴：泛指江南地区。 ④广州：指今广东、广西一带。

【赏析】

这是一首代言体的抒情小令，作者以一个商人妇的口吻，明白如话地诉说了嫁作商人妇的忧怨和不幸。"商人重利轻离别"，给独守空房的妻子带来了生活上和精神上的诸多困扰；长期行贾他乡，难免寻花问柳，喜新厌旧，给倚门盼归的妇人带来一桩桩婚姻悲剧。

开头两句"妾身悔作商人妇，妾命当逢薄幸夫。"，直诉幽怀，意思是说，嫁给商人为妻，本来就已经追悔莫及，偏又命运不好，逢上了薄情寡义的负心郎。接下来三句，紧承起首两句而来，一股脑儿道出满腹的愁怨："别时只说到东吴，三载余，却得广州书。"，意思是说丈夫临走时，说是到东吴去。三年过后，却从广州寄来了信。言外之意是，埋怨丈夫负心无义，欺骗了她。至此，丈夫的轻率薄情，女子的痴心坚贞，都包容在坦率浅显的话语中。

唐代的刘采春，有一首《罗曲》诗："那年离别日，只道住桐庐。桐庐人不见，今得广州书。"徐再思的这首《闺怨》曲，由此诗化出，较之更为通俗，感情深挚。

〔越调〕天净沙

探 梅

徐再思

昨朝深雪前村①,今宵淡月黄昏②,春到南枝几分?水香冰晕③,唤回逋老诗魂④。

【注释】

①昨朝深雪前村:宋长白《柳亭诗话》里记有一则典故:"齐己《早梅》诗:'前村深雪里,昨夜数枝开。'郑谷曰:'数枝,非早也,未若一枝。'"这句正是从这则典故点化而来。 ②今宵淡月黄昏:化用了林逋"疏影横斜水清浅,暗香浮动月黄昏。"的意境。 ③水香冰晕:融林逋的诗意写成,加强了傲雪求春的生命力度。 ④老诗魂:指林逋。

【赏析】

徐再思的这首小令与传统的咏梅佳作有所不同,具有自己的创作特色,对报春的早梅表现出浓厚的兴趣。小令紧扣题目《探梅》二字,展现出一位热爱梅花的高人逸士执着地寻梅、探梅、访梅、赞梅、咏梅等一系列行为方式和心理活动。

开头两句"昨朝深雪前村,今宵淡月黄昏",化用前人的诗句,组成工整的流水对句,鲜活地刻画出执着踏雪寻梅的虔诚神态和对梅花的渴望追求。作者将林逋的梅花诗名句随手拈来,融入自己的诗意,既表现出作者对梅花的憧憬和期待,又衬托出梅花两种典型的风神意态。"昨朝深雪"与"今宵淡月"一明一暗,幽雅朦胧,为梅花的出现创造了淡雅高洁的背景。作者为什么如此苦恋梅花呢?因为梅花是报春的使者,作者对梅讯的渴望,就是对春天的向往。"春到南枝几分?"一句满怀深情的询问,把盼春的作者与报春的梅花用一根无形的丝线紧紧联系在一起。功夫不负有心人,梅花终于在雪前月下露出她雅洁的笑靥。紧接着,"水香冰晕"的刻画,又一次融入了林逋诗句的意境,既写出了梅花的芳姿,透露其幽香,又显示了其傲雪求春的生命力度。

曲末以"唤回逋老诗魂"一句作结,可谓逸兴悠然。作者将冰清玉洁的梅花与爱梅成癖的隐逸高士融为一体,作者对梅魂的礼赞,就是对冰清玉洁、超尘脱俗的人格精神的颂扬。同时,作者又以林逋自况,探梅、赏梅、咏梅,将梅看作尘世外的知己,冰操独守,刚直不阿,体现了作者的高洁情操。

〔越调〕凭阑人

徐再思

九殿春风鸤鹊楼①,千里离宫龙凤舟②。始为天下忧,后为天下羞。

【注释】

①九殿春风鸤鹊楼:化用汉武帝修建鸤鹊楼的典故。鸤鹊楼是当年汉武帝在甘泉苑所建的三座庞大的观楼之一。它显示了封建帝王的奢侈豪华。九殿,皇宫的殿堂深九层。②千里离宫龙凤舟:化用隋炀帝乘龙凤舟下扬州的典故。相传隋炀帝与萧后为去扬州赏花,乘游艇——龙凤舟,沿运河南下,舟上装潢富丽,劳民伤财,百姓怨恨。

【赏析】

这首小令为咏史寄慨之作,斥责了封建帝王的奢侈生活和挥霍无度的特权享受,曲意借古鉴今,寓意深远。

全曲仅有四句,前两句叙事,后两句议论。开头"九殿春风鸤鹊楼,千里离宫龙凤舟。"两句,陈述历史事实,拈出汉武帝大兴土木修建鸤鹊楼和隋炀帝乘龙凤舟巡幸扬州两件事,极写封建帝王的奢侈无度与特权享受,揭示了历代帝王口称爱民,而实际却是扰民。汉武帝雄才大略,晚年是却穷兵黩武,扩建宫殿,笃信方术,妄求长生不老;隋炀帝营建了东都洛阳,开凿了大运河,可是却劳民伤财,构怨四邻,荼毒生灵,导致江山易主。后面两句转向议论。作者写道"始为天下忧,后为天下羞。",意思是说,在封建社会中,率民起义的某些领袖人物,开始是以天下苍生的命运为己忧的;而当他们掌握了政权后便只顾自己的荣华和享受,不再关心人民群众的死活,成为天下至为可耻的东西。历史的教训不可谓不深刻!全曲以这两句寓意深邃、冷峻峭刻的警句作结,可谓字字珠玑,发人深思,足以为后世人铭刻。

〔双调〕沉醉东风

春情（二首之一）

徐再思

一自多才间阔①，几时盼得成合②？今日个③猛见他，门前过。待唤着怕人瞧科④。我这里高唱当时《水调歌》，要识得声音是我。

【注释】

①多才：即"才郎"，是对情人的称呼。才，旧指所谓德才兼备的人，后一般指富有文才的人。间阔：即久别。间，离。阔，久。 ②几时：什么时候。成合：意谓结合。 ③个：语助词，无义。 ④科：元曲中称表情动作曰："科"。

【赏析】

这首小令以朴素明快的笔调，栩栩如生地刻画出了一位纯真多情、聪颖机智的少女形象。她倚门翘首，深情高唱流行情歌的动人场景，久久萦绕在人们的脑海中。少女泼辣大胆的作风，足以显示美好的爱情能让人产生冲破封建礼教的巨大精神力量。

开头两句"一自多才间阔，几时盼得成合？"，欲扬先抑，说自从和情人相别已经很久了，什么时候才能重聚呢？作者从恋人离别相思写起，既表现出恋人间的感情之深，也为别后乍然相逢造成的情感蓄势。"一自"与"几时"呼应，愈见别离的时间之长，相思之苦；"间阔"与"成合"形成对举，既表现出少女被离思折磨之苦，也表现出少女对美满婚姻殷切的渴望。这两句犹如潺潺流动的小溪，切切传情；接下来，作者笔锋陡转，犹如滚滚波涛，汪洋恣肆，在少女心中泛起狂澜。"今日个猛见他，门前过。待唤着怕人瞧科。"三句，是说今日不仅突然看见了他，而且是紧打自己住的门前经过，真是教人不知所措呀！可是在转瞬之间，情郎就要走远，想叫他一声，又怕被旁人看出。该怎样拖住他的脚步呢？

绝顶聪明的少女急中生智，"我这里高唱当时《水调歌》，要识得声音是我。"，仓促间，她记起《水调歌》，便"高唱"起来。这首表达少女心声的歌曲，曾经亲口唱给情哥哥，听到这熟悉的歌声，心上人是无论如何也会停住脚步的。"要识得声音是我"一句，充满自信。这酣畅甜润的歌声，既显现了少女的聪慧和机敏，又透出她率真活泼的个性，充满了挑战和超越封建礼教禁忌的美好的爱情婚姻理想。

小令简洁明快，清新自然，把主人公的情感活动、微妙心理与言行描摹得活灵活现，使人感到这位少女亲切、可爱，显得妙趣横生。

〔双调〕蟾宫曲

竹夫人①

徐再思

　　湘妃应是前身②。不记何年，封虢封秦③。万古虚心，百年贞节，一世故人④。剖苍璧⑤寒凝泪痕，挽潜蛟⑥巧结香纹。侍枕⑦知恩，入梦无春，两腋清风，满枕行云。

【注释】

①竹夫人：古代的一种取凉用具。用青竹篾编成有疏孔的长笼，或用整段竹子做成，中间通空，四周开孔，可以通风。夏日置于床席之上，可以消暑。又名"竹奴"、"青奴"。　②湘妃应是前身：传说舜南巡不返，葬于苍梧。他的两个妃子娥皇和女英来到洞庭湖南边的潇水和湘水之间，听见舜死的消息，便每天望着苍梧的方向啼哭。她们的眼泪洒在江边的竹子上，于是，那一带的竹子上，就都出现了泪痕一样的斑点。后来，二妃泪尽，跳进湘水，死后成了湘水之神，称为湘妃。那染着湘妃斑斑血泪的竹子，就又叫做了湘妃竹。　③封虢封秦：唐玄宗时，杨贵妃受宠，杨氏兄弟姊妹都因而显贵。杨妃有三姊，大姊嫁崔氏，封韩国夫人，三姊嫁裴氏，封虢国夫人。八姊嫁柳氏，封秦国夫人。国夫人，相当于古代列国诸侯的母、妻，是最高的封号。由"夫人"二字，联想到"封虢封秦"，又用"封虢封秦"，来比喻竹夫人的高贵和受人宠爱。　④一世故人：即做一世的伴侣。　⑤苍璧：指青竹。璧，本来是一种中间有孔的圆形玉。　⑥潜蛟：指那能泣珠的鲛人所织出的鲛绡纱。这里引用泣珠鲛人的神话故事：据说南海有鲛人，居水中潜织，其所织名鲛绡纱。鲛人出水，寓人家中卖绢，泣泪成珠，以报主人。　⑦侍枕：指宫中嫔妃夜间对皇帝的陪侍。

【赏析】

　　这是一首咏物小令，作者神思驰骋，写得情韵摇曳。

　　小令开篇便驰骋想象，"湘妃应是前身"，作者由竹具联想到娥皇女英泪洒斑竹、死后成为湘妃那个美丽的神话故事，紧扣一个"竹"字，给这首咏物小曲增添了几许神秘、凄艳的色彩。接着，"不记何年，封虢封秦。"两句，引出"夫人"二字。作者由"湘妃竹"生发开去，突发奇想，说不知过了几世几劫，这灵物投胎转世，做了大唐的"国夫人"。在"封虢封秦"前，冠之以"不记何年"四字，从时间上给人以遥远难忆，缥缈迷离之感。由"竹夫人"跳跃到"国夫人"，设想奇特，涉笔成趣。

　　接下来，"万古虚心，百年贞节"两句，笔锋一转，由缥缈迷离的幻想转入对青竹特质的歌颂，名为状物，实则写志。"虚心"、"贞节"，语义双关，赋予竹夫人以纯洁的品格，因而，作者愿意与它相依相伴，做"一世故人"。作者高洁脱俗的情志，昭然可揭。"剖苍璧寒凝泪痕，挽潜蛟巧洁香纹。"两句，紧承上文，以形写神，用工稳秀美的对句，补写竹夫人的美。"寒凝泪痕"四字，将剖开的青竹面壁上渗出的水珠再度与湘妃泪洒斑竹的传说绾合起来，照应了开头，同时又启迪读者展开丰富的联想，从对"泪痕"的描写上，自然引出了一个对句中泣珠鲛人优美的神话传说。由泪竹想到鲛人泣珠，再以鲛人所织鲛绡之精美，比拟竹夫人"香纹"编制之精巧，从而巧夺天工地把竹夫人、湘妃泪、鲛绡纱巧妙地融为一体，显示出了作者不同凡俗的艺术才能，给人以品味不尽的审美意蕴。

结尾"侍枕知恩，入梦无春，两腋清风，满枕行云。"，由"夫人"二字生发开去，采用拟人手法，亦庄亦谐，笔下生春，赋予竹夫人风流冶艳的情韵，极写对竹的赞美。"两腋清风"，由竹夫人清凉通风的特点诱发其似寓有清廉不贪的奇想。"满枕行去"，从竹夫人的功用上，联想到巫山神女绵绵的幽丽境界，为全曲蒙上一层朦胧冶艳的色彩。

〔双调〕蟾宫曲

姑苏台①

徐再思

荒台谁唤姑苏？兵渡西兴，祸起东吴②。切齿仇冤③，捧心钩饵④，尝胆权谋⑤。三千尺侵云粪土，十万家泣血膏腴。日月居诸，台殿丘墟。何似灵岩⑥，山色如初？

【注释】

①姑苏台：又名姑胥台或胥台，相传为吴王夫差所造。在吴越战争中被焚毁，其故址在今江苏省苏州市西南。 ②兵渡西兴，祸起东吴：是写夫差率兵攻越。西兴，在浙江萧山县西北，据说当年吴王伐越即由此渡江。 ③切齿仇冤：指越王勾践兵败卑身事吴一事。 ④捧心钩饵：是说勾践以西施为钓钩上的诱饵，终于使吴王陷入了美人计的圈套。捧心，指西施。传说西施患有心痛病，常常用手捂着胸口，显得尤其娇滴可爱。 ⑤尝胆权谋：指勾践不忘国耻，卧薪尝胆，奋发图强，日夜思报吴仇。 ⑥灵岩：灵岩山是当年吴王为西施建馆娃宫的地方。

【赏析】

这是一首凭吊历史遗迹、抒发兴亡之感的怀古讽今之作。

曲子开篇"荒台谁唤姑苏？"即写姑苏台的荒芜残破，冷不丁一个诘问句，将读者引入了沧桑的历史空间去。接下来"兵渡西兴,祸起东吴。"具体写当年夫差率兵攻越的情形,点明战争给吴越两国人民带来的灾祸和不幸。"切齿仇冤"以下三句,以三个语促情激的排比句,写越王为报亡国之仇进行的种种活动,并且展开了深沉睿智的历史反思。"切齿仇冤",写的是越王勾践兵败,给吴王当车夫一事;"捧心钩饵",说的是勾践以西施诱饵对吴王施美人计,使吴王上钩;"尝胆权谋"说的是勾践不忘国耻,卧薪尝胆,奋发图强,日夜思报吴仇。作者只用概括的语言,就点出勾践灭吴前的精心策划和安排,从反面衬托出吴王夫差的骄奢淫逸和不可一世,揭示了吴王最终亡国的必然结果。

"三千尺侵云粪土,十万家泣血膏腴。"二句,说的是吴王搜刮民脂民膏,筑成了那高达三千尺的姑苏台,骄奢淫逸,就相当于为他的灭亡挖好了坟墓。最终,在千家万户的哭泣声中,那用无数人的血汗筑成的姑苏台倒塌了。越军的一把烈火,使吴王数年经营而成的宴乐场所化作了"焦土"。历代帝王,都曾梦想霸业永存,然而最终都被埋没在历史的尘埃之中了。"日月居诸,台殿丘墟。",吴越的历史已经过去了千百年,日月交替,朝代更迭,已经化为丘墟的吴王台殿,也已经被人淡忘了吧。这两句与首句相互呼应,通过荒台古今形成鲜明的对比,作者深沉的古今盛衰之慨涌上心头。最后"何似灵岩,山色如初?",又是一精警的诘问,进一步加深凭吊古迹的感慨,无情地嘲弄了视天下为私产的天下君王。

〔双调〕蟾宫曲

春 情

徐再思

平生不会相思,才会相思,便害相思。身似浮云①,心如飞絮②,气若游丝③。空一缕余香在此④,盼千金⑤游子何之?症候⑥来时,正是何时?灯半昏时,月半明时。

【注释】

①身似浮云:形容女子坐卧不安,游移不定的样子。 ②心如飞絮:形容女子心烦意乱,神志恍惚的心理。 ③气若游丝:形容女子相思成疾,气微力弱。 ④空一缕余香在此:形容少女孤凄的处境。 ⑤千金:指身份高贵。 ⑥症候:原本是医家用语,犹言病状。这里指女子的多愁善感,入骨相思。

【赏析】

这首小令写一年轻女子的相思之情,读起来缠绵悱恻。

全曲可以分为四个层次:开头三句为第一层,写少女陷入了不可自拔的相思之病。"平生不会相思"一句,说明少女是初恋,情窦初开,才解相思,正切合"春情"一题。

"才会相思,便害相思。",道出了相思的个中滋味。"害相思"三个字可谓曲眼,点出曲的主旨。这三句叠韵一气呵成,明白如话,然而心中的情感波澜已现。接下来三句为第二层,极言少女处在相思中的病态心理与神情举止。"身似浮云,心如飞絮,气若游丝。",作者用三个比喻,从身、心、气三方面,描写相思之深、相思之苦。少女的痴情与相思的诚笃通过这三句形象的刻画,被淋漓尽致地表现出来。后面两句为第三层,点明少女害相思病的原因。"空一缕余香在此,盼千金游子何之?",一个"空"字,一语双关,既指少女独守空房的情形,又与她此刻寂寞空虚的心境相契合。"一缕余香"四个字,若即若离,形象地表明少女飘忽不定而绵绵不绝的情思。少女之所以独守空房、如此凄凉冷落,原来是令她心之所牵、魂牵梦萦的一位出游在外的高贵男子,少女日夜思念盼望着他。最后四句"症候来时,正是何时?灯半昏时,月半明时。",为第四层,作者宕开一笔,又是用一组叠韵,既形象又含蓄地透露出少女心中所思。

全曲笔调轻快,细腻逼真,淋漓尽致,平易简朴而不失风韵,自然天成而曲折尽致,极尽相思之情状。本曲首尾连环叠韵,首三句都押了同一个"思"字,末四句则同押了一个"时"字,格调累累如贯珠,更加充分地展示了相思的情态。

〔双调〕清江引

相 思

徐再思

相思有如少债的,每日相催逼。常挑着一担①愁,准不了三分利②,这本钱见他时才算得。

【注释】

①一担:满担。 ②准:即抵,偿还。三分利:利息的三分。

【赏析】

这首小令别具一格,也是写相思之苦。

开头两句"相思有如少债的,每日相催逼。",作者把相思当作活生生的下层人民所感受真切、十分熟悉的东西,说相思之苦如同债务,日日催人、逼人折磨人,令人无法躲闪。这两句明白如话,用新奇怪异的诡喻,仅仅两句就将那时时萦系于心、无法逃避的相思之苦,极为真切形象地道出。下面两句"挑着一担愁,准不了三分利",紧承上两句的"债",具体写相思者的精神状态。作者将无形的愁以债务具体化,将沉重的愁思形容成如重担在肩,而这重担同样又是卸不下来的,极其生动贴切。而连利钱的三分也无法偿还,自然会利上加利,债务日加沉重了。这又暗中道出相思之苦会随着离别时日的增加而日益加重的感受。既然连利息的三分之一都无法偿还,那么"这本钱"何时才能偿清呢?

于是作者在结尾说道：只有"见他时才算得"。只有见到所思念的情人时，所受的苦楚才能彻底消除。作者又回到了"相思"一题中来，紧扣题旨，显得新奇动人，将曲中女子一往情深、无法解脱而又急切的情态描绘得淋漓尽致。

这首小令语言本色质朴，不假修饰和雕琢，在浅显中见含蓄，通俗中见机巧，写得饶有情趣。

〔双调〕水仙子

夜 雨

徐再思

一声梧叶一声秋，一点芭蕉一点愁①，三更归梦三更后。落灯花，棋未收，叹新丰②孤馆人留。枕上十年③事，江南二老④忧，都到心头。

【注释】

①"一声梧叶"两句：中国古典诗句中常用以梧桐雨滴、雨打芭蕉描写人生的愁苦。②新丰：在今陕西临潼县东北。唐人马周未发迹时，曾旅宿新丰，受到店主冷遇。作者暗用其事，抒发羁旅愁思、倍受冷落的情怀。 ③十年：泛指。 ④江南二老：指作者遥在家乡的双亲。

【赏析】

这首曲子前两句写深秋夜雨，后七句写雨中愁思。愁字是全曲感情的基调，读起来别具风韵。

"一声梧叶一声秋，一点芭蕉一点愁"，曲子开篇，就以梧桐雨滴、雨打芭蕉渲染了一种孤寂惆怅的氛围。在中国古代传统的诗歌当中，梧桐、芭蕉，常常与雨和愁连结在一起。读到这两句，我们往往会联想到温庭筠《更漏子》中的"梧桐树，三更雨，不道离情正苦；一叶叶，一声声，空阶滴到明。"，以及聂胜琼《鹧鸪天》中的"枕前泪共阶前雨，隔个窗儿滴到明。"。更为巧妙的是，作者给秋以声，给芭蕉以愁，并使这"一声"对"一声"，"一点"对"一点"，进一步深化了曲的意境。

接下来，"三更归梦三更后，落灯花，棋未收"三句，点明作者愁肠百结、夜不能寐的心理状态。作者连用两个"三更"，点出"归梦"难成，由于万千愁绪，以至辗转反侧。梦回初醒，看到的只是一盏孤灯，和散落在棋盘上而未曾收拾棋子，这进一步表现了深秋雨夜的凄凉和愁苦。雨夜下棋，本来是排遣愁闷的，但是下棋后懒于收拾，可见是越下越愁闷。作者想到自己客居异乡，实为天涯飘零之客，于是紧接着一句"叹新丰孤馆人留",作者由梦中回到现实。

最后"枕上十年事,江南二老忧,都到心头。"三句,写深秋夜雨时,心头愁苦的具体内容。雨夜梦醒,勾起作者无限的愁思,酸甜苦辣一时涌上心头,回想平生的成败荣辱,作者心绪难平,再也不能入睡。"枕上十年事",其中包括太多往事的回忆,写尽了作者一生的萍飘蓬转与离愁别绪。"江南二老忧",说的是自己久客不归,既思念父母,而父母也担忧儿子。所有这些使文意更加婉曲,读起来荡气回肠。"都到心头"四个字戛然而止,孤寂、怨恨、愁苦、忏悔、思亲,各种感情涌上心头,含有无限的悲慨。

这首小令语言自然朴实,感情真挚,警策动人,明人王世贞称此曲为"情中紧语"。

〔双调〕水仙子

惠山①泉

徐再思

自天飞下九龙涎②,走地流为一股泉,带风吹作千寻练③。问山僧不记年,任松梢鹤避青烟。湿云亭上,涵碧洞④前,自采茶煎。

【注释】

①惠山:在江苏省无锡市西门外,以泉水著名,是无锡名胜之一。惠山又称九龙山,上面有苏轼诗句刻石:"石路萦回九龙脊"。 ②涎:口水。 ③寻:古代的长度单位,八尺为一寻。练:白绢,这里用以形容泉水。 ④湿云亭、涵碧洞:都在惠山之上。

【赏析】

这是一首描绘惠山自然风光的小令,作者重点描绘了泉水的秀丽俊美,清淡自然。

全曲由两部分组成。前三句"自天飞下九龙涎,走地流为一股泉,带风吹作千寻练。"为第一部分,描绘惠山泉的胜景。作者用"九龙涎"、"一股泉"和"千寻练"构成鼎足对,勾勒出惠山瀑布大气磅礴的轮廓。"飞"、"流"、"吹",三个动词的使用,绘出了瀑布的气势磅礴,流走飞动,着重表现了瀑布奔流的动态美。首句"自天飞下九龙涎",以九龙吐出的涎水设比,设置了悬念;第二句"走地流为一股泉"写实,点出上句描写的是瀑布,比喻形象、贴切、自然。第三句"带风吹作千寻练",又将瀑布比作八尺的白练,大胆夸张,比喻精当。后面五句为第二部分,着重描写山僧恬静清淡的生活。"问山僧不记年,任松梢鹤避青烟。",表明山闲野居生活的远离尘烟的逍遥自在和清幽闲适。"湿云亭上,涵碧洞前,自采茶煎。",语言明白如画,描摹了一幅风格清丽秀雅的山居图。其中也流露出作者的赞赏、羡慕之情。

这首小令语言通俗易懂,比喻形象生动,是一首清新恬淡的自然之作。